石川啄木論

中村稔

青土社

石川啄木論　目次

石川啄木論

第一部　生涯と思想

第一章　青春の挫折からの出発

1

一九七八（昭和五三）年から一九八〇年までの間、筑摩書房から刊行された『石川啄木全集』（以下『全集』という）の「伝記的年譜」には、一九〇二（明治三五）年一〇月三〇日、「文学をもって身を立てるため故郷を出発上京する」とあり、その日は盛岡の長姉田村サダの家に泊り、翌一〇月三一日、「午後五時友人や堀合節子に送られて盛岡駅より上京する」とある。「文学をもって身を立てる」ために、どれほどの成算があり、どれほどの具体的な計画があったのか、私は大いに疑っている。

だが、それ以前、この年、一〇月二七日、「「家事上の都合に依り」を理由に盛岡中学校に退学願を提出、この日の「回議件名簿」二六五号をもって退学が許可された」とある。何故、盛岡中学五年生の一〇月、通常であれば卒業を間近にした時期に退学したのかは、後にみるような事情で卒業の見込みがなかったためではないかと思われるが、どうしてそれほどの状態に至ったのか、私には、これも不審である。

石川啄木の生き方は、その生涯を通して、常識では理解できないことが多いが、退学に先立ち、四月一七日、彼が四年生の学年末試験において「不正行為をはたらいたかどで取り調べ中であったが、この日譴責処分に付された」と「伝記的年譜」にあり、さらに、五年生になってから、「七月十五日第一学期末の試験に狐崎嘉助と共謀して不正行為をはたらいたかどで、この日の職員会議において譴責処分と決定、保証人田村叶（長姉サダの夫―筆者注）が召喚されることになった」とある。不正行為はいずれもカンニングであり、啄木は成績の良い狐崎の答案を狐崎に助けられてカンニングしたものという。渋民尋常小学校卒業当時には神童とまでいわれた後の石川啄木、当時の石川一が二度にわたってカンニングというような破廉恥な行為をするまでに落ちぶれたのか。「伝記的年譜」によれば、一八九八（明治三一）年四月、盛岡中学に入学したときは「百二十八名中十番の好成績」であったが、一年修了時には「百三十一名中二十五番」、二年修了時には「百四十名中四十六番」、三年修了時は「百三十五名中八十六番」、四年修了時には「百十九名中八十二番」であった、という。五年生第一学期の成績は「修身、作文、代数、図画の四教科が成績不成立、また四十点以下の不合格課目として英語訳解三十九点、英文法三十八点、歴史三十九点、動物三十三点と記載されており、また出席百四時間に対し欠席時数二百七時間であった」という。「この成績では落第が免れない状態にあった」と「伝記的年譜」には記されている。『一握の砂』の「煙」の章は、中学時代の思い出をうたった作を多く収めているが、その中に「石ひとつ／坂をくだるがごとくにも／我けふの日に到り着きたる」という歌がある（以下、『一握の砂』『悲しき玩具』は三行に分けて表記されているが、本書では行分けは斜線で示す。また、啄木の原典・参考文献のルビは、適宜省いた）。これは中学時代の回想というよりも、彼の生涯の回想と思われるが、中学時代の成績を展望すると、まさに「石ひとつ坂をくだる」がごとき感がある。ことに啄木が得意としていた英語について、英語訳解三十九点、英文法三十八点という成績には驚きを禁じえない。ことに英語についてもこれほどに学業を疎かにすることは懶惰にはちがいないが、それよりも愚かである。私には懶惰を指摘する資格はないが、啄木にいかに自信があっても、学校の教科で学ぶことは多かったはずである。

啄木の退学に関して、岩城之徳はその著書『石川啄木伝』（一九八五年、筑摩書房刊。以下、岩城『啄木伝』という）で次のとおり記している。

「啄木がこうした悲境に追い込まれた原因については、文学と恋愛に熱中したためというのが従来の定説となっているが、啄木が学業を放棄してまで文学に熱中したのは、そろそろ進学の準備をする時期になって家庭に経済的余裕がなく、上級学校への進学が不可能であったから、啄木は啄木なりに考えて、自らの力で未来を切りひらくために文学に志し、新刊の雑誌や書籍を渉猟して、高山樗牛を目標に文芸批評家を目指したものと思われる。彼はそのころ相思の仲であった堀合節子の愛情と励ましを唯一の心の支えとして文学をもって身を立てるべく準備した。明治三十五年の「岩手日報」に発表された蒲原有明の処女詩集を批評した「『草わかば』を評す」（一月）や、「寸舌語」（三月）「五月乃文壇」（五月～六月）などの文芸時評は、啄木のそうした抱負と努力のあとを示すものである。しかしこうした文学への熱中は正常な学業を阻害したことはいうまでもない。彼が窮余の一策として企てた二回にわたる不正行為が発覚して、あと半年で卒業という時期に中途退学のやむなきに至ったのは悲運といえば悲運である」。

私がこれまで引用してきた「伝記的年譜」は岩城之徳の著述である。私は「伝記的年譜」の綿密な記述から多くを教えられているし、岩城『啄木伝』からも多くの教示を得ている。しかし、この経緯を「悲運」とみる彼の見方には同意できない。岩城が充分承知していた事実だが、二回のカンニング事件がなくても、啄木は落第を免れなかったし、啄木の欠席時間からみて、盛岡中学を無事に卒業できないと啄木も自覚していたとしか思われない。しかし、文芸批評家になるにしても学問が必要である。盛岡中学四年程度の学力で文芸批評家として身を立てることができるかのように考えたとすれば、愚かというの他ない。愚かというのが適切でないとすれば、啄木の傲慢というべきかもしれないし、啄木の生涯にわたる無謀・無計画・場当たりの生活態度のあらわれというべきかもしれない。

そこで、上京した啄木がどのような生活を送ったか。「秋韷笛語」は一九〇二（明治三五）年一〇月三〇日から一二月一九日までの啄木の最初の日記だが、一〇月三〇日「朝。故山は今揺落の秋あはたゞしう枯葉の音に埋もれつゝあり。霜凋の野草を踏み浙瀝の風に咽んで九時故家の閾を出づ。愛妹と双親とに涙なき涙にわかれて老僕元吉は好摩ステーションまで従へたり。かくて我が進路は開きぬ。かくして我は希望の影を探らむとす。記憶すべき門出よ」（以下、引用にさいして、啄木の日記・書簡、また参考文献で、行変えされている文章を行変えすることなく、続けたばあいがある）と軒昂たる筆致ではじまる。

翌夕、盛岡駅で友人たちや節子と別れる。

「吾は南に、人は北に。車窓によりて甚深なる瞑想に落ちたる吾はひたすらにこのわかれを思ひつゞけぬ。今朝美しき涙の露にうるほしたるそのやさ眉の君、あゝ今又静かなる新山祠堂の後なる室に泣きてやおはさむ。愛なる永遠の光を讃じてこの悲しきわかれの愁ひうち消さむとすれど、あゝたゞ徒らに胸の威の抑へ難きを泣かしむるのみ」。

こうした高揚した気持で啄木は故郷を後にした。翌一一月一日、午前一〇時、上野駅に到着、「雨中の都大路を俥走らせて十一時頃小石川なる細越夏村兄の宿に轅下させぬ」という。細越は盛岡中学の先輩、本名は細越省一である。上野から小石川まで行くのに人力車を使うのは中学五年を中退したばかりの少年としては贅沢にすぎる。金銭感覚に欠けた浪費癖がすでにあらわれていると思われる。翌日、一一月二日、細越の世話で小日向台町に部屋を借りる。「夜。小日向台丁三ノ九三、大館光氏方に移る。室は床の間つきの七畳。南と西に椽あり。眺望大に良し」と日記に啄木は記している。小日向台町のような高台の住宅地の「床の間つきの七畳。南と西に椽あり。眺望大に良し」というような部屋に下宿することは分不相応という他ない。下宿代を気にしていないことは人力車を使うことに意を払わなかったことと同じく、金銭感覚の欠如、浪費癖のあらわれとしか考えられない。

一一月三日は、午前は二〇名近い人々に葉書を書き、与謝野鉄幹に上京を知らせ、午後は「野村琴舟」を訪ねたが、会えず、上野公園の日本美術展を見る。

一一月四日は、午前、友人四名に手紙を書く。「鉄幹氏より来翰。晶子女史御子あげ玉ひし由」。午後は散歩。「四時頃より野村菫舟君来り夕飯を共にし九時かへる。友は云ふ。君は才に走りて真率の風を欠くと。又曰く着実の修養を要すと。何はともあれ、吾はその友情に感謝す」。琴舟または菫舟として記されているのは野村長一、後の野村胡堂である。野村長一も盛岡中学の一年上級生、当時、旧制一高に在学中であった。盛岡中学時代、野村長一は菫舟と号していた。琴舟は啄木の誤記であろう。「何はともあれ」というのは、野村長一の友情に感謝しても、その忠告に聞く耳をもたないということであろう。

五日「朝遅く起き急ぎ飯を了へて本郷の自炊に菫舟君を訪ふ。安村兄工藤兄も在り。菫舟君と共に神田辺を徒歩し諸所の中学に問ひあはせたれど何れも五年に欠員なくて入り難し。故に初めの志望通り斎藤秀三郎氏の正則英語学校の高等受験科に入ることに思ひ定め規則書在学証書等貰ひ来る。古本屋多き猿楽丁を通りて又自炊にかへり昼食。閑話して五時かへる。食後夏村兄と日向台の暮色に散歩す」。

岩城『啄木伝』は、この小日向台町の下宿で「啄木はここで先輩の野村長一（胡堂）から忠告されて神田付近の中学校を尋ね、五年生への編入を照会したが、欠員なく入学できなかった。彼はやむなく初めの予定通り斎藤秀三郎の経営する正則英語学校の高等受験科に入学すべく規則書や在学証書を貰ってきたが、これは学資の関係で実現しなかった。あてにしていた北海道の山本千三郎（姉トラの夫）より送金があったが、それは当座の生活費を補うにとどまり高等受験科で勉強するだけの余裕はなかった」と記している。一一月一一日の日記には「朝、故家より手紙来り北海道なる山本氏よりの送金切手送り来る」とあるのが岩城のいう山本千三郎からの送金であろう。正則英語学校には五年制の中学部の他に「高等受験科」が存在したようである。高等受験科は高等学校の入学試験のための予備校と思われる。そうとすれば、「初めの予定通り斎藤秀三郎の経営する正則英語学校の高等受験科に入学」しようとしたという記述と、「文学をもって身を立てるために上京」したという記述は、同じ岩城『啄木伝』の中の記述だが、矛盾する。また、「啄木が学業を放棄してまで文学に熱中したのは、そろそろ進学の準備をする時期になって家庭に経済的余裕がなく、上級学校への進学が不可能であったから」であった、というすでに引用した岩城の記述とも矛盾する。家庭に経済的余裕がなく、文学をもって身を立てるつもりだった啄木は、野村長一に忠告されて高校受験のために正則英語学校高等受験科の規則書や在学証書などを貰ったけれども、これは野村長一の当座の意に沿うために貰っただけのことであって、啄木にはそういう意思ははじめからなかったのではないか。たとえば、野村長一が在学していた旧制一高では家庭教師によって学費をふくめ生活費をまかなっていた学生も少なくなかったはずである。だから野村は本気で一高受験を勧めたのではないか。また、学業を続ける意思があったなら、ふつう当時のいわゆる苦学生は、昼は働き、夜学に通って学業を習得したのだが、啄木にはそういうような心づもりもまったくなかった。どうであれ、啄木には学業を続けるつもりはなかった。義兄山本からの送金も生活費の一部として浪費されたにちがいない。

学力が不足しているにもかかわらず、啄木が文芸批評家として身を立てるために計画したことはイプセンの John Gabriel Borkman を訳出して出版することであった。一一月二三日の日記に「朝目覚めて、心地尚平常の如く快からざるを覚えたれどつとめて一日イブセンのJohn Gabriel Borkmanを訳出す。(十三頁まで)」とあり、二四日「夜十一時までに「ボルクマン」読み了る」、二五日「イブセンのボルクマン訳す」、二八日「イブセン訳述」、三〇日「今訳しつゝある「死せる人」(イブセン)は早く脱稿して出版せしめん」とあるが、この日記の記述する限り、脱稿した気配はない。一二月三日に「イブセン集ひもとく」とあるのが最後である。かりに訳出し終えたとしても、訳文が正確か、日本語として読みやすいか、中学中退の無名の青年の翻訳を出版社が出版を検討してくれるかなど、はなはだ覚束ないのだが、訳出が終らないのでは話にならない。イプセンの翻訳がこの在京中に終った気配はない。啄木には何としても訳出を完成するという固い覚悟がなかったようにみえる。

岩城之徳は前記の引用に続けて次のとおり記している。

「上京後の啄木は東京新詩社の会合に出席したり、与謝野鉄幹・晶子を渋谷の自宅に訪問して知遇を受けたほかはこれといって収穫もなく、英語研究や大橋図書館での読書に日々をすごすが、生活の方途もつかず無為の日が流れた。やむなく啄木は神田錦町の日本力行会に友人の金子定一を訪ねて身のふりかたについて相談した。金子は中学校の後輩で盛岡中学校中退後力行会で働きながら夜間中学で勉強していたが、文芸雑誌の編集員になりたいという啄木のために同じく力行会で働く友人の紀藤方策を紹介した。紀藤は山口高等学校の卒業生で恩師の佐々醒雪《さっさせいせつ》が金港堂の雑誌「文芸界」の主筆をしていたので、こころよく啄木の紹介状を書いてくれた。

啄木は十二月二十八日喜び勇んで金港堂に出かけたが、就職どころか醒雪は面会も断わるというひどい仕打で、流石の啄木も望みの綱が断たれて困惑し、その日金子あてに「先刻金港堂へ参りましたが佐々様は居るには居られたけれど大繁忙で逢はれないとの事、それであの紀藤様の御紹介状を出しましたが、何しろ年内には種々の用事が重なつて居るのでとても面会する機会があるまいとの取次の語に不止得また空手でかへつてまゐりました。万有は絶望の歌を囁きます」と口上書を残している。金子の思い出によるとせっぱつまった啄木はこの口上書を書いた直後から力行会の彼の部屋に寝泊りすることになり、「明治三十六年の元旦はムサ苦しい神田錦町三丁目の、力行会の破れ障子の裡《うち》で迎えた」という」。月末になって、小日向台町の大館方の下宿代が払えず、追い出されて、やむなく力行会の金子の部屋にころがりこんだのであろう。

岩城は佐々醒雪が面会を断ったことには種々の事情があると思うが、啄木が「岩手日報」に掲げた「五月乃文壇」で佐々醒雪およびその主宰する雑誌『文芸界』を批判したためであろうという説を記している。岩城はまた、「この啄木の蹉跌は青雲の志にもえる彼にとって最初のきびしい試練となったが、これは彼の自己の才能を信ずるところのあまり篤いところからくる失敗であった」と記しているが、田舎の中学中退者がたやすく数少ない文芸誌の編集者に採用されるほど、社会は寛容ではない。岩城は佐々が面会すら断ったのは啄木が「岩手日報」の文芸時評で佐々を「没見識」「胆の小さい人」などと評していたので、佐々がこの啄木の文章を読んでいたとすれば、面会を断った理由も判然とする、と記している。そう考える余地があることを私は否定しないが、かりに佐々が読んでいなくても、文芸誌の編集者になりたいと希望する若者は掃いて捨てるほどいるのだから、佐々が面会を断ったことにふしぎはない。そのように評した佐々の下で就職しようとした啄木の方がずいぶん厚かましいし、そういう厚かましさはまた、田舎の住職の一人息子として育った啄木の外的な世界、すなわち社会に対する甘えと同義であろう。

ただ、私としては、この上京のさい、啄木がどのような体験をしたか、に関心がある。一つは与謝野鉄幹・晶子夫妻を彼がどうみたか、である。一一月一〇日の日記に次の記述がある。

「面晤することわづかに二回、吾は未だその人物を批評すべくもあらずと雖ども、世人の云ふことの氏にとりて最も当れるは、機敏にして強き活動力を有せることとなるべし。他の凶徳に至りては余は直ちにその誤解なるべきを断ずるをうべし。

晶子女史にとりても然り、而して若し氏を見て、その面皃を云々するが如きは吾人の友に非ず、吾の見るすべてはその凡人の近くべからざる気品の神韻にあり。この日産後漸く十日、顔色蒼白にして一層その感を深うせしめぬ。

鉄幹氏の人と対して城壁を設けざるは一面尚旧知の如し」。

鉄幹・晶子夫妻も啄木に好意を抱いたようである。この最初の上京のさいの啄木との初対面の印象について、鉄幹こと与謝野寛は岩城之徳編『回想の石川啄木』所収の「啄木君の思い出」中に、「卒直で快活で、上品で、敏慧で、明るい所のある気質と共に、豊麗な額、莞爾として光る優しい眼、少し気を負うて揚げた左の肩、全体に颯爽とした風采の少年であつた」と記し、晶子は同書所収の「啄木の思ひ出」に「石川さんの額つきは芥川さんの額つきが清らかであったやうに清らかであった。芸術家の人以外に見難い額だと私は何時も見て居た。そして石川さんには犯し難い気品が備って居た」と記している。

次に東京についての感想をみておきたい。一一月三〇日の日記の一節である。

「今日にて吾はこの地にきてより正に三十夜の夢結ばんとす、飄々として遊子孤袖寒し、前途を想ひ恋人を忍びては万感胸に溢れて懐泣の時を重ぬること三時までに及びぬ、あゝそれ何地にか天籟の響を風骨にたゞよはさん者ぞ。

都府とや、あゝこれ何の意ぞ。吾閭を出でゝ相交はる髑髏百四十万。惨たる哉、吾友は今、吾胸に満足せしむべくあまりに賢きを如何せん。吃、天地の間、吾道何ぞ茫漠たるや」。

一一月一八日付け「花郷」と号していた小林茂雄宛て書簡にも次の記載がある。

「花郷様私は今日本一の大都会と云ふこの東京に立つてあります!!!

私は生き乍ら埋められた百四十万の骸骨累々たる大なる墓を見ました。あゝこの偉なる墳塋《ふんえい》を。

——そして私自身もその寒髑髏の一つなのか？　これが私東京にきて先づ第一に起つた疑惑でありま す」。

『一握の砂』に「人みなが家を持つてふかなしみよ／墓に入るごとく／かへりて眠る」という歌が収められているが、東京の家々を無数の墓とみることが、啄木が最初の上京のときからの感慨であったことは注目すべき事実であろう。

そこで、一一月三〇日の日記の続きを読むこととする。

「あらず、自を信ずる者、大なる思想を仰ぐ者、高き光を目ざす者、何すれぞ、強いて狭き籠の中を慕はんや。恋人は云ふ、理想の国は詩の国にして理想の民は詩人なり、狭き亜細亜の道を越えて立たん曠世の詩才、君ならずして誰が手にかあらんや。妾も君成功の凱旋の日は、成功に驕る手か失敗にわなゝく指かして祝ひの歌奏でん。と、あゝさらばこれ何らの高き幸ぞ、吾恋ふ君よ、永世の恋の囁き、君ならずして何の人かよく吾胸に吹き込みえんや。後の日の聖なる園の曙を、東雲の恋の光眩き程に世の人驚かさんため、あゝかくて今暫らくの旅心運命の波に飄はさんか」。

これより先、一一月一四日の日記に次の記載がある。

「菫舟兄丑三つの頃まで物語らせ玉ひたり。世の中の愛とは何ぞ、はた結婚とは如何、女と云ふ者は如何なる者ぞ、など
あゝ、それ然るか、然り、人は同時に二つを愛する能はずと、此理に於て兄は青年の恋てふ者を却けて曰く、これ妻帯の日に於ける最大なる不幸の源也と。

あゝそれ然るか、然らば結婚とは何ぞ、これ従来の社会のそれの如く、単に同棲男女を作るの意なるか？　あらず、少くとも吾人の意見を以てすれば、心の相結べる男女の更にその体の結同をなす所以の者に外ならず。結婚は実に人間の航路に於ける唯一の連合艦隊也」。

以下は省略するが、この記述からみて啄木と節子は彼の上京前、すでに「体の結同」をもっていたにちがいない。その節子の「理想の国は詩の国にして理想の民は詩人なり」といった言葉、これも啄

木が吹きこんだ言葉にちがいないが、そうした言葉に酔うような無為の生活を世間知らずの啄木は送っていた。

2

『呼子と口笛』第一巻第四号（一九三〇年一一月一日刊、石川正雄編輯兼発行）所収の三浦光子「兄啄木の思ひ出（四）」には、上京後、啄木からまったく音信がなく、家族が心配していたところ、「六銭切手をはつた部厚い手紙が舞込ん」だ。「見ると、『神田にて』とこれだけ記されて勿論兄の筆跡だといふ事は直きにわかりました」とあり、次の文章に続いている。

「勿論全部を記憶してゐる筈もありませんがたゞ兄が東京に於て病気にかゝつて居ると云ふ事が其手紙の主文であつて、それに随つて可成の借金も出来て居るから何とかして欲しいとの事に、両親の一時のよろこびは姿を換へて新《あたら》しい心配となつたのです。とう〱居たゝまらず父が上京して兄を伴ひ帰るべく相談がまとまりました。然し何らのたくはへとて有してゐない寺の生活の中から二百円余の金の工夫はおろか、二十円だつて急には出来ない状態なのですから、止むをえず、子を思ふ親心は、寺の主《おも》だつた人々と相談する暇《いとま》もなく、裏の山林から木を売り出すことに決めて兎も角二百円の金をつくつて上京いたしましたのでした。そして間もなく父に伴はれた青白き青年啄木が敗北者の淋しみを胸一ぱいたゝへ乍ら悄然として帰つてまゐりました」。

三浦光子『兄啄木の思い出』(一九六四年一〇月、理論社刊)では、次のとおりになっている。

「もちろん、今その全部を記憶していないが、ただ兄が東京で病気にかかっているということがその手紙の主文で、それについてかなりの借金もできたから、なんとかしてほしいというのであった。両親の一時の喜びは姿をかえて新しい心配になった。とうとういたたまらず、父が上京して兄を連れ帰るべく相談がまとまった。しかし、なんらの貯えとてあるわけでない寺の生活のなかから二十円の金だって、そのころとしては急にはできない大金である。そこでやむをえず父は、檀家の重だった人々と相談する暇もなく、裏の万年山の栗の木を売り渡すことに決めて、ともかく二十円の金をつくって上京したのであった。

そしてこの栗の木を売ったことが直接の原因になって、私たちの一家は住みなれたこの寺をでなければならない日がやってくるのだが、それは後のこととして、ともかく迎えにいった父に伴われた青白き青年啄木は、敗北者の淋しさを胸いっぱいにたたえながら悄然と帰ってきたのであった。上京してわずかに三カ月そこそこの冬の間のできごとであった。この栗の木を切ったあとには、父は杉の苗を百本植えた」。

妹三浦光子の『兄啄木の思い出』では、『呼子と口笛』掲載時と違い、啄木の借金の総額が二〇円のようにみえるが、これは『呼子と口笛』第一巻第四号に掲載時の二〇〇円余が正しいであろう。

金田一京助の「啄木余響」(『金田一京助全集』第一三巻。一九九三年、三省堂)には次の記述がある。

「君の亡くなった折、枕頭で昔語りをされた厳父の話では、その時、厳父が須田町の宿に、やっと君を連れて来て、さあ帰国しようと、宿の払いの一円七十幾銭の宿料に、五円紙幣を出して、女中が持って来た銀貨銅貨を取り交ぜた釣銭を、厳父が手を出すより早く、間一髪、君が、『ウン、此はお前に遣る！』と、うっちゃる様に推しやってしまう。あ！と思う内に、女中が喜んで、お辞儀をして、御礼を云ってしまったので、厳父は、指し出した手の納まりがつかず、畳みのごみを摘まんで、目を白黒させたという。

それ程貧困に苦しんだ直後に、まだ少しも懲りて居ず、依然として金銭上の観念が皆無で、辛い辛い厳父の懐勘定の気も知らず、女中にやるなら、二十銭か三十銭でも好かったものをと、つくづく惜しく思ったが後の祭りだったと嘆じられたのであった。何ぞ知らん此の金こそは、後に檀徒の間にやかましくなった裏山の杉代であって、遂にこれが祟って寺をも出てしまわなければならなくなり、石川君を死ぬまで一家族扶養の重荷をその痩肩に負わせる原因だったのである」。

野村胡堂も『胡堂百話』（中公文庫）で、「啄木という男は、社会人としては、厄介な人間であった。ほら吹きで、ぜいたくで、大言壮語するくせがあり、まことにつき合いにくかったが、その半面、無類の魅力を持った人間でもあったのである。おしゃれで、気軽で、少し陽気すぎるほどで、そして何よりも美少年であった。異性の友人を吸いよせただけでなく、のちには啄木と絶交した人たちも、一度は彼の不思議な魅力に傾倒していたはずである」と書いた後に、「彼は歌は作るが俳句は駄目。こっちは俳句に没頭して、歌を相手にしないから、芸術論などたたかわせた覚えはないが、それでも可なり交渉があった証拠には、啄木の書いた手紙が二十四通たまっていた。今では十二、三通しか残っていないが、その中の一通に借金の詫び状がある。啄木が病んで郷里の渋民村に帰る時、三円だか五円だかを貸した時のである。字も立派だし、表装して保存しているが、今となっては、私のあらゆる骨董品よりも尊いものになってしまった」。

啄木は金銭感覚に乏しく、贅沢であり、見栄をはるのが好きであった。啄木がわずか三ヵ月足らずの東京の生活でつくった借金は二〇〇円余という三浦光子が『呼子と口笛』で書いた文章が正しいと考えるのは、吉田孤羊『啄木を繞る人々』にも、この上京中に啄木が「二百円近い借金をこしらへてしまつてゐた」と書かれていることもその傍証だが、当時の事実からも認められるとそう考えるのが妥当と思われるからである。すなわち、啄木を連れて帰郷するとき、父一禎は五円ほどは持っていたし、野村長一も三円か五円ほどの餞別を渡す程度の余裕があった。それ故、二〇円程度の借金であれば、それほど苦にするような金額ではありえないはずである。三浦光子としては『呼子と口笛』では二〇〇円余と書いたものの、本にしたさいに、借金の総額を明らかにすることを躊躇したのではないか。このときに二〇〇円余の金額を工面するためには、おそらく曹洞宗の宗務局へ納付すべき宗費、百円余をあて、若干の貯えの他は、知人から借金したのではないか。それでも金額が不足したので、裏山の栗の木を売ったのではないか。三浦光子の記述は誤解を生じやすい。後に記すとおり、啄木一家が宝徳寺に住むことができなくなったのは一一三円余の宗費を一禎が滞納したため曹洞宗宗務局により住職を罷免されたからであり、檀家に無断で二〇円ほどで栗の木を売ったことは檀家との不和の原因となり、父一禎の復職の妨げとなったにしても、啄木一家が宝徳寺から退去することになったこととは関係ないはずである。このとき、父一禎は啄木がつくった借金の全部を始末してはいなかったようである。それというのは後に記すいわゆる啄木の「借金メモ」(『全集』第八巻)に「大館　三〇、〇〇」とあり、これは小日向台町の下宿大館家への下宿代三〇円が未払いであることを意味している。「借金メモ」は一九〇九(明治四二)年六月に書いたと推定されるので、この下宿代を一禎は精算しなかったと考えられるからである。だから、何としても支払わなければならない借金だけを一禎は始末したのであろう。借金が二〇〇円余としたばあい、一禎が用意できた額はその全額に足りなかったのではないか。啄木は、在京中、多くの知己、友人たちから借金をし、迷惑をかけた。啄木は、盛岡中学在学中「ユニオンリーダー」を研究するため同級生が組織していた「ユニオン会」の会員であったが、その仲間で、中学を首席で通した阿部修一郎が、啄木の結婚後、盛岡の磧町に住居を構えていた石川家を訪ねてきたことを三浦光子は『兄啄木の思い出』に記している。これによれば、阿部は「なんでも東京での不義理を責め、そして今後は絶交すると、それを兄に宣言しにわざわざきた」とのことであり、「その後とうとう死ぬまで完全に別れてしまったようであった」「そういう面からみると兄はまったく四面楚歌であった」という。この阿部修一郎が「東京での不義理を責めた」事実が結婚後であれば、二度目の上京の後ということになるが、吉田孤羊が同じユニオン会の同人であった伊東圭一郎の回想を『啄木を繞る人々』に記録しているところによれば、阿部は啄木をユニオン会から除名しなければ、自分が脱退する、と言ったので、啄木はユニオン会を除名されたという。そうであれば、これは最初の上京の後であって、妹の光子の記憶違いとみるのが正しいようである(正確にいえば、この第一回の上京以前一八九九年の夏休み、上野駅に勤務していた次姉トラの夫山本千三郎のもとに滞在したことがあるので、厳密には第一回とはいえないが、文学的経歴としては、この一九〇二年の上京を第一回とよぶことが許されるであろう。以下、第一回の上京、最初の上京というのは、一九〇二年の上京をいう)。

このような状況のなかで、啄木は後の胡堂、野村長一に宛てた、一九〇三(明治三六)年九月一七日付け書簡で渋民村から「生の帰郷は決して名誉ではなかつた。其失敗の児が、更に五ヶ月の間不快の日を寂しい村に送つたとすれば、兄はまさに生の無礼を許して呉れるであらう。人間が活動の境遇から静止の状態に立ちかへつた時は、必ず非常に鋭利な哲学的思索の斧を以て、過去の事実を解釈する者である。(中略)たゞ生は生の身体の健康が快復すると同時に、生の心も亦漸く快復して、今では多大の煩悶をもち乍らも猶一縷光明にいたる路を失はずに居ると云ふ事丈を申上げませう。生の眼には若い、高い希望の光がうつゝて居る」と書いている。啄木は自らを「失敗の児」といい、敗残者とみた上で、再起を期しているといってよい。

一二月一三日付け小林茂雄宛ての書簡で「「明星」の『愁調』御覧被下候はば御高評願上候。鉄幹は小生の四四四六調を、有明のより望み多き詩形ならんと申越し候」と書き、翌一九〇四年一月一三日付けの書簡では姉崎正治宛てに「一昨の夏と覚え候。先生の故樗牛氏に与へられたる前後二回の開書、太陽誌上にて拝見致し候時、稚き迷ひに胸悶へたる小生には、云ひ知らず尊き光の影と仰がれ候ひき。(中略)申す迄もなく、小生の先生に蔭乍ら師事するに至りたる神秘の因縁はこの時に其端を開き申候。その年の秋、学途半ばに袂を払ふて、烈しき戦ひの世に乗り出すべく、杜陵の校舎を退き、漂然として東都の塵に放浪の生活をはじめ申候。胸には華やかなる幻楼を描ける身に候ひしかど、その夢も次第に影うすれて、冷たき大都の冬枯れたる街頭に、取残されたるはたゞ失敗と病とを嬴《か》ち得たる残骸に候ひき。（中略）昨秋十一月の初め、病怠るにつれて我が終生の望みなる詩作の事に思ひ立ち、ふとしたる動機より一の新調を発見し、爾後営々として人知らぬ楽みの中に筆を進め居候。十二月の号、並びに新年のそれにて、数篇を「明星」誌上に載せ候ひしが、よく先生の御一顧を値ひせしや否や。元より之れ、未だ人馴れざるの野生ひの名なし草、たゞ世の人の笑ひを又なき前進の糧として、他日のためを計らんずる処女作に候へば、匂なく色なきを却つて当然の事と思ひ居候。今、先生の御高誨を仰がんとするの書を奉るに当りて、先づ年来憧憬の紀念として、悪作数篇を録したる一詩綴『いのちの舟』遥かに先生の御膝下に捧げまゐらせ候ふ」と書いている。

こうして「愁調」五篇にはじまる啄木の詩作ははじまった。これらは、いわば敗残者と自己を規定した詩篇であり、このような自己規定によって詩作をはじめたことに啄木の独自性があった。

3

『あこがれ』が出版されたのは一九〇五（明治三八）年五月三日であった。この詩集の出版のために一九〇四年一〇月三一日に上京、一九〇五年五月二〇日まで東京に滞在したことは前記したとおりである。最初の上京のときの滞在により啄木が二〇〇円余の借金をし、その後始末のために、父石川一禎がおそらく曹洞宗本山に収めるべき宗費の流用をふくめ、裏山の栗の木を売ったりして苦労したことは前述した。この二度目の上京のときに旅費、滞在費はどう工面したか。石川家にこれらにあてる貯えがあったはずがない。この上京に先立って啄木は北海道に旅行し、姉トラとその夫で、当時小樽中央駅の駅長をしていた山本千三郎を訪ねてしばらく滞在しているので、上京の旅費程度の金銭は恵まれたかもしれない。滞在費まで山本が負担したはずはない。じっさい、一九〇五年一〇月一一日付けの波岡茂輝宛て書簡に「昨秋十一月の初めの日、僅かに二円八十銭を懐中に抱いて都門に入りし日より以後」とあるから、啄木ははじめから滞在費を持たずに上京したのであった。「伝記的年譜」によると、啄木は一九〇四年一〇月三一日に「本郷区向ヶ岡弥生町三村井方に止宿」したとあり、同年一一月七日には斎藤佐蔵に宛てた絵葉書に「遠からず閑静な下宿に移転する考へだ」と書き、翌八日には「本夕、弥生が丘の仮住居を去つて、この駿河台畔の人と相成候」と飯塚直彦・豊巻剛宛ての書簡に書いている。「伝記的年譜」の記載に戻ると、「十一月八日　神田区駿河台袋町八養精館に移る」「十二月二十八日　牛込区砂土原町三丁目二十二番地井田芳太郎方に転居」、一九〇五年「三月十日啄木、牛込区払方町二十五番地の大和館へ転居する」とある。啄木の「借金メモ」には、砂土原町の下宿、井田芳太郎に借金二五円、大和館に借金七〇円とあり、「大館」に三〇円とあるのと同じく、宮崎郁雨はこれも大和館と同じく下宿である、と注記している。養精館の下宿代はどのようにして支払ったか分からないが、いずれにしてもこの二度目の上京にさいして、啄木は、当初一週間ほど厄介になった村井方を除き、下宿代のほとんどを踏み倒して帰郷したことになる。その他にも交通費・交際費等が必要だったにちがいないが、これらも友人、知己からの借金でまかなったのであろう。

たとえば一九〇四年一二月二五日付け金田一京助宛て書簡において「一月には詩集出版と、今書きつゝある小説とにて小百円は取れるつもり故、それにて御返済可致候に付、若しく御都合よろしく候はゞ、誠に申かね候へども金十五円許り御拝借願はれまじくや」と書き、翌一九〇五年三月六日付け書簡では、同じ金田一に宛てて「兄よ。あゝ我は大罪人となりぬ。我は今この風寒き都を奔走しつゝあり。願はくば少しくまたれよ」と書き、四月一一日付け金田一宛て書簡では「兄よ、天下に小生の恐るべき敵は唯一つ有之候。そは実に生活の条件そのものに候。生活の条件は第一に金力に候。小生は金の一語をきく毎に云ひ難き厭悪と恐怖を感じ申候。小生は少くとも悪人には無之候。然もたゞこの金のために、否金のなき為め、貧なる為めに、親に不孝の子となり、友に不義の子と相成るにて候」と書いている。これらからみて、二度目の上京のさいの滞在費等はおそらく友人、知己からの借金でまかなったとみて間違いあるまい。

最初の上京、滞在のさいの借金ほぼ二〇〇円は、その余波は別として、その大方を父一禎が始末したとすれば、啄木の生涯にわたる借金、前借による生活はこの二度目の上京のときにはじまると考えてよいであろう。

4

さて、このような借金まみれの生活のなかで、小田島書房から出版された『あこがれ』には七七篇の詩が収められていた。『あこがれ』に対する評価については第二部で検討するときに詳しく述べるけれども、啄木の詩作の内容は必ずしも貧しくはない。先人は技巧に破綻をみせていないというけれども、私はこうした批評に疑問をもつ。たとえば『あこがれ』巻頭の一九〇四（明治三七）年作の「沈める鐘」の冒頭の二行、

渾沌《こんどん》霧なす夢より、暗を地《つち》に、
光を天《あめ》にも劃《わか》ちしその曙、

という二行をとってみても、四四四六音の音数律による制限があるとはいえ、イメージの壮麗、詩人の運命を自然と一体化しようとする意思の強烈さ、つまりは詩にもりこもうとした内容の豊かさに比し、措辞が貧しく、破綻が多い、とみるべきだろう。

反面、石川啄木がその短い生涯の晩年において、初期詩作品を自ら否定していたことはよく知られるとおりである。「食ふべき詩」は一九〇九（明治四二）年一一月「東京毎日新聞」に連載した評論だが、その第一回に啄木は次のように書いている。

「以前、私も詩を作つてゐた事がある。十七八の頃から二三年の間である。其頃私には、詩の外に何物も無かつた。朝から晩まで何とも知れぬ物にあこがれてゐる心持は、唯詩を作るといふ事によつて幾分発表の路を得てゐた。さうして其心持の外に私は何も有《も》つてゐなかつた。——其頃の詩といふものは、誰も知るやうに、空想と幼稚な音楽と、それから微弱な宗教的要素（乃至《ないし》はそれに類した要素）の外には、因襲的な感情のある許りであつた。自分で其頃の詩作上の態度を振返つて見て、一つ言ひたい事がある。それは、実感を詩に歌ふまでには、随分煩瑣《はんさ》な手続を要したといふ事である。譬《たと》へば、一寸した空地に高さ一丈位の木が立つてゐて、それに日があたつてゐるのを見て或る感じを得たとすれば、空地を広野にし、木を大木にし、日を朝日か夕日にし、のみならず、それを見た自分自身を、詩人にし、旅人《りよじん》にし、若き愁ひある人にした上でなければ、其感じが当時の詩の調子に合はず、又自分でも満足することが出来なかつた」。

一生をつうじて自虐的なまでに自己分析に執心した啄木のばあい、前記の回想もきわめて正確だと考えるべきである。「何とも知れぬ物にあこがれてゐる心持」がまず存在し、「実感」がまず存在したのである。「空想」とは一丈くらいの木を大木にみたてるような想像力の操作をいう。幼稚な音楽とは五音と七音からなる文語音数律詩の単調を打ち破ろうとして、八音と六音との組み合わせ等を蒲原有明らいわゆる日本象徴主義の詩人たちが試みていたが、このような新しい音数律を確立しようとする動きに啄木も参加し、「沈める鐘」にみられるような四四四六調を工夫したことを指す。宗教的要素が微弱であるかどうかは、さらに仔細にみる必要があろう。因襲的感情とは因襲的思想の意である。

同じ「食ふべき詩」の第六回に啄木は書いている。

「詩人たる資格は三つある。詩人は先第一に「人」でなければならぬ。第二に「人」でなければならぬ。第三に「人」でなければならぬ。さうして実に普通人の有つてゐる凡ての物を有つてゐるところの人でなければならぬ」。

「無論詩を書くといふ事は何人にあつても「天職」であるべき理由がない。「我は詩人なり」といふ不必要な自覚が、如何に従来の詩を堕落せしめたか。「我は文学者なり」といふ不必要なる自覚が、如何に現在に於て現在の文学を我々の必要から遠ざからしめつゝあるか」。

かつて「理想の国は詩の国にして理想の民は詩人なり」といったことを思いかえすと、啄木の思想の変化に感慨を覚えるが、一九〇九年という時点における啄木のこうした発言はその後約八〇年を経た今日においてもなお新鮮である。敗戦後間なしに黒田三郎は、詩人という名において許される特権は何もない、と発言して評判を呼んだが、一九〇九年における石川啄木も同じ立場に立っていた。そうした立場から『あこがれ』をふりかえって啄木が「因襲的な感情のある許り」と記したのはしごくもっともな自己批判であった。だからといって、私たちが『あこがれ』を全否定すべきだ、ということにはならない。

私は、啄木の初期詩篇は一九〇三（明治三六）年一二月号の『明星』にはじめて啄木の名により発表された「愁調」と題する「隠沼」等の五篇にはじまり、『あこがれ』刊行後の一九〇六年四月号の『明星』に発表した「花ちる日」の前後に終る、と考える。あるいは、一九〇七年二月、函館で刊行された雑誌『紅苜蓿《べにまごやし》』第Ⅱ冊に寄稿した「鹿角の国を憶ふ歌」に終るとみるべきかもしれない。『あこがれ』は、『明星』発表の前記「愁調」五篇にはじまり、『明星』一九〇五年四月号発表の「めしひの少女」に終っているので、約一年半の間の作品である。

「食ふべき詩」で啄木自身が記した「二三年の間」と、私の考える初期詩篇の時期とはほぼ一致する。その後に詩風がやや変化することは別にみるとおりである。

これより先、啄木の初期短歌は、一九〇一（明治三四）年、回覧誌『爾伎多麻』に発表した「秋草」にはじまる。当時彼は盛岡中学の四年生であった。『みだれ髪』等与謝野晶子の初期短歌の影響の濃い歌風である。つまり、浪漫的であり、写実的でない。しかし、晶子に認められるような強烈な自己主張としての感情解放もなく、華麗な王朝風のイメージや措辞もない。個性に乏しい、というべきであろう。この時期の作品の中では、『明星』一九〇二年一〇月号に石川白蘋の名で掲載された

血に染めし歌をわが世のなごりにてさすらひここに野にさけぶ秋

の如きに思春期の悶えに似た感情の稚い表現も認められるけれども、この声調には与謝野鉄幹の手が加わっているのではないか、という疑いがある。むしろ、

聖歌《せいか》口にほゝゑみうたふ若き二人二十歳《はたち》の秋の寂しさをいはず

花ひとつさけて流れてまたあひて白くなりたる夕ぐれの夢
ふとさめし瞳とぢてぞ安かりし夢のゆくへの闇をおもひぬ
相逢うてひと目ただそのひと目より胸にいのちの野火ひろごりぬ

の如きに清新な抒情の発露をみるべきであろう。また、これらの作品において末尾七音に抒情が収斂していく歌風は後年の作につうじている。そして、作歌をはじめた一九〇一年、後に結婚することとなる堀合節子との恋愛が急速に進んだ、といわれている。

翌一九〇二年一〇月、啄木が盛岡中学を退学、文学で身を立てる決意をもって上京し、翌一九〇三年二月、行き倒れ同然となり、父に伴われて帰郷した。やがて家族、恋人節子らの愛情に支えられて身心を回復し、作品発表を再開する。一二月一日、『明星』に「愁調」五篇を掲載したことはすでに述べたとおりである。

啄木が詩人として出発したのは、前述のとおり、『明星』に「愁調」五篇を発表したことにはじまる。何故、短歌から詩に移ったかについて、岩城『啄木伝』は、「年来の望みである東京での生活に失敗して故郷の禅房に病苦と傷心の身を横たえる啄木にとって、与謝野鉄幹の東京からの励ましと、堀合節子の変らぬ愛情は、四面楚歌の中に百万の味方を得た思いであり、大きな心の支えとなった。彼はこの二人の励ましをよりどころとして再起し、以後明星派詩人としての道を歩むのである」と記し、さらに、詩人として再起する「奇蹟の数ヵ月」を解く鍵として、「明治三十六年の夏と思われるがアメリカの詩集『Surf and Wave』を入手し、英語に自信のあるところから丹念にこれを読み深い感銘を受けた」、「明治三十六年の夏から秋にかけての夥しい英詩群への関心と、その影響下にはじめて作詩した海の詩が導火線となって若き日の啄木の詩心をひらき、やがて彼は明星派の詩人としてみごとに再起するのである」と啄木のノート「EBB AND FLOW」にふれて記している。私は岩城の見解に必ずしも反対ではないが、この英詩との出会いが短歌から詩への転回の動機のすべてだとは思わない。

節子についていえば、一九〇二（明治三五）年一一月一八日付け小林茂雄宛て書簡で、出京中の啄木は、「たとへば彼の基督教信者が聖なりてふ神殿の壇の上に立つて天なる神の前に二人の肉体の結婚を誓ふ如くに、私ら二人が花深き芸術の園の奥に蜜よりも甘きエロスのさゝやきをきゝまして契りました二つの小さき胸の「愛」てふ一体の魂に、兄は決して嘲りの征矢を射る人ではあるまいと信じて居ります」と書き、同月二〇日の日記には、「我は常に吾等の恋を想ふ毎に、世の人の恋の何故はかなきかを怪しまざるをえず。二つの心霊の相携へ相婚したる時、その値ひ果して世人の見る如く低き者なりや。人は恋よりも却つて結婚を尊べども吾にしてはしからず、真の結婚とは、心と体との両方面に於て初めて成さる者也。而してそは常に、先づ心の相携ふるありて後に体の相抱くのみ」と記している。これらの記述からみても、すでに述べたとおり、啄木と節子とは一九〇二年の出京以前に相携え相抱く関係にあった、これは間違いあるまい。そして出京の挫折と蹉跌とは、それだけに彼らの愛にふかい傷痕を刻んだはずである。

一九〇三年九月二八日付け書簡において啄木は、野村長一に宛てて、「誰恨むではないが、さりとはかよはき布衣《ほい》の子、或は生れぬさきから不運の型で鋳《い》られたのかも知れぬ。（中略）只一言す。嘗て僕の保持した「愛」と云ふことに就いての観念は、「我を愛するもののみを愛す」と云ふ、大に偏狭なものであつた。愛は包容である。一体である。融合である。その後から考へて来て、現在の僕は人生と云ふ混乱矛盾の渦中に或る明瞭な光明を認める様になつた。「自己」と云ふ事を深く〳〵考へると、遂には勇躍して霊性の要求に応じ、大なる意志は単に自己拡張のみではなくて更に自他を融合し、外界を一心に摂容する者であることを自覚してくる。この自覚が電光の如く人心にインスパイアした時、信仰と希望の礎は初めて確然たる地盤をうるのである」と書いている。ここに、啄木の発見があり、詩人の自覚があった。彼は敗残者であり、敗北者である。そう自己を規定した上で、それは自己拡張に執着したからであるとし、自己拡張とともに自他の融合をはからねばならない。「外界を一心に摂容」し、他者と、自然と一体化し、自然と自己との一元化をはかるのである。

これはもはや短歌的抒情の思惟ではない。「隠沼」において、彼は「泥土《ひづち》に似《に》る身」とうたい、「かなしみ喰《は》み去る鳥《とり》さへえこそ来《こ》めや」と願うのだが、その泥土には悲しみが「とこしへ此処《こゝ》に朽《く》ちて」融け沈んでいるのである。

「落瓦の賦」においては、我は「暗と惑ひのほころびに／ただ一条《ひとすじ》のあこがれの／いのちを繋《つな》ぐ光」を望んでいるし、「我なりき」においては、『我』こそは、触れても触れえぬ幻、時より時に跡なき水漚《みなわ》、だとする無常観を彼は奏でている。

『あこがれ』一巻は、坂の上の雲を望むような興隆期の青春の抒情ではない。早熟な青春の挫折の歌なのであり、修辞、表現に模倣が多く、しかも佶屈《きっくつ》の感を免れたとはいえ、これほどにふかい挫折感から詩をうたいはじめた詩人は、啄木と同時代にはいなかった、と私には思われる。そして、そうした憂愁の底から、「ひとりゆかむ」の清冽な抒情がながれでたのであった。『あこがれ』の序詩「沈める鐘」が、さきに引用した野村長一宛て書簡にみられるような思想、それはまた同時期の文章でしばしば語ったことであったが、そうした思想の身構えた詩的表現であるのに比し、「ひとりゆかむ」においては、そうした自然へよりそい、愛と祈りとをひめやかに語り、幻想の森に赴く生のかたちを、みずみずしく、やさしく、うたいあげているのである。この時期の啄木の資質と思惟のもっともすぐれた結実とみてよいであろう。

詩集『あこがれ』の刊行によって啄木は森鷗外をはじめとする文学者、詩人から高い評価をうけたが、その栄光は直ちに彼の第二の挫折、蹉跌につながっていた。

5

これまでも述べてきたとおり、一九〇四（明治三七）年一二月二六日、父一禎が曹洞宗宗務院から宗費滞納により、住職罷免処分を受けた。岩城『啄木伝』によれば、滞納した宗費は一一三円余であった。「伝記的年譜」によれば、一九〇五年三月二日、一家は宝徳寺を退去して、渋民村大字芋田に転居し、四月二五日、さらに、盛岡市仁王第三地割字帷子小路に転居し、五月三日、『あこがれ』が刊行され、五月一二日、父一禎が啄木と節子との婚姻届を盛岡市役所に提出した。

父一禎が宝徳寺住職を罷免され、一家が渋民を退去する状況に追いこまれたのだから、通常人なら速やかに帰郷するはずであるが、啄木のばあいは『あこがれ』が刊行されるまでは帰郷できない、という気持がつよかったにちがいない。それでも『あこがれ』が刊行されればすぐにも帰郷するものと周囲が期待したのは当然であった。そこで啄木が間もなく帰郷することと考え、友人主催の挙式披露宴を三〇日に盛岡で挙行する旨を決定したが、東京から啄木は帰郷しなかった。啄木は五月二〇日帰郷の途についたが、披露宴には間に合わず、新郎不在の披露宴が開かれた。啄木は帰郷にさいして、仙台で途中下車し、仙台の一流旅館である大泉旅館に泊り、土井晩翠に借金し、仙台の学校に在籍していた中学時代の友人小林茂雄・猪狩見竜らと荏苒日を送り、二九日まで仙台に滞在、盛岡に帰るのを遅らせていた。土井晩翠と面識があったわけではない。『あこがれ』の評判を聞いていた晩翠の厚意にすがったのである。第四章でふれる「借金メモ」には、土井晩翠に一〇円、大泉旅館に七円五〇銭の借金があると記されている。大泉旅館の宿泊費は土井晩翠から払ってもらうように言って、引き払ったといわれ、晩翠が支払ったようだが、啄木は、この宿泊費は晩翠からの借金とは別のものと考えていたのかもしれない。五月二二日付けの金田一京助宛ての書簡では「ふる里の閑古鳥聴かむと俄かに都門をのがれ来て、一昨夕よりこの広瀬川の岸に枕せる宿に夢の様なる思に耽り居候」といった気楽そうなことを書いている。どうして啄木は直ちに帰郷しなかったのか。啄木は帰郷すれば一家の長男として生活の責任を負うことになるので、一日延ばしに帰郷を遅らせたのではないか、と私は想像している。じっさい、僧侶として幼いときから修行してきた、父一禎には、通常の人が失職したのと違い、住職を罷免されれば、他に生業はありえなかったのかもしれない。しかし、吉田孤羊『啄木を繞る人々』には、一禎は渋民村の宝徳寺の住職に就任する前、玉山村字日戸の常光寺の住職であったが、「常光寺に転任してから、一意村の発展のため力を注いだ。寺の後に寺小屋とも小学校ともつかぬものを設けて、日戸部落の子弟を教育する傍ら、村政にまで力を注ぎ、道路の改修、田畑の開墾を初め、村のビジネスを一切合切処理してやつたものなさうである。今でも日戸部落を訪ねると、当時一禎氏の教へを受けた人達が、昔語りに手腕家だつた氏の徳を賞め称えてゐる位である」と記載されている。また、岩城『啄木伝』には「開校間もない公立日戸学校（日戸小学校の前身）に教員として採用された」ことがあると『岩手県教育史資料』に記載があることを確認している。それ故、一禎は、塾のようなものを設けて、子弟を教育することなど、生計を立てる工夫をする能力があったと思われるが、住職を罷免されて以後、まったく家長としての責任を放棄し、いかなる収入を得る手段も講じなかった。このような一禎の身の処し方がまことに不可解であることは先人の指摘しているとおりである。

啄木が盛岡に帰ったのは六月四日であった。同月二五日、同市内加賀野第二地割字久保田（盛岡市加賀野磧町）に転居した。父一禎、母カツ、啄木、妻節子、妹光子の五人が同居する生活であった。

三浦光子『兄啄木の思い出』は、この家は「玄関の二畳、女中部屋の四畳、その右に六畳、その裏に八畳と、その左に四畳半で家賃は五円だったと覚えている」と書いている。

すでに記したような父一禎の態度から啄木が一家の責任を負うこととなったのだが、啄木には収入を得る手段がない。啄木が雑誌『小天地』の刊行を計画したのも、生計の資を得るためだったにちがいない。金田一京助の「啄木余響」によれば、「其処へ、町の富豪の御曹司で、文学に遊び、兼ねてまた新詩社の年若い同志であった大志田落花氏が、相提携して雑誌を出そうという話を持って見えたのである。石川君は、すっかり喜んで、檄を東都の文壇に馳せ、郷土の誰彼をも相語らって、早速純文学雑誌『小天地』の発刊となったのである」。金田一京助は「大志田落花」と記しているけれども、大信田落花が正しく、名は金次郎、三浦光子の『兄啄木の思い出』には「大信田さんは呉服屋の若主人で二十一、二歳であった。痩型のふつうのタイプの人で自転車でよく見えた」とある。文学的経歴からも素養からも『小天地』の編集等は啄木が主宰し、大信田金次郎は後援者、出資者にすぎなかったにちがいない。九月五日に第一号が発行された。「伝記的年譜」によれば「主幹・編集人石川一、発行人石川一禎。発行所は啄木の居住地内小天地社。岩野泡鳴、正宗白鳥、綱島梁川、与謝野寛、小山内薫、平野万里らに盛岡地方在住の小笠原迷宮、新渡戸仙岳ら三十数名の作品を掲載。自らも「仏頭光」の題下に長詩三篇と長歌・短歌などを発表。雑誌は特色ある地方文芸雑誌として文壇の好評を得た」という。しかし、『小天地』は第一号を刊行しただけで、第二号の原稿はかなり集まったようだが、結局刊行されなかった。啄木に『あこがれ』の詩人という若干の名声はあっても、雑誌の発行・販売の経験も知識もまったくないのだから、第一号で終るのが当然であった。このような雑誌を、盛岡のような地方都市で継続して発行し、営業的に成り立つことがありうるとしても、これはきわめて難しい。成り立たないと考えるのが常識であろう。成り立つかのように思ったのは啄木の錯覚であり、無謀さであった。後援した大信田は無智であった、と思われる。

ただ、『小天地』に啄木が掲載した詩三篇、ことに「落日」「東京」の二篇は注目に値する。

爛々と火の如き日は海に落ちむとす。
大空はおしなべて黄金の光なり、
海原も黄金の焔にぞ燬《や》かれたる。
巌嚙《いわほか》み、沙を呑み、戦ひの詩を刻む
荒磯の沙丘《すなをか》に立ちつくし、涙垂《た》る。
落つる日は我を、また、我は日を凝視《みつめ》たり。
落つる日は何ぞまた明日《あす》の日の暁を
思はむや。ひたすらに、かくて見よ権威なり。
終焉《しゆうえん》の悲劇をば荘厳《おごそか》にくりかへす。

一連三行、八連から成る「落日」の冒頭の三連だが、最終の第八連を以下に示す。

涙のみいと熱《あつ》く垂《た》ると見て、目あぐれば、
日は既に落ち去《さ》んぬ。——我も亦人《ひと》なりき。——
日は暮れぬ、さはあれど、眠るべき暇もなし。

全文を引用しないけれども、永遠の時間と対峙して終焉を凝視する「我」を張りつめた格調でうたった、啄木の詩作の中でも佳作といえるであろう。「東京」はさらに注目に値する。二行、五行、五行、二行、五行、五行、二行という構成にも苦心がみられる作品である。

かくやくの夏の日は、今
子午線《しごせん》の上にかかれり。

煙突の鉄の林や、けむり皆、煤黒《すゝぐろ》き手に、
何をかも握《つか》むとすらむ、ただ直《ひた》に天《あめ》をぞさせる。
百千《もゝち》網《あみ》巷々《ちまた〳〵》に、空車《からぐるま》行く音だもなく、

今、見よ、都大路《みやこおおじ》に、大真夏《おほまなつ》光動かぬ
寂寞《じゃくまく》よ、霜夜の如く、百万《ひゃくまん》の心を圧《お》せり。

千よろづの甍《いらか》、今日《けふ》こそ、音《ね》を立てず打鎮《うちしづ》まりぬ。
紙《かみ》の片《きれ》白き千《ち》ひらを蒔《ま》きて行く通魔《とほりま》ありと、
家々《いへ〳〵》の門《かど》や、又牕《まど》、黒布《くろぬの》に皆閉《と》ざされぬ。
百千網《もゝちあみ》都大路に人の影、暁星《あかぼし》の如、
三人《みたり》のみ。かくて、骨泣《ほねな》く寂滅《じゃくめつ》の死《し》の都《みやこ》、見よ。

啄木にとって、東京は死の都であり、文明の煤黒く汚れた手でひたすら天をめざす欲望の町であり、通り魔がまき散らす札を避けて門を閉ざさなければならない都会であった。炎天下、ほとんど人影を見ない東京という都会をイメージした作品であり、やはり、ここには髑髏が充満し、墓で埋まっている。

『小天地』に先立って、啄木は「岩手日報」に「閑天地」と題する随筆を六月九日から二一回にわたり連載している。当時の啄木の心境をかいまみておくためその一部を紹介する。第五回は「世の教育者よ」と題し、「一友あり、嘗《かつ》て吾に語るらく、余の都門に入りてより茲《ここ》に五年、其間宿を変ふる事十数回に及びぬ。或時は黄塵煙の如き陋巷《ろうかう》に籠り、或時は故郷を忍ぶたつきありと物静かなる郊外に住みつる事もありき。然《しか》もかの駒込の奥深き一植木屋の離亭《はなれ》借りたる時許《ばか》り、やさしくも親しき待遇《もてなし》享《う》けし事はあらず、と。我しづかに思へらく、然《しか》るか、然るか、あゝ夫《そ》れ実に然らむ也」とはじまる。

「我をして先づ想はしめよ、見せしめよ、聞かしめよ、而《しか》して教へられしめよ、彼植木屋は何ぞ。彼はこれ一箇市井《しせい》の老爺《らうや》、木を作り、花を作り、以て鬻《ひさ》いで生計を立つる者のみ。等しく生計を立つるが為めなりと雖《いへ》ども、然も彼の業は、かの算珠《さんしゆ》盤上に心転々し、没索《ぼつさく》たる生活に日夕を埋めて、四時の発落《はつらく》さへも知らぬが如き非興のものに非ず。早春風やはらいで嫩芽《どんが》地上に萌ゆるより、晩冬の寒雪に草根の害《そこな》はれむを憂ふるまで、旦暮《たんぼ》三百六十日、生計の為めにすなる勤行《ごんぎやう》は、やがて彼が心をして何日しか自然の心に近かしめ、凭《よ》らしめ、親しましめ、相抱かしめ、一茎の草花、一片の新葉に対するも、猶《なほ》彼が其子女に対するが如き懸念と熱心と愛情とを起すに至らしめたるにはあらざるか」。

以下は略すが、こうした植木屋の心を説いた後、一転して次の文章に続く。

「翻つて問ふ。世の教育者、特に小学教育者諸子よ。諸子はこゝまで読み至つて何の感慨をか得たる。諸子既に人を教ふるの賢明あり、以てかの無学なる植木屋の老爺に比すべからず。剰《あまつ》さへ諸子の花苑には、宇宙の尤《もつと》も霊妙なる産物たる清浄無垢《むく》の美花あり。その花、開いては天に参し、地を掩《おほ》ふの姿にも匂ひぬべく、もとより微々たる一茎一枝の草樹に比すべからず。然《しか》れども諸子よ、ひるがへつて乞ひ問はむ、諸子が其霊妙純聖の花を育てながら、よく彼の一老爺が草花より得たると同じ美しき心をば各々の胸に匂はせつゝありや。諸子は其多数が比々として表白しつゝある不浄と敗亡と乱倫とを如何せんとするや。あゝ我は多く云はじ、たゞ一言を記して、世の聖人たらざるべからずして、然も未だ成れるを聞かざる小学教育者諸子に呈す、諸子先づ三尺の地を割いて一茎の花を植ゑよ。朝に水をかひ、夕に虫をはらふて、而《しか》して、一年なれ、二年なれ、しかる後に静かに其花前に跼《ひざまづ》いて、思へよ、恥ぢよ、悔いよ。かくて初めて汝の双肩にかゝれる崇高絶大の天職も、意義あり、力あり、生命あり、光あるに至らむ也」。

後に渋民村に代用教員として赴いた啄木には、もちろん父一禎復職の運動の意味もあったろうが、小学生教育に対する彼の抱負もあったはずである。

「閑天地」の第一四回、「我が四畳半　五」は彼が二年四ヵ月前に神田小川町で買った帽子の話である。買ったときは「目も鮮やかなるコゲ茶色」であったが、その間、あかどろ色に変色している。傘なしに出かけて雨に降られても駆けだしたりはしないから、この帽子を傘代わりにしている、と書き、末尾を次のとおり結んでいる。

「また一年の前なり、その村の祝勝提灯行列の夜、幾百の村民が手に手に紅燈を打ふりて、さながら大火竜の練り行くが如く、静けき村路に開闢《かいびやく》以来の大声をあげて歓呼しつゝ家国の光栄を祝したる事あり。黄雲の如き土塵をものともせず、我も亦《また》躍然として人々と共に一群の先鋒に銅羅声《どらごゑ》をあげたりき。これこの古帽先生が其満腔の愛国心を発表しえたる唯一の機会なりし也」。

この他、啄木は日露戦争にさいして「岩手日報」に「戦雲余録」と題して一九〇四（明治三七）年三月、八回にわたり短い随想を寄稿しているが、その第二回は、冒頭に「今の世には社会主義者など丶云ふ、非戦論客があつて、戦争が罪悪だなど丶真面目な顔をして説いて居る者がある」と書き、また、「今や挙国翕然《きふぜん》として、民《たみ》百万、北天を指さして等しく戦呼を上げて居る。戦の為めの戦ではない。正義の為、文明の為、平和の為終局の理想の為めに戦ふのである」と書いている。

この時点における啄木が戦争をみる眼はまさに庶民がみる眼と異なるものではなかった。

これらの寄稿は幾何かの収入をもたらしたであろうが、家計は売り食い、質入れ、借金でまかなわれていた。そういう状況のなかで、啄木は渋民村に戻って代用教員になることを決意する。

6

一九〇六（明治三九）年三月四日、啄木は母カツ、妻節子とともに渋民村大字渋民斎藤方に転居した。岩手郡役所学務係であった節子の父堀合忠操をつうじて岩手郡視学に郡内の小学校への就職を願い出ていた結果、渋民小学校の代用教員として採用されることが決まったからであり、啄木としては父一禎の住職への復職を実現させるためであった。同月二三日、曹洞宗宗務院から一禎の懲戒赦令が発令された。岩城『啄木伝』によれば、「曹洞宗宗憲」が同年二月二八日に制定発布されたことによる恩赦令にもとづくものであった。しかし、一禎が宝徳寺の住職を罷免された後、後任の代務住職として寺務を処理していた中村義寛も住職跡目願を曹洞宗宗務局に提出したので、一禎と中村義寛のいずれを住職に任命すべきか、宗務局もその処置に迷い、宝徳寺再任の問題は容易に解決しなかった、とある。また、村内檀徒間では一禎派と代務住職中村義寛派との抗争となった。

四月一四日、啄木は渋民小学校に代用教員として初出勤した。月給は八円であった。「渋民日記」三月二七日の項に次のように書いている。

「貧の辛さがヒシ〳〵と骨に泌む。読むに一部の書も無き今の自分は、さながら重大な罪を犯したかの如く、我と我が心に耻しい。蔵書と云つては、自分の「あこがれ」と、古雑誌が二三十冊と、その外に売り残した二三部の詩集、新約全書位なもの。朝起きる、机の上には硯と紙と古雑誌、許り、之を一瞥した時の自分の眼には、方三尺にも充たぬ一閑張りの机の上が、恰も無辺無人の大荒野の様に思はれる。飯と干大根の味噌汁と、沢庵漬と、これだけでも身軀の糧は足りる。新聞紙と茶呑話が何で精神の糧になり得やう。自分が時々抑へきれぬ不快の謀反心に駆られるのは、つまり、糧を与へられぬ自分の精神が、餓の苦みに堪へかねて暴動を敢てするのであらうか。又、精神の餓えた部分が、今迄に蓄へた養分をも喰つてしまふがために、自分は今詩をも小説をも書く気に成れぬのではあるまいか」。

四月八日の記事の末尾は、直接、窮乏にふれてはいないが、次のとおり書いている。

「青春の時代は、たとへば、波しづかなる春の浦回の真砂の上に立てられた楼閣の様なものである。生活の濁海の、怒り立つ濤に寄せられては、刻々に砕け〳〵て、跡かたもなき黒潮の中に葬られて行く」。

数え年二一歳の青年の感想としては侘しすぎ寂しすぎる。七月末、以下の記述がある。

「八円の月給で一家五人の糊口を支へるといふ事は、蓋しこの世で最も至難なる事の一つであらう。予は毎月、上旬のうちに役場から前借して居る。予が諸方の友人へ疎遠をして居るのは、多く郵税を持たぬからだ、又、紙のない時もある。巧みに世に処するには、金が一番必要だ。予は此点に於て極めて不幸な境遇にある。実に予は不幸だ。或はこの不幸は自分の一生の間続くかも知れない」。

一家五人というのは、一家四人の誤記と思われる。この年四月一〇日に父一禎が帰郷して同居、四人になった。長女京子が生まれて一家五人になるのは一二月である。

八月中の記事に次の記載がある。

「越えて七日、又一葉の葉書、矢張り聴取る儀があるから……といふのが盛岡地方裁判処検事局から来た。噫、蛇の企《たく》みは余程深く根を張つたものであらう。予はその夜出盛して、翌日大信田を訪ねた。彼は、被害者たる筈の彼は、其父と共に予を迎へて、大にもてなして呉れた。彼は事実によつて予の味方である。そして無論予に対して何の悪意をも持つて居ない。予は安心した。天道は矢張明らかである。

九日午前、検事局に出頭した。そして今迄見た事のない別天地を見た。第二号調処といふ室で、眠さうな検事がハイカラな書記を随えて出て来て予を訊問した。予は有の儘答へた。さらば大信田をつれて来いといふ。すぐ伴ふて来た。検事は大信田に訊問した。その答が無論予の言と同じ事であつた。予はかくて何事もなく飄然として裁判処の門を出た。

あゝ、世の中、世の中とは斯らいふものかと感じた。予は初めから此事件に就いて極めて平気であつた。若し罪なき身を罰する法律があるなら、監獄に入れられてもよいと思つて居た。然し今の世では矢張そんなことも出来ないものと見える。

一方に極めて平気であつた予は、更に他面に於て大に奮慨した。石川啄木不肖と雖ども狗盗の真似をするものか。世の中は滑稽なものだ。予は貧乏だ、借金持だ。つまりそのために斯んな詰らぬ事に逢つたのであらう。平民と貧乏人は常に虐待される。日本はまだ憲法以外一切のものが皆封建時代である。予は奮慨せざるをえなかつた。すぐ大復讐をしてやらうかと迄思つた。しかし、石川啄木がそんな賤しい事は出来ぬと考へて、たゞ笑つてしまつた。

又一方に於て、予は甚だ悲しかつた。故郷！　故郷の山河風景は常に、永久に、我が親友である。恋人である。師伝である。然し乍ら、噫、何故なれば故郷の人間はしかく予を容れざらむとするのであらう。予は長嗟した。そして、すぐにもこの村を出やうかと考へた。然し、また、嬉しき景色、嬉しき人、嬉しき事の数々をかぞへ来ては、自分は矢張この、世界にまたとなき渋民を遽かに離れる事が出来ぬ様にも感ぜられる」。

啄木はこの事件について「平気」だったわけではない。検事局に出頭するに先立って、八月四日付けで大信田金次郎宛てに「兄よ、兄よ、今此手紙を書くに当りて、私は抑々《そもそも》何の言葉を以て初むべきや」と書きおこした、悲痛な書簡を書いている。じっさい、啄木が大信田から預かった金銭を費消したのではないか、ということが問題となっていたようである。すなわち、六月二〇日付けで大信田金次郎に宛てた書簡では「本月十日より二週間の農繁休業を得候ひしを幸ひ、南の国の恋しさに堪へかねて十二日の朝よりこの都門の客と相成居候」などと書いた後、「唐突にこの書認め候ふに就いて、一つ理由あり、乃ち、新詩社にては、今年二月、兄上京の際、私より兄へ送るべかりし金員に就いて、若しその郵便の着したのを秘したのではないかなど、兄より疑はれて居らぬかと、大変御心配し居られ候、誠に意外の事に候、あの時はトンダ事打続き、私も、兄へ尽さんとすれば、兄の御家から疑はれるしどうも仕様なく成りて、兄へ送るべき金を、御家よりの御使者に相渡し候ひし次第、既に兄の御存じの如し」などと書いている。この書簡は千駄ヶ谷から発信されているので、心配しているのは与謝野夫妻であろう。この啄木の弁明で大信田が納得したのかどうか分からないが、与謝野夫妻までが心配し、釈明を求めるような事態が、大信田から啄木が預かった金員に関しておこっていたようである。「伝記的年譜」の同年八月四日の項に「大信田金次郎（落花）の委託金費消の疑いで沼宮内警察分署長の取り調べを受ける。事件は警察の「認知」による」とあり、同月七日の項に「盛岡地方裁判所検事局の呼び出しを受けて出頭、委託金費消について佐賀検事の取り調べを受けるが、大信田金次郎の証言で事なきを得る」同月九日の項に「盛岡地方裁判所検事局は大信田金次郎の委託金費消に対する「被疑者　石川一」に対し不起訴処分を決定する（現在盛岡地方検察庁に保存される当時の「検務事件簿」によると、担当佐倉検事、不起訴の理由は事件が「軽微」、起訴に関する「警部の意見に反」と記載されている。）」とある。

啄木の事件の当時、より正確にはアジア・太平洋戦争の敗戦後の司法制度改革に至るまで、現在の検察庁は裁判所に属していた。それ故、盛岡地方裁判所検事局という表現がされるが、司法制度改革の後は検察庁と名称も変り、裁判所から完全に独立した。したがって、盛岡地方検察庁が現在、記録を保存しているわけである。また、「軽微」というのは「軽微」であっても、犯罪はあったということであり、犯罪とならないのであれば「嫌疑なし」という理由で不起訴処分にするのが通常である。「軽微」としたのは、検事は大信田の証言があるので、不起訴に決めたものの、疑問を払拭できなかったと理解すべきである。

それにしても、大信田金次郎の告発がないのに、沼宮内警察が自発的に捜査に乗りだしたのは、やはり一禎の復職に対する反対派の策謀という啄木の想像は正しいのかもしれない。

代用教員としての啄木の月給は八円、啄木の小説の処女作「雲は天才である」によれば校長の月給は一八円ということだが、八円で四人の生活をまかなうのは容易なことではなかったはずである。まてそれまでの借金の返済などできるはずもない。それでも四月二三日付けの太田駒吉宛て書簡では「かねて月末迄の日延べお願申置候ひし所、二十五日には是非共御返金申上げねばならぬ今日の仰せ、もとより当方の悪いのに候へば、一言も申上ぐる所無之候、実は私も去る十四日より愈々当村小学校に奉職の事と相成り、目下毎日出勤罷在候が、去る廿一日の月給日にも請求致し候ひしも俸給金村役場より出来ず、お葉書によつて今日も催促に参り候ひしも矢張り駄目、これは昨年の凶作の影響にて村税未納者多く、村費皆無のために候、誠に困り入り候」と書いている。いうまでもなく、啄木は月給を前借しているのだから、村役場が月給を支払わないというのは嘘である。このように借金の返済を迫られ、弁明にもならない弁明をしながら、逆に、新たな借金をしなければ啄木一家の生活は成り立たなかった。

「人生に対する予の不平は日々に益々多し、生活の苦闘も亦日に甚だし、八円の月給がよく一家五人を養ひうるの理遂になきなり、然れども一切の不平は却つて予が精神を鼓舞するの良薬なり」。

これは五月一一日付け小笠原謙吉宛て書簡の一節である。このように言う前に、啄木は同じ書簡の中でも次のとおり語っている。

「笑ひ給ふ勿れ、啄木は今、月給八円の代用教員に候ふ也、而して村役場の慈悲深き、この驚くべき多額の俸給をすら、仲々払つてくれぬに候、明治の聖代が詩人を遇するの道、又至れる哉。春燈静夜、時として傾天の興趣油然として湧くことあり、しかも机上を探つて一葉の紙片をもえざる事多し、か丶る時、小生はたゞ瞑目して苦茗を啜るのみ。寄贈を受けつ丶ある明星と帝文の外に、凡百の雑誌乃至新刊旧刊の書、一も手にする事なし、君願はくは、時に読み古しの雑誌の寄贈を惜む勿れ」。

しかし、この書簡を次のように続けていることはいささか慰めになるのではないか。

「か丶る境にありて、我が唯一の楽しみは、故山の子弟を教化するの大任也。小生は蓋し日本一の代用教員ならむ、兄よ、願くはこの小さき自負を公言するをゆるせ、朝起きて直ちに登校す、受持は尋常二年也、十分休み毎には卒業生に中等国語読本を教ふ、放課後は夕刻まで英語の課外教授をなす、一日自分の時間といふものなし、(中略)兄よ、詩人のみよくひとり真の教育者たりうるには非ざるか」。

ここには日本一の代用教員という自負が語られている。これが「雲は天才である」の冒頭の主調音となっていることは知られるとおりである。渋民村の代用教員、啄木を支えていたものはこうした彼の自負であり自恃であった。ただ、詩人では借金を返済できない。彼は「雲は天才である」を書くことを決心する。彼は同年八月四日、大信田金次郎に宛て、「何故に小説を書き初め候ひしや？　予《かね》てより心がけ居候ひし所なれば理由は種々あり。然れども小生をして最もこの小説をかくべく急がしめたるものは、実にそれにより得べき原稿料を以て、兄に対する昨年来の不義理を償はむとするの希望に候ひき」と書いているのは、そのまま彼の真情を語ったものとみてよいだろう。「雲は天才である」の執筆を開始したのは同年七月三日であった。当時の環境からみれば、『明星』風の浪漫主義は彼にとって譫言のようにみえたにちがいない。もっと散文的世界に彼は生きていたのであった。しかも彼は小説を書くことによってたやすく原稿料が得られるかの如くに錯覚していた。そういう意味では、彼は依然として夢を趁う人であった。

こうした環境において、どういう心情を啄木は抱くこととなったか。

「我れ生れてより孤負《こふ》の性《さが》を持てり。されば何事にまれ人の言葉に従ふといふことを知らず、たゞ一向に己れの欲する道を行き、己の欲する所を行へり。独り学び、独り立ち、独り進み、独り戦ひ、而して又独り自らの心に裁断し、安住し、執着し、自矜《じきん》す」

とは一九〇六（明治三九）年一月一日の「岩手日報」に発表した「古酒新酒」の一節である。ここに私たちは彼のふかい孤独感、その孤独感とないまぜになっている烈しい自負と戦闘心をみることができるだろう。じっさい啄木は、生涯をつうじ彼自身を戦士、兵士になぞらえていた。敵はいうまでもなく、彼をとりまく外界一般である。渋民村を間もなく去ることとなる一九〇七年三月一日の『盛岡中学校校友会雑誌』に寄せた「林中書」において彼は記す。

「諸君、新建設を成就せむが為めには、先づ大破壊を成就せねばならぬ。破壊を始めるには、先づ其目的物の最も破壊し易き箇所を偵知する必要がある。

予の師団は、司令官一人と兵卒一人から成立つて居る。そして司令官と兵卒とは同一人で兼務して居る。乃《すなは》ち予は予の師団の全部である。此師団は、曩《さき》にも云つた如く、第一戦に敗北して、今第二戦の準備中である。戦闘準備の中には偵察任務も含まれて居る。予は予自身に命じた、「汝は斥候として敵の動静を仔細に探れ。而《しか》して若し出来得べくんば、帰りの駄賃に何処かへ爆烈弾でも仕掛けて来い。」

かくて予は今危険なる間者《かんじゃ》である、代用教員である」。

一方、同じ「林中書」は、「諸君、予は盛岡中学校の七月児で、今、みちのくの林中の草の根方《ねかた》に転がつて居る石塊《いしころ》だ」、という悲痛な自己規定をも記しているのである。

『あこがれ』以後の文語詩篇には、明らかに啄木の詩人としての成熟が認められる。「この心」における、ことに第一章における、あるときは極北、風も絶えた氷原の暗闇、ときにまた、火喰鳥に喰いちらされて血にまみれた心、にはじまる心象の造形には修辞に心を砕くというよりも、ひたすらに内心を瞶める眼差しがある。「花ちる日」は『明星』の競作作品であり、ここにも薄田泣菫らの影響は確かだが、「ああ大和にしあらましかば」にみられるような華やいだ幻想の眩しさはない。一九〇六年三月一八日、「渋民日記」として知られる日記にその「梗概」を記しているが、その一部を抄出すれば次のとおりである。

「自分が幾年の前希望を抱いて故郷を南に去つたのもこの道であつた。今自分はうらぶれて再びこの道をかへつて来た。わが衣の破れをつくらふとてか降る花はしきりもなく散りまた散る。しかし自然の春は再び廻つてくるであらう。人の世のいのちの花一度散つては残るものたゞ蒼白き追憶の影許り」。

「花ちる日」は敗残の歌である。しかし、必ずしも未来への再生の希望を失っているわけではない。この年石川啄木はいまだ数え年で二一歳。「花ちる日」は敗残の抒情を若々しく瑞々しくうたいあげた。啄木が渋民村を去り、こうした抒情の世界から去る日はもう間近い。

7

啄木の「明治四十丁未歳日誌」の三月五日の項に次の記述がある。

「此一日は、我家の記録の中で極めて重大な一日であつた。朝早く母の呼ぶ声に目をさますと、父上が居なくなつたといふ。予は覚えず声を出して泣いた。父上が居なくなつたのではなくて、貧といふ悪魔が父上を追ひ出したのであらう。暫くは起き上る気力もなかつたが、父上は法衣やら仏書やら、身のまはりの物を持つて行かれたのだ。母が一番雞の頃に目をさました時はまだ寝て居たつたのだといふから、多分暁近く家を出られた事であらう。南へ行つたやら北へ行つたやら、アテも知れぬけれど、兎に角野辺地へは早速問合せの手紙を出すことにした。此朝の予の心地は、とても口にも筆にも尽せない。殆んど一ヶ年の間戦つた宝徳寺問題が、最後のきはに至つて致命の打撃を享けた。今の場合、モハヤ其望みの綱がスッカリきれて了つたのだ。それで自分が、全力を子弟の教化に尽して、村から得る処は僅かに八円。一家は正に貧といふ悪魔の翼の下におしつけられて居るのだ。されば父上は、自分一人だけの糊口の方法もと、遂にこの仕末になつたものであらう。予はかく思ふて泣いた、泣いた」。

これより先、前年、一九〇六（明治三九）年一二月二七日の「渋民日記」には次のとおり記されていた。

「老父の宝徳寺再住問題について、一大吉報が来た。白髪こそなけれ、腰がいたくも曲つた母上は、老の涙を落して、一家開運の第一報だと喜んだ。予は母の顔を見て心で泣いた。あゝ不孝なる児！この二年間の貧は父と母とをして如何程心を痛ましめたであらう。そしてこの両親の慈愛は、日がな夜がな、予のためによかれと神仏に祈つて居らるるではないか。有がたいは親の心である。予は母の喜びの涙を見て、今迄の不孝をひし〳〵と感じた」。

岩城『啄木伝』は、同じ一二月二七日、一禎の再住は曹洞宗宗務局により正式に認められたが、それには「重要な前提があった。それは「被免者ノ能力ニ依リ住職シ得ラル」という規程である」といい、「啄木の父親は最後の段階で百十三円余の宗費全額弁済という再住の条件を満たすことができず、再住を諦めて三月五日の未明ひそかに家出して青森県野辺地の師僧を頼ったと私は考える」と記している。

もちろん岩城の考えが正しい。むしろ、一禎や啄木一家が、滞納している宗費を滞納したまま、再住が許されると考えていたのならば、それこそ常識はずれも甚だしいと考える。むしろ、私は、そういう前提に立って、どうして一一三円余程度の決して莫大とはいえない金額を工面できなかったか、を考える。これは遡って、一九〇二(明治三五)年一一月から翌年二月末に啄木が東京でつくったほぼ二〇〇円の借金に原因があると考える。このとき、啄木が東京でつくった借金がほぼ二〇〇円ということはすでに説明したとおりである。その後始末に宗務局に納めるべき宗費があてられたばかりか、それまでの貯えはもちろん、できるだけの借金をしたにちがいない。それでも小日向台町の下宿大館に対する三〇円を支払えなかったことは、そこまで工面できなかったからであろう。これらの借金が、その後の啄木一家の生活状況からみて清算できたはずがない。むしろ、借金の総額は増えていたであろう。したがって、滞納宗費一一三円余を納付することはできなかった。一禎としては家出するより他、なかったのである。そうとすれば、啄木の最初の上京のさいの常軌を逸した浪費とそのための借金こそが、父一禎を住職罷免に追いこみ、啄木一家の窮乏の原因であった。つまりは啄木一家の当時の窮乏、また、啄木の生涯にわたる窮乏、借金で日々を送る生活を余儀なくさせたのは啄木自身の最初の上京のさいの無謀で金銭感覚の欠如した浪費の結果であった。前に引用した「渋民日記」の一九〇六(明治三九)年一二月二七日の項に「あゝ不孝なる児！　この二年間の貧は父と母とをして如何程心を痛ましめたであらう。そして此の両親の慈愛は、日がな夜がな、予のために よかれと神仏に祈つて居らるではないか。有がたいは親の心である。予は母の喜びの涙を見て、今迄の不孝をひし〳〵と感じた」とあるのは、この事実を指していることは明らかであるように思われる。

8

一禎の復職運動がこうして消滅した。そうなると、啄木が渋民にとどまる理由はないから、一九〇七年四月一日、渋民小学校に辞表を提出した。「伝記的年譜」によれば「岩本武登助役や畠山享学務委員に留任を勧告せられる」とあり、ついで「四月十九日　高等科の生徒を引率、村の南端平田野に赴いて校長排斥のストライキを指示。即興の革命歌を高唱させて帰校。万歳を三唱して散会。果然問題紛糾し、村内騒擾の末翌二十日遠藤校長に転任の内示（六月五日付で岩手郡土淵尋常高等小学校訓導兼校長に転出）、啄木も二十一日付で免職の辞令が出た」とある。

渋民に舞い戻って代用教員をしながら父親の復職のために苦労してきた啄木の努力も水泡に帰したわけだが、校長排斥のストライキはおそらく余計であった。啄木の生活様式というべき発作的な無謀な行動がこのときにもなされたとみるべきかもしれない。あるいは、彼には彼なりの信念があったかもしれない。さきに引用した「林中書」で彼はこう記していた。

「乃《すなは》ち、教育の最高目的は、天才を養成する事である。世界の歴史に意義あらしむる人間を作る事である。それから第二の目的は、係《かか》る人生の司配者に服従し、且《か》つ尊敬する事を天職とする、健全なる民衆を育てる事である。然し、最高目的は何処までも最高目的で、第二の目的は矢張何処までも第二の目的である事を忘れてはならぬ。又別な言葉で云ふと、教育の真の目的は、「人間」を作る事である。決して、学者や、技師や、事務家や、教師や、商人や、農夫や、官吏などを作る事ではない。何処までも「人間」を作る事である。唯「人間」を作る事である。これで沢山だ。智識を授けるなどは、真の教育の一小部分に過ぎぬ」。

右には天才を自負した啄木の倨傲があるし、その倨傲に由来する教育制度への違和感の表明がある。だが、教育制度について彼が次のように書き進めるとき、彼は現代にもつうじる教育制度の本質的問題を指摘していた、と考えるべきではなかろうか。

「曰く、日本の教育者には、高俊《こうしゆん》、或いは偉大なる人格によつて、其子弟に「人間の資格」を与へる様な人が沢山あらうか。はた又、彼等「諸先生」は、上級の学校に入り、若くは或職業に就く為め資格をのみ与ふる一種の機械であらうか。如何《いかん》。

曰く、日本の教育者には、月給の高い処へ転任する為めには、泣いて別を惜む子弟をさへ捨てて顧みぬ様な人はないであらうか。如何。

曰く、日本の教育者には、子弟の不品行を社会から攻撃されて、「我等は之れ教官なり、願くは我等をして唯教官たる立場を守らしめよ」と泣訴《きふそ》する人はないであらうか。如何。

曰く、日本の教育者には、規定の時間内に規定の教材を教へれば、それで教育の能事了れりとして、更に他を省みぬ人がないであらうか。如何。

曰く、日本の中学校には、他の学科が如何に優秀でも、一学科で四十点以下の成績を得ると、落第させるといふ学校はないであらうか。如何。又、然《さう》いふ生徒は成程全科卒業といふ証書を貰ふ資格はあるまいが、人間といふ資格も矢張それで欠けて居るであらうか。如何。

曰く、人には誰しも能不能のあるもの。得意な学科もあり、不得意な学科もある。そして得意な学科には自《おのづ》と多量の精力を注ぐものであるのに、一切の学科へ同じ様に力を致せと強《し》ふる教育者、――ツマリ、天才を殺して、凡人といふ地平線に転輾《ころが》つて居る石塊《いしころ》のみを作らうとする教育者はないであらうか。如何」。

「予は盛岡中学校の七月児で、今、みちのくの林中の草の根方《ねかた》に転がつて居る石塊《いしころ》だ」、と同じ文章に書いていることを想起するまでもなく、右の文章には、自ら招いたこととはいえ、彼を退学に追いこんだ盛岡中学への恨みがこめられていること、天才を自負する彼の倨傲にもとづく弁解が隠されていることはみやすい。たとえば、彼がカンニングしたのは、彼が不得手であった数学であった。しかも、官僚制下の教育の問題が的確に指摘されていることを見逃してはなるまい。

しかし、啄木の見解がいかに正当であったとしても、辞表を提出した後になって生徒に校風刷新や校長排斥のストライキを指嗾することに、正当性はない。父親の宝徳寺住職への復帰という夢が破れた彼にとって、この事件はいわば行きがけの駄賃であったし、自暴自棄的な衝動的な行動であった。渋民村の村民にとっても、啄木が行きがけの駄賃に迷惑の種をまいたもの、としか理解されなかったであろう。その結果が、石をもて追われるような心境で啄木は渋民村を去らざるをえないことになったのであり、生きてふたたび渋民村の土をふむことができないこととなった。彼自身の短慮が彼に与えた傷はふかく厳しいものであった。

第二章　北海道彷徨

1

一九〇七（明治四〇）年五月四日、啄木は、妹光子を連れ、妻子は実家に、母は渋民の知人宅に託して、渋民を離れ、五日、函館に到着した。

何故、上京を志すことなく、北海道に渡ったか。第一回の上京のさい、一九〇二（明治三五）年一一月三〇日の日記に「都府とや、あゝこれ何の意ぞ。吾闇を出でゝ相交はる髑髏百四十万。惨たる哉、吾友は今、吾胸に満足せしむべくあまりに賢きを如何せん、吃、天地の間、吾道何ぞ茫漠たるや」と書いたことはすでに引用した。小林茂雄宛て書簡にも「私は生き乍ら埋められた百四十万の骸骨累々たる大なる墓を見ました。あゝこの偉なる墳塋《ふんえい》を。――そして私自身もその寒髑髏の一つなのか？これが私東京にきて先づ第一に起つた疑惑であります」と書いたことも引用した。『一握の砂』に「人みなが家を持つてふかなしみよ／墓に入るごとく／かへりて眠る」という歌が収められているが、東京の家々を無数の墓とみることは、啄木が第一回の上京のときからの感慨であった。同じ東京観は『小天地』に掲載した詩「東京」にも認められることはすでにみたとおりである。

「渋民日記」の中で「四月二十九日迄毎日日記を書いて居た。が、その後、今日七月十九日迄八十日間はそれを中絶した」と書き、その間を埋める「八十日間の記」をまとめて書いているが、その中で「予にして若し一家を東京に移さんとすれば、必ずしも至難の事ではない。予は上京の初め、都合によつたらさうしやうと考へて行つた。無論出来る。しかし予の感ずる処では、東京は決して予の如き人間の生活に適した所ではない、本を多く読む便利の多い外に、何も利益はない。精神の死ぬ墓は常に都会だ」と書いている。これは彼の虚勢にすぎない。彼の東京における生活の困窮、悲惨は第四章に記すこととする。

何よりも二回の上京において彼は生活の目途を立てる方法を東京で見いだすことができなかった。それが与謝野寛・晶子夫妻はじめ友人、知己の多い東京へ行くことを諦め、苜蓿《ぼくしゆく》社の人々をたよって、函館に赴いた理由であった。

「明治四十丁未歳日誌」の五月二日の項に次の記載がある。

「風寒し。

予は新運命を北海の岸に開拓せんとす。これ予が予てよりの願なり。畠山、岩本、米田、沼田諸氏の好意による金調策にして予定の如くゆかば、予は明日、小樽の姉がりたよるべき小妹と共に出立せむと思へり。予は函館に足を停め、函樽鉄道をば光子一人やらむ。予の期望にして成ること早からば、予は一旦帰り来りて一家を携へ再び渡道すべく、然らずば予は再びこの思出多き故郷の土を踏まじ。金を送りて老母妻子を巴港に呼び寄せむ」

とあり、五月三日の項には

「サテ浮世は頼みがたきものなりき。金矢家も亦浮世の中の一家族なりき。餞別として五十銭貰ひぬ。予は予自らを憐れむと共に、かの卑しき細君、その細君に頤使せらるゝ美髯紳士を憐まざるをえざりき。昨日我を歓待すること、かの如くにして、我何事の悪事をなさざるに、今日はかくの如し。勝てば官軍敗くれば賊、……否々、予は唯予の心に味方を失はずば、乃ち足るのみ。岩本、沼田清民、秋浜善右ヱ門諸氏より一円宛餞別として送らる。予は今日遂に出発するをえざりき」。

金矢家は後に啄木の書いた小説「鳥影」のモデルとなったといわれる渋民村の素封家で、その主人と啄木は知己であった。

ついで五月四日の日記に次の記述がある。

「予立たば、母は武道の米田氏方に一室を借りて移るべく、妻子は盛岡に行くべし。父は野辺地にあり。小妹は予と共に北海に入り、小樽の姉が許に身を寄せむとす。

一家離散とはこれなるべし。昔は、これ唯小説のうちにのみあるべき事と思ひしものを…………。

午后一時、予は桐下駄の音軽らかに、遂に家を出でつ。あゝ遂に家を出でつ。これ予が正に一ヶ年二ヶ月の間起臥したる家なり。予遂にこの家を出でつ。下駄の音は軽くとも、予が心また軽かるべきや。或はこれこの美しき故郷と永久の別れにはあらじかとの念は、犇々と予が心を捲いて、静けく長閑けき駅の春、日は暖かければど、予は骨の底のいと寒きを覚えたり」。

ついに二度と帰ることができなかった渋民への思いはまだ切々と続くが略する。

2

啄木が苜蓿社の人々をたよることにしたのは、苜蓿社が刊行していた『紅苜蓿』の創刊号に「公孫樹」「かりがね」「雪の夜」の三篇の詩を寄稿したことがあったからであった。その経緯は、岩城『啄木伝』によれば、新詩社の「松岡蕗堂より「紅苜蓿」発刊の書信を得たので、東京新詩社同人のよしみから「文壇中央集権の弊漸く旺んならん時、紅苜蓿の誕生は喜びに堪へない」の葉書と共に」前記の三篇の詩を送ってきたのだという。「公孫樹」は一連四行、七連から成る比較的長い詩だが、『あこがれ』の詩風につらなる内容空疎な作品であり、「かりがね」「雪の夜」はいずれも六行の短い詩だが、その抒情に才気は認められるとはいえ、やはり凡庸の作である。「かりがね」を示す。

わが立つ沼の汀《みぎは》に
落ち、また、消えし影あり。
月照る夜半《よは》の忍《しぬ》びに、
星人《ほしびと》がしろがねの

箜篌《くご》をし奏《かな》でて空《そら》をゆくと、
影のみ見せしや、かりがね。

箜篌《くご》は、インドから朝鮮を経て渡来したハープに似た弦楽器である。「星人」は星に住む人の意だろうが、そういう人が星にいて、ハープに似た楽器を奏でるかのように、雁が鳴きながら空遠く消えていくという発想は奇抜だし、美しいといってよい。しかし、これも内容が空疎であることに変りはない。

しかも、啄木は『紅苜蓿』の一九〇七（明治四〇）年二月号（第二冊）にも「鹿角の国を憶ふ歌」と題する長篇詩を寄稿している。「鹿角」とは秋田県北東部の地名であり、かつては尾去沢鉱山で知られていた。この詩は力作であるが、『あこがれ』の詩風による、徒に華麗な字句で深山の神秘性を感じさせるにすぎない凡庸の作であった。それでも、このように、毎号、全国的に著名な詩人である啄木が寄稿してくれたことに松岡蕗堂（政之助）はじめ苜蓿社の同人たちが感謝し、好意をもったことは間違いない。一月号（第一冊）では原稿の到着が遅れたためか、雑誌の末尾に三篇の詩を掲載したが、第二冊では「鹿角の国を憶ふ歌」を巻頭に掲載している。だから、啄木が函館に身を寄せたいと言ってきたときに大いに歓迎したい気持であったことも想像に難くない。

「伝記的年譜」は、「五月五日　函館に到着。苜蓿社の人々に迎えられて青柳町四十五番地の松岡蕗堂の下宿先である和賀市蔵（峰雪・小学校教師）方に寄寓する。妹は中央小樽駅長である義兄山本千三郎・トラ夫妻の許に赴く。啄木は函館移住後雑誌「紅苜蓿《べにまごやし》」の編集に携わる。（函館には当時節子の父の長姉一方井なか・守蔵夫妻と節子の父の従弟村上祐兵が青柳町四十四番地に居住していたが、啄木は妻がこれらの親戚と交際することを嫌悪した。）」と記載している。

「伝記的年譜」からの引用を続ける。

「五月十一日　この日より月末まで、苜蓿社同人で函館商業会議所主任書記の沢田天峯（信太郎）の世話で、同所の臨時雇となり、商業会議所議員選挙有権者台帳作成の仕事を分担する。

六月十一日　苜蓿社の同人で東川小学校に勤務する吉野白村《はくそん》（章三）の世話で、函館区立弥生尋常小学校代用教員となる。月給十二円。同校は明治十五年四月九日の創立で職員は校長大竹敬三（戸籍敬蔵）以下十五名。児童千百余名。就任後女教師橘智恵子（戸籍智恵）を知る。

七月一日　義兄山本千三郎鉄道国有法により北海道帝国鉄道管理局中央小樽駅長となる。

七月七日　妻節子、長女京子を連れて玄海丸で来道。この日市内青柳町十八番地ラノ四号に新居を定める。一週間後ムノ八号に移る。

七月二十四日　宮崎郁雨（大四郎）、並木翡翠（武雄旧姓加藤）、吉野白村、岩崎白鯨（正）、西村彦次郎と大島流人《るじん》（経男）送別の記念写真をとる。

七月二十六日　苜蓿社の主宰者であった大島経男、恋愛結婚の破綻から靖和女学校教師の職を辞して故郷日高国下下方村に帰る。

八月二日　老母迎えのため玄海丸に乗船、三日朝青森に到着、父母の滞在する野辺地の常光寺に赴く。伯父葛原対月と対面、同寺に一泊する。

八月四日　早朝母と野辺地を出発、青森より石狩丸で函館に帰る。その後小樽より妹光子、脚気転地のため来り、一家五人となる」。

この「伝記的年譜」を「明治四十丁未歳日誌」中の「九月六日記」とある「函館の夏」と読み比べてみたい。

これには「五月五日函館に入り、迎へられて苜蓿社に宿る事となれるは既に記したり、社は青柳町四十五番地なる細き路次の中、両側皆同じ様なる長屋の左側奥より二軒目にて、和賀といふ一小学校教師が宅の二階八畳間一つなり、これ松岡政之助君が大井正枝君といふ面白き青年と共に自炊する所」とあり、これに続いて、松岡、大井、岩崎、吉野、大島経男、向井永太郎、沢田信太郎、並木武雄といった人々について記している。

このうち、「大島経男君は予らの最も敬服したる友なり、学深く才広く現に靖和女学校の教師たり、向井永太郎君は私塾を開いて英語を教へつつあり、沢田信太郎君は嘗て新聞記者たりし人、原抱一庵の友にして今函館商業会議所に主任書記たり、以上の三人は共に学識多く同人の心に頼む所、殊に大島君は今迄主として「紅苜蓿」を編輯しつつありしなり」とあり、また、次のとおり記している。

「雑誌紅苜蓿は四十頁の小雑誌なれども北海に於ける唯一の真面目なる文芸雑誌なり、嘗て故山にありし時松岡君の手紙をえて遥かに援助を諾し一二回原稿を送れる事ありき、今予来つて此函館に足を留むるや、大島氏の懇請やみ難くして予は遂に其主筆となりぬ」。

流人または野百合と号した大島経男は一八七七（明治一〇）年生まれであるから、啄木より八歳年長であった。札幌農学校予科に入学したが、一八九四（明治二七）年に病気のため中退し、一八九六年一高に入学したが、ふたたび病気のため中退したようである。函館で病気療養し、回復後、遺愛女学校、函館英語学校の教師となり、函館税関長官房に勤めた後、『紅苜蓿』発刊当時は函館靖和女学校の教師をしていた。与謝野鉄幹に勧められて『明星』にワーグナーの楽劇「トリスタンとイゾルデ」の翻訳を発表したこともあった。大島経男は同人たちの懇請にしたがい主宰者をひきうけ、『紅苜蓿』を編輯したばかりでなく、そもそも苜蓿社の同人たちの多くは彼の函館英語学校の教え子であり、『紅苜蓿』の購入者の大部分は彼の靖和女学校の教え子たちであったという。大島は教え子石田松江との結婚の破綻により一九〇七（明治四〇）年七月、故郷に帰った。宮崎郁雨は『函館の砂』に大島経男の帰郷を六月初めと記憶していると記しているが、啄木が函館に来たころすでに帰郷を決心していたので、啄木に『紅苜蓿』の編輯を懇請したのであろう。大島経男は啄木の晩年まで文通があり、啄木の晩年の思想を窺うためにもきわめて重要な書簡を送られている人物である。

「啄木に対する流人の信頼振りは私達の視目を引くに十分であった。従前の氏中心の編輯は啄木中心に移され、氏の宅で行われた諸会合は、啄木の止宿する苜蓿社で行われる様になった。そしてそれは総て氏の指向に依るものであった。従って、雑誌の六月号は多分に、七月号は殆んどがまた八月号はその全部が啄木の意向の下に編輯される様になった。但し八月号は大火のため原稿が焼失して不刊行に終った」と宮崎郁雨は『函館の砂』で書いている。しかし、じっさいに『紅苜蓿』の第一冊から第五冊を見ると、表紙の裏頁が目次だが、たんに目次だけで、大島経夫が主宰者であるとか、編輯者であるなどという趣旨の記載は雑誌のどこにも見られないが、六冊には、目次の上に、きわだって大きく「主筆石川啄木」と記し、巻頭に、「水無月」「年老いし彼はあき人」「辻」「蟹に」「馬車の中」の五篇の詩を掲載し、最終頁に「入社の辞」を掲載し、さらに第七冊でもやはり目次の上に大きく「主筆石川啄木」と記し、巻頭に啄木の未完の小説「漂泊」を掲載している。その上、第五冊までは「紅苜蓿」をどう読むか、同人たちは「べにまごやし」と呼んでいたというが、雑誌には読み方を示していなかった。しかし、第六冊には、表紙は「紅苜蓿」のままだが、目次には「れッどくろばあ第六冊」と記載され、あたかも雑誌の題名が変ったかのようである。いかに苜蓿社の同人たちが寛容であったとはいえ、まるで啄木が苜蓿社ないし『紅苜蓿』を乗っとったかのようにみえる。ただ、このような啄木の自己本位の振舞に苜蓿社の同人たちは名高い詩人、石川啄木に遠慮したのかもしれないが、格別の異議も出なかったらしい。

「五月十一日より予は沢田君に促がされて商業会議所に入れり、予は一同僚と共に会議所議員撰挙有権者台帳を作る事を分担し毎日税務署に至りて営業税納入者の調をなせり

これ予にとつては誠に別世界の経験なりき、商業会議所既に然り、税務署の広き事む所に至りては事々物々皆予の好奇心を動かさざるはなかりき、予はこの奇なる興味のために幸にして煩鎖なる事務をすら厭はざりき、予が日給は日に六十銭なりき」。

「沢田君に促がされて」とはいわば沢田信太郎につよく勧められて、という感があるが、苜蓿社の

同人たちとしては啄木を徒食させる理由がないから、何か収入を得る手段を講じなければならない。商業会議所の主任書記であった沢田がその職権を利用してともかく日に六〇銭の仕事をあてがったのであろう。

「五月卅一日予は会議所を罷めたりこれより数日予は健康を害し、枕上にありて友と詩を談じ歌を作れり、六月十一日予は区立弥生尋常小学校代用教員の辞令を得たり、翌日より予は生れて第二回目の代用教員生活に入れり月給は三級上俸乃ち十二円なりき、職員室には十五名の職員あり校長は大竹敬造氏なりき、児童は千百名を超えたり」。

ここでも誰が世話をしてくれたので代用教員になれたのかは記していない。

「職員室の光景は亦少なからず予をして観察する所多からしめき、十五名のうち七名は男にして八名は女教員なりき、予は具さに所謂女教員生活を観察したり、予はすべての学年に教へて見たり」。

ふかい好意をもった橘智恵子の名はここではまだ記していない。

「七月七日節子と京子は玄海丸にのりて来れり、此日青柳町十八番地石館借家のラノ四号に新居を構へ、友人八名の助力によりて兎も角も家らしく取片づけたり、予は復一家の主人となれり、七月中旬より予は健康の不良と或る不平とのために学校を休めり、休みても別に届を出さざりき、にも不拘校長は予に対して始終寛大の体度をとれり、この月の雑誌第七号には予の小説「漂泊」の初め一少部分をのせたり、

七月は多事なりき、六月のうちに向井君札幌に去りしが、この月となりて十六日松岡君帰省し、廿

六日大島氏校を辞し漂然として日高下下方なる牧場に入り、廿七日、毎日来て居たりし宮崎君一年志願の二年目の事とて教育召集のため三ヶ月間にて旭川にむかへり」。

ここではじめて、啄木の終生の篤実な友人、宮崎郁雨が登場するが、実状は、節子・京子が函館に到着し、新居を構えた翌日、宮崎の旭川行に先立つ七月八日に、宮崎に次のとおりの書簡を送っている。

「昨日の御礼申上候、お蔭にて人間の住む家らしくなり候ふ此処、自分の家のやうでもあり他人の家のやうでもあり自分が他人の家へ来てるのか、他人の家へ自分が来てるのか、何が何やら今朝もまだ余程感覚が混雑して居り候、ヘラがない、あゝさうだつた、といふので今朝は杓子にて飯を盛り候、必要で、足らぬものまだある様に候、否、数へても見ぬがあるらしく候、兎に角一本立になつて懐中の淋しきは心も淋しくなる所以に御座候、申上かね候へど、実は妻も可哀相だし、○少し当分御貸し下され度奉懇願候、少しにてよろしく御座候」。

これが啄木の宮崎郁雨に対する借金の最初の申し入れであったと宮崎は『函館の砂』に記している。「お蔭にて人間の住む家らしくなり候ふ」という文面からみると、新居を構えるについてこの書簡以前からすでに宮崎の援助をうけていたとも思われるが、それは金銭の貸借のかたちではなかったのであろう。宮崎の著書によれば、「函館の借家は建具畳を自弁で備付けなければならないし、彼の手許に必要なだけの金のないことも大凡解って居たので、私は少し苦笑しながら直ぐ出向いて十円か十五円かおいて来た」という。「伝記的年譜」では宮崎の名は七月二四日に大島経男の送別の記念写真を一緒にとっていることが記されているのが最初であった。しかし啄木が函館商業会議所の仕事をはじめた五月一一日、「函館の生活」に「夜吉野君岩崎君が来た。四人で歌会をやらうといふ事になつて、字を結んで十題をえる」とあり、日記にはこのときの歌会に宮崎が同席した旨が記されていないが、「四人」の中には宮崎郁雨が参加したことは『函館の砂』に記されているので、宮崎が函館における もっとも古くからの知己であったことは間違いない。さて、「伝記的年譜」を離れて、日記の続きを読む。

「八月二日の夜予は玄海丸一等船室にありき、そは老母を呼びよせむがため野辺地なる父の許まで迎へにゆくためなりき、

三日青森に上陸、直ちに乗車、安並みなゑ女史と汽車中に逢ふ学校をやめて八戸にかへる所さびしくもやめる人なりき。小湊に旧友にして岡山高等学校を卒業し来り九月より京都大学医科に入らむとする友瀬川君を訪ひ、四年振りの会談にビールの味甚だ美なりき、夕刻野辺地にゆき老父母及び伯父なる老僧の君に逢ひ一泊、

翌早朝、老母と共に野辺地を立ち青森より石狩丸にのりて午后四時無事帰函したり、これより先き、ラノ四号に居る事一週にして同番地なるむノ八号に移りき、これこの室の窓東に向ひて甚だ明るく且つ家賃三円九十銭にして甚だ安かりしによる、これより我が函館に於ける新家庭は漸やく賑かになれり、京ちやんは日増に生長したり、越て数日小樽なりし妹光子は脚気転地のため来れり、一家五人

家庭は賑はしくなりたれどもそのため予は殆んど何事をも成す能はざりき、六畳二間の家は狭し、天才は孤独を好む、予も亦自分一人の室なくては物かく事も出来ぬなり、只此夏予は生れて初めて水泳を習ひたり、大森浜の海水浴は誠に愉快なりき」。

母カツを連れて函館に戻ったときには石狩丸の二等船室に乗ったことは八月八日付け宮崎郁雨宛て書簡に「翌早朝母と共に出発、青森より石狩丸の二等客と成り」と記していることからはっきりしている。しかし、往路はことさら日記に一等船室と書いているだけでなく、同じ八月八日付け宮崎宛て書簡に「二日の午后八時には、僕玄海丸の一等船室に在りたり、此行並木君の周旋による、一等室の美々しさには、僕少なからず浮れ出し、遂々柄にもなく葡萄酒を飲んで、一人で天下太平をキメ込み申候、但しボーイにコンミツシヨンをやツたので左程の失敗も不致候間御安心下され度候」と書いている。宮崎から借金しながら、一人旅の往路は一等船客となり、葡萄酒を飲んで太平楽を決めこみ、母をともなった復路は二等船客なのだから、往路に一等船室を選ぶことは啄木の贅沢好み、見栄はりのあらわれである。こういう事実を恥ずかしげもなく宮崎に書き送る啄木の神経の厚かましさは尋常ではない。

ただ、啄木の厚かましさはさておき、宮崎の記述に見られるとおり、当時、函館で借家をするさい、建具、畳は借家人が用意することになっていたので、啄木は新居を構えるにさいしてこれらを購入する金が必要であったが、啄木には借金するより他、必要な金を調達する方法はなかった。それまで、函館に着いて以後、苜蓿社の松岡蕗堂（政之助）の下宿に寄食し、松岡の好意に甘えていたわけだが、

「彼が青柳町に家を持った時には、苜蓿社の同人達が色々世話をやき、夜具や家庭用具なども持寄って貸与してくれた。家賃の敷金はそれまで同居して居た松坂運吉が出してくれた（「啄木の歌とそのモデル」）というが、それはあり相なことである」と宮崎は書いている。前に引用した啄木が宮崎に借金を申し入れた七月八日付けの書簡はこの新居を構えたさい、建具畳などを購入するために必要だったのであろう。

宮崎が注意していることだが、この新居を構えてから八月四日に母カツが同居するまでの一カ月足らずが啄木が妻節子、娘京子と三人で生活することができた生涯でもごく限られた期間であった。その他には小樽におけるごく短い期間しか、妻子と共に三人で暮らしたことはなかった。妻節子と母カツとの嫁姑の関係が険悪になるのが無理でない状況であったが、啄木は意に介していなかったようである。

「伝記的年譜」に戻ると、次のとおり、生活が変化する。

「八月十八日　宮崎郁雨の紹介で斎藤大硯（哲郎）が主筆である市内東浜町三十二番地の「函館日日新聞」（社長小橋栄太郎）の遊軍記者となり、直ちに「月曜文壇」と「日日歌壇」を起こし、「辻講釈」の題下に評論を掲げる。

八月二十五日　夜、函館の大火。市内の大半を焼き、啄木一家は焼失を免かれたが、学校、新聞社はいずれも焼け、新聞社に預けた小説「面影」を含む「紅苜蓿」第八号の原稿を焼失した。大火後北海道庁より救援活動に来函中の知人向井永太郎（夷希微・大島経男の友人で「紅苜蓿」の寄稿家、明治四十年六月函館の私塾を閉じて北海道庁の役人となる）に札幌への就職を依頼し履歴書二通を托す。
九月十一日　大竹校長に退職願を提出。
九月十三日　函館を去って札幌に向かう。向井永太郎の斡旋で北門新報記者小国露堂（善平）の厚意により、同社校正係に就職のため。この日友人吉野白村の次男誕生、啄木は名付親となり浩介と命名する」。

こうして、「函館の青柳町こそかなしけれ／友の恋歌／矢ぐるまの花」、と後にうたわれた函館青柳町に一旦は落着き居を構え、啄木に厚意と敬意を抱いていた同人誌『紅苜蓿』の同人宮崎郁雨ら終生の友人を得、五月には函館商業会議所臨時雇に、六月には函館区立弥生尋常小学校の代用教員に奉職、八月からは「函館日日新聞」の遊軍記者も兼務することとなり、啄木の生涯において稀な平穏な日々を送ったのだが、二五日、函館は大火にみまわれ、これにより弥生小学校も函館日日新聞社も焼失し、『紅苜蓿』も発行不能となり、またしても啄木は生活のすべを失うのである。

以上の事実を啄木自身の筆による「明治四十丁未歳日誌」にみることとする。

「八月十八日より予は函館日々新聞社の編輯局に入れり、予は直ちに月曜文壇を起し日々歌壇を起せり、編輯局に於ける予の地位は遊軍なりき、汚なき室も初めての経験なれば物珍しくて面白かりき、第一回の月曜文壇は入社の日編輯したり、予は辻講釈なる題を設けて評論を初めたり

廿五日は日曜なりし事とて予は午前中に月文（月曜文壇の意—筆者注）の編輯を終り辻講釈の㈡にはイブセンが事をかけり、午后町会所に開かれたる中央大学菊池武夫（法博）一行の演説会に臨み六時

頃帰りしが、何となく身体疲労を覚えて例になく九時頃寝に就けり

(大火) 八月二十五日

此夜十時半東川町に火を失し、折柄の猛しき山背の風のため、暁にいたる六時間にして函館全市の三分の二をやけり、学校も新聞社も皆やけぬ、友並木君の家もまた焼けぬ、予が家も危かりしが漸くにしてまぬかれたり、吉野、岩崎二君またのがれぬ。

八月二十七日 曇

市中は惨状を極めたり、町々に猶所々火の残れるを見、黄煙全市の天を掩ふて天日を仰ぐ能はず。人の死骸あり、犬の死骸あり、猫の死骸あり、皆黒くして南瓜の焼けたると相伍せり、焼失戸数一万五千に上る、(四十九ヶ町の内三十三ヶ町、戸数一万二千三百九十戸)

狂へる雲、狂へる風、狂へる火、狂へる人、狂へる巡査……狂へる雲の上には、狂へる神が狂へる下界の物音に浮き立ちて狂へる舞踏をやなしにけむ、大火の夜の光景は余りに我が頭に明かにして、予は遂に何の語を以て之を記すべきかを知らず、火は大洪水の如く街々を流れ、火の子は夕立の雨の如く、幾億万の赤き糸を束ねたるが如く降れりき、全市は火なりき、否狂へる一の物音なりき、高きより之を見たる時、予は手を打ちて快哉を叫べりき、予の見たるは幾万人の家をやく残忍の火にあらずして、悲壮極まる革命の旗を翻へし、長さ一里の火の壁の上より函館を掩へる真黒の手なりき、

かの夜、予は実に愉快なりき、愉快といふも言葉当らず、予は凡てを忘れてかの偉大なる火の前に叩頭せむとしたり、一家の危安毫も予が心にあらざりき、幾万円を投じたる大厦高楼の見る間に倒る

るを見て予は寸厘も愛惜の情を起すなくして心の声のあらむ限りに快哉を絶呼したりき、かくて途上弱き人々を助け、手をひきて安全の地に移しなどして午前三時家にかへれりき、家は女共のみなれば、隣家皆避難の準備を了したるを見て狼狽する事限りなし、予は乃ち盆踊を踊れり、渋民の盆踊を踊れり、かくて皆笑へる時予は乃ち公園の後なる松林に避難する事に決し、殆んど残す所なく家具を運べりき、然れどもこれ徒労なりき、暁光仄かに来る時、予が家ある青柳町の上半部は既に安全なりき、

大火は函館にとりて根本的の革命なりき、函館は千百の過去の罪業と共に焼尽して今や新らしき建設を要する新時代となりぬ、予は寧ろこれを以て函館のために祝盃をあげむとす、

函館毎日新聞社にやり置きし予の最初の小説「面影」と紅苜蓿第八冊原稿全部とは烏有に帰したり、雑誌は函館と共に死せる也、こゝ数年のうちこの地にありては再興の見込なし、

此日札幌より向井君来り、議一決、同人は漸次札幌に移るべく、而して更に同所にありて一旗を翻さんとす、

夕四時松岡君故郷より来れり」。

さすがに函館大火の惨状を描いた啄木の筆は死臭を感じさせるかのような現実感にみちている。ただ、一方で快哉を叫び、他方で弱い人々を助けて安全な場所に移すといった行動をとっていることに心をとめておく必要がある。東京と同じく、啄木にとって都会は悪業の累積した場所であり、革命によって倒壊すべき場所であった。「幾万円を投じたる大厦高楼の見る間に倒るるを見て予は寸厘も愛惜の情を起すなくして心の声のあらむ限りに快哉を絶呼したりき」というのは社会の富の蓄積に対す

る啄木の非難であったにちがいない。啄木にとって都会は社会の富、すなわち、社会の罪悪の蓄積する場であり、革命によって、倒壊し、破滅すべき場所であった。ただし、この時点で啄木が社会主義的な意味での革命を考えていたとは思われない。ただし、このときの相互扶助の体験が後年のクロポトキンの無政府主義への共感の素地となったようである。

この大火について啄木は八月二九日付けで大島経男に次のとおり書き送っている。

「去る廿五日の夜は、小生らの当地に於ける一切の企画を画餅に帰せしめ候、既に通信をえられたる事と存候が同夜十時二十分東川町より出火、折柄の猛烈なる山背に煽られて天下無類の壮観を極め六時間にして、函館五分の四、戸数一万五千戸を焼き尽し候、ナント〳〵小生生れてよりアレ位ハンドルングの雄大にして、悲壮を極め、且つ意味深甚なる芝居を見た事無之候、光景は何人も形容すること能はじ、火なる哉、火なる哉、函館の根本的革命は真赤な火によつて成し遂げられ候、残れるは多く云ふに足らぬ貧乏町に候へば、先づ以て過去の函館其物が世界より焼き飛ばされたりと思召被下度候、一夜一億円の仕事とは一寸人間共に出来ぬ事に候、刻一刻に自然に背ける函館が、一本のマッチによつてペロリと消えて了つたなど、惘《あき》れて物がいへず、自然が営む深刻なる滑稽は之也、混雑といへば混雑、惨状といへば惨状、実は人間の語でアノ夜の光景は云ひ表されぬに候、狂へる雲、狂へる風、狂へる火、狂へる人、狂へる巡査、狂へる犬、イヤハヤ、アノ狂へる雲の上には狂へる神が狂へる下界の物音に浮気を起して舞踏でもやつて居た事に候ふべし、狂はざりし者は、家内の狼狽を鎮めむと火事最中に盆踊をやつた小生位のものに候ふべし、実はこれとても第三者から見たら狂へる盆踊なりしやも知れず」。

この書簡では、啄木は都会とは自然に背く破壊であり、函館大火は自然の復讐であるかのように解していているかにみえる。この年九月二〇日付けの『盛岡中学校校友会雑誌』第一〇号に寄稿した随想「一握の砂」の末尾に近い一節に人間と猿との問答が記されている。この文章は次の問答で終る。

「人復《また》叫んで曰く、憎むべき獣よ、思ひ知れよかし、我等若し世界中の森林を皆伐り尽さば、汝果して何処にか住まむとすらむ。恐らくは人間の前に叩頭《こうとう》して哀れみを乞ふの外あらじ。

猿の曰く、噫々《ああ》、汝は遂に人間最悪の思想を吐き出せり。汝等は随所に憎むべき反逆を企てゝ自然を殺さむとす。自然に反逆するは取りも直さず之れ真と美とに対して奸悪なる殺戮《さつりく》をなす也。汝等は常に森林を倒し、山を削り、河を埋めて、汝等の平坦なる道路を作らむとす。然れども其の道は真と美の境――乃ち汝等の所謂《いはゆる》天に達するの道にあらずして、地獄の門に至るの道なるを知らざるか。汝等既に祖先を忘れ、自然に背けり。噫、人間ほど此世に呪はるべきものはあらず。

猿はかく謂ひ了りて殆んど人間を憐れむの情に堪へざらむとするものゝ如し。樹下の人は歯ぎしりしつゝ踵《きびす》をかへし、林を出で去らむとす。猿俄《にわ》かに問ふて曰く、客人よ、汝何処に行かむとするや。

人、声をふるはして答へて曰く、暫らく待ちて居よ。我は先刻よりの汝の言を多謝す。汝に我今わが小銃を採り来つて、汝に酬ゐむとする也。

言未だ終らず、忽ち数箇の橡《とち》の実何処よりか飛び来つて人の頭を撃てり。呀《あっ》と思ふ間もなく、樹上俄かに枝鳴り葉戦《そよ》ぎ、老猿既に林中にあらず。蓋《けだ》し彼は、枝をわたり宙を飛び、遠く白雲落日の深山に遁れ去りたらむ」。

大島経男宛て書簡に述べた思想と同じく、ここでも啄木は人間による自然破壊を批判している。これらの文章に見る限り、啄木はあたかも現在のナチュラリストの先駆のようにみえる。あるいは、そうかもしれない。ただ、この自然破壊に対する批判は都会に対する彼の嫌悪と表裏一体をなすものであった、と思われる。

さて、宮崎郁雨の『函館の砂』には啄木が函館で得た収入が計算されているので、引用しておきたい。

「彼が最初の職場商業会所から手当を貰ったのは、御用済になった五月の末であったから、それまでには手持金が何も無くなり、十四日には吉野白村から五十銭借りて居る（白村日記）。会議所の手当は日給六十銭、十一日から三十日までで、その間日曜日が三回あり実勤日数十七日、この金額十円二十銭となる。

次の職場弥生小学校では六月十一日から九月十一日まで、その間怠業欠勤、暑中休暇、大火等があったが兎も角も満三箇月と一日だけ在勤した。給料計算は六月分が日割で八円、七八両月分二十四円、九月分はこれも日割で四円四十銭となる。

以上合計四十六円六十銭が総収入額である。これと最初の手持金から旅費及び旅館の支払を差し引いた残金若干とが、彼と家族の函館在住期間中の生活費となる訳だが、七月には一戸を構え、八月には母を野辺地まで迎えに行った大きい失費があるから、実際の生活費に充て得る額は幾何もなかった筈である。

八月中彼は函館日日新聞社に一週間程勤めたが、ここからは金を貰わなかった。当時の同社々長斎藤大硯は私の先輩であり恩友でもあったが、後で私に話した処によれば、啄木は入社早々給料の前借を申出たという。「俺の処だって貧乏社で金がある訳でないから、仕方がない米でも持って行けと言って、米屋から一斗許り借りて持たせてやったっけ。あとは大火でそれなりけりさ。あっはっは」と笑って居た。それが真相であろう。この社の月給は十五円の約束だったと誰かが書いて居るが、私はそれは本当かどうか疑問に思って居る。面白いのは、その後啄木が北門新報へ入社の際提出した履歴書に「八月十八日函館日日新聞社に入る（但し報酬月額四十五円の契約）」（岩城之徳著『石川啄木伝』）と書いたというのであるが、それが本当とすれば、其頃の彼はまだ衒気と稚気の脱けない案外目先の利かぬ男だった様にも思える」。

入社早々、給料の前借を申し入れるのは余程厚顔でなければできないが、啄木としては背に腹はかえられぬほどに窮迫していたのであろう。

それでも、函館滞在は短いけれども、啄木の生涯でもっとも安定した、波瀾のない時期であった。

3

さて、函館において、啄木は『紅苜蓿』の同人たちに誘われるように短歌の制作を再開した。『紅苜蓿』第七冊に「曽保土」と題して一八首を発表している。

人らしき顔してすぐる巷人《こうじん》のひとりびとりを嘲《あざ》みて行く日

恋をえず酒に都に二の恋に人はゆくなり我虚無にゆく

これらに認められる厭人癖は独特だが、短歌としてすぐれた作とは思われない。

つれづれに古書ひもとけば君に似て古き臭《にほひ》すいとはしきかな

には『一握の砂』につながる調べはあるが、やはり短歌としてみるべき作ではない。

啄木は『明星』一九〇七（明治四〇）年八月号にも「新詩社詠草」として一五首を発表しているが、これらもみるべき作とは思われない。冒頭の二首を引用する。

見えがくれ人の中《なか》ゆく君ゆゑに指《さ》すとひまなし心磁《じ》に似る

青原《あをはら》の中に熟《う》れたる一粒《いちりふ》の苺《いちご》と思ひ口づけしかな

むしろ、啄木が函館時代に詩に新境地を開いたことに注意しなければならない。

啄木は『紅苜蓿』第六冊に「水無月」「年老いし彼はあき人」「辻」「蟹に」「馬車の中」の五篇の詩を発表している。それまで、啄木の詩は、敗残者の歌という特徴を別とすれば、『あこがれ』以来、彼の空想や夢想にもとづいて、華麗な語彙で飾るのがつねであったが、これらの作品、ことに「年老いし彼はあき人」以下の四篇において、現実の社会の見聞に発想を得た詩をはじめて書くことを知ったのであった。商業会議所の有権者資格の調査のために税務署に通ったことも、こうした開眼に至った一因をなすかもしれない。

年老いし、彼は、商人《あきびと》。
靴《くつ》、鞄《かばん》、帽子、革帯《かはおび》、
ところせく列《なら》べる店に
座《すわ》りゐて、客のくる毎《ごと》、
尽日《ひねもす》や、はた、電燈の
あをく照る夜も更《ふ》くるまで、
てらてらに禿《は》げし頭を
礼《うや》あつく千度《たびさ》下げつつ、
なれたれば、いと滑《なめ》らかに
数数《かずかず》の世辞《せじ》をならべぬ。

詩としてすぐれているとはいえないけれども、このような光景に詩があることは啄木にとってはじめての発見であった。また、同じ意味で「辻」は興趣ふかい作品だが、第三節の七行だけを引用する。

せはしげに過ぐるものかな。
広き辻、人は多けど、
相知れる人や無からむ。
並行《なみゆ》けど、はた、相逢へど、
人は皆、そしらぬ身振《みぶり》、
おのがじし、おのが道をぞ
急ぐなれ、おのもおのもに。

啄木は生来このような都会になじめなかった。これは東京の家々に墓を見、それらの墓に暮らす人々に髑髏を見ていた体験ともつながるのだが、詩や短歌としてそうした心情を表現していなかった。函館ではじめてこのような心情を詩に書くこととなった。これは確実に函館滞在の体験によるとみてよいであろう。

後に一九〇九（明治四二）年七月二五日から八月五日までの間、啄木が「函館日日新聞」に寄稿した「汗に濡れつゝ」という随筆がある。その「(八)」から抜粋する。

「▲海といふと予の胸には函館の大森浜が浮ぶ。東北の山中に育つた予には由来海との親みが薄い。十四の歳に初めて海を見た。それは品川の海であつた。その時海は穢《きた》ないものだと思つた。その後時々海を見た。然しそれは何《いづ》れも旅行先での事で、海を敬し、海を愛し乍らも、未だ海と物語る程親しくはならなかつた。

▲一昨年、と云へば大火のあつた年である。臥牛山麓の花のまだ咲き初めぬ頃から、うすら寒い秋風の焼跡を吹き廻る頃まで、予は函館にゐた。その百二十余日間の断《き》れ断《ぎ》れな日記は、予と海との交情のいかに厚かつたかを事細かに語つてゐる。情人《じやうじん》「海」と予との媾曳《あひびき》は日毎の様にかの大森浜の砂の上で遂《と》げられた。(中略)

▲海と云ふと、矢張第一に思出されるのは大森浜である。然し予の心に描き出されるのは、遠く霞《かす》める津軽の山でもなく、近く蟠《わだか》まる立待岬《たちまちさき》でもなく、水天の際に消え入らむとする潮首《しほくび》の岬でもない。唯ムク〳〵と高まつて寄せて来る浪である。寄せて来て惜《をし》気《げ》もなく、砕けて見せる真白の潮吹である。砕けて退《ひ》いた後の、濡れたる砂から吹出て、荒々しい北国の空気に漂ふ強い海の香ひである。(中略)

▲その頃の予は、然うだ、矢張《やはり》若かつたのだ。今も若いがその頃はまだ〳〵若かつたのだ。それだけに、その頃の事を思出すと何となく恥かしい。と共に懐かしい」。

この文章は大火の後の九月六日の日記の次の記述とあわせ読むべきかもしれない。

「かはたれ時、砂浜に立ちて波を見る。磯に砕くるは波にあらず、仄白き声なり。仄白くして力ある、寂しくして偉いなる、海の声は絶間もなく打寄せて我が足下に砕け又砕けたり。我は我を忘れぬ」。「汗に濡れつゝ」は大森浜に託して、函館の生活を懐しく回想している文章である。じっさい、函館の一二〇余の日々ほど平穏に生活した時期がその後の啄木に訪れることはなかった。まさに「函館の青柳町こそかなしけれ／友の恋歌／矢車の花」の歌には函館の生活への懐旧の情がこめられているから、単純であるにもかかわらず、私たちの心に迫るのである。

4

大火後の日記から抄出し、適宜、注釈を加えることとする。

八月三〇日「明日札幌にかへるべき向井君に履歴書をかいて依頼せり、小樽なる兄が許より白米一俵味噌一箱来る

この日より大竹校長宅なる弥生尋常小学校仮事む所に出務する事となれり、学校の諸帳簿殆んど灰となり書籍亦不要なるもの少し許り残りたるのみ」。

九月一日「学校にては学籍簿を焼き出席簿を焼けり、故に先づ第一に生徒の名簿を調製し併て其罹災の状況を調査せざるべからず。乃ち市中各所に公告を貼付して来る四日生徒を公園に集むべしと議決しぬ。かくて予等職員一同は此日午后各区域を定めて貼紙に出掛けたり」。

啄木が意外に真面目に代用教員の勤めを果たしていることが目につくところである。同日の日記は

途中を省略して夜の記事の一部を示す。

「夜吉野君の宅に岩崎並木二君と共に会せり。家にかへれるは一時半なりき。皆共に恋を語れる事常の如し。同じ事同じ様に語りて然も常に同じ様に目を輝かすは面白からずや」。

九月二日の日記には次の記述がある。

「夜岩崎君宅に会す。神について語り、松岡君が一ヶ厭ふべき虚偽の人なるを確かめぬ」。

以下は省略するが、啄木は函館に着いて以来一方ならず松岡蕗堂の世話になっていることはすでに記したとおりである。札幌に移ろうとしている時期になって、松岡の人格的批判に同調しているのは、どういうものか、と感じる。日記によれば、翌九月三日「この日夕、松岡君は小樽に向へり」とある。九月四日「例の如く学校の仮事務所にゆく。大竹校長は何故か大切なる仕事は予に任せるなり」という。前述の如く、代用教員としての啄木は真面目に勤務していたようであり、大竹校長も啄木を信頼していたようである。このような真面目な勤務は啄木の生涯をつうじてごく稀にしか認められない。もちろん、渋民村でも日本一の代用教員を自任していたが、これは彼自身の基準によるものであった。函館では社会的基準からみてもまともな勤務をしたようである。

この日の日記には、「女教師連も亦面白し」と書きはじめて、女教師たちについて思うさま批評し、感想を許し、その最後に「橘智恵君は真直に立てる鹿ノ子百合なるべし」と記している。橘智恵子に対する啄木の思慕は『一握の砂』中の作品「石狩の都の外の／君が家／林檎の花の散りてやあらむ」からも察することができる周知の事実だが、「ローマ字日記」の中では次のとおり書いている。

「智恵子さん！　なんといい名前だろう！　あのしとやかな、そして軽やかな、いかにも若い女らしい歩きぶり！　さわやかな声！　二人の話をしたのはたった二度だ。一度は大竹校長の家で、予が解職願いを持って行った時、一度は谷地頭《やちがしら》の、あのエビ色の窓かけのかかった窓のある部屋で――そうだ、予が『あこがれ』を持って行った時だ。どちらも函館でのことだ。ああ！　別れてからもう二十カ月になる！」（原文ローマ字。以下、「ローマ字日記」の日本語表記は『全集』による）。

啄木が『あこがれ』を持参、贈呈していることからも、彼女に思慕していたことは疑いない。

九月五日の記述は次のとおりである。

「夢はなつかし。夢みてありし時代を思へば涙流る。然れども人生は明らかなる事実なり。八月の日に遮りもなく照らされたる無限の海なり。

予は今夢を見ず。予が見る夢は覚めたる夢なり。

予は客観す。予自身をすらも時々客観する事あり。かくて予のために最も「興味ある事実」は人間なり、生存なり。

人間は皆活けるなり。彼等皆恋す。その恋或は成り或は破る。破れたる恋も成りたる恋も等しく恋なり、人間の恋なり。恋に破れたる者は軈て第二の恋を得るなり。外目に恋を得たる人も時に恋を失へる人たる事あり。

予は此日より夕方必ず海にゆく事とせり」。

啄木は「予が見る夢は覚めたる夢なり」と言いながら、やはり恋が破れても二度目の恋を得ることがあるように、夢が失われても二度目の夢が到来することがあることを期待しているかにみえる。そういう意味で、まだ、本質的に彼のロマンティシズムは変化していない。

九月八日「この日札幌なる向井君より北門新報校正係に口ありとのたより来る」という朗報が届く。

九月九日の記述は次のとおりである。

「予は数日にして函館を去らむとす。百二十有余日、此の地の生活長からずといへども、又多趣なりき。一人も知る人なき地に来て多くの友を得ぬ。多くの友を後にして、我今函館を去らむとするなり

この日暴風吹き、焼跡の仮小屋倒れたるもの多し、午后四時桟橋に牧野文部大臣を迎へにゆけり夜、吉野君宅にて岩崎君と三人して大に飲みぬ。飲みて酔ひぬ。酔ひて語りぬ。予は衷心よりこの二友を得たるを皇天に謝す。例の如く神を語り詩を語り恋――わが恋を語れり」。

九月一〇日になると「四時頃より快男子大塚信吾君来り、並木君来り、吉野君来り、岩崎君来り、松坂君来り、札幌なる向井君よりハヤクコイといふ電報来れり。予は二三日中に愈々札幌に向はむとす。此夜大に飲めり。麦酒十本」とあり、一一日には「午前仮事む所に大竹校長を訪ひて退職願を出しぬ」「浮世床といふ床屋にて斬髪す」などと記し、「夜岩崎君宅に招がれて、吉野並木二君も会し、大に飲めり。牛肉と玉葱の味いとうまかりき。予の出立は明後日午后七時の滊車と決しぬ」と結んでいる。

九月一二日には「空はれて高く、秋の心何となく樹々の間に流れたり。この日となりて、予は漸やく函館と別るるといふ一種云ひ難き感じしたり。朝のうちに学校の方の予が責任ある仕事を済し、ひとり杖を曳いて、いひ難き名残を函館に惜しみぬ。橘女史を訪ふて相語る二時間余」とあり、「この日、昨日の日附にて依願解職の辞令を得たり」とも同日の日記に記している。

5

九月一三日には、吉野の次男が生まれたので、「祝盃をあげ帰りて並木岩崎大塚三君と晩餐を共にし、停車場に向へり、家族は数日の後小樽迄ゆきて予よりのたよりを待つ筈にて、この家は畳建具そのままに並木君一家にて引受くる事とし十五金をえたり、後の事は諸友に万事托しぬ、出立の一時間前東京なる与謝野氏より出京を促がす手紙来れり」という。与謝野鉄幹・晶子夫妻から誘われても、収入を得る目途が立たなければ、上京はできない。この時点では札幌へ行くしかなかったし、本来、啄木は、東京の生活になじめない感じをつよくしていたことはくりかえし書いてきたとおりである。

この日の記事は「停車場に送りくれたるは大塚岩崎並木、小林茂、松坂の諸君にして節子も亦妹と共に来りぬ。大塚君は一等切符二枚買ひて亀田まで送りくれぬ。車中は満員にて窮屈この上なし、函館の燈火漸やく見えずなる時、云ひしらぬ涙を催しぬ」という感傷的な文章で終る。

翌九月一四日「午前四時小樽着、下車して姉が家に入り、十一時半再び車中の人」となったと記している。義兄山本千三郎夫妻を訪ねたのは当分家族を預かってもらうことを頼むためであった。その上で「午后一時数分札幌停車場に着、向井松岡二君に迎へられて向井君の宿（北七条西四ノ四田中方）にいたる。既にして小林基君来り初対面の挨拶す」と記し、翌一五日「午后は市中を廻り歩きぬ」と書き、札幌の第一印象を次のとおり記している。

「札幌は大なる田舎なり、木立の都なり、秋風の郷なり、しめやかなる恋の多くありさうなる都なり、路幅広く人少なく、木は茂りて蔭をなし人は皆ゆるやかに歩めり。アカシヤの街樾を騒がせ、ポプラの葉を裏返して吹く風の冷たさ、朝顔洗ふ水は身に泌みて寒く口に啣めば甘味なし、札幌は秋意漸く深きなり」。

啄木の筆力を感じさせるに充分な美しい文章である。後に「北門新報」に寄稿した随筆「秋風記」はほぼこの日記の文章に沿って書かれている。

この日「夜は小国君と共に北門新報社長村上祐氏を訪ひ、更にこの後同僚なるべき菅原南二君をとへり、帰宿は十一時を過ぎぬ」と書き、さらに「予は自分一個の室を持ちて後にあらざれば何事もなし得ざるならむ、出社は毎日午后二時より八時迄、十五円、ハガキ二三枚出ス」と書いて日記を終えている。勤務時間が一日あたり六時間であれば、一五円という給与は低いとはいえないかもしれないが、日曜も出勤するのであれば、そう楽ではあるまい。

九月一六日は「予は此日より北門新報社に出社したり。毎日印刷部数六千、六頁の新聞にして目下有望の地位にありといふ」と書いた上で、次のとおり補足している。

「予の仕事は午后二時に初まり八時頃に終る、宿直室にて伊藤和光君と共に校正に従事するなり。和光君は顔色の悪き事世界一、垢だらけなる綿入一枚着て、其眼は死せる鮒の目の如く、声は力なきこと限りなし、これにて女郎買の話するなれば、滑稽とも気の毒とも云はむかたなし、彼は世の中の敗卒なり、戦つて敗れたるにはあらずして、戦はざるに先づ敗れたるものか」。

本人に見せる文章ではない日記中の感想だから、何を書いても自由だが、初対面でこのように他人を決めつけてしまうのでは、同僚との関係は危ぶまれるであろう。

翌九月一七日「昨夜求め来れる独文読本の一、今日より毎日午前に少しづつやる事とす。北門歌壇と秋風記を書いて編輯局に投ず、今日校正は七時前に済めり。和光君は最も哀れなるデカダン的人物なり」とあり、伊藤和光の身の上話を書いているが、あえて記すべきほどのことではない。北門歌壇と秋風記は編輯局からの依頼でなく、おそらく自発的に投稿したものであろう。それよりも、さらに注目すべき記述として、同日の日記に「夜、日本基督教会にゆきて演説をきく、高橋卯之助氏の「失はれたる者」路可伝の放蕩息子の話の研究にして少しく我が心を動かせりき」とある。この記述に関連することだが、九月一五日の日記に「今日は向井君が組合教会へ入会のため信仰告白をなすべき日なり十時より共にゆく、何となく心地よかりき」と書かれていた。札幌で啄木はキリスト教に関心をもったようだが、どれほどかは、疑わしい。

九月一八日には「本朝紙面第一頁には予が秋風記をのせ、又北門歌壇を載せたり、歌壇は毎日継続すべし。函館なる橘智恵子女史外弥生の女教員宛にて手紙かけり」という。北門歌壇の歌は啄木の作にちがいないが、全集には収録されていない。

九月一九日には次のような悲壮な記述がある。

「朝窓前の蓬生に雨しと〳〵と降り濺ぎて心うら寂しく堪え難し。小樽なるせつ子及び山本の兄、京なる与謝野氏、旭川の砲兵聯隊なる宮崎大四郎君へ手紙認めぬ。書して曰く、我が目下の問題は如何にして生活を安固にすべきかなり、又他なし。哀れ飄泊の児、家する知らぬ悲しさは今犇々とこの胸に迫る、と。書し了つて一人身を横へ、瞑目して思ふ事久し。

あゝ我誤てるかな、予が天職は遂に文学なりき。何をか惑ひ又何をか悩める。喰ふの路さへあらば我は安んじて文芸の事に励むべきのみ、この道を外にして予が生存の意義なし目的なし奮励なし。予は過去に於て余りに生活の為めに心を痛むる事繁くして時に此一大天職を忘れたる事なきにあらざりき。誤れるかな。予はたゞ予の全力を挙げて筆をとるべきのみ、貧しき校正子可なり、米なくして馬鈴薯を喰ふも可なり。予は直ちにこの旨を記して小樽なる妻にかき送りぬ」。

九月二〇日には網島梁川の死を知り、二一日、通知をうけとり、二二日「網島梁川氏を弔ふ」を書き、この文章は「北門新報」九月二四日から二七日の間に断続的に掲載された。その内容は、『あこがれ』が刊行されたとき、面識のない梁川を訪ね、病臥中の梁川から、詩と宗教とは遂に二つのことではない、というような話を聞いたという回想である。さらにまた、梁川を尊敬しながらも師事しなかったのは啄木自身が哲学をもっていたからだという。

「人生は両面である。この両面は、永劫より永劫に亘る人生の真面目である。人生を平坦な一面体と思ふのは、地球を平面であるといふ様なものである。人生の両面は何に基くか。曰く、「生命」の二つの欲望に基く。二つの欲望とは何であるか。曰く、自己発展の意志と自他融合の意志である。予に言はせると、何人に限らず人は必ず其性格に両面を具へて居る」という彼の哲学を述べている。これはかつて一九〇三（明治三六）年九月二八日付け書簡で野村長一に「「自己」と云ふ事を深く〳〵考へると、遂には勇躍して霊性の要求に応じ、大なる意志は単に自己拡張のみではなくて更に自他を融合し、外界を一心に摂容する者であることを自覚してくる」と書いた思想と同じであることが理解されるであろう。

なお、九月二〇日の日記には「夜小国善平君より小樽日々へ乗替の件秘密相談あり」と書かれている。

それよりも九月二一日には節子が京子を連れて札幌に啄木を訪れ、「この六畳の室を当分借りる事にし、三四日中に道具など持ちて再び来る事とし」たことを記していることが目につくのだが、おそらく、節子らが札幌で同居する前に、啄木自身が小樽に転職し、小樽で同居することになったのであろう。

もっと興味ふかいのは、同じ九月二一日の夜の記述である。

「夜小国君来り、向井君の室にて大に論ず。小国の社会主義に関してなり。所謂社会主義は予の常に冷笑する所、然も小国君のいふ所は見識あり、雅量あり、或意味に於て賛同し得ざるにあらず、社会主義は要するに低き問題なり然も必然の要求によつて起れるものなりとは此の夜の議論の相一致せる所なりき、小国君は我党の士なり、此夜はいとも楽しかりき、向井君は要するに生活の苦労のために其精気を失へる人なり、其思想弾力なし」。

ここで啄木ははじめて社会主義に接したのであり、それまでは無智のまま、冷笑していた社会主義をまともに考えることとなったものと思われる。

函館大火から札幌への転居に関する日記の記事に宮崎大四郎が言及されていないのは、いわゆる教育召集のため彼は旭川に行っていて留守であったからである。七月「廿七日、毎日来て居たりし宮崎君一年志願の二年目の事とて教育召集のため三ヶ月間にて旭川にむかへり」と日記にあることはすでに引用したとおりである。当時、中学校で軍事教練を終えていた者は、一年間、志願して軍隊に入隊すると、将校になる資格が与えられたが、そのためには随時、教育召集ということで短期間の訓練をうけることとなっていたようである。ちなみに、啄木の晩年にも宮崎は教育召集されて旭川に行っていたことがある。

啄木の日記には九月二一日に「宮崎大四郎君に手紙かけり」とあり、二三日には「午前ひき籠りて宮崎君並木君へ手紙かけり」とあり、続けて「事志と違はゞ十一月我と共に函館に帰れ、飢ゆるも死ぬも諸共といふ宮崎郁雨君は、げに世に稀なる人なり、予彼を呼ぶに京ちやんの叔父さんを以てす」という。おそらく一九日の日記に書いたような、文筆によって立つ、という決心を二一日の書簡で宮崎に知らせ、宮崎が啄木を励ますような返事を寄せたので、二三日にその礼の手紙を書き、日記に前記のような所感を書きとめたのであろう。

6

同じ、九月二三日の日記に次の記述もふくまれている。

「夜小国君の宿にて野口雨情君と初めて逢へり。温厚にして丁寧、色青くして髯黒く、見るから内気なる人なり。共に大に鮪のサシミをつついて飲む。嘗て小国君より話ありたる小樽日報社に転ずるの件確定。月二十円にて遊軍たることと成れり。函館を去りて僅かに一旬、予は又茲に札幌を去らむとす。凡ては自然の力なり。小樽日報は北海事業家中の麒麟児山県勇三郎氏が新たに起すものにして、初号は十月十五日発行すべく、来る一日に編輯会議を開くべしと。野口君も共にゆくべく、小国も数日の後北門を辞して来り合する約なり。

小国君は初め向井君より頼まれて予を北門新報社に紹介入社せしめたる人なり、今更に予と共に小樽にゆかむとす。意気投合とは此事なるべし」。

九月二四日には小樽の節子に札幌に来るのを見合わせるように電報を打ち、「夜、向井君の室にて大に宗教を論じ虚無を論じたり。予は予の意志二面観に出立する哲学を以て最高の思想と断定せり。予は他の人々の頭脳の何故明晰ならざるかを怪まざるをえず」という。意志二面観とは「綱島梁川氏を弔ふ」に記した啄木の人生哲学をいうにちがいない。私見をつけ加えれば、彼が、自己拡張と自他融合というとき、自己がいかに社会と対峙するか、という視点がまだ意識されていない。

こうして、九月二七日、彼は札幌を去り、小樽に到着する。「向井君の四畳半にて傾けし冷酒の別盃、酔未ださめず、姉が家に入れば母あり妻子あり妹あり、京子の顔を見て、札幌をも函館をも忘れはてて楽しく晩餐を認めたり。夜義兄と麦酒をくみ、又札幌なる諸友へ手紙認む」と日記にある。

翌二八日「午前小樽日報社にゆき主筆岩泉江東に逢ふ。社は木の香あらたなる新築の大家屋にして、いと心地よし。一日に編輯会議を開くべしといへり」。

一〇月一日「遂に神無月は来れり。朝野口雨情君の来り訪るゝあり、相携へて社にゆき、白石社長及び社の金主山県勇三郎氏の令弟中村定三郎氏に逢へり。編輯会議を開く。予最も弁じたり。列席したる者白石社長、岩泉主筆、野口君、佐田君、宮下君（札幌支社）金子君、野田君、西村君と予也。予は野口君と共に三面を受持つ事となれり。夜、静養軒にて一同晩餐を共にし、麦酒の盃をあげたり」ということで小樽日報社の生活がはじまる。

一〇月二日「出社す。夕方五円だけ前借し黄昏時となりて、荷物をばステーションの駅夫に運び貰ひて、花園町十四西沢善太郎方に移転したり。室は二階の六畳と四畳半の二間にて思ひしよりよき室なり。ランプ、火鉢など買物し来れば雨ふり出でぬ。妹をば姉の許に残しおきて母上とせつ子と京と四人なり」。宮崎郁雨によれば、この部屋は南部煎餅屋の二階だったという。

さらに啄木は一一月六日、花園町畑一四番地の八畳二間の借家に転居する。宮崎は「この家は私が旭川での勤務召集を終えて小樽へ立寄った時、京ちゃんをおんぶした節子さんと二人で探し歩き、小樽の親戚から一時借りした金を敷金に入れて貸して貰った思出の深い家であった」とも書いている。

宮崎が『函館の砂』に引用しているところによれば、斎藤大硯の「小樽小記」（函館啄木会発行『汗に濡れつつ』の序文）に次のような挿話が記されているという。

「小樽花園町の寓居は小さい坂の下にあって、窓には本を沢山積むで居たが、座敷の一部には畳が敷いてない。便所へ行く時などは下駄で板の上をがらん〳〵と音させる。然も主人公の啄木君は、客が一人来れば、一人毎に番茶を焙じて入れ替へる。其の贅沢振りには個中に別天地ありと観られた」。

啄木は贅沢にちがいなかったが、見栄をはりたい性分であったようである。なお、これは「花園町畑一四番地」の借家で、「花園町一四番地」の南部煎餅屋の二階ではない。宮崎が節子と探した「花園町畑一四番地」の借家は「畑と云ふ字で判る通り全くの新開地で、粘土の交った赤土の山の尾根を削ったばかりの道路に新築の家屋が立ち並び、ネオンサインに彩られてる現在の繁華街とは凡そ想像の出来ない程の寂しい町であった。一時間借をしてゐたと云ふ南部煎餅屋にも近く、狭い路地を入った二軒つゞきの平家で、通路に面した処に九尺の格子窓があってソコに小さい机を据ゑ、瀬戸火鉢を置いて茶の間を書斎替はりに使ってゐた」と沢田信太郎「啄木散華」（『回想の石川啄木』所収）に記されている。宮崎の前掲書には、『一握の砂』の「演習のひまにわざわざ／汽車に乗りて／訪ひ来し友とのめる酒かな」を引き、「これは「夜、社にあり、妻迎へに来て帰れば、思ひがけざりき、宮崎君来てあり、再逢の喜び言葉に尽く、ビールを飲みて共に眠る。わが兄弟よ、と予は呼びぬ。誠に幸福なる一夜なりき。」と彼の日記に出て居る、その十月十二日の出来事であった」とも書いている。そうとすれば、日記に記されている一〇月二日、花園町一四番の二階を借りたという記述からみて、それまでは義兄山本千三郎家に厄介になり、一〇月二日に南部煎餅屋の二階に転居し、一一月六日に花園町畑一四番地に移転したわけである。なお、岩城『啄木伝』には、次のとおり記されている。

「この頃、啄木一家は南部煎餅屋の二階から移って、花園町畑十四番地にある秋野音次郎の借家に住んでいた。これは宮崎郁雨の厚意によるもので、次のような事情があった。すなわち、同年十月十二日、当時予備役の勤務召集で見習士官として旭川の軍営にあった宮崎郁雨は、機動演習で江別まで来たが、友の身を案じて一夜小樽まで訪ねて来たことがあった。その時親切な郁雨は二階の間借では不自由だろうと察し、その後間もなく召集解除になって函館へ帰る時、再びこの地に立寄ってこの借家を探し、わざわざ実家へ電報を打って金を取り寄せ、引越の手配をしてくれたのである」。

この岩城の記述は、敷金を親戚から借りたか、実家から取り寄せたかの違いはあるが、日記とも宮崎の『函館の砂』の記述とも合致する。ただ、啄木が小樽でどこに住んだかは問題としてとりあげるべきほどのことではない。宮崎郁雨の思いやりを心にとめておきたいというたんなる私のこだわりである。

一〇月三日「社よりの帰途、野口君佐田君西村君を伴ひ来りて豚汁をつつき、さゝやかなる晩餐を共にしたり。西村君は遂に我党の士にあらず、幸に早く帰りたれば、三人鼎坐して十一時迄語りぬ。野口君と予との交情は既に十年の友の如し。遠からず共に一雑誌を経営せむことを相談したり」。

一〇月四日は、処々、関係の官庁等に挨拶まわり、五日の日記に次の記述がある。

「社の岩泉江東を目して予等は「局長」と呼べり。社の編輯用文庫に「編輯局長文庫」と記せる故なり。局長は前科三犯なりといふ話出で、話は話を生んで、遂に予等は局長に服する能はざる事を決議せり。予等は早晩彼を追ひて以て社を共和政治の下に置かむ」。

「予等」とあるので、主筆追放の陰謀に啄木も加わったことは間違いないが、啄木によれば、主謀者が野口雨情であったことは後にみるとおりである。そもそも「前科三犯」の者を金主、社長が主筆に任命することが不可解だし、啄木らも確認しているわけではない。ただ、このような軽挙妄動に共鳴するのは啄木の好みであった。

この記述の後、雨情の身の上話を聞いたことを日記は記している。

「野口君より詳しき身の上話をきゝぬ。嘗て戦役中、五十万金を献じて男爵たらむとして以来、失敗又失敗、一度は樺太に流浪して具さに死生の苦辛を嘗めたりとか。彼は其風采の温順にして何人の前にも頭を低くするに似合はぬ隠謀の子なり。自ら曰く、予は善事をなす能はざれども悪事のためには如何なる計画をも成しうるなりと。時代が生める危険の児なれども、其趣味を同じうし社会に反逆するが故にまた我党の士なり焉」。

「十五夜お月さん」「七つの子」「赤い靴」などの作者、野口雨情がここに記されているような数奇な半生を経験していたとは聞いたことがない。ことに「嘗て戦役中、五十万金を献じて男爵たらむとし」たというのは、雨情が啄木を面白がらせるためにでっちあげた虚構ではないか。

ところで、『全集』第八巻に「小樽のかたみ」という文章が収められている。これは啄木が「小樽日報」に「書きたるもののうち当時を紀念すべきものを抜萃して「小樽のかたみ」を作る」と同年一二月の日記にある綴りであり、その序文とみられる「小樽日報と予」は小樽日報社に勤務していた時期の啄木の動静に関する彼自身の回想記とみてよいであろう。そこで、遡って、一〇月一日の第一回編輯会議の記述を読むことからはじめる。

「集るもの七名、主筆は江東岩泉泰君にして、三面に雨情野口英吉君と予、外交に当るもの樵夫西村衛君あり。二面は主席を欠き、鴻鐘佐田庸則君、孤堂金子満寿君外交を分担し、外に商況記者として黄州野田金太郎君あり。此日白石社長声明して曰く、日報創業の目的、之を小樽実業の機関たらしめむとするにありとは云ひ得ざるにあらざれども、要するに道楽六分の新聞にして、他に何の特別なる目的も主張も有せず、唯小樽の地に二或は三の新聞の生存しえられざる理なき故、日報は宜しく単に新聞としての自明の目的に向つて発達せしむべし、其資金の如きは独立経済を立て得るに至る迄は何年と雖も年に一万金を注入すべしと。日報の前途は大に楽観すべきもの丶如かりき」。

新聞創刊の辞としてこれほど志の低いものも稀なのではなかろうか。途中を少し省いて主筆排斥に関する記述をみる。

「是より先、予と野口君との間に主筆排斥の企あり。佐田西村亦加はる。要は江東の人格遂に我等の長とすべからず、且つ其編輯の技倆陳にして拙、剰へ前科数犯ある兇児なるが故に、須《すべか》らく彼を社外に一擲して、以て編輯局内に一種の共和政治を布かむとするにありき。之実に第一回編輯会議の日に於て既に予らの話頭に上りし事たりし也。金子之を主筆に通じ、事露顕す。初号発刊の夜、主筆野口君に云ふ所あり、翌日同志相議す。皆頓《とみ》に軟化して真骨頂なし、予一人蛮勇を奮はむとして抑へられ、事遂に画餅に帰せり」。

一〇月二三日、第二号を刊行、「小樽日報と予」は「三十日に至り、主筆の権謀功を奏して、野口君遂に社を去れり。此日は予等が初めて俸給を与へられたる日なりき。予は最初二十金の約なりしも二十五金を与へられる事となれり。之一に主筆が予を懐柔せむとする策に出づ。野口君去ると共に予は三面主任たり、十一月一日三面の編輯は主筆の手より分離したり」と記されている。

啄木の主筆追放の陰謀が露見して、その犠牲になったのは野口雨情であった。雨情には気の毒な結末だが、啄木はその詳細を記していない。啄木に「悲しき思出」と題する野口雨情の思い出を書いた未完の原稿があるが、これには、第一回の編集会議以後の進展について次のとおり記している。

「◎此会議が済んで、社主の招待で或洋食店に行く途中、時は夕方、名高い小樽の悪路を肩を並べて歩き乍ら、野口君と予とは主筆排斥の隠謀を企てたのだ。編輯の連中が初対面の挨拶をした許りの日、誰が甚麼《どんな》人やらも知らぬのに、随分乱暴な話で、主筆氏の事も、野口君は以前《まへ》から知つて居られたが、予に至つては初めて逢つて会議の際に多少議論しただけの事。若し何等かの不満があるとすれば、其主筆の眉が濃くて、予の大嫌ひな毛虫によく似てゐた位のもの。
◎此隠謀は、野口君の北海道時代の唯一の波瀾《やま》であり、且つは予の同君に関する思出の最も重要な部分であるのだが、何分事が余りに新らしく、関係者が皆東京小樽札幌の間に現存してゐるので、遺憾ながら詳しく書くことが出来ない。最初「彼奴《あいつ》何とかしようぢやありませんか。」といふ様な話で起つた此隠謀は、二三日の中に立派（？）な理由が三つも四つも出来た。其理由も書く事が出来ない。兎角して二人の密議が着々進んで、四日目あたりになると、編輯局に多数を制するだけの味方も得た。

サテ其目的はといふと、我々二人の外にモ一人硬派の○田君と都合三頭政治で、一種の共和組織を編輯局に布かうといふ、頗る小供染みた考へなのであつたが、自白すると予自身は、それが我々の為、また社の為、好い事か悪い事かも別段考へなかつた。言はば、此隠謀は予の趣味で、意志でやつたのではない。野口君は少し違つてゐた様だ。
◎小樽は、さらでだに人口増加率の莫迦に高い所へ持つて来て、函館災後の所謂「焼出され」が沢山入込んだ際だから、貸家などは皆無といふ有様。これには二人共少なからず困つたもので、野口君は其頃色内橋《いろないばし》（？）の近所の或運送屋（？）に泊つてゐた。予は函館から予よりも先に来てゐた家族と共に、姉の家《うち》にゐたが、幸ひと花園町に二階二室貸すといふ家が見付つたので、一先《ひとまづ》其処に移つた。此を隠謀の参謀本部として、豚汁をつついては密議を凝らし、夜更けて雨でも降れば、よく二人で同じ蒲団に雑魚寝をしたもの。或夜も然《さ》うして寝てゐて、暁近くまで同君の経歴談を聞いた事があつた。そのうちには男爵事件といふ奇抜な話もあつたが、これは他の親友諸君が詳しく御存知の事と思ふから書かぬ。
◎野口君は予より年長でもあり、世故《せこ》にも長《た》けてゐた。例の隠謀でも、予は間《ま》がな隙《すき》がな向不見《むかふみず》の痛快な事許りやりたがる。野口君は何時でもそれを穏かに制した。また、予の現在有《も》つてゐる新聞編輯に関する多少の知識も、野口君より得た事が土台になつてゐる。これは長く故人に徳としなければならぬ事だ」。

　これだけ雨情と共に陰謀に情熱を傾けながら、雨情だけが退社することになったわけだが、それにしては、この記述はいささか雨情に対する同情を欠いている。

さて、「小樽日報と予」に戻ると、雨情退社後の啄木の働き方について、次のように書いている。

「予が毎日筆にする処三百行以上に上る事敢て珍しからざりき。剰《あまつ》さへ一面の文苑と新刊紹介亦予の分担に属せりき。之実に社中其任に当るの人を得ざりしが為めのみ。朝は九時に出社し、夜は多く九時十時に帰れり。主筆は五時六時に至りて漸く編輯を〆切り、余事を予に一任して帰れり。当時社中には電報を満足に訳する人さへあらざりしなり。且つ若し電報来らざれば、予は他紙を参照して必ず数通の電報を偽造せざるべからざりき。

世上の反響をきくに、日報社の信用はあれども、日報の信用は殆んど皆無なりき。之一に主筆の罪に帰せざるべからず。予は日夜之が為めに憂惧し、一度大硯斎藤哲郎君を入れて現状を打破せんと企てて成らず」。

啄木が日夜奮闘し、夜遅くまで仕事したことは間違いあるまい。だからといって、社外の人間を入社させようと企てるのは一介の社員としては分を超えたことだが、熱中すると、そういう見境がなくなるのも啄木の性格であった。

「十一月九日、社長予に主筆解任の内意を洩し、後事を託して札幌に去る。道会正に十一日を以て開かれむとする也。予、機至れりとなし、翌十日急行札幌に社長を訪ねて逢はず。手紙を残して帰る。予は編輯長として札幌にある天峯沢田信太郎君を推薦し、且つ此秋を措て社中廓清の機なしとし、予及び佐田を除く外すべてを弾劾したり。鈴木志郎君事務より三面に入る。

十五日、江東早く大勢を知り、（最後の一言）を草す。翌日社長札幌より手紙を以て主筆を解任したり。車中騒擾鼎の沸くが如し。同夜小林事務長をして校正佐々木を斬らしむ。彼は実に窃盗前科三犯の狡児なりき。

十九日の紙上には予の（主筆江東氏を送る）の一文を載せたり。金子狂せるが如く、小林事務長は岩泉のために籠絡せられて、社中第二の禍根茲に根ざせり」。

そこで、「主筆江東氏を送る」に啄木がどんなことを書いたか、その要旨は次の文章にある。

「噫、足下茲に我が社を去られむとす。

我が社創業多事の秋《とき》に当り、万難を排して此編輯局を組織せられ、且つ内外一切の経営に寝食を忘れて尽力せられし人は乃ち足下には非ざりしか。此難局に処し、一面我等を誘掖《いうえき》し教導し扶助しつゝ、社の今日を致せるもの、其功を負ふべき人足下を措いて又誰かある。我等親しく足下の恩義を享けたる者、身もとより不肖と雖ども木石に非ず、長く肝に銘じて足下の徳を忘るゝなけむ。元勲すでに去る、将を失うて卒豈《あに》乱れざらむや。嗚呼《ああ》我が日報の前途を奈何《いかん》。残党微力にして孤城を守る、感慨おのづから禁ぜざるものある也」。

創業の当初から主筆江東岩泉泰の排斥の陰謀に加わりながら、よくもこれほどに白々しい言葉をつらねることができたものだと感心する。まことに啄木は鉄面皮といってよい。岩城『啄木伝』では、「札幌の社長より書簡を以って解任を宣告され、悄然として去り行く江東主筆の姿には、流石の啄木も胸を打たれたらしい」といい、「主筆江東氏を送る」の前記の一節を引用して、「いんぎんな告別の辞を十九日紙上に掲げて、この主筆を送った」というが、この告別の辞は、私には岩城のように啄木に好意的にはうけとれない。せいぜい主筆の体面を読者に紙面で保つほどの配慮によったとしか思われない。

また、岩城『啄木伝』によれば、「こうした啄木らの努力により、編集局の空気も一新し、紙面も活気を帯びて来たが、事務長の小林寅吉が職務以外のことのみに奔走して社事を怠ったため、販売や広告の事務の成績がさっぱりあがらず、また工場設備も期待した程の資金が投じられなかったので、敏感な彼は漸く社長や社主の態度に疑惑を持つようになり、山形財閥へも不信感を抱き、その資金源も潤沢でないことを知った。(「小樽日報」は明治四十一年四月十八日廃刊)江東主筆排斥を企てて以来、日報社隆盛のために「一冊の書を読まず、一通の書信も静かに書く能はざりし」程精励した啄木だけに、すっかり日報社の前途に失望してしまった。丁度その頃札幌の小国善平より、近々札幌の中西六三郎代議士が社長となり、小樽の富豪高橋直治が金主となって、有力な新聞が札幌に出来ると内報して来たので、啄木は早速これに触手を伸ばし、セッセと札幌通いを始めた。この啄木の態度に疑惑の眼を向けたのは、江東主筆排斥以来、彼を隠謀の張本人のように思っていた二十九歳の小林事務長である。彼は啄木が毎日社を怠けて札幌へ行くのをみて、十二月十二日沢田編集長のもとへえらいけんまくで、「石川は毎日怠けて札幌へ行くが、事務に届を出させて下さい」と怒鳴って来た。しかし、沢田は啄木の行動に事務長が干渉するのは越権であると諭し、夕方になるとサッサと帰ってしまった。こうした編集長の態度に小林事務長は内心おだやかでなかったが、そこへヒョッコリ啄木が帰って来たからたまらない、烈しい言い合いになり、遂に小林は腕力をふるって啄木をなぐりつけたので、啄木が沢田のもとへ帰って来た時には、「血走つた眼からボロボロ涙をこぼし、見ると羽織の紐が結んだまま千切れてブラリと吊がり、綻びた袖口から痩せた腕を出して手の甲に擦過傷があり、平常から蒼白な顔を硬張らせて、ハアハア息を切つて体がブルブル悸へて」いるという状態で、「今小林に殴ぐられて来た、僕を突きとばして置いて足蹴にした、僕は断然退社する、アンナ畜生同然の奴とどうして同社出来るものか」（前掲沢田の手記による）と大変な怒りようであった（「前掲沢田の手記」とは沢田信太郎「啄木散華」（『中央公論』一九三八年五月号）を指す——筆者注）。

驚いた沢田は啄木の傷の手当をする一方、善後策を講じるため、社長に一件を報告し、事務長の処置を要求したが、社長は何を考えたのかこの問題をとりあげようとしなかった。啄木はこのなりゆきに遂にかんしゃくを起して、十二月十六日付を以って、退社理由書を社長につきつけて社を止めてしまった。沢田は、啄木の退社した時の態度はまるで凱旋将軍のようであったと述べている。この小林事務長こそ後年、政党はなやかなりし頃、帝国議会に「蛮寅」の名をうたわれた、福島県選出の代議士中野寅吉その人である」。

これ以前、岩城『啄木伝』によれば、岩泉江東主筆の解任を決意した白石社長はその内意を啄木にもらし、後事を託したので、啄木は「丁度このころ、偶然彼の寓居を訪れた函館時代の友人沢田天峰をみて急に思いつき、藪から棒に「小樽日報の編集長を引受けてもらえないか」と切り出した。当時函館より札幌へ移って、北海道庁の役人になったばかりの沢田はこの急な申し出に驚いたが、啄木の燃ゆるような熱意に動かされると共に、彼の説く日報社の内情にも納得のゆくものがあったので、啄木と協力して理想の新聞を作ることに興味をおぼえ、会談四時間にして、編集長就任を快諾した」とあり、その後、白石社長の承諾を得て、旧知の沢田信太郎が編集長に就任していた。

沢田信太郎の「啄木散華」は岩城編『回想の石川啄木』に全文収録されているので、これから引用すると、編集長就任後の状況について、沢田は次のとおり記している。

「啄木と私とは編輯室の一番奥まった処に、壁を背にして卓子を並べ、殆ど競争の姿で筆を執ってゐたが、仕事にかゝった後の彼の態度は実に真剣で、煙草も吸はず、口も利かずにセッセと原稿紙に向って毛筆を走らせる丈であった。何か快心の記事を書くとさも愉快さうにニコ〳〵して、自分で原稿を工場に下げに行った。工場では啄木の原稿は大歓迎で、非常な人気があった。それは第一に字のキレイなこと、次は文章の巧みなこと、それに消字が少くて読みよいことと云ふので、文撰長などはスッカリ此点で啄木崇拝家になってゐた。

其間に社内の粛正工作が逐次行はれ、宮下小鈎が去り、西村樵夫と野田黄州がやられ、代はりに市役所に勤めてゐた奥村寒雨を入れたり、白田北州を窮境から救ひ上げたりして兎に角編輯局の空気が一新されるやうになったが、販売や広告の事務の成績が挙がらないのと、工場設備に期待した程の資金を投じて呉れないので、敏感の彼は漸く社長や社主の態度に疑惑を有つやうになり、一抹の不安が前途に現はれて来ると、一気呵成に革新を断行しようとした彼丈けに、反動的に当初の熱意を冷却して行った、殊に大嵐の後の社内の太平無事も彼としては退窟の種であった。そこへ札幌の露堂から、今度代議士の中西六三郎が社長となり、小樽の富豪高橋直治が金主となって、新に有力な新聞が札幌に生れると内報して来たので、彼は此時とばかり札幌通ひを始めて、此新計画に乗り出して行った。其結果私にも日報には将来性がないと云ふ見透しの下に、極力新興新聞に相携へて乗込むことの得策を説き、君は矢張り編集長で、僕は社会部長でやるのだから結局同じ事じゃないかとまで云って呉れたが、私は確答を躊躇した。

十二月十一日の午後彼は三面の編輯を了はると、今日も一寸と札幌へ出かけるから宜しく頼むと云って、蒼皇として出て行ったが其晩は帰らなかった。翌十二日に私が一人で一面二面三面の編輯をしてると、事務長の小林寅吉がやって来て、石川は毎日のやうに札幌へ行くやうだが、社を怠けるとは怪しからん奴だ、事務に届を出さして下さいと偉らい権幕で怒鳴って来たが、私も虫が納まらず、事務長の越権的干渉を排撃して一先づ問題は片づいたものゝ、是が為め非常な不快の感を抱いて夕刻帰宅し、不味い晩飯を認めてる処へ啄木は異様な姿で帰って来た」。

これが啄木に対する小林事務長の乱暴狼藉にいたる経緯であった。このような事情に照らしてみると、小林に対して、社長がいかなる処置も採らなかったのは、啄木が札幌に転出の意図をもって、始終札幌へ行っていることを、予め事務長から聞いていたからではないか。また、啄木が野口雨情と共に主筆江東岩泉泰の排斥の陰謀を企てていたのに、前述のような送別の辞は、事情を知る金子・小林らを不快にさせていたのではないか。「金子狂せるが如く、小林事務長は岩泉のために籠絡せられて、社中第二の禍根茲に根ざせり」と書いているのも、そのような彼らの感情を指すのではないか。それより、啄木が事務長に殴打されて、事務長の処罰を求めることなく、退社する、と言ったのも、自らに疚しい気持があったからではないか。

以上の経緯を「小樽日報と予」にみると、次のとおりである。

「第一回編輯会議以来編輯局を去らざる者、僅かに予と佐田君とのみ。編輯局裡既に新面目あり、紙面亦多少の活気を帯び来る。但事務の成績毫《がう》も揚らず小林事務長の如き徒らに職務以外の事にのみ奔馳して社業遂に空しからむとす。剰《あまつさ》へ、社主社長の社に対する、毫も最初の宣言の如くならず、這裡の秘密忖度に難からず、予潜かに平かなる能はず」。

これからみれば、事務長に殴打される前に啄木はすでに小樽日報に見切りをつけていたようである。

「十二月十一日予札幌に行き翌十二日夕帰社す。偶々小林言を構へて遂に腕力を揮ふに至れり。予乃ち翌日より出社せず、諸友に飛ばすに退社の通知を以てしたり。

翌日白石社長に宛てて退社を強請するの書を送る。同人夫々来つて諫止すれども応ぜず。十二月二十日遂に社長の同意を得るに至り、翌二十一日の紙上には予の退社の広告を掲げぬ。日報生れて茲に五十二号。

此一綴に抜萃する所は乃ち予が小樽日報紙上に書けるもののうち、特に当時を追懐すべきものを択びたるもの、天下家なき一風流児が新聞記者らしき生活に入れる最初の紀念なり」。

そこで、啄木がこの綴りに収めた記事の二、三を紹介する。はじめは一〇月一五日掲載の「初めて見たる小樽」という記事の末尾である。

「◎北海道人、特に小樽人の特色は何であるかと問はれたなら、予は躊躇もなく答へる。曰く、執着心の無い事だと。執着心が無いからして都府としての公共的な事業が発達しないとケナス人もあるが、予は、此一事成らずんば更に他の一事、此地にて成し能はずんば更に彼の地に行くといふ様な、云はゞ天下を家として随所に青山あるを信ずる北海人の気魄を、双手を挙げて賛美する者である。自由と活動と、此二つさへあれば、別に刺身や焼肴を注文しなくとも飯は食へるのだ。
◎予は飽くまでも風の如き漂泊者である。天下の流浪人である。小樽人と共に朝から晩まで突貫し、小樽人と共に根限りの活動をする事は、足の弱い予に到底出来ぬ事である。予は唯此自由と活動の小樽に来て、目に強烈な活動の海の色を見、耳に壮快なる活動の進行曲《マーチ》を聞いて、心の儘に筆を動かせば満足なのである。世界貿易の中心点が太平洋に移つて来て、嘗て戈《ほこ》を交へた日露両国の商業的関係が、日本海を斜めに小樽対浦塩の一線上に集沖し来らむとする時、予が計らずも此小樽の人となつて、日本一の悪道路を駆け廻る身となつたのは、予にとつて何といふ理由なしに唯気持が可いのである」。
知られるとおり『一握の砂』に「かなしきは小樽の町よ／歌ふことなき人人の／声の荒さよ」という作がある。小樽の人は歌わないと言ったのは斎藤大硯であることはこの年の一二月二七日の日記に「歌はざる小樽人」とは「此日大硯君が下したる小樽人の頌辞なり」とある。だが、歌うことなき声の荒さとは、この文章でいう「自由と活動」の精神と相通うのではなかろうか。「声の荒さ」を小樽の人々に対する「頌辞」といっている事実からみて、啄木の見ていた小樽の人々の気性も同じだったと思われる。

もう一篇、いかにも三面記事らしいものをあげることとする。一一月七日掲載の「敗徳教育者」という記事である。

「鹿爪らしく髯をひねくつて仁義忠孝を説けども根が木石にあらねば幾何教育者だとて然う真面目で許り居られるものかと理屈をつける者もあるか知れぬが、苟くも一校の師長たりし者にして獣の如き所業をするとは書くだに浅間しき心地せらる。休職目梨郡春刈古丹小学校長平田詳記と云ふは、本年三月中元召使たりし一寸渋皮の脱けたお何（一七）なる尻軽者にあるべからざる事をし此事何日しか噂に上りて物議を醸したるは教育界の体面を汚辱したるものなりとの理由にて去る五日譴責処分を享けたりといふが、毎々の事乍ら斯る醜聞の伝はる事誠に嘆かはしき次第といふべし」。

一二月二二日の「小樽日報」は沢田信太郎の書いた「石川啄木兄と別る」を掲載した。

「文壇に於ける啄木兄の文名は余夙《つと》に之を記せり。其の肇《はじ》めて親炙《しんしゃ》せるは函館に於ける苜蓿社同人の会合の席なりとす。爾来兄は北門社に往き更に日報社に転ずるに及で、余は蓬々として兄の跡を趁《お》ひ、同じく社中に事を共にするに至る、蓋し又一箇の奇縁の繫がるものなしとせず。而して僅に三旬に充たざるの今日に、蚤《はや》くも袂を別つの余儀なきに至る、之を天命と云はんは余りに無造作すぎたるにあらずや。兄の齢少又壮、常に気を負ふて、塵外に超然たるは、斉《ひと》しく同人の推服する所に属す。余は実に兄の庸俗《ようぞく》に解嘲を意とせざるの量に敬す。兄の余に求むる所のもの或は絶無なるべし、而かも余の兄に求めんと欲する所のものに至ては、決して鮮少にあらざるなり。天下真に不遇の天才あるべし、自重して益々文運に資する所あれよ。敢て啄木兄の為めに贅す、点頭善と称するに未し乎」。

私信ならともかく、送別の辞として新聞紙上に公表する文章としてみると、はたして適切か、疑問に感じることとなしとしない。啄木が気負っていて浮世離れしていることを我々は尊敬していたのだ、と言い、啄木が我々に求めるものはないかもしれないが、我々が啄木に求めるものは少なくない。天下に不遇の天才があるかもしれないが、啄木が不遇の天才かどうかは分からないとしても、せいぜい自重したまえ、うなずいて、君が良かろうというのはまだ先のことだろうか、といったことであろう。ただ、小樽日報社の社中の啄木を見る眼はこんなものであったろう。いかに啄木が努力しても天才肌の行動が周囲の反感を誘うことは避けられない。啄木なりに新聞記者として努力したにもかかわらず、不本意なかたちで小樽日報を去らざるをえないこととなったのは、周囲のそういう冷やかな眼であったといってよい。

7

一九〇七（明治四〇）年一二月二三日の日記は次のとおりである。

「多事に困しむは無為に困しむの意義なきに優る。

午后大硯君来る。夕刻天口堂主人海老名又一郎君来る。一富豪のために其運を卜して数十金を得たりとて新調の衣服を纏ひ、意気稍々恢復せるものの如し。主人亦零落の人、赭顔漫ろに人生の惨苦を忍ばしむるものあり。

夜、佐田君来り、奥村寒雨君また会す。佐田君由来庸俗の徒、語るに足らず、談偶々戦役の事に及び、はしなくも主戦非戦の説起り、寒雨君切に非国家主義を唱へて余の個人解放論に和す。好漢大に語るべし。佐田君遂に此間の思想に触れず。哀れむべきは斯くの如き無思想の徒なるかな。
世界の歴史は中世を以て区画せらる。中世以後の時勢は一切のものを解放して原人時代の個人自由の境界を再現せむとす。我らの理想は個人解放の時代なり、我等の天職は個人解放のために戦ふにあり」。

啄木は「個人解放のために戦ふ」と言うけれども、誰とどのように戦うかは、まだ考えていない。同日、伊五沢丑松宛て書簡で、「小生例の癇癪を起し男一疋居らぬ社はイヤだと駄々をコネ出し」て小樽日報を退社したことを告げ「目下北海道第一なる札幌の北海タイムス社及び、中西高橋両代議士が新たに札都に起す一新聞と、両方より交渉有之候が、何れ《いつ》新年を待ちて何れとも決定し、旗鼓堂々再度の札幌侵略を試むるつもりに御座候」と書いているが、もちろん、そのような交渉はなかった。このようなことを告げるのは啄木の見栄であろう。

一二月二五日の日記には「中世史を読む。予は予の個人解放の時代に至つて世界の発達は其第一期の完整を終るといふ観念によりて、史上一切の事物を評論したる世界史を著はさゞるべからず」という。世界史は個人が多くの束縛桎梏から脱して自由を獲得するに至った歴史である、といった構想だったのではないか。おそらく事実にもとづくというより、信条にもとづく世界史の構想ではなかったか。

むしろ、同日の日記に「夜、沢田君来り快談数刻、談中、デゲセウ先生及び暴風雨の夜に酒をのむ中村君の話を小説中の人物と思へり」と記した後、「君、白石社長の意を伝へて、予を釧路新聞に入れむとす。予は社長にして予の条件を容れなば諾せむと答へたり」とある。

翌二六日、沢田信太郎に宛てた書簡でその条件を伝えている。以下のとおりである。

「昨夜は御粗末、失礼、

釧路新聞を理想の新聞とする方針として、熟考の結果左の案を得たり。

一、現在の主筆は主筆でよし、

二、奥村君、吉野君を各二十五円にて入れること、

三、外に二十円の三面の人一名入れる事、（小生に心当あり）

四、初めに小生に総編輯をやらして貰ひたし、準備つき次第第二面を独立して奥村吉野二君交る〴〵之を主宰する事、

五、第五面は三面の二君中非番の人之を編輯す、

六、一面は同人一同の舞台、

以上

右の愚見にして実行せらるれば、編輯局中に一種の共和政治行はる、人数は財政の都合により前記の人頭にても、六頁出せぬ事なし、従来の人は従来の儘にて構はず、奥村、吉野二君共に為すあるの人にして、然かも其人物性行大いに吾人の意を得たり、且つ共に或る野心を有する人なるが故に之を二

面の活舞台に於て、充分土地の活人物に接せしむる事大いに好からむ。奥村君を日報社より抜く事は大兄に於て大いに異議の存する所ならんと雖も、これは天道に悖るものと云ふべし、何故なれば、好漢奥村の如き庸俗佐田の如きもの丶下に置くは有為の人間を侮辱するものにして、奥村自身も快とせざるべく、大兄亦其非理を知らむ。小生の如きは天下の大不平なり
釧路の地は白石先生が根拠地なり
然して裡面に於ては、日報既に大兄のあるあり、大兄さへあれば天下太平と称して可ならむ。奥村よし去ると雖も天下の逸才を抜擢し来つて之を手足の如く用うる事大兄の胸中成算なしとは云はさぬ。若し右の意見にして全部実行せられうるものとすれば、小生は三年でも五年でも釧路に尻を落付けて太平洋の潮声を共とせん」。

翌二六日の日記を引用する。

「朝沢田君に手紙を送り、釧路新聞を如何に経営すべきかに関する予の意見を述べたり

夜、奥村君を呼び、若し白石社長にして予の意見を容れなば共に釧路に入らむことを約したり。釧路の地、繁栄未だし、然るが故に若し此際大に為すあらば、多少吾人が会心の事業の緒に就くをえむ。予は予自身の性格乃至天職が果して何等か物質上の事業に身を容るるを許すや否やを知らず、然れども何等らかの地に於て幾何なりとも「自由」を得んとするの希望は遂に虚偽ならざるを知る

予は予の書かむとする世界史、個人自由の消長を語る一の文明史につきて語り、亦、郷校にありし頃の事共を語りぬ」。

職を求めているはずの啄木が思うがままに条件をつけるのは、条件が折り合わなければ職を諦めるということであり、職につくからには納得できる条件を雇い主が承諾すべきだというのが、啄木の世に処する方法であった。だから、奥村にも、釧路行が条件のとおりで実行されたばあいについて、気焔をあげている。しかし、年内には、沢田からの回答は届かない。一二月二七日、斎藤大硯の訪問をうけている。

「大硯君来り談ず、君も浪人なり、予も浪人なり、共に之天が下に墳墓の地を見出さざる不遇の浪人なり。二人よく世を罵る、大に罵りて哄笑屋を揺がさむとす。「歌はざる小樽人」とは此日大硯君が下したる小樽人の頌辞なり、淵明は酒に隠れき。我等は哄笑に隠れむとするか。世を罵るは軈て自らを罵るものならざらむや。（中略）

人は生きんが為めに生活す、然ども生活は人をして老ひしめ、且つ死せしむるなり。予に剣を与へよ、然らずんば孤独を与へよ」。

二八日にも大硯が来訪、啄木は正宗白鳥の短篇小説集『紅塵』を読み、「我が心泣かむとす。予は何の日に到らば心静かに筆を執るを得む。天抑々予を殺さむとするか。然らば何故に予に筆を与へたる乎」と感慨を記している。

二九日は京子の誕生日であった。「新鮭を焼きまた煮て一家四人晩餐を共にす」と書き、いまだ一戸の家をもてないことを、「人の子にして、人の夫にして、また人の親たる予は、噫、未だ有せざるなり、天が下にこの五尺の身を容るべき家を、劫遠心を安んずべき心の巣を。寒さに凍ゆる雀だに温かき巣をば持ちたるに」と嘆いている。

三〇日には小樽日報社に赴き、給与を請求する。「俸給日割二十日分十六円六十銭慰労金十円、内前借金十六円」を引いて一〇円六〇銭をうけとる。帰途葉書一一〇枚、煙草を買った残りは八円であった。

大晦日の記事を読む。

「来らずてもよかるべき大晦日は遂に来れり。多事を極めたる丁未の年は茲に尽きむとす。（中略）朝沢田君に手紙を送る。要領を得ず。（中略）夜となれり。遂に大晦日の夜となれり。妻は唯一筋残れる帯を典じて一円五十銭を得来れり。母と予の衣二三点を以て三円を借る。之を少しづつ頒ちて掛取を帰すなり。さながら犬の子を集めてパンをやるに似たり。

かくて十一時過ぎて漸く債鬼の足を絶つ。遠く夜鷹そばの売声をきく。多事を極めたる明治四十年は「そばえそば」の売声と共に尽きて、明治四十一年は刻一刻に迫り来れり」。

いかに自ら選んで小樽日報社を退職したとはいえ、この窮乏は胸を衝くものがある。

「明治四十一年日誌」の一月一日を読む。

「起きたのは七時頃であつたらうか。門松も立てなければ、注連飾もしない。薩張正月らしくないが、お雑煮だけは家内一緒に喰べた。正月らしくないから、正月らしい顔した者もない。

廿三歳の正月を、北海道の小樽の、花園町畑十四番地の借家で、然も職を失うて、屠蘇一合買ふ余裕も無いと云ふ、頗る正月らしくない有様で迎へようとは、抑々如何な唐変木の編んだ運命記に書かれてあつた事やら。此日は昨日に比して怎やら肩の重荷を下した様な、果敢ない乍らも安らかな心地のする中に、これといふ取止もない、様々な事が混雑した、云ふに云はれない変な気持であつた。実に変な気持であつた。変な気持と云ふ外に、適当の辞がない」。

「考へる迄もない事を、恁う兎や角考へるのは、然し乍ら、これ実に自分自身が貧乏人であるからなのだ。俺だとて、生活の苦しみと云ふものがなく、世間並に正月が来れば家内一同へ春着の一枚宛も着せる様なれば、愚痴は愚かな事、御芽出度うを百回云はされても敢て不平は唱へぬかも知れぬ、正月があつたとて別した損害を享ける訳でもないのだから。人間は本来横着なものである。世の中は何処迄も馬鹿臭いものである。

又考へた。人間の本来の本来は決して横着なものではない。人生は決して馬鹿臭いものではない。何故に人間に横着な考が起り、人生が馬鹿臭くなつたか。茲に一家族があるとする。其家族の中、主人一人を除いた外は、皆老人や婦人や小児だとする。そして主人は何かしら一人前の働きをして月々十五円なり二十円なりの俸給を得て居て、其俸給が其家族全体の生活費に足らぬとする。(現在では立派に人一人前の働きをして居乍ら二十円以下十円位迄の俸給を得て居るものが珍らしくない。少なくとも家族全体を養ふだけの俸給を得て居ないものが珍しくない。)その家にも、富豪の家と同じに大晦日が来る。米屋魚屋炭屋から豆腐屋に至るまで、全部の支払をせねば、明日から生活の資料を得られぬと云ふ恐ろしい大晦日が来る。過ぎたるは及ばざるが如しと云ふが、足らぬ金で全部の支払は出来る理があるまい。サア此処だ。此借金の申訳は誰がする。一人前の働きをして居て何一つ悪い事せぬ主人自身、若しくは其何の罪なき家族の誰かが、否応なしに頭を下げ手を揉んで、心にも無いお世辞やら申訳やらを列べねばなるまい。誠に変挺な話ではないか。

此驚くべき不条理は何処から来るか。云ふ迄もない社会組織の悪いからだ。悪社会は怎すればよいか。外に仕方がない、破壊して了はなければならぬ。破壊だ、破壊だ。破壊の外に何がある」。

啄木が軽率に小樽日報を退社したことに眼を瞑るとし、彼も一人前の働きがあるとすれば、不条理は明らかである。啄木は一人前の働きをしていると信じている。そう考えている限り、社会の組織は不条理であり、破壊しなければ救いはない。素朴な社会組織に対する、このような素朴な反感が彼の社会思想の出発点であった。

ついで、啄木は「沢田君は留守であつた」と記している。沢田からの回答が待ちきれなくなったので、沢田を訪ねたのであろう。

一月三日には『新思潮』の水野葉舟の小説「再会」を読み、「異状な興味を覚えた」と書いた後、新詩社について、「新詩社の運動が過去に於て日本の詩壇に貢献した事の尠少でないのは後世史家の決して見逅してならぬ事である」と言いながら、「然し新詩社の事業は、詩以外の文芸に及ぼす所極めて尠少であつた」というような感想を記している。

一月四日には次のとおり記述している。

「夕方本田荊南君に誘はれて寿亭に開かれた社会主義演説会に行つた。会する者約百名。小樽新聞の碧川比企男君が体を左右に振り乍ら開会の辞を述べた。添田平吉の〝日本の労働階級〟碧川君の〝吾人の敵〟共に余り要領を得ぬ。（中略）

要するに社会主義は、予の所謂長き解放運動の中の一齣である。最後の大解放に到達する迄の一つの準備運動である。そして最も眼前の急に迫れる緊急問題である。此運動は、前代の種々な解放運動の後を享けて、労働者乃ち最下級の人民を資本家から解放して、本来の自由を与へむとする運動で、今では其論理上の立脚点は充分に研究され、且つ種々なる迫害あるに不拘、余程深く凡ての人の心に浸み込んで来た。今は社会主義を研究すべき時代は既に過ぎて、其を実現すべき手段方法を研究すべき時代になつて居る。尤も此運動は、単に哀れなる労働者を資本家から解放すると云ふでなく、一切の人間を生活の不条理なる苦痛から解放することを理想とせねばならぬ。今日の会に出た人人の考へが其処まで達して居らぬのを、自分は遺憾に思ふた」。

これが啄木が社会主義に共感を示した最初の文章である。ただ、啄木の理想とするところは、労働者の資本家からの解放だけではなかった。啄木自身の思想を深めるには後日の東京での体験が必要であった。

一月五日「夜、沢田君が来た。自分の事が何とも決定せぬので、余程辛い思ひをして今迄来なかったのだ。日報社の事やら社会主義の話」とあり、相変わらず、釧路新聞に就職の件に進展はなく、社会主義について何を話したかも分からない。

一月六日には「昨夜枕に就いてから、夢成らずして魂何時となく遠く飛び、色々な過去の姿が追憶の霞の奥に現はれつ消えつとする。函館が恋しかつた。実に恋しかつた」と書き、翌七日には「今日は〝七日正月〟と云ふさうな。紋付の羽織を斎藤君から貰つたので、今迄着て居た飛白ののと蚊帳を質に入れて二円借りた。夕食に馬肉汁の御馳走あり」と記した後、「夜、例の如く東京病が起つた。新年の各雑誌を読んで、左程の作もないのに安心した自分は、何だか恁う一日でもジッとして居られない様な気がする。起て、起て、と心が喚く。東京に行きたい。無暗に東京に行きたい。怎せ貧乏するにも北海道まで来て貧乏してるよりは東京で貧乏した方がよい。東京だ、東京だ、東京に限ると滅茶苦茶に考へる。噫、自分は死なぬつもり、平凡な悲劇の主人公にならぬつもりではあるが、世の中と家庭の窮状と老母の顔の皺とが、自分に死ねと云ふ。平凡な悲劇の主人公になれと責める。家の中が暗い様な気がする」と書いている。東京を嫌悪してきた啄木は、小樽における窮迫した状況から、文名をあげるためには何としても東京に出なければならない、という思いをふかくするのだが、東京で、いかに生計を立てるか、目鼻がつくわけではない。内心での激越な思いにすぎない。

一月九日「午前露堂君と共に沢田君を訪ふたが留守。夜再び訪ふと、奥村寒雨君が行つて居て、二人で僕の所へ来ようと云ふ話の最中であつた。四人火鉢を囲んで煙草の煙と共に気焔を吐く。(中略)何日しか問題は社会主義に移り、革命を談じ、個人の解放を論じ、露堂君と予は就中壮快な舌戦を試みた」という。この時期、社会主義への関心が明らかにふかくなっている。同時に、啄木の持論である個人の解放も彼は説くことに執心している。しかし、釧路新聞の件は進展しない。その間、沢田の縁談の話が進んでいる。

釧路新聞の話が進展したのは一月一三日であった。

「三時頃日報社に行つて宿直室で白石社長に逢ふ。（薩張僕の所へ来て呉れないが、怎して居たんです。）と喜色満面で這入つて来られた。（我儘一件があるんで怎も気が済まぬもんですから。）と迎へた。自分が旧臘我儘を起して日報を退いてから、今初めて社長に逢つたのだ。

（二三日前は、沢田君の手から頂戴したですが、何とも御礼の申様がありません。）

（イヤ何。何れまた何とかするつもりで居たんだが。……怎です、タイムスの方は話が纏りましたか。）

（否、何にもキマリません。天下の浪人です。）

（あの方の話が沢田君からあつたから、自分でも出来るだけ運動して見るつもりで居たのだが、怎です、釧路へ行つて貰ふ訳に行かんのですか。実は君には御母さんや小さい小供もあるといふ事なので、釧路の様な寒い所へ行くのは怎かと思つて躊躇して居たんですが。）

慫くて同氏が十何年前から経営し来つた釧路新聞の事を詳しく話されて、結局自分は、家庭は当地に残し、単身白石社長と共に十六日に立つて釧路へ行く事になつた」。

この問答からみると、啄木はまことに殊勝、前年一二月、退社を申し出たのは自分の我儘だったと詫びを入れ、釧路新聞入社の条件として沢田に告げたことなど、忘れたかのようにふれることなく、釧路行を決めている。前年の大晦日以来の窮迫した事情にさすがの啄木もすっかり弱気になっていたようにみえるが、後に引用する沢田信太郎の回想によれば、日記の記述にはかなりの潤色があるようである。日記によれば「家に帰つて話すと異議のあらう筈もなし」ということで釧路への単身赴任が決まる。一七日に白石社長に逢い、一九日に出発することとなり、一八日の日記には「小樽に於ける最後の一夜は、今更に家庭の楽しみを覚えさせる」とある。

この間の事情について、沢田信太郎が「啄木散華」の中で、啄木からうけとった釧路新聞に関する意見書を白石社長が見てから「少し二の足を踏むやうな態度に出たのは、要するに彼の意図を計りかねたからであった。折角伴れて行って若しも彼の理想が実現されないと云ふ事から不平でも起されては大変だと云ふ心配からであったらしい。此の頃の啄木の窮境と云ったら相当極端なもので、正月二日朝起きると頭がムヅ痒ゆいので、斬髪に行くと十九銭とられた、アト石油と醤油を買ふと一銭も残らないと云ふ悲惨ぶりであった。(中略)そこで私は極力啄木に説いて、兎にも角にも一度「釧路新聞」に入社して、家庭を現在の窮地から救ひ出す為めに、意見書に書いてある一切の条件らしいものを撤廃させることを承諾させて了った。そして一月十三日に日報社の社長室で、啄木と白石社長とを会見させ、私も同席して両者の間を斡旋し、結局内談の程度で物別れとなったが、翌十四日には社長と私と二人丈けの会談で、「釧路新聞」に啄木を三面主任として入社させ、待遇は日報時代よりは少しでも良くすること、三面の主任と云っても実際は総編輯をさせることなどを決定して、最後に二十円でも、三十円でも此際啄木に赴任手当を呉れることを承認させてから、私から此の決定事項を詳細に彼に伝達してやった。是でヤット長い間の懸案が解決し、生活の方針も立ち、彼としては新らしい陣地を得て、再び才筆を揮ふことになったので、之を聞いた時には流石に喜色満面の様子を見せてゐた」。啄木の日記の記述とはだいぶ違うが、おそらく沢田の記述が事実であろう。

そこで一九日「子を負ひて／雪の吹き入る停車場に／われ見送りし妻の眉かな」という小樽駅の別れとなる。ただ、白石が遅刻したため午前九時の列車に乗り遅れ、節子は空しく帰り、「予は何となく小樽を去りたくない様な心地になつた」と一九日の日記に記されている。同日は岩見沢の姉の家に一泊。当時、義兄は岩見沢の駅長であった。二〇日、一〇時半岩見沢発、「途中石狩川の雪に埋もれたのを見た」という。午後三時一五分、旭川着、一泊。白石も日が暮れて旭川着。二一日、午前六時半白石と共に旭川発、午後九時半釧路に着。「さいはての駅に下り立ち／雪あかり／さびしき町にあゆみ入りにき」という哀感は、このように遅い時刻に到着した時の光景から生じているにちがいない。

8

一月二二日「起きて見ると、夜具の襟が息で真白に氷つて居る。華氏寒暖計零下二十度。顔を洗ふ時シヤボン箱に手が喰付いた」。華氏マイナス二〇度は摂氏に換算するとマイナス二九度ほどであろうか。いずれにしても、私はまったく経験したことのない寒さである。「シヤボン箱に手が喰付いた」、という表現も、そんなものか、と関東育ちの私は驚くばかりである。同日の日記の続きを読む。

「日景主筆が来た。共に出社する。愈々今日から釧路新聞の記者なのだ。

昨日迄に移転を了した新社屋は、煉瓦造で美しい。驚いたのは、東京で同じ宿に居た事のある佐藤岩君が三面の記者になつて居た事で、聞けば同君は此処に来てから料理屋の出前持までやつたとの事。モ一人は上杉儔といつて、前中学教師、物理の先生とは寔に意外な話だ。

職工のおとなしいに驚く」。

二三日「今夜、佐藤氏の宅から此洲崎町一丁目なる関下宿屋に移つた。二階の八畳間、よい部屋ではあるが、火鉢一つを抱いての寒さは、何とも云へぬ」。

二四日「寒い事話にならぬ。今日から先づ三面の帳面をとる。日景君から五円かりて硯箱や何やや買つて、六時頃帰宿」。

驚くことは、いかに小樽で極貧の境遇にあったとはいえ、五円の金も持たず、釧路到着早々、主筆から硯箱などを買う金を借りる始末である。ただし、硯箱などは新聞社の備品であってもよいのではないか、とも思われる。同日の日記の続き。

「社長の招待で編輯四人に佐藤国司氏と町で一二の料理店㋙喜望楼（㋙は「まるこ」、喜望楼の通称――筆者注）へ行つた。芸者二人、小新に小玉、小新は社長年来の思ひ者であるといふ。編輯上の事何かと相談した。機械が間に合はぬので、三月初めまでは現在の儘で時々六頁出すことにした」。

町にはモ一つ北東新報と云ふ普通の四頁新聞が此正月出来た。碌な記者も居ぬけれど、兎に角好敵手たるを失はぬ。社では先づ此敵と戦ひつつ、順次拡張の実をあげねばならぬ。日景主筆は好人物、創刊以来居る人なさうで度量の大きくないと頭の古いが欠点だといふ。佐藤国司氏は理事と云つた様な格で、社長の居ぬ時万事世話をすると云ふ。一見して自分の好きな男だ。

机の下に火を入れなくては、筆が氷つて何も書けぬ」。

翌一月二五日「金田一花明君へも長いたよりを認めた」とあり、これは一月三〇日付け書簡と思われるので、この書簡の一部を引用する。はじめに金田一が大学院に進んだことを新詩社の同人名簿で知ったと言い、「零度以下の寒さの国に居て東京の事を思ふは、失意の子が好運の人を思ふと相似たるべき乎」と書いて、次に釧路について報告している。

「此釧路が日本地図の如何なる個所にあるかは、よく御存じの御事なるべくと存候、雪に埋れたる北海道を横断して、廿一日夜当地に着し候ひしより、連日の快晴にて雲一つ見ず、北の方平原の上に雄阿寒雌阿寒両山の白装束を眺め候ふ心地は、駿河台の下宿の窓より富士山を見たると大に趣を異にし居候、雪は至つて少なく候へど、吹く風の寒さは耳を落し鼻を削らずんば止まず、下宿の二階の八畳間に置火鉢一つ抱いては、怎うも怘うもならず、一昨夜行火《アンカ》（？）を買つて来て机の下に入れるまでは、いかに硯を温めて置いても、筆の穂忽ちに氷りて、何ものをも書く事が出来ず候ひし、朝起きて見れば夜具の襟真白になり居り、顔を洗はむとすれば、石鹸箱に手が喰付いて離れぬ事屢々に候、北《キタ》グルと書いて逃ぐると訓む、北へ〳〵と参り候ふ小生は、取も直さず生活の敗将、否、敗兵にて、青雲の上に居る人の露だに知らぬ夢を、毎夜見居る事に御座候」

と落ちこんだ心境を記し、渋民の代用教員時代から函館、札幌、小樽を経て釧路にながれてきた経緯を記している。小樽日報では「十一月末までには最初八人なりし記者中主筆以下六人迄遂々断頭台に上せ、新人物を入れ候ひしが、寝食を忘れて毎日十五時間位も社のために働き候事、日報社最初の三面主任が功労亦多大なるものと申すべきか、呵々、十二月中旬に至り、最後の根本的改革を遂行せんとせしも時機未だ至らず、社長氏が板挟みの苦境にあるを見るに見かねて、断然退社、何と云つても出社せず、遂に生来の我儘を小気味よく通し候ひしは聊か痛快に候ひし、但しそのため今年の新年は寔に新年らしからざる新年を迎へ申候（中略）
白石社長は度量海の如き篤実の老紳士に候が、嘗ては国事犯を犯して河野広中氏らと共に獄につながれたる事もあり、又「真理実行論」といふ急激なる自由主義の世界統一論を著したる事などもあり候ふ人なれば、胸の奥にはまだ若々しい革命思想を抱き居り、小生とは所謂支那人の「肝胆相照す」底の点あり、小生日報を退きしも小生を捨つるを欲せず、種々好意を尽しくれ候ひしが、五月の総選挙迄に現在の釧路新聞を拡張して釧路十勝二国を命令の下に置く必要あり、其拡張の大責任を小生に是非やつてくれよとの事にて、小生は釧路クンダリ迄流れてくる気はなく候ひしも、情誼上止むなく承諾し、拡張の基礎出来次第日報に帰るも何処へ行くも小生の自由といふ約束の下に此度同氏と同道、雪の北海道を横断したる訳に候」。
虚実とりまぜ、見栄をはって経緯を語る啄木の心情は憐れを催すが、啄木はどこまでも自立して自己顕示欲にとらわれていたと言ってよい。
一月三〇日の日記には「社長から貰つた金で下宿料四円六十二銭払ふ。宿料十二円五十銭に布団代二円の割」とあり、三一日には「社から日割ともつかず全額ともつかず十五円貰つた。佐藤国司氏を訪ね、十円貰ふ。せつ子から今日も手紙来た」とあり、二月一日「午前中に電為替で十八円小樽へ送り、別に一円せつ子へ」とある。「別に一円せつ子へ」とあるのは、母カツが家計を預かっていたからではないか。そういう事情から別に僅か一円を節子に送った気持を思いやると感慨なしとしない。

二月四日「野辺地の父から手紙来た。小樽から、四十日間一銭も送金せぬという手紙行つたとて大に心配して居る。誠に不埒な事を云つてやつたもので、一月中に十五円、再昨日の十八円で三十三円、外に建具を売つた筈だから、一ヶ月に四十円以上も使つて居るではないか。後日のため厳重な手紙出す」。二月二二日「此日社から今月分俸給二十五円受取つた」、二月二八日「朝起きて、せつ子からと小国君からの手紙を読む。せつ子は第二の恋といふ事を書いてよこした。何といふ事なく悲しくなつた。そして此なつかしき忠実なる妻の許に一日も早く行きたい、呼びたいと思つた」。

二月二九日の日記には、冒頭に大島経男の書簡について所感を書いている。

「昨日来た日高の大嶋君の手紙を繰返して読む。下下方小学校の代用教員とは何の事だ。噫、自から人生の淋しき影をのみ追ふ人、自から日の照る路を避けて苔青き蔭路を辿る人！　大嶋君は怎して斯ういふ人だらうと、自分は悲しさに堪へぬ。去年の七月末、風もなく日の照る日の事だ、函館の桟橋で白い小倉の洋服を着た君の、背をそむけて去る後姿を見送つた時の光景が目に浮ぶ」。大島経男は、疑いなく、啄木が生涯、信頼し、敬愛した人物であった。そのことは啄木の後年の大島宛ての書簡からも明らかだから、後にまた大島にふれることになるであろう。

同じ日の日記。

「社へ行つてから、遠藤君から十二円八十銭送つて来た。宮崎君の為替も受取らした。五時〆切つて帰る。途中方々の払を済し、松屋の佐々木君から自分の〝あこがれ〟一部没収して来た」。
この宮崎郁雨からの送金について啄木は宮崎宛てに「君、君に御心配をかけた事は誠に済まぬ、君が斯く僕の無理までを通さしてくれるのは何とも云ひ様がなく有難い、前後二度に五十金確かに落手した、実際僕はよく大胆にこんな迷惑を友人にかけた事と自分乍ら思ふ、君の深い〳〵友情は謝するに辞もない、サテ、万事はお蔭でうまく取運んだ、横山といふのは、一寸ホトボリの冷《サ》めるうち遊ばして置いて我が社へ入社させる事に決定」と書いている。以下は略すが、これは競争紙の「北東新報」の記者横山らを引き抜く資金と称して、宮崎からいわば騙して借金したものである。この日の日記は最後に二月の自己を総括しているかにみえる。

「釧路へ来て茲に四十日。新聞の為には随分尽して居るものの、本を手にした事は一度もない。此月の雑誌など、来た儘でまだ手をも触れぬ。生れて初めて、酒に親しむ事だけは覚えた。盃二つで赤くなつた自分が、僅か四十日の間に一人前飲める程になつた。芸者といふ者に近づいて見たのも生れて以来此釧路が初めてだ。之を思ふと、何といふ事はなく心に淋しい影がさす。

然しこれも不可抗力である。兎も角も此短時日の間に釧路で自分を知らぬ人は一人もなくなつた。自分は、釧路に於ける新聞記者として着々何の障礙なしに成功して居る。噫、石川啄木は釧路人から立派な新聞記者と思はれ、旗亭に放歌して芸者共にもて囃されて、夜は三時に寝て、朝は十時に起きる。

一切の仮面を剝ぎ去つた人生の現実は、然し乍ら之に尽きて居るのだ。

石川啄木!!!」。
たしかに新聞記者としての啄木は真面目な論説をほとんど毎日執筆、掲載している。一例として、この前日、二月二八日に掲載された「釧路築港問題」と題する論説を読む。

「釧路築港問題は、議会開会前より今日に至るまで、終始吾人の予想通り進行し来れり。吾人は、小樽一港の完整のみを先にして、本道東海岸に於ける築港を等閑に附したる団左長官の経営案に賛する事能《あた》はざりき。然も其経営案は今や既に動かすべからざるものゝ如し。築港問題は吾人の予想の如く四十一年度の予算に計上せられず。

然れども、我釧路の死活を左右する諸問題が、四十二年度に於て着手せらるべきは殆んど之を確定議と見るを得べきに似たり。是一は本問題が最初より本道開発必然の要求にして、其成立を危うすべき何等の故障なかりしに依ると雖《いへ》ども、亦一方に於て我が在京運動委員諸氏の熱誠に負ふものたらずんば非ず。一昨日の本紙に載せたる「東京便り」を一読したる人は、白石新津両氏が責任ある答弁を求めたるに対して、当局者が左の如く明言したりてふ事を記憶せらるべく候。曰く

釧路築港費を明年度の予算に計上せざりしは財政の都合にあらずして、築港計画の変更の為、測量未成の為なるに依り、明年は必ず提出すべく、之を再言すれば明年は釧路港の外他の各港の修築費を要求するや否やは未定なるも、留萌若《もし》くは函館室蘭の修築費を要求して釧路を後にすることは断じて之なし。云々。

吾人は今此好信に接して、深く在京委員諸氏の功労を多とせざるべからず。而して又、今期議会開

会前に、建議案若くは其他の方法によりて我が釧路町民の意志を発表して置くの手段を講ぜられん事を切望す。由来本問題は本道開発上必然の要求たるが故に、何人と雖ども之に同情せざるものなし。ただ、過日の鉄道操業視察隊歓迎会席上に於て、タイムスの小川氏が苦言を敢てしたる所謂「釧路町民は小樽人の如く熱心ならず」てふ一語は、今後に於て特に町民諸氏の忘るべからざる警語たらずんばあらず候」。

論説として時機を得ているし、町民読者に有益な情報でもある。同時に、おそらく白石社長の選挙にも役立つ文章であろう。啄木はおそらく新聞記者としても、彼が自負するとおり、有能であったと思われる。

芸者といえば、「小奴といひし女の／やはらかき／耳朶なども忘れがたかり」の小奴との交情が知られている。二月二一日の日記、「七時沢田君と共に、有志発起の視察隊歓迎会に望む。(中略)市ちやんと鶤寅の小奴は仲々の大モテで、随分と面白い演劇もあつた」、二二日「小奴が佐藤君を今朝訪ねて、何か僕の事を云つたとかで、少し油をとられて大笑ひ。四時に締切る。今夜は、二十日に初号を出した実業調査会機関の〝釧路実業新報〟創刊祝で、南畝氏の招待をうけ、同人と共に六時鶤寅に行つた。(中略)小奴のカッポレは見事であつた」、二四日「九時頃、衣川子を誘ひ出して鶤寅亭へ飲みにゆく。小奴が来た。酒半ばにして林君が訪ねて来て新規蒔直しの座敷替。散々飲んだ末、衣川子と二人で小奴の家へ遊びに行つた。小奴はぽんたと二人で、老婆を雇つて居る。話は随分なまめかしかつた。二時半帰る。小奴と云ふのは、今迄見たうちで一番活潑な気持のよい女だ」、二五日「小奴へ手紙やつて面白い返事をとる」、二七日「遠藤君と鶴寅へ行つた」、二八日「八時頃小奴の許へ、手紙やつて、見番の出資者を訊したが、知らぬといふ返事が来た」、三月三日「五時から鶴寅亭に慰労会を開いた。南畝氏を初めとして、社中同人一同、小南、衣川、泔水に予。校書は小蝶、小奴、ぽんた、後で妙子といふのも来た。小奴は予の側に座つて動かなかつた」、五日「既にして市子が来たが、常の如くでない。小奴に金色夜叉を置いて来た事を一晩怨まれた」、七日「九時頃から花輪君、古川君、衣川と四人鶴寅亭に飲んだ」、一〇日「鶴寅に繰込んで盛んに飲む。小奴は非常に酔うて居た」、一一日「小奴の長い長い手紙に起される。先夜空しく別れた時は〝唯あやしく胸のみとどろぎ中候〟と書いてあつた。(中略)夜に入つて雪は雨となつた。葡萄酒を飲んで小奴へ長い長い手紙の返事を長く長く書いた」、二〇日「一時間許りして鶴寅に鞍替。(中略)十二時半頃、小奴は、送つて行くと云ふので出た。(中略)奴は色々と身の上の話をした。十六で芸者になつて、間もなく或薬局生に迫られて、小供心の埒もなく末の約束をした事、それは帯広でであつた。渡辺の家に生れて坪に貰はれた事、坪の養母の貪婪な事、己が名儀の漁場と屋敷を其養母に与へた事、嘗て其養母から、月々金を送らぬとて警察へ説諭願を出された事、函館で或る人の囲者となつて居た事。釧路へ帰つてくる船の中で今の鶴寅の女将と知つた事。そして、来年二十歳になつたら必ず芸者をやめるといふ事。今使つて居る婆さんの家は昔釧路一の富豪であつた事。一緒に居るぽんたの吝な事、彼を自分の家に置いた原因の事。月の影に波の音。噫忘られぬ港の景色ではあつた。〝妹になれ〟と自分は云つた。〝なります〟と小奴は無造作に答へた。〝何日までも忘れないで頂戴。何処かへ行く時は屹度前以て知らして頂戴、ネ〟と云つて舷を離れた」。

途中だが、情緒纏綿たるものがある。引用を続ける。

「歩き乍ら、妻子が遠からず来る事を話した所が、非常に喜んで、来たら必ず遊びにゆくから仲よくさして呉れと云つた。郵便局の前まで来て別れた」。

二二日「小奴からの使で目をさました」、二三日「小奴の写真を見て辛くも慰めた」、二四日「小奴から使が来て、今日来られぬ申訳」。

私が見落としている記述もあるかもしれないが、二〇日の記事はしんみりした情緒があるが、ここに抄出しただけでも尋常ではない。その他の女性との交渉もあり、啄木の釧路の生活は馴れるにしたがい、しだいに遊蕩に耽り、放埒、乱脈な日々が続くようになる。

ちなみに、いわゆる、啄木の「借金メモ」によれば、釧路滞在中に、啄木は約一七〇円の借金をしている。これは二五円の俸給のほぼ七カ月分であり、その中には小奴からの借金二五円をふくんでいる。啄木は借金の天才であり、貸し手とすればどうしても貸さずにはいられないような魅力のある借り手であったのであろう。

それにしても、三月も下旬になると、啄木は釧路に飽きたかの感がみえる。二〇日に小奴に遠からず妻子が来ると言いながら、二二日の日記の最後には次の言葉を記している。

「今明両夜、去る八日の空前の大風雪罹災者救助の慈善演芸会が米町宝来座に開かれて、鶤寅芸妓の芝居がある筈なので、七時頃横山君と共に出掛けた。途中小泉君も同伴。〝煙草屋源七〟一幕。小奴の上使は巧みなもの、煙草に酔うて花道からの引込みが、殊に手際よかつた。二番目新派〝乳貰ひ〟奴の妾、表情が少し足らなかつたけれど、降る雪に積る思ひ、自然な所作が気に入つた。最後に所作事〝喜撰〟、奴は此でも喜撰になつた。

漸く不快を忘れて一時帰つて寝る」。

ここまでは、啄木の釧路における日常といってよいが、この日の日記は次の記述で終る。

「夢が結べぬ。それからそれと考へて、果敢ない思のみ胸に往来する。つくづくと、真につくづくと、釧路がイヤになつた」。

二三日の日記は「何といふ不愉快な日であらう。何を見ても何を聞いても、唯不愉快である。身体中の神経が不愉快に疼く。頭が痛くて、足がダルイ。一時頃起きて届けをやつて、社を休む」とはじまり、夕方になって根室銀行の鎌田と丸コという料理屋へ行く。これは喜望楼である。「鎌田が下へ行つて上つて来た時、其顔には或計画が閃めいて居た。芸者二人に秘密命令を伝へて、石川君を酔はせろと云ふ。癪にさわつたから、グイグイと飲んだ。二人を相手に無闇に飲んだ。鎌田は丸コ女将の頼みを享けて、僕と小奴の間に離間策――卑怯なる離間策を旋さんとした。噫、何と浅間しい世の中だらう。だまされた振をして、出て共に宝来座へ行つた。九時頃であつたらう。奴の〝乳貰ひ〟は昨夜よりも巧みであつた。が自分には何も見えなかつた。酔が全身に漲つて、頭が馬鹿にグラグラして、断間もなく疼く。奴は白酒などを寄越した。一寸逢つて、明朝来いといふて帰る。〝人を馬鹿にしやがるな。〟と幾十回繰返し乍ら、宿に帰つて寝て、疼く頭を抑へた。故もなき涙が滝の如く枕に流れた」。

「故もなき涙が滝の如く枕に流れた」とは神経がかなりにたかぶっている。二四日の日記は「新聞を見ると、昨日の編輯日誌に、自分の欠勤届が遅かつたので日景君が頬をふくらしたと書いてある。馬鹿奴。今日も一日床の上」とあり、釧路に見切りをつけている心情が顕著になっている。二五日も「今日も床上の人」とはじまり、次に続く。

「石川啄木の性格と釧路、特に釧路新聞とは一致する事が出来ぬ。上に立つ者が下の者、年若い者を嫉むとは何事だ。詰らぬ、詰らぬ。新機械活字は雲海丸で昨日入港した。二週間の後には紙面が愈々拡張する。誰が其の総編輯を統卒するか。頭の古い主筆に出来る事でない。さればと云つて自分にやらせる事も出来まい。否恁麼事は如何でもよい。兎も角も自分と釧路とは調和せぬ。啄木は釧路の新聞記者として余りに腕がある、筆が立つ、そして居て年が若くて男らしい。男らしい所が釧路的ならぬ第一の欠点だ。

早晩啄木が釧路を去るべき機会が来るに違ひないと云ふ様な気が頻りに起る」。

この記述にいう、上の者は主筆日景、下の者はもちろん啄木自身である。

三月二七日「九時頃衣川に起された。真面目腐つた病気見舞」。

三月二八日の日記には次の長文の記述がある。

「今日も休む。今日からは改めて不平病。

十二時頃まで寝て居ると、宿の下女の一番小さいのが、室の入口のドアを明けかねて把手をカタカ夕させて居る。起きて行つて開けて見ると、一通の電報。封を切つた。

〝ビョウキナヲセヌカヘ、シライシ〟

歩する事三歩、自分の心は決した。啄木釧路を去るべし、正に去るべし。

日景君も度量の狭い、哀れな男だ。が考へて見ると、実にツマラヌ。

電報を見て、急に頭がスッキリした。これだ、これだ、と心は頻りに躍る。横山を呼んで話した所が、何処までも一緒に行くと云ふ。

反逆の児は、……噫。

先づ函館に行つて、日々新聞に入らんと考へた。船でゆく事、歌留多は梅川に置いて行く事、などまで相談一決。

これで自分は釧路に何の用もない人間になつた、と思ふと。嬉しい、心から嬉しい。

小奴へ手紙やつた。

甲斐君が来て、色々話す。電報を見せると北海旭に来てくれぬかと云ふ。話半ばにして小奴が来た。かねちやんを連れて。甲斐君は座をはづす。

話はしめやかであつた。奴は色々と心を砕いて予の決心をひるがへさせようと努めて呉れた。〝去る人はよいかも知れぬが、残る者が……〟と云つた。一月でもよいから居てくれと云つた。僕の為めに肘突を拵へかけて居ると云つた。此頃一人で写した写真がまだ出来ぬと云つた。これが一生の別れかと云つた。否、々、また必ず逢はうと云つた。何処へ行つても手紙を呉れよと云つた。………

明日の午后奴の家を訪問する約束をして、夕刻別れた。
衣川が一寸来て行つた。
下へ獣医の大森君が来て居て、一寸来てくれと云ふ。行つて小国君の話をして、酒を三杯洋盃で飲んで来た。少しく酔発して感慨多少。酔に乗じて次の如きものを書いた。

〝さらば〟

啄木、釧路に入りて僅かに七旬、誤りて壷中の趣味を解し、觴を挙げて白眼にして世を望む。陶として独り得たりとなし、絃歌を聴いて天上の楽となす。既にして酔さめて痩軀病を得。枕上苦思を擅にして、人生茫たり、知る所なし焉。

啄木は林中の鳥なり。風に随つて樹梢に移る。予はもと一個コスモポリタンの徒、乃ち風に乗じて天涯に去らむとす。白雲一片、自ら其行く所を知らず。噫。

予の釧路に入れる時、沍寒骨に徹して然も雪甚だ浅かりき。予の釧路を去らむとする、春温一脈既に袂に入りて然も街上積雪深し。感慨又多少。これを訣別の辞となす。

十時頃甲斐君が来た。再考の余地なきかと云ふ。無しと答ふ。明日早速旭川の本社へ照会して見ると云ふ。多分出来るとの事だ。旅費も三十円位は出すと云ふ。かくて一時頃まで語つた。僕の休んで居たのを、世上では早く不平病だと云ふて居るさうな。
異様なる感情を抱いて枕に就く」。
三月三〇日には、日景が来訪、不平があるなら言ってくれ、といったことが日記に記されている。

三月三一日の日記には「五厘銅貨二枚の晦日」とあるだけである。四月一日の日記には「今日は何とかして、金を拵へなければならぬ、と考へた。其次は、イヤ、何とかして東京に行かねばならぬ。…………坪仁子、乃ち小奴へ手紙書いて、横山君に行つて貰ふ。一時頃返事が来た。用件は駄目。横山と相談して、釧路病院長の俣野景吉君へ手紙、七八日迄に十五金貸すといふ返事」。

「借金メモ」によれば、俣野病院長が貸してくれた金額は四円にすぎなかったようである。四月二日には「朝、鎌田君から十五円来た」とある。続いて「新聞を披いて出帆広告を見ると、安田扱ひの酒田川丸本日午後六時出帆――函館新潟行――とある。自分は直ぐ決心した。〝函館へ行かう〟〝さうだ、函館へ行かう。〟」。

船賃を問い合わせると、二等で三円五〇銭とのこと、その旨、小奴と俣野に知らせ、当日、早くも乗船して函館に向かった。甲斐の誘う旭川の新聞社の話もあり、それを承諾すれば、三月末に「五厘銅貨二枚」で心配することもなかったはずだが、啄木は上京の決心をすでに決めていた。新聞記者として北海道の各地を流浪することにうんざりし、むしろ上京して、自己の文学を世に問いたいという野心に燃えていたにちがいない。まだ、妻子をはじめ家族の生活をどうするか、彼はまるで考えていない。

この釧路新聞退社については、啄木はまったく会社の了解を得ていなかった。岩城『啄木伝』によれば、四月二五日「石川　一　退社を命ず」という社告が掲載され、二四日の編輯日誌に「啄木去りてより以来帰雁音信を齎らさず、止むなく本日編輯局裡より「退社を命ず」との目出度からざる社告を出す」とあるという。立つ鳥跡を濁さず、というが、退社を決意した啄木はそうした社会的常識は脳裡に浮ばなかった。

9

小樽から釧路における生活の間の啄木の創作活動についてみておきたい。

この時期における啄木は生活の変化に追われ、一方、小樽でも釧路でも、少なくともその当初においては新聞記者として熱意を傾けていたために、その文学活動は停滞していた。注目すべきことは、まず、函館で短歌の制作を再開したことである。これが『紅苜蓿』同人たちからの影響と刺激によることはすでに記し、函館時代の短歌は引用した。また、詩にも新境地を開いたこともすでに指摘した。そこで、小樽以降をみることとする。

まず、「小樽日報」に発表した歌を読む。すべて匿名で発表された作である。

月夜よしいざと手をとり森をゆき野をゆき霧に行方《ゆくへ》わかなく
一すぢの並木のみちの春雨に小傘《をがさ》して来る君をこそ待て
病みぬれば乱れはてにし我が髪に白き薔薇ちる秋の夕ぐれ

の如き作品には明星風の浪漫主義の名残りがあるが、次の作品はどうか。

野に立てば霧いと重し息ぐるし見えざる手ありわが心圧《お》す
わが被《かづ》くみだれ黒髪今日よりは蛇ともならむかかる恨みに
うらさびし日も夜もわかぬ黒暗《くらやみ》の心をいだき木下《こした》いそげば

ことに右の第一首は、運命の翻弄されている苦悩をうたっている感があり、その他の二首もその心情は暗い。すぐれた作とはいえないが、見過しがたい。

同じ「小樽日報」所掲の、

時雨《しぐれ》して夕日うするる岡の家《や》の障子《しやうじ》にうつる干柿の影
たふれたる籬《まがき》の菊をおこしつつ野分《のわき》のあとの月を見るかな

といった手がたい写生風の作品は、匿名の埋草的なものとはいえ、個性的でない。小樽時代には採るべき作品はほとんどない、というべきであろう。

釧路時代の末期の作に、

頬《ほ》につたふ涙のごはぬ君を見て我が魂は洪水《おほみづ》に浮く

の一首がある。この一首は『一握の砂』冒頭より第二首、

頬につたふ／なみだのごはず／一握の砂を示しし人を忘れず

と似ているが、むしろ『一握の砂』所収の作の方が平板だと思われる。ただ、この一首を除き、みるべき作品はない。

その他、しいてあげれば次の如き作がある。

冬の磯氷れる砂をふみゆけば千鳥なくなり月落つる時
一輪の赤き薔薇《さうび》の花を見て火の息すなる唇《くち》をこそ思へ

結局、この時期は過渡期であって、啄木の詩人・歌人としての真の再生は上京後の辛酸を待たなければならない。

10

こうして四月七日、午後九時二〇分に船は函館港に着いた。同日の日記。

「背後から大森浜の火光を見て、四十分過ぎて臥牛山を一週。桟橋近く錨を投じた。あはれ火災後初めての函館。なつかしいなつかしい函館。山の上の町に燈火の少ないのは、まだ家の立ち揃はぬ為であらう。

昨年五月五日此処に上陸して以来将に一週年。自分は北海道を一週して来たのだ。無量の感慨を抱いて上陸。俥に賃して東浜町に斎藤大硯君を訪うたが留守。青柳町に走らして、岩崎君宅に泊る。何といふ事もない異様の感情が胸に迫つて、寝られぬ。枕を並べた友も、怎やら寝られぬ気であつた」。

翌四月八日、吉野来訪、「午后、旭町に宮崎君を訪ふ。相見て暫し語なし。夜、吉野君が宿直なので、東川小学校の宿直室で四人で飲む。宮崎君と寝る。ああ、友の情!」とある。翌九日、「十時起床。湯に行つて来て、東京行の話が纏まる。自分は、初め東京行を相談しようと思つて函館へ来た。来て、そして云ひ出しかねて居た。今朝、それが却つて郁雨君の口から持出されたので、異議のあらう訳が無い。家族を函館へ置いて郁雨兄に頼んで、二三ヶ月の間、自分は独身のつもりで都門に創作的生活の基礎を築かうといふのだ」と記す。二三ヵ月で文筆で身を立てる目途が立つという前提に立った計画である。つねに啄木は楽観的であり、いわば世の中を甘くみていたかのようにみえる。

宮崎郁雨の『函館の砂』によれば、「翌年一月啄木は単身釧路に赴任、四月飄然函館へ来て、すぐに東京行きを決意した。東京へ出るに当って彼が一番気掛りにした家族の事は、彼に何とか生活の方途のつく迄私が預かることに話が決った。彼は三四箇月もすればきっと呼寄せる事が出来ると言うし、私もそれ位の期間ならばさしたる負担になるとは思わなかった」とあり、「三四箇月もしたら呼寄せるといふ約束で函館に取残され、折角彼の成功の日を待ちわびて居た家族達」とも書いている。宮崎も文学で身を立てることがいかに難しいか、やはり理解していなかったと思われる。

そのように決心し、宮崎の承諾を得たにもかかわらず、啄木は函館の旧友たちに会ったり、大森浜を散歩したりして日を過し、四月一三日になってようやく小樽へ家族を迎えに出かける。日記の「小樽の六日間」には「十三日夕七時十分、郁雨兄から十五金を得て函館発。十四日朝八時小樽着。俥を走せて花園町畑十四星川方の我家に入る。感多少。京子が自由に歩き廻り、廻らぬ舌で物を云ふ」とある。それにしても、函館から小樽へ赴くのにも宮崎から一五円与えられ、小樽では野口雨情その他の知己に会ったり、二葉亭四迷の「平凡」、泉鏡花の「草迷宮」を読んだりしている間、一七日には「郁雨兄より手紙。実際的常識の必要を説いてある。七円」という。郁雨からさらに七円送ってきたのであろうが、「実際的常識の必要」を説いてきたのを不快に感じていることは間違いあるまい。こうしてようやく一九日、「古道具屋を招いで雑品を売る。夜、図らずも本田荊南君来る。荷物の事奥村に置手紙で頼んで、八時十分、一家四人小樽駅から汽車に乗つた。切符は函館迄」となって、日記は「最後の函館」の章に続く。

「車中の一夜はオシヤマンベ駅で明けて、四月二十日の日は噴火湾から上つた。午前八時四十分函館着。郁雨兄に迎へられて同家に入る。横山城東来る。午后鈴木方（栄町二三二）の二階の新居に移る。米から味噌から、凡てこれ宮崎家の世話。吉野君来る」。

二一日、二二日の記事は略す。

「二十三日。明後日出帆の横浜行三河丸で上京と決す。郁兄と共に岩崎君を訪うて一日語る。夕刻吉野君も来て、四人でビールを抜いて大に酔ひ、大に語る。

これが最後の一夜。

二十四日。午前切符を買ひ、（3.50）大硯君を公友会本部に訪ふ。郁雨白村二君と共に豚汁をつついて晩餐。夜九時二君に送られて三河丸に乗込んだ。郁兄から十円。（中略）

老母と妻と子と函館に残つた！　友の厚き情は謝するに辞もない。自分が新たに築くべき創作的生活には希望がある。否、これ以外に自分の前途何事も無い！　そして唯涙が下る。唯々涙が下る。噫、所詮自分、石川啄木は、如何に此世に処すべきかを知らぬのだ。

犬コロの如く丸くなつて三等室に寝た！」。

まことにもつべき者は得がたい友である。

第三章　悲壮な前進

1

四月二五日、三河丸船中の日記に啄木は次のとおり書いている。

「飄泊の一年間、モ一度東京へ行つて、自分の文学的運命を極度まで試験せねばならぬといふのが其最後の結論であつた。我を忘れむと酒に赴いた釧路の七旬の浅間しさ！　満足といふものは、所詮我自らの心に求むべきものだといふ悲しい覚醒は、創作的生活の外に自分のなすべき事が無いと覚悟せしめた。此覚悟を抱いて、自分は釧路を逃げ出した！　さうだ、逃げ出した！

友は、自分が小樽へ行つて家族を引纏めて来るだけの旅費を呉れた。母と妻と子を、予が上京して生活の方法を得る迄養つてくれる事になつた。剰へ此度の上京の旅費まで出した。凡てが友の情である。今かうして此船に乗つて居るのも。と思つて思はず目をうるました」。

啄木の覚悟のほどは分からないわけではないが、宮崎郁雨は、「三四箇月もすればきっと呼寄せる事が出来ると言うし、私もそれ位の期間ならばさしたる負担になるとは思わなかった」からこそ、啄木の三四ヵ月という言葉を信じて、ひきうけ、家族も三四ヵ月という言葉を信じていたのであった。啄木は三四ヵ月の間に文筆で身を立てる、という言葉をまったく忘れている。元来、三四ヵ月で目途が立つはずもないが、すでに述べたように、啄木は楽観的であった。そうでないとしても、一年、二年といえば、宮崎郁雨といえども面倒をみてくれることはあるまいと思って、ことさらに短い期間を約束したのであろう。

四月二七日、横浜港に到着。午後六時頃投錨。正金銀行前の長野屋に投宿。「与謝野氏に明日行くと打電」し、翌二八日、午後二時発の汽車で出発、三時新橋着。「電車に乗つて二度三度乗換するといふ事が、何だか馬鹿に面倒臭い事の様な気がし出した。予は遂に一台の俥に賃して、緑の雨の中を千駄ヶ谷まで走らせた。四時すぎて新詩社につく」と日記に記している。

啄木が新詩社、すなわち与謝野寛・晶子夫妻を訪ねたのは、与謝野寛から四月一一日付けで次のような書簡をうけとっていたからである。

「御状拝見仕候。

元気よき文字を見て甚だうれしく感じ申し候。

先日御撰歌甚だ結構に存じ候　御礼申上候。

御東上の事何よりの好音に候　必ずご決行被下度候　おなじく苦闘被遊候ならば北海道のはてより東京がよろしく候　堅実なる文学的生涯に入られむ事を希望此事に候

下宿はどうにか考へおくべく候　さしづめ拙宅へ御出で被下度候」。

この書簡からみると、四月九日、宮崎郁雨の承諾を得てすぐ与謝野家に上京の旨を通知したのであろう。与謝野家としては、下宿探しも考えておこう、さしあたっては、ともかく与謝野家へおいでなさい、という親切な申し出をうけとっていたのであった。そこで、与謝野家を訪ねた啄木の感想は次のようなものであった。

「二つ少なからず驚かされたのは、電燈のついて居る事だ。月一円で、却つて経済だからと主人は説明したが、然しこれは怎しても此四畳半中の人と物と趣味とに不調和であつた。此不調和は軈て此人の詩に現はれて居ると思つた。そして此二つの不調和は、此詩人の頭の新らしく芽を吹く時が来るまでは、何日までも調和する期があるまいと感じた」。

はじめて電燈を見て不調和を感じ、これと与謝野寛とは不調和と感じた感想に興趣があるので、引用してみたが、与謝野寛を不調和と感じたのは当時の与謝野寛の詩作の停滞と関連するにちがいない。さらに興趣ふかいのは『明星』の現況に関する記述である。

「印刷所から送つて来た明星の校正を見ると、第一頁から十二頁までだ。これでも一日の発刊に間に合ふかと聞くと、否、五六日延るであらう。原稿もまだ全部出来てないと答へた。そして〝先月も今月も、九百五十部しか刷らないんだが、……印刷費が二割も上つたし、紙代も上つたし、それに此頃は怎しても原稿料を払はなければならぬ原稿もあるし、怎しても月に三十円以上の損になります……外の人ならモウとうにやめて居るんですがねー。〟」。

ついで、与謝野寛が小説について語るのを聞いて啄木が不満に感じたことを記している。

「小説の話が出た。予は殆んど何事をも語らなかつたが、氏は頻りに漱石を激賞して〝先生〟と呼んで居た。朝日新聞に連載されて居る藤村の〝春〟を口を極めて罵倒する。〝自然派などといふもの程愚劣なものは無い〟と云つた。そして居て、小栗氏の作などは賞める。晶子夫人も小説に転ずると云ふて居ると話した。〝僕も来年あたりから小説を書いて見ようと思つてるんだがね。〟(来年からですか)と聞くと、〝マア、君、嶋崎君なんかの失敗の手本を見せて貰つてからにするサ。〟——予はこれ以上聞く勇気がなかつた。世の中には、尋常鎖事の中に却つて血を流すよりも悲しい悲劇が隠れて居る事があるものだ。噫、この一語の如きもそれでは無いか! 氏にして若し真に藤村が失敗するといふ確信があるならば、何故その失敗の手本を見る必要があるか? 予は、たとへ人間は年と共に圭角がなくなるものとしても、嘗て〝日本を去るの歌〟を作つた此詩人から、恁の如き自信のない語を聞かうと思つて居なかつた。(中略)

与謝野氏は既に老いたのか? 予は唯悲しかつた。(千駄ヶ谷新詩社にて)」。

現在の私の見方では与謝野鉄幹の若い時期の代表作は「敗荷」だが、出発の当初から彼は「日本を去る歌」(啄木のいう「日本を去るの歌」は誤り)のような壮士風の詩の作者として評価されていたのであろう。

四月二九日、四谷大番町に小泉奇峰を訪ねて一緒に市中をブラついていて、偶然、釧路の看護婦梅川と出会い、上野を案内し、菊坂の赤心館に金田一京助を訪ね、豊国でビールに牛鍋。「帰りはまた一緒に赤心館に来て、口に云ひ難いなつかしさ、遂々二時すぐるまで語つて枕を並べた」。

この夜は金田一京助の下宿、赤心館に泊ったが、翌日は千駄ヶ谷の与謝野邸に戻り、赤心館に暫らく居を定めるのは五月四日からである。啄木を離れ、横道にそれるが、与謝野邸において見聞した『明星』末期の状況があまりに興味ふかいので、啄木の日記、五月二日から、抜粋する。

「与謝野氏は外出した。晶子夫人と色々な事を語る。生活費が月々九十円かゝつて、それだけは女史が各新聞や雑誌の歌の選をしたり、原稿を売るので取れるとの事。明星は去年から段々売れなくなつて此頃は毎月九百しか（三年前は千二百であつた。）刷らぬとの事。（昨日本屋の店に塵をあびて、月初めの号が一軒に七部も残つて居た事を思出した。）それで毎月三十円から五十円までの損となるが、その出所が無いので、自分の撰んだ歌などを不本意乍ら出版するとの事。そして今年の十月には満百号になるから、その際廃刊するといふ事。怎せ十月までの事だから私はそれまで喜んで犠牲になりますと語つた」。

詩誌が売れないことは昔も今も変りないが、それにしても一世を風靡した『明星』の末期、刷り部数が僅か九〇〇、返品を考えると数百部しか売れなかったことを知ると寂寥の風が体を吹きぬけるかの感を覚える。日記からの引用を続ける。

「予は、殆んど答ふる事を知らなかつた。噫、明星は其昔寛氏が社会に向つて自己を発表し、且つ社会と戦ふ唯一の城壁であつた。然して今は、明星の編輯は与謝野氏にとつて重荷である、苦痛を与へて居る。新詩社並びに与謝野家は、唯晶子女史の筆一本で支へられて居る。そして明星は今晶子女史のもので、寛氏は唯余儀なく其編輯長に雇はれて居るやうなものだ！

話によれば、昨年の大晦日などは、女史は脳貧血を起して、危うく脈の絶えて行くのを、辛うじて気を熾んにして生き返つたとの事。双児を生んでから身体が弱つたといふ。父は中風であつたが、中風の遺伝ある者は、三十以上になつて本を読んではいけないと医者が云ふが、〝怎して貴君、読む所ではない、自分で拵へるんですものねー。〟――〝尤も私、ズツト以前にもよく貧血を起す事があつたんですけどね。いつでしたか、国で虎烈刺が流行つた時でした。立つて戸外を見てゐると、夕ぐれで、砂埃が立つんですよ。それをね、あの埃の中にコレラの黴菌があるんだナと思ひますと、その（コレラ）と云ふ人が黒い衣服を着て歩いて来たんですよ。そして家へ入つて来て、黙つて私の身体の中へ入つて行くんぢやありませんか。……気がついた時は、水をかけたりなんかして大騒ぎでした。〟

それから又、此頃脱稿したといふ一幕物の戯曲〝第三者〟の話をした。女主人公（博士夫人）は女史自身で、一緒に自殺する男は森田白楊君、そこへ出て来て女主人公に忠告する大学生は茅野君を書いたのださうな。それから、モ一つ、去年の夏から起稿して半分書いた、万朝報へ約束の、題未定の小説も亦、森田君を書いたのだと話した」。

啄木が与謝野晶子にとってこのように腹蔵なく話すことができる相手であったことは興味を惹く。

「宮崎兄と小嶋君とせつ子へ手紙を書いた」との一行をはさんで、次に続く。

「二時、与謝野氏と共に明星の印刷所へ行つて校正を手伝ふ。お茶の水から俥をとばして、かねて案内をうけて居た森鷗外氏宅の歌会に臨む。客は佐々木信綱、伊藤左千夫、平野万里、吉井勇、北原白秋に予ら二人、主人を合せて八人であつた。平野君を除いては皆初めての人許り。鷗外氏は、色の黒い、立派な体格の、髯の美しい、誰が見ても軍医総監とうなづかれる人であつた。信綱は温厚な風采、女弟子が千人近くもあるのも無理が無いと思ふ。左千夫は所謂根岸派の歌人で、近頃一種の野趣ある小説をかき出したが、風采はマルデ田舎の村長様みたいで、随分ソソッカしい男だ。年は三十七八にもならう。

角、逃ぐ、とる、壁、鳴、の五字を結んで一人五首の運座。御馳走は立派な洋食。八時頃作り上げて採点の結果、鷗外十五点、万里十四点、僕と与謝野氏と吉井君が各々十二点、白秋七点、信綱五点、左千夫四点。親譲りの歌の先生で大学の講師なる信綱君の五点は、実際気の毒であつた。鷗外氏は、〝御馳走のキキメが現れたやうだね。〟と哄笑せられた。次の題は、赤、切る、塗物の三題。九時半になつて散会。出て来る時、鷗外氏は、〝石川君の詩を最も愛読した事があつたもんだ。〟」。

その後吉井勇、北原白秋とともに動坂の平野万里の家に行き、雑談、二時半頃に寝た、とある。

運座は俳諧で古くから行われてきたが、近代短歌が成立してからも、短歌の運座が行われたことを知り、私は驚いているが、これは私の無智のためかもしれない。じっさい、私は連句を巻いたことはないが、その興趣は想像できる。しかし、運座の興趣は私には理解できない。

五月三日は平野家で八時に起き、一〇時にパンの朝食。啄木は次のような感想を記している。

「此人達は、一体に自然主義を攻撃して居るが、それでゐて、好んで所謂其罵倒して居る所の自然主義的な事を話す。これは三年前になかつた事だ。自然主義を罵倒する人間も、いつしか自然主義的になつて居るとは面白い話だ」。

五月四日には千駄ヶ谷の与謝野邸に帰り、「新詩社附属の、歌の添删をやる金星会を、今後予がやる事にきまる」とあり、「三時、千駄ヶ谷を辞して、緑の雨の中をこの本郷菊坂町八十二、赤心館に引き越した。室の掃除が出来てないといふので今夜だけ金田一君の室に泊る。枕についてから故郷の話が出て、茨嶋の秋草の花と虫の音の事を云ひ出したが、何とも云へない心地になつて、涙が落ちた。蛍の女の事を語つて眠る」と書いている。啄木はいつも望郷の思い切である。「蛍の女」とは吉田孤羊『啄木を繞る人々』によれば、渋民尋常小学校の代用教員をしていた時代の同僚、堀田秀子という女性という。小説「道」にもモデルとして登場、『一握の砂』に「ほたる狩／川にゆかむといふ我を／山路にさそふ人にてありき」にうたわれている女性だという。

五月五日には、「殆んど一日金田一君と話す」と記し、七通の手紙を書いている。

五月六日、「晴れて暖かい日。綿入を着て汗が流れる。雑録体の〝北海の三都〟を七枚許り書き出した」とある。四月二八日に東京に到着、ようやく執筆にかかったのである。未完の文章「北海の三都」は次の文章で終っている。

「そんなら北海道とは果して甚麼《どんな》所であらうか。今日に於ては既に内地と殆んど同様の程度まで社会状態が進歩して来てるだらうか。曰く、否。成程、函館小樽札幌、此北海の三都は、或点に於て内地の都府と比肩して遜色なきのみならず、却つて優つて居るかも知れぬ。けれども、北海道は矢張北海道である。飽く迄も内地と違つた、特有の趣味を保つて居る。諸国の人が競ふて入込むに従つて、雑然として調和の無い中にも、猶一道の殖民的な自由の精神と新開地的趣味、乃ち北海道的色彩が溢れて居る。

熊を見たい人は動物園に行くべしである。アイヌの話はアイヌ学者の方が詳しく知つて居る筈だ。自分は今北海三都の比較を中心にして、此北海道的色彩の、輪廓だけでも読者諸君に伝へようと思ふ」。

これは随筆でもなければ評論でもない。このような文章に関心をもつ読者が存在するとは思われない。函館、小樽、札幌の三都市にどのような特徴があり、それぞれ、どういう違った魅力があるかを記述していれば、あるいは読者に興味があるかもしれない。しかし、これら三都市を比較して、どれだけ意味があるか。啄木は発想したものの完結させるだけの情熱をもたなかった。

この日、夕方になって金田一と下宿屋の話を二つ聞いたといい、その概略を記した上で、金田一について以下のように書いている。

「金田一君といふ人は、世界に唯一人の人である。かくも優しい情を持つた人、かくも浄らかな情を持つた人、かくもなつかしい人、決して世に二人とあるべきで無い。若し予が女であつたら、屹度この人を恋したであらうと考へた」。

五月七日「起きると、心地よき初夏の日影、公孫樹の幹を斜めに照して居た。古本屋へ行つて電車賃を拵へる」とはじまる。いったい、啄木はどれほどの生活費を持って上京したのか。古本を売らなければ電車にも乗れないのであれば、どのようにして下宿代を工面するつもりなのか。私たちには啄木がどう生活していくつもりなのか、まことに不可解である。この問題は後に検討するつもりなので、しばらく措く。日記は「九時千駄ヶ谷へゆく。明星が今日出来た。家から来て居る葉書と小包を受取つて、二時与謝野氏と共に電車に乗る。（中略）お茶の水で別れて帰る。早速小包をとくと、なつかしの妻が、針の一目一目に心をこめた袷に羽織、とり敢へず着て見て云ふ計りなく心地がよい。中に一通の手紙があつた」という。それほど感謝しているなら、小説を書きはじめたら良かろうと思うが、啄木は筆をとらない。この日の日記は「森鷗外氏に先夜の礼状を認めた」という記載で終っている。

五月八日の日記を以下に引用する。

「快よく目をさます。晴れたる空に少しく風立ちて、窓前の竹のさやらぎが、都の響と共に耳に入る。ああ、此千万の声と音とを合した、大いなる都の物音！　朝な夕なに胸の底まで響く、頭の中を擽ぐる様に快い。此物音と共に、今我が心には、何かしら力に充ちた若き日の呼吸が、刻一刻に再び帰つて来る様な気がする。

実を吐くと、予は函館からの船の中で、東京及び東京の人が如何許り進んで居るかも解らず、心細さ頼りなさに胸は怖れの波をあげた。横浜に上陸しても、一夜を徒らに宿の三階に寝た。新橋に着いては、恐ろしい不安に犇と許り胸を引しめられた。然し、思つた程の事は一つもなかつた。東京には依然として其日暮しの議論をして居る人が多い」。

ここではじめて私たちは横浜港に着いた啄木が、東京に直行することなく、横浜に一泊した理由を知るわけだが、啄木は自信と不安の間に揺れていたのであった。日記の引用を続ける。

「予は自然主義を是認するけれども、自然主義者ではない。或人は自然主義万能を説く。或人は今夜にも大反動が起つて自然主義が滅びる様な事を云ふ。どちらもウソだ。自然主義は、今第一期の破壊時代の塵を洗つて、第二期の建設時代に入らむとして居るだけだ。此時期の後半になつて、初めて新ロマンチシズムが芽を吹くであらう。然し此の新ロマンチシズムが、如何なるものであるかはまだ何人の頭にも上つて居らぬ。サテ終ひになつて、大なる意味に於ての象徴芸術が最後の錨を投げるであらう」。

啄木の文学論は粗雑というべきだが、要するに、文壇を風靡していた自然主義にいかに対応するかが、小説を書くさいの心構えとして、自分の拠って立つ所と考えざるをえなかったのであろう。

「二時頃から夜の十二時迄に、短編〝菊池君〟の冒頭を、漸々三枚書いた。書いてる内にいろいろと心が迷つて、立つては広くもない室の中を幾十回となく廻つた。消しては書き直し、書き直しては消し、遂々スツカリ書きかへて了つた。自分の頭は、まだまだ実際を写すには余りに空想に漲つて居る。夏目の〝虞美人草〟なら一ヶ月で書けるが、西鶴の文を言文一致で行く筆は仲々無い」。

「虞美人草」なら一ヶ月で書けるとは啄木の自信過剰による放言としても、よくも言ったものだと思うが、「菊池君」はその後数日にわたり書き直しながらも書き続け、一二日には「〝菊池君〟の書いただけを読んで見る。ト、モウそれはそれはたまらぬ程イヤになつた。恰度、自分の頭の皮を剥いで鏡にうつした様で、一句一句チツトモ連絡がなく、まるで面白くも何ともない事を、強ひてクツ付けて、縄でからげた様で、焼いてでもしまひたくなつた。然し、これは詰り頭の疲れたせいだと思ひ返して寝る。何といふ事もなしに頭がクサクサする」とある。

「菊池君」については三月二〇日の日記に次の記載がある。

「菊池君は漢文にアテられた男である。正直で気概があつて、為に失敗をつづけて来た天下の浪士である。年将に四十、盛岡の生れで、怖ろしい許りの髯面、昔なら水滸伝中の人物、今なら馬賊と云つた様な人物」と書いている。まさに描くのにふさわしい魅力ある人物だが、作中では、浮浪者のような、土方の親分のような記者として登場し、特異な性格も不遇な半生も描かれていない。彼と語り手である「私」の交渉を書いた作だが、むしろ「私」である啄木自身を描くことに執心し、しかも自己を客観的にみていない。たとえば、「私は、北海道へ来てから許りも、唯九ヶ月《たつた》の間に、函館、小樽、札幌で四つの新聞に居て来た。何《ど》の社でも今の様に破格の優遇はして呉れなかつたが、其代り私は一日として心の無聊を感じた事がない。何か知ら企てる、でなければ、人の企てに加はる。其企てが又、今の様に何の障害《さはり》なしに行はれる事が無いので、私の若い精神は断間なく勇んで、朝から晩まで戦場に居る心地がして居た」といったように「私」を描いている。しかも、ストーリーらしいストーリーもない失敗作である。啄木の小説は、彼自身がモデルとして登場した作品は、「道」などの例外を除き、すべて彼自身が客観視されていないので、失敗作ばかりといってよい。

この間、鷗外から時々訪ねて来るようにという手紙を貰うと即日訪問するから、鷗外が留守であるという目にもあう。一方、「京橋のてい子さん」という女性と親密なかかわりをもち、また、新詩社の関係の人々の動きが記録されているが、てい子さんこと植木貞子には若干ふれておく必要があるだろう。この時期、彼女との交際はいささか尋常でない。五月七日の日記に「植木てい子さんから葉書、返事を出す」、翌八日「京橋のてい子さんから葉書」、九日「帰つて見ると、七時頃京橋のてい子さんが訪ねて来たさうで、鉛筆の走書きの結び文が残してあつた。江東落花の日の芝居から、四年目の今、どんなに変つて居る事かと、留守にしたのが残念な様な心地。あの時はまだ十六の、心に塵一つ翳のない、よく笑ふ人であつたつけが」。第二回の上京のさい、四月に新詩社同人による演劇が催されたさい、踊りの師匠の娘、植木貞子が女優として出演、そのとき、啄木と知り合っていた。この貞子がこのように連日のように訪ねて来たり、葉書を寄越したりしてきたのであった。五月一〇日「朝にてい子さんから、午后に節子から葉書」、一一日「〝南の人北の人〟と云ふ題で、岩田君及び予に対するてい子さんの事を書かうと思つた。少し罪な事だけれど、アノ芝居の事から書き起して、一番終ひに、〝矢張私は一人ぽつちなのよ〟と、てい子さんに云はせて見たい」、一三日「今朝もてい子さんから葉書」、一四日「七時頃、てい子さんが訪ねて来た。スヰトピーの花を持つて来て呉れた。昔の話、今の話、爽やかな語は、純粋の江戸言葉なので、滑かに、軽く、縷々として糸と続く。予は此弁を知りたいと思ふので、幾度か腹の中で真似をして見るが、怎うしても恁う軽く出来ぬ。十時十分になつて帰る。電車まで送つて来る」。一五日「てい子さんが来た。空が美しく晴れて居て、此頃目について大きくなつた公孫樹の葉が日影に透く。一緒に昼食をとつて、三時近く帰つて行く」、一六日「てい子さんから長い長い手紙。百千万の物の響が渦を巻いて居る大都の中に美しい火が一つパッと燃えて、其火が近いて来る、近いて来る……近いて来る」、一七日「朝飯と昼飯を一緒に食つて、出懸ける。

雨の都の電車、日曜ながら人が少なくて、何となく詫しい様な心地がする。（中略）お母さんな人が飛び立つ程喜んで迎へてくれた。快活な、切下髪の、四十二三の人で、晴渡つた面に云ふ許りない男優りの健気さが現はれて居る。話は主に四年前の落花の春、江東の花に催した芝居の追憶で、それからそれと尽きぬ。（中略）すしを御馳走になつて三時十分前に辞す。小路を出ると後から我名を呼ぶ声、それは贈物を包んだ風呂敷を持つて、追かけて来た貞子さんであつた」、一八日「二時、金田一君来て話してると並木君が来た。間もなく貞子さんが窓の下から兄さん兄さんと呼んだので、二人は下の室に行つた。貞子さんは、今日は浅草の観音さまへお詣りに行くのだと云ふ。話してるうちに夕飯。穏やかな夕べが都の賑ひの音を伝へて、煙草の味がうまい。八時頃三丁目迄送つて帰つて来て、すぐ又金田一君と弥生亭へ行つて洋食」、二〇日「三時頃に貞子さんが来た。来た時は非常に元気がよかつたが、段々と静んで来た。噫、段々と沈んで来た。昨夜決心したと云つて居たが、其決心が、逢つて話してるうちに鈍り出したのだ。温かな夕。八時頃にかへつて行く。金田一君に、書いた分を読んで貰つた。十時頃、貞子さんが机の曳出に入れて行つた厚い状袋を見つけて、読む。半分は鉛筆の走書。後の半分は墨の走書。罫紙十六枚に書かれた小説であつた。噫、小説であつた。彼女自身が彼女自身の事を書いた小説であつた。清く思切ると云ふ決心を書いた小説であつた。女の名は千代子。千代子！――四年前の芝居に玉助に扮した時、貞子さんは植木千代子といふ名を用ゐた事があつた！」、二三日「四時半頃貞子さん来る。予は今此人について東京の風俗と言葉を習つてる。この数回でよほど、所謂東京語の調子を覚えた。いろいろな珍らしい語をもきいた。会話が怎やら日一日とスラスラ書ける様な気がする。金田一君も来て話す。貞子さんは七時頃に帰つた」。

　啄木は小説中の都会人の会話を書くために植木貞子から東京語を習ったのか。彼自身の盛岡訛りを直す目的もあったのかもしれない。しかし、東京語を習うというのは口実であって、じつは自分に思いを寄せている若い女性との逢瀬を楽しんでいたのではないか。二四日「六時半何やら夢を見て居て、何の訳ともなしに目が覚めると、枕元に白いきものを着た人が立つて居る。それは貞子さんであつた。食前の散歩の序、起してやらうと思つて来たとの事。（中略）貞子さんは八時少し前に帰つて行つた。予を思ふといふ此人が、例になく朝早く来て予を起した。起されて起きて、遥かなる海の彼方の愛児が死に瀕してるといふ通知！　予は、噫、冷やかなる自然の諧謔に胸を刺された」。この朝、啄木は宮崎郁雨から、京子が発熱、昏睡状態にあるということを知らせた手紙をうけとったのである。京子の病気はジフテリヤであったことが、二六日に分かる。二七日「六時四十分頃であつたらうか。目を覚ますと枕辺に座れる白衣の人、散歩の序といつて貞子さんが来てゐたのだ。降りそめた細い雨に誘はるる怨言は、雨によく調和してる」。

　植木貞子の執心はかなりに常軌を逸している。京橋から朝早く本郷まで散歩に来るなどということはふつうは考えにくい。一方、京子の発熱を機に啄木の側は冷静になったようである。それが「怨言」という表現になったにちがいない。五月三〇日になって節子から京子の病気がよほど良いとの通知が届き、六月一日にほとんど全快との通知が届く。この日は「貞子からの葉書にも返事出した」とあり、はじめて「貞子さん」と書かずに「貞子」と呼び捨てにしている。それでも六月三日の日記には「三時頃貞子さんが来て日暮帰る」とあり、六月一二日「夕刻貞子さん来る。生活といふ事を談つた」、一三日「夕方貞子さん。やがて並木君が久米井君といふ人をつれて来て、十時まで語る」、一五日「貞子さんから手紙」、一七日「四時近くに貞子さんが来て、七時少し前帰つた」、一八日「朝八時頃、貞子さんが風の如く来て風の如く去つた。燕なら可いのに……」、二〇日「九時頃貞子さんが来た。かへりに送つてゆかぬかと云つたが、予は行かなかつた。窓の下を泣いてゆく声をきいた。我を欺くには冷酷が必要だ！　貞子さんに最後の手紙を書いて寝る」とある。その後も六月二三日「貞子さんから今夜是非来てくれといふ葉書が来たが、行かなかつた。恋をするなら、仄かな恋に限る」、二四日「貞子さんが来た。来て先づ泣いた。明日伊豆の伊東へ行くとか行かぬとか云ふ。父な人の家は破産しさうだと云ふ。九時少し前にかへつた」。この間、啄木は六月一七日、宮崎郁雨に書簡を送り、その中で「此方へ来てから、頻りに僕をたづねてくる江戸生れの女があつた。それが、初め僕の身の上をすつかり知つてゐながら頗るロマンチックなラヴをしたので、僕は妙な気持がしてゐた。すると其女が少し熱情が多すぎて来たからうるさくなつてゐた」と書き、「女は浅間しいもんだと思つた。そしてたまらなくイヤになつた。此頃はサッパリ来なくなつた」と知らせている。ただ、その後も訪問が絶えていないことはすでにみたとおりである。破局は八月九日に到来した。日記に「十二日間の記」という別に項を立てた記述がある。八月八日に千駄ケ谷で歌会があり、徹夜して翌九日の午後四時ころ帰った。そこで、次の記述がある。

「室に入れば女中来りて告げて曰く、昨夜植木女来り、無理にこの室に入りて待つこと二時間余、帰る時何か持去りたるものの如しと。

室内を調ぶるに、この日誌と小説〝天鵞絨〟の原稿と歌稿一冊と無し。机上に置手紙あり、曰く、ほしくは取りに来れと。

予は烈火のごとく怒れり。蓋し彼女、予の机の抽出の中を改めて数通の手紙を見、またこの日誌の中に彼女に関して罵倒せるあるを見、怒りてこれを持ち去れるものなり！」。

これをとり戻すために啄木は苦労した結果一九日の夕刻「彼女自ら持ち来りて予を呼出し、潸然として泣いて此等の品を渡して帰れり。たゞ此日記中、七月二十九日の終りより三十一日に至るまでの一頁は、裂かれて無し。蓋しその頁に彼女に対する悪口ありたるなり。これにて彼女の予に対する関係も最後の頁に至れるものの如し」。

この他、菅原芳子という女性にも啄木は当時思いを寄せていた。七月七日付け書簡では次のようなことを書いている。

「三日付の、美しき水茎の跡こまぐ〳〵とお認めあそばされ候ふ御文、今日目をさまして枕辺にある幾通の消息の中より拾ひ出し、云ふばかりなきなつかしさにとる手も遅く拝見いたし候。読みては物を思ひ、物を思ひては読み、かくて幾度となく繰返し拝見いたし候ふ程に、常になく冷たき胸も何となき温かさに溶け初め候ふ様心地にて、遥けき空にあくがるるそこはかとなき思ひに、珍しく訪ひくる友もなければ、みづからも外出せず、一日この一室にこもりてうちひろげたる御文のかたはらに物書き暮し候ひぬ」。

というような綿々たる思いを書き送っている。菅原芳子は大分県臼杵に住んでいたので、啄木は彼女の写真を送ってくれるよう懇願し、一〇月二日、写真をうけとり、「筑紫から手紙と写真。目のつり上つた、口の大きめな、美しくはない人だ」という感想を日記に書き、彼女に対する関心を失った。ちなみに七月七日には岩崎正に手紙を書き、金田一京助の部屋を訪ね、九時過ぎまで話している。

啄木は女性関係についても多忙であった。

2

ともかく啄木は小説の創作に着手したので、日記から離れて、当時の心境をみることとする。その後ほぼ一年後、一九〇九（明治四二）年五月に起稿した回想「一握の砂」の一節は次のとおりである。

「愈々恁《か》うと決心したのは恰度一年許り前――その頃私は北海道鉄道の終点になつてゐる釧路といふ港にゐた。何処《どこ》も彼処《かしこ》も喰詰めての果に其麼《そんな》処まで流れ込んで、そして其処でも亦種々な事の有つた揚句、私は既《も》う何としてもさうした境涯に堪へ切れなくなつて、理が非でも生活を一変して了はねばならなかつた。全く新しい路に踏み出さなければならなかつた。一日其儘で居ると、一日だけ早く碌《ろく》でもない羽目に陥《はま》つて行きさうに見えた。其処で私は、以前《むかし》一度踏み出さうとして其《それ》なりにして来た路へ逆戻りをする決心をしたのだ。大した抱負でもある様に人にも言ひ日記にも書いたが、それは真赤な嘘、さうした間際《まぎは》にも私は自分を欺かずには生きてゐれなかつたのだ。決心でも何でもない、外の事では喰へなかつたから唯《たつた》一つ残してゐる方角へ歩み出さうとしたに過ぎぬのだ。そして私は遂々《たうたう》釧路から逃出して函館へ来、其処にゐるM――君といふ友人に相談した。打付《うちつけ》には言はれぬ事情もあつて、「函館で半年なり一年なり何か遣つて、旅費だけも拵《こしら》へてから東京に行きたい。」と言ふ風に話して見た。すると、「それは結構だ。思ひ立つた以上は一日でも早い方が好《い》い。」といふ訳で、私の家族は当分M――君が養つて呉れる事になり、旅費やら衣服《きもの》やらまで支度をして貰つた上、私は愈々上京する事になつた。函館から青森へ渡つて上京するには奈何《どう》しても私の故郷を過《よ》ぎらなければならぬ。その故郷を、二度と帰つて行けぬ様な騒擾《さわぎ》を起して飛び出してから、その時まだ一年しか経つてゐなかつた。それに私自身がさうした悲惨《みじめ》な飄泊者《へうはくしや》であつて見れば、一木一草にも思出のある土地《ところ》を汽車の窓から見るだけでも、私にも堪へられぬ事の様に思はれた。それで私は函館から横浜まで海路《かいろ》をとる事にした。忘れもせぬ。船は郵船の三河《みかは》丸で、甲板には小樽積の木材がドッサリ積まれて、潮風が木の香を吹き散らしてゐた。時は四月の末、函館はまだ梅の蕾も堅く、袷《あはせ》に早い頃だつたので、船中の防寒用として毛布代りに妻の角巻《かくまき》と、それから旅鞄一つとを携《も》つて乗込んだ。船客は少なかつた。その第一夜、後部三等船室の太い檣《ほばしら》の根元の棚に、その角巻に包《くるま》つて狗児《いぬころ》の様に寝てゐると、陸上ではどんな事があつても出なかつた涙が一時に溢れて、留度《とめど》もなく私の頬に流れた。船は気仙沖《けせんおき》を南へ〳〵と駛《はし》つてゐた。「遂々恁麼事《たうたうこんな》になつて了つた！」これだけの考へで既《も》う頭脳《あたま》が一杯であつた。後《うしろ》には嘲笑《あざけり》の声を残し、友人には重い迷惑をかけ、親や妻子を寄食《ゐさうらふ》の境涯に落し、恁うして出ては見たものの、此先どうなる事か？　私には才がある、悲しい哉才だけはある。然し真箇《ほんと》の作物は才だけでは出来るものではない。時代の潮流はズン／＼流れて行く。格別の素養もなく、剰《おま》けに長い間それに遠ざかつてゐた私には何が書けるだらう？　一心になつてやらうとは思つてゐるが、それにした処で、約束の如く半年やそこいらで家族を呼寄せる様に成らうとは、奈何《どう》しても考へられない。又候《またぞろ》東京を逃げ出す時が有りさうに思へて仕方がない。凝乎《じつ》として唇を噛んでゐると、隣りに寝てゐた男がモゾクサする気勢《けはい》がする」。

啄木には、日記、小説をふくめ、自己を語った文章は多いけれども、これほどに真率に自己を語っている文章は少ない。宮崎郁雨には家族を預かってもらう期間は三、四ヵ月と約束したはずだが、ここでは半年でも覚束ない、と書いている。渋民を「石をもて追はるるごとく」出たわけではない。「二度と帰つて行けぬ様な騒擾《さわぎ》を起して飛び出し」たのだと真実を書いている。その他、小説を書いて身を立てることができるか、という不安を記していることについても同様である。

五月一六日の日記に「渦まく塵の中を、生田君から借りた〝花袋集〟の〝蒲団〟を読み乍ら下宿へ帰る。家庭といふものが、近代人に何故満足を与へぬのかと云つた様な事を考へた。花は嵐が無くても自然に萎む。琥珀色の麦酒も香がぬけては苦くなる。恋は矢張花だ、酒だ、萎ませぬ様にするには、真空な硝子の箱に入れて置くに限る。香をぬかさぬ様に堅く栓をして置くに限る。男と女は、結婚しない方が可いぢやないかなどと考へて宿に帰る」。

夫婦関係とはどうあるべきか、家族関係はどうあるべきか。それらの問題が啄木の社会制度の問題を考える出発点であった。

五月一八日の日記に「〝菊池君〟は、余り長くなるので、筆を止めて今日新たに〝病院の窓〟の稿を起す。釧路の佐藤衣川の性格を書くのだ」とある。これ以前、一一日付けの宮崎郁雨宛ての書簡に「小説は『菊池君』と題する。舞台は釧路、菊池君なる男を書くのだが、それと共に、人と人とが近づきになる径路を最も自然に書きたいのと、まだ少しそれに附随した目的がある。多少は、否、随分、苦心してるので、初めの日も、翌くる日も、一日かかつてタツタ三枚宛しか書けなかつた」と書き、一三日の日記には「怎したものか、僕は書いてるうちに色ンな事が頭に浮んで来る。それがまたうまく纏まる。初め五寸の幅で一尺の長さに書かうとしたのが、いつかしら八寸幅の一尺五寸の長さになる。ト、又別の事がクッ付いて来て、一尺の幅二尺の長さになる。〝菊池君〟もさうだ。初め菊池君だけ書かうと思つたのが、何時しか菊池君とお芳の事を書く気になり、今日からは寧ろ釧路のアノ生活を背景にして、叙説者自身と菊池君との間に或関係の生じて行く所、――詰り人間と人間の相接触して行く経路――を主眼として書いた。初め四十枚位と思つたのが、今日の勢ひでは百枚以上になりさうになつた」とある。執筆の途中でストーリーが変り、主題も変り、したがって、筆者が何を描くか、動機も変り、そのために、登場人物もくっきりした造型が困難になり、中途で放棄されることになる。啄木の作品に未完のものが多いのはそのためであった。彼は、創作のための動機をもっても、構想を立てることが不得手であったようにみえる。当初から特定の構想をもって、その構想を実現して、作品としたのは、「天鵞絨」「我等の一団と彼」くらいしかないのではないか。五月一八日に書きはじめた「病院の窓」は、二四日に、京子が病気という通知が届いたために一日執筆を止めたが、二六日、午後三時半過ぎに脱稿、九一枚である。同日の日記の一部を引く。

「急いで脱稿すると、満足の心が軽くて疲労の方が重い。金田一君が読んでくれた。それから直ぐ中央公論の滝田氏へ行ってくれるとの事で、予は大急ぎで、つけ残しの振仮名をつけた。夕飯の膳をひかへて置いて。

予は此時、七八年前の事、まだ中学に居て、泉山の何とかいふ人から雁皮紙にかいた人情本の原稿を岩手日報に売る事を頼まれた事を思出した!

金田一君はすぐ行つてくれた。そのあとに、予は手紙をせつ子にかいて、同君から借りた二円を同封して投函して来た。

帰つて曰く、留守だつたので置いて来たと。それから西洋苺と夏蜜柑で、脱稿の祝賀会だといつてビールを飲んだ。友の情は!

十一時まで語る」。

まことにもつべき者は金田一京助のような奇特な友人である。

五月二八日「母」を「四行かいて裂いて了ふ」とあり、三〇日「母」「三十一枚、午前十一時から午后十時半まで書いて脱稿した」とある。三一日には「天鵞絨」の稿を起こした、とあり、六月一日、二日、書き継ぐ。三日「〝病院の窓〟と〝母〟、帰つて来た、無事に!!」いずれも『中央公論』の編集者滝田樗蔭の採用するところとならなかったのである。この感嘆符は、むしろ、落胆のあまりの記号であろう。

しかし、「病院の窓」は、「森鷗外を通じて春陽堂に回された結果、十か月ほどたって二十二円七十五銭で売れたが、啄木の生存中はついに活字にはならなかった」と『全集』の解題に岩城之徳が書いている。「母」は原稿が残っていないためか、『全集』に収められていない。「病院の窓」は催眠術に凝っている野村という記者が解雇されるのではないか、と心配している。釧路の同じ新聞社に竹山という記者がいる。「打見には二十七八に見える老《ふ》けた所があるけれど、実際は漸々《やうやう》二十三だと云ふ事で、髯が一本も無く、烈しい気象が眼に輝いて、少年《こども》らしい活気の溢れた、何処か仮《か》うナポレオンの肖像画に肖通つた所のある顔立で、愛想一つ云はぬけれど、口元に絶やさぬ微笑に誰でも人好《ひとずき》がする。一段二段の長い記事を字一つ消すでなく、スラスラと淀みなく綺麗な原稿を書くので、文選小僧が先づ一番先に竹山を讃めた。社長が珍重してるだけに恐ろしく筆の立つ男で、野村もそれを認めぬではないが、年が上な故《せゐ》か怎《ど》うしても心から竹山に服する気にはなれぬ」という。竹山はもちろん啄木自身がモデルである。その野村が解雇を心配して竹山に訊ねると、否定され、さらに記者を雇いたいほどだと聞かされ、最後に「病院の窓は、怎うでした?」と言われる。「病院の窓」とは次の光景であった。


「十二時半頃であつた。

寝る前の平生《いつも》の癖で、竹山は窓を開けて、暖炉の火気に鬱した室内の空気を入代へて居た。関《げき》とした夜半の街々、片割月《かたわれづき》が雪を殊更寒く見せて、波の音が遠い処でゴウゴウと鳴つて居る。

直ぐ目の下の病院の窓が一つ、パッと火光《あかり》が射して、白い窓掛《カーテン》に女の影が映つた。其影が、右に動き、左に動き、手をあげたり、屈んだり、消えて又映る。病人が悪くなつたのだらうと思つて見て居た。

と、真砂町へ抜ける四角《よつかど》から、黒い影が現れた。ブラリブラリと俛首《うなだ》れて歩いて来る。竹山は凝《じつ》と月影に透して視て居たが、怎《どう》も野村らしい。帽子も冠つて居ず、首巻も巻いて居ない。其男は、火光の指した窓の前まで来ると、遽《には》かに足を留めた。女の影がまた瞬時《しばらく》窓掛に映つた。男は、足音を忍ばせて、其窓に近づいた。息を殺して中を覗つてるらしい。竹山も息を殺してそれを見下して居た。

一分も経つたかと思ふと、また女の影が映つて、それが小さくなつたと見ると、ガタリと窓が鳴つた。と、男は強い弾機《ばね》に弾かれた様に、五六歩窓側《まどぎは》を飛び退《すさ》つた。「呀ツ」と云ふ女の声が聞えて、間もなく火光がパツと消えた。窓を開けようとして、戸外《そと》の足音に驚いたものらしい。

男は、前より俛首《うなだ》れて、空気まで凍つた様な街路《みち》を、ブラリブラリと小さい影を曳いて、州崎町の方へ去つた」。

『全集』の解題に岩城之徳は、一九〇八（明治四一）年三月二二日の日記に釧路共立病院の薬局助手梅川ミサホが啄木を訪ねて来た記述があり、ここに「昨夜衣川が病院に来て飲んで、十一時頃梅川をつれ出した。厳嶋神社へ行つて口説いて、アハヤ暴行に及ばむとしたのを、女は峻拒して帰つて来たのだといふ」と記されているので、これを素材として「病院の窓」は「ありのままに描いていると言えようか」、といっている。当日の日記は以下のとおりである。

「〝昨夜は、私悪魔と戦つて勝つて来ました。〟と梅川が云ふ。其話は、昨夜衣川が病院に来て飲んで、十一時頃梅川をつれ出した。厳嶋神社へ行つて口説いて、アハヤ暴行に及ばむとしたのを、女は峻拒して帰つて来たのだといふ。衣川は愍むべき破綻の子、その一身の中に霊と肉とが戦つて、常に肉が勝利を占めて居る男である。別れ際に〝貴女は僕より豪い〟と云つたとか。

〝私、悪魔と戦つて勝つたのですネ。愉快でした、愉快でした、実にモウ愉快でした、だから私、昨夜アンナに遅かつたけれど、お知せしようと思つて伺つたのでした。〟

予は一種の戦慄を禁じ得なかつた。此女は果して危険な女であると思つた。浅間しいやら、可哀相なやら。〝花は怎《ど》うなすつて？〟とは此日此女が此室に這入つて来て初めて出した語である!!

上杉君と横山君が這入つて来て、一緒に梅川に忠告した。語を円曲にして、今度訪ねてきては不可ぬと云ふ事も云つた。日が暮れても帰らぬから、お帰りなさいと云つて帰してやつた。

男は男、女は女！　噫、女は矢張女であると考へて、洋燈をつけた。急に心地が悪い。不愉快で、不愉快で、たまらない程世の中が厭になつた」。

前日の二一日の日記には、梅川が夜中の一時に訪ねてきて朝の四時まで帰らなかったことが記されている。

この記述を読むと、佐藤衣川が野村のモデルであるかどうか、疑わしいと思われる。むしろ、この作品における竹山はじつに厭味な男である。記者として能力が高いということは、竹山のモデルである啄木自身だからであろうが、それは啄木が作中で自身を客観化できないためであり、つまりは、竹山は病院を覗き見している卑しい男であり、彼が見た行為がどういうものかははっきり描かれていない。「病院の窓」という題名なのだから、この光景に焦点が当てられていなければならないが、余計な記述が多すぎる。滝田でなくても、この作品を採用する編集者はいないのではないか。春陽堂がこの原稿を買ったのは森鷗外の顔を立てたからではないか。

六月九日から「二筋の血」を書きはじめ、一一日に脱稿。同日、それ以前、六月四日に脱稿し、鷗外に届けていた「天鵞絨」と「二筋の血」を鷗外の許から持ち帰った。「天鵞絨」には鷗外が一々誤りや訛りを正した一葉の紙が入っていた、という。一二日には「駿河台に長谷川天渓氏を訪ひ、〃二筋の血〃〃天鵞絨〃二篇置いて来た」と日記に書いている。

八月三日の日記に「夜、長谷川氏より、予の〃二筋の血〃及び〃天鵞絨〃と共に来書。遂に文芸倶楽部に載するあたはず、太陽も年内に余地を作ること難き故、お気の毒乍ら他に交渉してくれと」とあり、二篇ともに返され、掲載されないこととなった。思うに、「天鵞絨」は、〃自然主義〃という当時の文壇的風潮からみると微温的で迫力に乏しいということになるであろう。しかし、この作品を、私は、明治期における珠玉の短篇の一つと考えている。その所以は第二部に記したが、たとえば、長谷川天渓は「自然派が現実を描写すと云ふを見て、現実は醜悪であると言ふ論者が有る。何を標準として斯く論ずるのであらうか。例へば肉欲を描くとすれば、四方八方より直ちに之れを非難する声が起る。何故に肉欲は醜悪であるか」「吾人の見て醜とするものは、現実に非ずして、偽善的生活を為す者である」（「自然派に対する誤解」）と唱え、「無解決といふことが、自然主義の特色である」（「無解決と解決」）と考えていた評論家であった。「天鵞絨」のように醜悪でもなければ、円満な解決のある作品を長谷川が採用しなかったのは当然かもしれない。しかし、現在、私たちはこのような自然主義の見解から自由な見方で「天鵞絨」を評価しなければならない。「二筋の血」は幼年時の回想であり、思慕していた年長の美しい少女が水車に巻きこまれて死んだこと、同じころ、女乞食も死んだことを書いた作品であって、野趣があり、描写は確実だが、取りたてて見るべき作品ではない。

この間、六月一七日の日記に「一昨暁剃刀で自殺した川上眉山氏の事について考へた。近来の最も深刻な悲劇である。知らず知らず時代に取残されてゆく創作家の末路、それを自覚した幻滅の悲痛！ああ、その悲痛と生活の迫害と、その二つが此詩人的であつた小説家眉山を殺したのだ。自ら剃刀をとつて喉をきる。何といふいたましい事であらう。創作の事にたづさはつてゐる人には、よそ事とは思へない」と書いている。創作の事に携わっている啄木にとって他人事ではなかった。

六月二四日の日記には「一人散歩に赤門の前を歩いてると亀田氏に逢つて、国木田独歩氏、わがなつかしき病文人が遂に茅ヶ崎で肺に斃れた（昨夜六時）と聞いた。驚いてその儘真直に帰つた。独歩氏と聞いてすぐ思出すのは〝独歩集〟である。ああ、この薄倖なる真の詩人は、十年の間人に認められなかつた。認められて僅かに三年、そして死んだ。明治の創作家中の真の作家――あらゆる意味に於て真の作家であつた独歩氏は遂に死んだのか！」。

啄木の国木田独歩に対する愛惜は心をうつものがある。

六月二八日の日記は「金田一君から二十銭借りて千駄ヶ谷に行つた」とはじまり、次の感想を記している。

「〝石川君は食ふ心配をさせずにおけばいい人だ〟と与謝野氏が言つた。食ふ事の心配！　それをした為に与謝野氏は老いた。それをする為に予も亦日一日に老いてゆく。

峻烈面もむけがたき人生の活機と面相接してゐて、心の底でさめざめと泣いてみたい様な、見知らぬ国にあくがれる様な心地がする」。

数え年二三歳にして啄木は日に日に老いていくかのように感じている。原稿を書いても売れない。啄木は鬱に落ちこんでいくようである。日記の続き。

「文芸の二方面といふ事を考へた。人間は、現実の苦痛にゐて、時として其苦痛を友人なり何なりに話してそして慰む事があり、時として、全く現実と離れた事を想ひ、言ひ、読んで慰む事がある。今の文壇の論争は各々此二つの場合の一つ宛を取つて争つてゐる様なものだ。

予は両方に各々の理を認める。そして予自身も両様の心地を持つてゐる。然し与謝野氏は予の歌を半分しか解らない」。

啄木のいうところは、文芸には、人生の苦痛を表現することにより心の安定を得る方法と空想の世界を想像して苦痛から逃れる方法とがある、といったことであろう。啄木の歌にはその両面がある、と彼は語っている。

しばらく怠けていた小説の執筆を七月四日に再開したようである。同日の日記に「〝刑余の叔父〟を少し書いた」とある。六日には「二時までに〝刑余の叔父〟二十五枚目まで書いた。余程苦心してゐる」と書いている。未完に終った作品「刑余の叔父」は母方の叔父の話として語られている。叔父は博打が好きで、道楽者で大酒飲みで言いたいことを言い、したいことをし、身上を潰し、不倫をし、自由に生きる野生児である。しかし、啄木がこの作品で何を語りたいのか分からない。おそらくこの制作の動機がはっきりしていないことが未完となった理由であろう。

七月一九日の日記の末尾に次の記述があるのが目につく。

「死場所を見つけねばならぬといふ考が、親孝行をしたいといふ哀しい希望と共に、今の自分の頭を石の如く重く圧してゐる。静かに考へうる境遇、そして親を養ふことの出来る境遇、今望む所はただそれだ。

何事も自分の満心の興をひくものがない！　ああ、生命に倦むといふのがこれかしら。何事も深い興がなく、極端な破壊――自殺――の考がチラチラと心を唆のかす。重い重い、冷たい圧迫が頭から去らぬ。

かなしい、痛ましい夜であつた。二時半頃まで眠れなかつた」。

死に場所を見つけたいという思いと親孝行ができない思いに啄木の心は引き裂かれている。しかも、妻子のことは考えていない。彼の苦悩は重くつらいものであった。翌二〇日にもこう書いている。

「身一つ、心一つ、それすらも遣場のない今の自分！

〝死〟といふ問題を余り心で弄びすぎる様な気がするので、強いてその囁きを聞くまいとするが、何時かしらその優しい囁きが耳の後から聞える。敢て自殺の手段に着手しようとはせぬが、唯、その死の囁きを聞いてゐる時だけ、何となく心が一番安らかな様な気がする」。

「刑余の叔父」が未完のまま放棄されて以後、啄木はしばらく小説を書いていない。あるいは小説を書いて原稿料を得ることの難しさを知って意気阻喪したのかもしれない。

八月二一日の日記に以下の記述がある。

「凌雲閣の北、細路紛糾、広大なる迷宮あり、此処に住むものは皆女なり、若き女なり、家々御神燈を掲げ、行人を見て、頻に挑む。或は簾の中より鼠泣するあり、声をかくるあり、最も甚だしきに至つては、路上に客を擁して無理無体に屋内に拉し去る。歩一歩、〝チヨイト〟〝様子の好い方〟〝チヨイト、チヨイト、学生さん〟〝寄つてらつしやいな〟

塔下苑と名づく。蓋しくはこれ地上の仙境なり。

十時過ぐるまで艶声の間に杖をひきて帰る」。

凌雲閣はいわゆる一二階であり、関東大震災で倒壊するまで浅草の名所であった。啄木が「ローマ字日記」の時代に塔下苑は彼の気晴らしの場となる。

この夜の体験が二二日の次の記述に導く。

「如何なる刺戟も、遂に人間の無限なる欲望を満足させうるものでないといふ事は解つてゐる。解つてゐて、猶且吾ら日夕の単調に倦んだ者は、何らかの刺戟を需めて止まぬ。

昨夜歩いた境地――生れて初めて見た境地――の事が、終始胸に往来した。

結婚といふ事は、女にとつて生活の方法たる意味がある。一人の女が一人の男に身をまかして、そして生活することを結婚といふのだ。世の中ではこれを何とも思はぬ、あたり前な事としてゐる。否、必ずあらねばならぬこととしてゐる。然るに〝彼等〟に対しては非常な侮蔑と汚辱の念を有つてゐる。少し変だ、彼等も亦畢竟同じ事をしてゐるのだ。唯違ふのは、普通の女は一人の男を択んでその身をまかせ、彼らは誰と限らず男全体を合手に身をまかせて生活してるだけだ。

今の社会道徳といふものは、総じて皆這麼不合理な事を信条としてゐる」。

啄木はいま「結婚」を節子と結婚した当時のように理想化していないし、むしろ、持続的な性的関係としかみていない。

九月六日「十一時頃に起きた。枕の上で瞶乎考へ事をしてゐたのだ。金田一君が来て、今日中に他の下宿へ引越さないかといふ。同君は四年も此下宿にゐて、飽きた、飽きた、陰気で嫌だとは予々言つてゐたが、怎して然う急にと問ふと、詰り、予の宿料について主婦から随分と手酷い談判を享けて、それで憤慨したのだ。もう今朝のうちに方々の下宿を見て来たといふ」。このような経緯で「午後九時少し過ぎて、森川町一番地新坂三五九、蓋平館別荘（高木）といふ高等下宿に移つた。家は新らしい三階建、石の門柱をくぐると玄関までは坦かな石甃だ。家の造りの立派なことは、東京中の下宿で一番だといふ。建つには建つたが借手がないので、留守番が下宿をやつてるのだとのこと」となり、赤心館時代が終り、蓋平館の時代に移る。

この赤心館から蓋平館への移転については金田一京助が「啄木余響」の中で次のとおり書いている。「新学期が始まって、私が学校へ行って帰って来た日であった。石川君が私の室へ来て、こんなことを云った。

『きょう、外へ出て、どこと云う当もなく、滅茶苦茶に歩いてる内に、伝通院の方から春日町へ下りるあの大きな坂の丁度中途あたりでしたよ。屎！　と思つて、後から来る電車の前を、一と思いに線路へ跳び込んだものですよ。するとね、車掌が突拍子も無い大声を出しやあがって『馬鹿！』大喝一声すると同時に、ベルを滅茶苦茶に、チリリリリンとやったもんで、吃驚して、覚えず――ありゃ本能的ですね――跳び出したんですよ。殆んど裾をちぎる様に車台が僕をかすって飛んで行きましたよ。僕うっかりすると死んでいた所でしたねえ！』

始終、一緒に居て、石川君の苦しい心境を知り尽していた私も、それを聞いてはギクリとした。私は、こりゃいけない、どうにかしなければと、その時に、本を売ることを考えた。

その日受取って来た八月分の俸給で、当月分は石川君の方を完済して、私の方を十円ひっかけて、『少し都合があるから、あとは待って貰いたい』と、女中――川越から来たお蝶という此の下宿の始からいる唯一人のいい女中だった――に云って勘定をした。女中は引返して来て、『誠に申し兼ねましたが、どうか今五円お入れ下すって』と云った。

私はこれ迄、下宿で怒ったこともなかったが、又月々きちんきちんと払って、こうしたことを頼んだことも一度だって無かったが、よくよくのことで頼んだのだから、よもやと思ったのにこう出られたのは、頓《とみ》に返答が出なかった程、私をグッとさしたのだった。それには原因が今一つあった。主婦は私の俸給が三十五円であることも知って居り、二人前の宿料二十五円仕払って、あと十円残していることを知ってそう云ったということが、私を不快にさしたのだった。私達は五円ずつを小遣に持とうというのは最小限度で若し今五円を下宿へやったら、無論五円しか残らない。それでは幾ら何でもやりきれない。

内懐を見透かされた不快は、いやでも最初の云い分を突張らずに居られなくなって、少し昂奮した口調で私はこう云ってしまった。

『では明日、間違なく全部みな入れます。明日迄待てないことはないでしょう。そう主婦さんへ云って下さい』

そして私は、すぐに神田の松村へ端書を飛ばしたのだった。『少し売払いたいものがあるから、来てもらい度い』

松村の主人がきたのは翌日だつた」。

こうして金田一は蔵書を売って赤心館に支払いを済ませ、転居を決めたのであった。涙ぐましい友情であるが、金田一が赤心館に飽きたからだとしか、啄木に話していないことは啄木日記の記述から確かである。金田一が蓋平館に決めて、寝こんでいた啄木を起こして、引っ越しだというと、啄木が
「『僕も連れてって、僕も連れてって！』

と、手を揉んで拝むまねをした」

という。まったく金田一にすがって暮らしてきたのだから、金田一に見捨てられたら啄木は生きていけない。金田一に懇願したのも当然だが、金田一としては当然見捨てるつもりはなかった。そこで二

人は蓋平館に移ったわけである。

そこで、話題をあらため、小説はいくつか書いたものの、原稿は売れず、鬱々としている間に、啄木に歌作の気運が油然と訪れたらしいので、歌作についてみることにする。

六月二四日の日記に「昨夜枕についてから歌を作り初めたが、興が刻一刻に熾んになつて来て、遂々徹夜。夜があけて、本妙寺の墓地を散歩して来た。たとへるものもなく心地がすがすがしい。興はまだつづいて、午前十一時頃まで作つたもの、昨夜百二十首の余。そのうち百許りを与謝野氏に送つた」とあり、翌二五日も「頭がすつかり歌になつてゐる。何を見ても何を聞いても皆歌だ。この日夜の二時までに百四十一首作つた。父母のことを歌ふ歌約四十首、泣きながら」という。六月二六日「一時頃吉井君が玉子の形をした懐中汁粉を買つて来て、雨が晴れた。二人で十題二十首の歌会をやつたが、十許り作つてやめる」とある。七月四日「今日は森先生の観潮楼歌会である。北原君が来てゐた。やがて伊藤左千夫翁も来た。兼題五首づつ二度、(人妻、戸、鬼、跳る、筋、)」とあり、「予のは」として一〇首を記している。七月一六日から一七日にかけて、千駄ヶ谷で新詩社歌会、「近所の空屋で催した」とあり、「兼題五首」「更に五首字を結んで作る」とあり、「九時少し過ぎて大方帰つた。残れるもの夫妻と平野と予と渡辺間島松原。与謝野氏の宅に移つて、予の発議で徹夜会を開いた」とある。この時期、啄木は明らかに歌作に旺盛な感興を抱いている。だが、翌一七日には「障子を明けたまま、蚊やり香を焚いて枕についた。何となく頭の中に秋風の吹く心地だ。母が妻が恋しくなつた。独歩集を読んだ。ああ〝牛肉と馬鈴薯〟! 読んでは目を瞑り、目をつぶつては読みした。

何とも云へず悲しかつた。明治の文人で一番予に似た人は独歩だ！　死にたいといふ考へが湧いた。！」という。啄木の心境は尋常一様ではない。七月二〇日「身一つ、心一つ、それすらも遣場のない今の自分！　〝死〟といふ問題を余り心で弄びすぎる様な気がするので、強いてその囁きを聞くまいとするが、何時かしらその優しい囁きが耳の後から聞える。敢て自殺の手段に着手しようとはせぬが、唯、その死の囁きを聞いてゐる時だけ、何となく心が一番安らかな様な気がする」と書いている。このような心境と歌作への執心とはふかく関連しているのではないか。七月二五日「明星募集の歌〝見る〟を半分程なほして枕についた」。八月八日「千駄ヶ谷歌会の日なり。（中略）十時頃より、徹夜五十首と動議成立し、翌九日朝にいたりて大方詠出。互選の結果、読上げ終りて十二時を過ぎたり」。八月二九日「夕方千駄ヶ谷にゆく。茅野夫妻が来てゐた。吉井平野北原諸君も来た。山城君は肥つて達磨の様である。渡辺君は函館の岩崎君に肖た所がある。大貫君は盛岡の岡山月下君に肖た。与謝野氏夫妻を併せて十数人。百首作らうと云ふので字を結んだ。床の間の枕時計が八時をうつを合図に始める。僕は興があつた。（三十日）午前八時になつて〆切つた。僕は一番早く、六時頃には作つてしまつた」。九月五日「五時に千駄木の森先生の歌会へ行つた」。九月一二―一三日「午后並木君来り、携へて雨中動坂の平野君宅の歌会に赴く。（中略）兼題十首済んで徹夜五十首」。九月一四日「終日〝明星〟に送るべき歌を補正しつつ、十数首新たに加ふ。計百三十八首」。一〇月三日「吉井君が来た。筑紫の人の事で大笑ひ。さまざま羨ましがらせる事を聞かされて、四時、共に森氏の歌会へ行つた。（中略）博士、佐々木君、伊藤君、平野君、吉井君、北原君、与謝野氏に予。外に太田正雄君

（初めて逢つた）服部躬治君（同）伊藤左千夫君の弟子古泉千樫君。加古博士も八時頃から来られた。空前の盛会で、加古博士も此次から作るといふのと、信綱君が余程吾々に近い歌を作つたのは珍しかつた。散会は十一時」。一〇月一〇日「夕刻千駄ヶ谷についた。平野、吉井、渡辺、間島の四君がモウ来てゐた。おくれて松原君も来た。（中略）五十首といふことにして作り初める」。一〇月一二日「和歌！　今のところ、この二三月来の活動のため、一寸行きづまりの形になつて来た。吉井君は、思想の皆無な人だ。だから其象徴的なうたは一向つまらぬ。且つ何日でも同じ語許り使ふので、モウ予は面白いと思ふのが少くなつた。但し、時としては、此人でなけや歌へぬといふ天才的の詠口をする。平野君は巧い。実にうまい。予は此人の歌には羨ましいと思ふのがある。晶子さんに至つては全くの歌人だ」。一〇月二三日「十一時少し前千駄ヶ谷の晶子さんから電話、吉井が来てゐて歌をつくるから来いといふのですぐ出懸けて行つた。再昨夜出した筈の原稿がまだ着かぬといふ。夕方までに三十五首作つた」。一一月七日「五時、行かうか行くまいかと言つた末、吉井君と予とは、千駄木に向かつた。——これ前に、晶子さんを男でもない女でもない。それかと言つて第三性でもない。第四性位の所だらうといふ話が出た。佐々木、与謝野、伊藤、千樫、北原、平野、平出の諸氏が既に集つてゐた。主人博士を合せて十人。第一回、第二回の運座、共に予は高点であつた」。

以上に見られるように、この時期、啄木は短歌の制作にうちこみ、観潮楼歌会、千駄ヶ谷の与謝野家の歌会などに参加し、夥しい数の歌を詠んでいる。

啄木の「明治四十一年歌稿ノート　暇ナ時」は『全集』の解題によれば、「啄木はこれを処女歌集を編むための資料としたらしく、ペン書きで丹念に作品が記入されている。内容は明治四十一年六月十四日から十月十日に至る六百五十二首で、与謝野寛宅における新詩社歌会の作品や、森鷗外宅における観潮楼歌会の出詠と、『明星』に発表した歌を主に整理して」いるという。この他、『全集』の編集者が「明治四十一年作歌ノート」と名づけたノートがあり、内容は明治四一年八月八日から一一月二六日にかけての作品であり、「暇ナ時」はこの作歌ノートをもとに作成されたものであろう、という。「暇ナ時」所収の歌は『明星』同年七月号に「石破集」と題して一一四首掲載されているので「石破集」から私が感興を覚えた作品を以下に引用する。

つと来りつと去る誰《た》そと問ふ間《ま》なし黒き衣《きぬ》着る覆面《ふくめん》の人
その時に見ゆることなき大いなる手ありて我に力添へにき
たはむれに母を背負ひてそのあまり軽きに泣きて三歩あゆまず
わが友は北の浜辺の砂山のはまなすの根に死にてありにき
西方《さいはう》の山のあなたに億兆の入日《いりひ》埋めし墓あるを思ふ
頰につたふ涙のごはず一握《いちあく》の砂を示しし人を忘れず
『なにを見てさは戦くや』『大いなる牛ながし目に我を見て行く』
わが胸の底の底にて誰そ一人物にかくれて漕々《さめざめ》と泣く
鳥飛ばず日は中天《ちゆうてん》にとどまりて既に七日《しちにち》人は生れず

落ちて死ぬ鳥は日毎に幾万といふ数しらず稲は実らず
われ天《てん》を仰ぎて歎ず恋妻の文《ふみ》に半月《はんげつ》かへりごとせず
もろともに死なむといふを郤《しりぞ》けぬ心安けきひと時を欲《ほ》り
悄然《せうぜん》として前を行く我を見て我が影もまたうなだれて来る
茫然として見送りぬ天上をゆく一列の白き裳《も》のかげ
昨日より色のかはれる紫陽花の瓶をへだてて二人かたらず
わがかぶる帽子のひさし大空を掩ひて重し声あげて泣く
室《しつ》の隅四隅に四つの石を置き中に坐りて石をかぞへぬ
人住まずなれる館《やかた》の門の呼鈴《べる》日に三度《みたび》づつ推して帰り来
燈影《ほかげ》なき室《しつ》に我あり父と母壁のなかより杖つきて出づ
わが父は六十にして家をいで師僧の許に聴聞《ちやうもん》ぞする
わが家に安けき夢をゆるさざる国に生れて叛逆《はんぎやく》もせず
ふと深き怖れおぼえてこの日われ泣かず笑はず窓を開かず

ここに啄木の狂気に近い心情をみるべきであると私は考える。

「わが胸の底の底にて」についていえば、作者の背後にもう一人の啄木が潜んでいて、さめざめと泣くのをさらに別の啄木が凝視している。「悄然として」についていえば、悄然として行く啄木を、もう一人の啄木が見ている。西方に浄土はない。億兆の墳墓があるだけなのだ、という。これは誇張でもなければ幻想でもない。啄木は人生に地獄を見ていたのである。このような狂気に近い心情から、壁の中から父母が現れて、彼の不孝をなじるのであり、そうした心境から「たはむれに母を背負ひて」も「わが父は六十にして」もうたわれているのである。啄木にあるのは「深き怖れ」である。自己という存在に対する実存的な怖れである。次に八月号の「新詩社詠草其四」から私が感心を惹かれる作を引用する。

小蟻どもあかき蚯蚓《みみず》のなきがらを日に二尺ほど曳《ひ》きて日暮れぬ
青ざめし大いなる顔ただ一つ空にうかべり秋の夜の海
すでにして我があめつちに一条《ひとすぢ》の路尽き君が門に日暮れぬ
眠らざる我と覚めざる我とゐて二つの玉を相撃ちてあり
家といふ都の家をことごとくかぞへて我の住まむ家なし
蟻《あり》の群相いましめて手つなぎに眠れる牛の臀《しり》にのぼりぬ
一塊《ひとくれ》の土に涙し泣く母の肖顔《にがほ》つくりぬかなしくもあるか
大声にふるさと人をののしりて背に石うたれのがれ出でにき

誰も気付くことだが、右記の作中には『一握の砂』に収められている作もあり、その異稿もある。

ちなみに引用しなかったが、「石破集」には「東海の小島の磯の」もふくまれている。

小説の創作に行き詰まった啄木は、金田一京助が伝えている挿話から窺われるように、発作的に自死を考えるような状況のなかで、彼の生を凝視し、狂気に近い心境にひたり、周囲を怖れ、鬱にとらえられていた。そのような鬱屈した心のすさびにこれらの歌作はなされたものと私は考える。「暇ナ時」とは閑雅に過す時間ではない。追いつめられた魂がたまたま鬱屈から解放される時間であり、このような魂の解放として作歌がなされたのであった。

「石をもて追はるるごとく」渋民を去らざるをえなかったのは、大声で渋民の人々を罵ったからだ、という真相を語っているのも、ふと啄木から本音が出たのであろう。

3

九月一〇日の日記に、北原白秋に関連して、「詩」が現在の自分にとってどういう意味をもつかについて重要な感想を記している。

「北原からハガキ、転居の通知旁々やつた予のハガキに対する返事だ。吊橋が匂つたり、硝子が泣いたりするのは、君一人の秘曲だから我々には解らぬと云つてやつたのを、それは〝皆三角形の一鋭角の悲嘆より来るものにて、さほど秘曲にても候はず、ただ印象と、官能のすすり泣きをきけばいいでは御座らぬか。…………この時僕の脳髄は毒茸色を呈し、螺旋状の旋律にうつる。月琴の音が鑲工の壁となり、胡弓が煤けた万国地図の色となる。〟と書いて来た。

無論これらも、強き刺戟を欲する近代人の特性を、一方面に発揮したものには相違ないが、我々の〝詩〟に対して有する希望はここにないのだ。謂つて見ようなら、北原君などは、朝から晩まで詩に耽つてる人だ。故郷から来る金で、家を借りて婆やを雇つて、勝手気儘に専心詩に耽つてゐる男だ。詩以外の何事をも、見も聞きもしない人だ。乃ち詩が彼の生活だ。それに比すると、今の我らは、詩の全能といふことを認めぬ。過去を考へると、感慨に堪へぬ話だが、何時しかにさうなつて来たのだから仕方がない。人が大人になる、すると、今迄興味を有つて来た事の大半に、興味を失つてくる。そこで更に新らしい強い刺戟を欲する。ト共に、何か知ら再び小児の時代の単純な、自然な心持に帰つて見たくなる。これら二つの希望のうち、どれが詩的かと云へば、無論小供の時代に帰りたいといふ方が詩的だ。我々は、少くとも予自身は、此故に、詩に向つて新らしき強き刺戟を求めようとしない。求めようとしても、詩そのものが、或程度まで怎しても格調の束縛があり、且つ言語の聯想に司配さるるといふ歴史的伝習的な点があり、全く新らしい酒を盛るには、古い器なのだ。謂ふ心は、我々の複雑な極めて微妙な心の旋律を歌ふには、叙上の束縛がある為に不自由なのだ。それを、無理に咏み込まうとするから、無理が出来る。この無理はさながら音楽に於ける不調和音の如く我々の心を乱して了ふ」。

啄木は明らかに白秋が『邪宗門』で示したような官能的、印象的な刺激の強い新しさに反対し、子供の心のような、日常的な心情に詩を見いだそうとしている。しかも、詩には詩としての旋律がなければならないと考えている。この後「ローマ字日記」の中の詩がまったく新しい旋律をもった口語詩と私は考えているし、『呼子と口笛』の詩篇が啄木の成就したところであると考えている。ここで彼が日記に記した考えは、これらに到達するための出発点であったと私は考える。

この時期、啄木は「岩手日報」一九〇八（明治四一）年一〇月一三日から三回「空中書」と題する随想を寄稿し、一〇月三〇日から三回「日曜通信」と題する随想を寄稿している。前者と後者とは若干興趣を異にする。前者では、「烏有先生」という架空の先輩に宛てた書簡という形式で啄木の感想を述べたものだが、その第三回にロシアと中国を論じている。要旨を抜粋すれば、次のとおりである。

「◎惟《おも》ふに、世界に二大伏魔殿あり。一は即ちザールの天下にして、他は即ち愛親覚羅氏の国。

◎境土の広袤《くわうぼう》なる、雑多の民族を含みて其蒼生の無数なる、国富の未だ全く開拓せられざる、専制君主国たる、両国悉《ことごと》く相似たり。而して、其治迨《およ》ばず、其化洽《あまね》からず、所在不平の党ありて、禍根深く民心に潜める事。両国また偶《たま》ま其軌を一にす。

◎而して、両国共に嘗て一度帝国と兵を交へて敗る。此を以て邦人較《やや》もすれば両国を侮らむとす。浅慮短見、言動何すれぞかの誇大妄想狂者に類する。卑んでまた憐むべからずや。帝国は未だ嘗て清露両国に勝たざるなり。敗れたるものは、清国に非ずして北京政府と其軍隊のみ。露国に非ずしてザールの政府と其軍隊のみ。

◎ザールの輦下《れんか》に睡虎あり。仮に呼んで虚無党といふ。人未だ其正体を知らず。時に鼾声を発すれば、爆弾乃ち街頭に飛ぶ。

◎揚子江畔に伏竜あり。其数を知らず、就中大なるを哥老会と称す。遠く之を望めば脈々たる連山の如し。近《ちかづ》いて之を見むとすれども能はず。片鱗時に落ちて剣花官兵を畏れしむるのみ」。

以下は略するけれども、啄木の国際的関心のふかい事が理解されるであろう。日清、日露の戦争で日本は中国、ロシアに勝ったわけではない。ツァーとその軍隊、清国政府とその軍隊に勝っただけなのだ。中国もロシアも敗戦によって傷ついたわけではない、という認識は当時として卓抜といってよいだろう。また、ロシアの虚無党といっているのは、いわゆるナロードニキなどの革命思想の勃興を指していることにちがいない。この時点ではまだ、ロシアにおける社会主義革命に啄木の意識が及んでいないことは当然といってよいであろう。啄木は哥老会と称する清国政府下の秘密結社に言及しているけれども、この秘密結社が中国においてどんな役割を果たしたか、私は寡聞にして知らない。

しかし、このような関心が啄木をして比類ない、詩人、歌人、思想家たらしめたといってよい。

「日曜通信」についていえば、その「中」「下」の二回にわたり、文部省第二回美術展覧会の見聞の記事が感興をそそらせる。これはいわゆる文展の第二回、和田三造の「煒燻《ゐくん》」と題する作品が「満都の耳目を聳動しつゝあり」ということであったそうである。以下、啄木の記事である。

「▲予が一友を携へて彼の画前に立ち、恍として我を忘れたる時は、両三日前の午後三時頃にもや候ひけむ。数多き観覧者の中に、年の頃二十許りと思はるゝ丈稍《やや》高き一美人あり、予等と相前後して室々を見歩き候が、其画に対する注意の他の女学生と異るありて、予は早く其女画家なるべきを想像し居候ひき。顔は吾等の所謂近代的にて表情に富み、薄小豆地《うすあづきぢ》とも謂ふべき色合のお召の書生羽織に黒の縫紋もかりそめならず、髪は大きやかなるマガレットに幅広の白リボンを結びたる、際々しくも人の目をひき候ひしが、婢を一人伴れて、予が「煒燻」の前に立ちたる時、彼女も恰も予の左に相並びて美しき眼を画面に注ぎ候」。

以下が「下」になる。

「其処へ、中背の、色浅黒く痩せて、三十歳位かと見ゆる、細かき紡績絣の袷《あはせ》に同じ羽織を襲ね、稍《やや》古びたる灰色の中折を被れる男来りて、彼女と会釈致し候。見るともなく、其風采余り揚らざる紳士を見やりたる予は、其紳士の眼に異様なる不安の輝き——芸術家に特有なる輝きあるに驚き候ひき。さて女は先づ口を開き候。

「随分御苦心なすつたでせうね？」

「否《いいえ》、駄目です。」

と力を籠めて、

「家《うち》で書いてる時は思切つて強い色を使つた積りでしたが、此処へ持つて来たら駄目です。弱くて駄目です。」

「マア、其麼な事はございいません。私なんかモウ、此前から立去りたくない位で……」

読者諸君も驚くなるべし。此風采揚らざる紳士こそ実に洋画界に日の出の勢ある少壮天才、和田三造氏其人に候ひき。予は「煒燻」画前に於て図《はか》らずも其作者を見たるを意外に興あることゝしたり。美人は更に眼《まなこ》を転じて、其処の横側の壁に揚げられたる鹿子木孟郎《かのこぎ》氏の「ノルマンデーの浜辺」

（これも仲々の大幅《たいふく》にて、沈静なる海浜の景色の中に漁夫の一家族を描けるものなり。）を指し、「鹿子木さんも随分大きいのをお出しでござんしたねえ。」

と申候処、和田氏は簡単に、

「パンを食つて書いたのは違ひます。」

と答へられ候。鹿子木氏は往年洋行してローランス画伯に学び来れるの人、而して我が天才和田氏は未だ一度も欧米に遊ばざるの人なり。此事情を知りて此語を聞けば、此簡単なる一語の中に頗る複雑なる意義と感情の籠れるを発見すべく候」。

以下、まだすこし続くが省略する。

この記事は美術担当の記者としても啄木に才能があったことを示しているが、それよりも、若い美人の女性画家と隣り合わせ、和田三造をたまたま見かけるまでの経緯、和田三造の風貌、皮肉な意見の表現にみられる彼の人柄など、さながら一篇の短篇を読むかの如き感があり、啄木は小説家としても豊かな才能があったことを確信させる点で、じつに興趣に富んでいる。なお、この見聞は一〇月一九日の日記にほぼ同じく記述されているが、その最後に「彫刻の方では、特別室は見かねたが、荻原守衛氏の〝文覚〟には目を瞠った。この豪壮な筋肉の中には、文覚以上の力と血が充満してゐさうだ」とある。啄木は彫刻を見る眼も確かであった。彼は別の機会にも荻原守衛の彫刻を高く評価している。さらにつけ加えると、一一月三日「金田一君と二人で上野の文部省展覧会へ行つた」とあり、「洋画の方では、予期の如く和田三造氏の〝煒燻〟と吉田博氏の〝雨後の夕〟が第二賞を得てゐた」

と書いた後に次の感想を記しているのが感動的である。

「さて、日本画館の中で、晶子さんと其子らに逢つた。薄小豆地の縮緬の羽織がモウ大分古い――予は晶子さんにそれ一枚しかないことを知つてゐた。――そして襟の汚れの見える衣服を着てゐた。満都の子女が装をこらして集つた公苑の、画堂の中の人の中で、この当代一の女詩人を発見した時、予は言ふべからざる感慨にうたれた」。

4

この時期における宮崎郁雨との文通をみておきたいと思う。

五月二五日付け書簡はこう書いている。

「昨日のお手紙!!!

今またお葉書を見て、胸をさすつて目を瞑つた。何かに祈つて見たい様な気がする。京子は決して死なぬと俺は信ずる。胸の底の底の底の方で誰か泣いてる様だが、何で泣いてるのか俺にもわからない。君に感謝する」。

前に引用した「石破集」の「わが胸の底の底にて誰そ一人」の作を思わせる文章である。このような思いを啄木は始終抱いていたにちがいない。

ついで五月二七日付け書簡。

「今電報、あけぬ間の胸さわぎ。あけて見てホッと息をついた。あゝ何と君に感謝してよいやら」。

これらは京子の病気に関するものである。

六月一四日付け書簡。

「君。少し安心してくれ給へ。『病院の窓』を春陽堂で買取つてくれた。（森先生の手から）八月の新小説に出る事と思ふ、報酬は其時でなくてはとれぬが、然し一枚五十銭位はくれさう故、五六七の三ヶ月分の下宿料はそれで間に合ふ事になる。

『天鵞絨』と、新たに脱稿した『二筋の血』を、一昨夜長谷川天渓君へ行つて頼んで来た。これも今月中か来月には物になる。

先月分の下宿料、今日全部払つた。安心してくれ給へ。（病院の窓アテコミの融通で）そして原稿紙三十帖許り買つて来た。一円六十五銭で勧工場から白地の単衣を買つて来た」。

この時点の啄木はまことに楽観的のようにみえる。長谷川天渓が原稿を送りかえしてくるとは想像もしていない。

六月一七日の書簡。

「君、昨日せつ子から葉書が来て、君が枕につかれた事を知つた。君、あゝ、君のなほりかけた健康を再びそこねたのは何の為か。僕は何でも知つてゐる。済まぬ。済まぬ。君どうか早く癒つてくれ給へ。一日も早く癒つてくれ給へ。頼む。僕はこれだけしか云へぬ！　何か君を慰める手紙を書かうと思つたが、名案も浮ばぬ。今迄金星会の歌をなほしたのでイヤになつた為かもしれぬ。少し風邪の気味で鼻がつまつてゐるからかもしれぬ。兎に角僕は漸く光明を認めて来たから安心だよ。下宿料は払つたし、単衣も買つた。本月中には新小説の方の稿料がとれさうだ。ヒヨツトすると博文館の奴もとれるかもしれぬ。来月の末には家族を呼ぶ費用を皆とらうと思つて一生懸命考へてゐる」。

啄木は本当に楽観していたのか。下宿料を払ったというのはどうか。金田一が二人分二五円毎月払っていたのではないか。これも宮崎郁雨を安心させるための嘘ではないか。

七月七日の書簡。

「久しく御無沙汰した。これといふ理由もない。今朝（といつても暁に寝たので十二時に起きた。）岩崎君の最初の手紙、かなしき手紙と共に、せつ子からの、京がまた腸胃や心臓を悪くして君のお情けで藤野医師の診察をうけたといふ葉書が来た。泣かず笑はざる心の味！　君、僕は今外の言葉を持合せない。唯感謝する。唯感謝する。泣かず笑はざる心をもつて唯感謝する！

僕は生きねばならぬと、今朝もつくづく感じた。大島君の山入り、こたびの吉野君の山入り！　僕だけは幸ひに君に依つて死ぬ路から生きる路へ出たのだ！　泣かず笑はざる心を持つて、僕は生きねばならぬと無言で絶叫する！」。

このような啄木の郁雨に対する感謝と生きねばならぬという決意は真実、彼の気持だったにちがいない。彼は死への誘いをいつも魅惑的に感じていた。そういう心境からこの手紙は書かれている。

七月二九日付けの書簡、その途中から引用する。

「白状すると、実は此一ヶ月許りの間、君に手紙を書くといふ事が僕にとつて少なからぬ苦痛であつた。苦痛といふ言葉には君多少不快を感ずるだらう。僕も実は感じのよい字と思はぬ。何故苦痛だつたかといふに、僕は何も書かずにゐたからだ。芸術的良心とかいふ奴が、少なからず麻痺してゐたからだ。怠けたのではないが、事実は怠けたと同様だ。何も書かずにゐて君へ手紙かくのは苦痛だよ。家へ手紙かくのも苦痛だよ。最近の十日間に至つては、すべて苦痛であつた。僕生れてからこんな苦痛を感じた事がない。が、また、此頃位真面目だつた事も今迄にない。真面目――赤裸々な真面目ほどの苦痛はまたとない」。

啄木の期待に反して、原稿は売れない。何をどう書くべきか、啄木はたちまち冷酷な現実に直面し、途方にくれていた。

八月二二日付けの書簡は宮崎の父、宮崎竹四郎に宛てあらたまった候文で書かれている。冒頭のみ引用する。

「拝啓猛夏三伏の季すでに過ぎて世は何時しか残暑の時と相成候処高堂皆々様不相変御清福の御事と遥かに奉祝上候、降つて小生事、身に海岳の思遇を忝うし乍ら上京以来杳として御無音にのみ打過し候事、心静かなる日の一日もなくての事とは云へ、罪正に万死に当る、誠に〳〵今となつては御申訳の言葉もなき次第に御座候、お蔭を以て都門の夏にも敗けず、却つて以前よりも頑健を加へたるものの如く無事消光罷在候間何卒御安心被下度候」。

一〇月二六日付け書簡は宮崎大四郎、岩崎正の両名宛てである。

「罪万死にあたる。

さて小生は非常の勇気と喜びを以て此ペンをとり候、今度島田三郎氏主筆の東京毎日新聞へ小説かくこと今朝確定、今載つてるのが終ればすぐそのあとへ出る筈にて第一回は四五日中に出るのに候、題は〝鳥影〟六十回位の予定、稿料は貧乏社故、まだスツカリした事は解らねど一日一円位なるべしとの事に候。これから興味ある多忙！　近いうちに詳しい手紙さしあげます」。

この間、九月二一日の日記には「起きて万朝報を見ると、先日やつた懸賞小説芽出度落選！」とあり、九月二三日には「せつ子から長い手紙。家族会議の結果、先づ一人京子をつれて上京しようかと思つたが、郁雨君にとめられたといふ。冷汗が流れた。三畳半に来られてどうなるものか。噫。大谷女学校に教師の口、当分出ようかといふ。現在の自分の境遇と、一家の事情と、そして妻の悲しくも健気なる決心を思ふては、胸が塞つた」。

一〇月二日の日記。

「目をさますと節子と妹からの手紙。老いたる母上は二十九日の晩に函館を去つて、一人、岩見沢の姉が許へ行つたといふ。それを見送つて帰つたのは夜の一時であつたさうな。残つたのは妻に妹に京子。ああ、その夜の二人の心！　そして又北海の秋の夜汽車の老いたる母が心！　妻は是非東京で奮闘してくれと言つて、人数も少くなつた事なれば、アト一月や二月郁雨君の厄介になるにも少しは心の荷が軽くなつたと言つて来た。予は泣きたかつた。然し涙が出なかつた！
起きたがペンが無い。平野を訪ねたが留守。一枚あつた電車切符を利用して早稲田に藤条君を訪ね、歓待された。〃血笑記〃と一円と借りて二時過ぎに帰つた」。

原稿を書くにもペンがない、という困窮の中で一〇月一三日から「鳥影」を書きはじめる。

これ以前、一〇月一〇日の日記の一部。

「せつ子から宝小学校へ入つてもよいかと言つて来た。京子は光子に看させて置いて代用教員になり、米炭の料を得んとするのだ。噫！　同意の旨を返事した」。

節子が一〇月一九日から代用教員として勤めはじめた旨が二四日の日記に書かれている。

一〇月三一日、「鳥影」の掲載が確定。一一月一日から一二月三〇日まで「東京毎日新聞」に連載された。この小説については第二部で詳しく論じるので、ここであらためて感想を書くことは差し控えるが、啄木が小説家としても非凡の才能をもっていたことは認められるが、作品としては通俗小説の域を出るものではない。ただ、金田一京助「啄木余響」には、次のとおり書かれている。

「大晦日に、その原稿料が一度にどさりと懐へころがって来た時に、凡そ石川君生れて始めて自分の収入で自分の負債を仕払ったのである。その時の石川君、自分で驚いた顔付をして、
『借金というものは返せるものなんだなあ！　ハハハハハ……』

この奇抜な発見に、吊込まれて私も一緒にアハハハハと笑ったが、折り返して、少し仰向きながら、『借金を返すといふことは、良《い》い気持なもんだなあ！』と云った。立続けに第二の発見をしたのである。石川君の此のいつわらざる天真の声——其は一つの詩だった、創作だった。而もどの詩集にも歌集にも漏れている石川君不用意の突嗟の最も自然に発した自らの歌だった」。

金田一は「あの新聞小説を、一日が二円宛だったかで」と書いており、すでに引用したとおり、啄木は一日一円と書いているので、原稿料の金額ははっきりしない。啄木が借金を返したといっても処々方々に借りられるだけ借りつくしていたのだから、誰にどう返したかも不明である。おそらく下宿屋への借金に真っ先にあてたのではないか。

さて、この年、一九〇八（明治四一）年には、啄木は『明星』同年の第六号から第一〇号まで、毎号に詩、短歌を発表している。短歌で目立つのが第七号に発表した「石破集」であり、これについてはすでに記した。詩で目立つのは、同じ第七号に発表した散文詩である。このとき啄木は五篇の散文詩を発表しているが、冒頭の「曠野」と次の「白い鳥、血の海」、ことに「曠野」は特筆すべき傑作である。

「痛む足を重さうに引摺つて、旅人は蹌踉と歩いて行く。十時間の間何も食はずに歩いたので、粟一粒入つてゐない程腹が凹んでゐる」。「戻らうか、戻らうか、と考へながら、足は矢張前に出る」。飢餓と疲労で、曠野のなか、旅人は路を見失っている。やがて、曠野の中央で、三方から来る三条の路が落ち合っている。そこに赤犬が一匹坐っていた。「犬は、七日程前に、恁した機会《はづみ》かで此曠野の追分へ来た」のであった。やがて旅人は紙屑を袂から出して紙撚りを一本なって、犬の尾に結わえつける。そしてマッチでその尾に火をつける。犬が飛び上がり、鳴き声を上げ、もがき苦しんで結局死んでしまう。旅人は犬の死を見届け、さて、自分は何処から来て何処へ行くべきか、分からないまま、大声で泣きだす。「三条の路が、渠の足下から起つて、同じ様の曠野の三方に走つてゐる」とこの散文詩は終る。

このサディスティックな心情は、旅人の孤独に由来する。犬を殺してみても、ただ、孤独に立ちすくんでいる他はない。まことに孤独で前途を見失っている心の地獄を描いた悲惨、凄絶な詩といってよい。次の「白い鳥、血の海」も幻想的で、しかも哀しい詩であり、評価に値する作品である。

5

この年、日記の一一月二三日の項に「〝昴〟に出すべき〝赤痢〟を書き出した」とある。一二月四日に〝赤痢〟を脱稿したとやはり日記に記されている。両親が天理教を信仰して、資産のすべてを売り払って天理教の大会堂を建てたため着のみ着のままになった青年、横川松太郎が布教の資格を得て、東北の寒村で布教を志し、村一番の醜い巨体の寡婦《やもめ》の家で暮らしているうちに、村に赤痢が襲い、全村に蔓延、お由というその寡婦も赤痢に冒される。

「松太郎はポカリと眼を覚ました。寒い。炉の火が消えかかつてゐる。ブルッと身顫《みぶる》ひして体を半分擡《もた》げかけると、目の前にお由の大きな体が横たはつてゐる。眠つたのか、小動《こゆる》ぎもせぬ。右の頬片《ほつぺた》を板敷にペタリと付けて、其顔を炉に向けた。幽《かす》かな火光《あかり》が怖しくもチラチラとそれを照らした。別の寒さが松太郎の体中に伝はつた。見よ、お由の顔！　歯を喰絞つて、眼を堅く閉ぢて、ピリピリと目尻の筋肉《にく》が痙攣《ひきつ》けてゐる。髪は乱れたまま、衣服《きもの》も披《はだ》かつたまま……。氷の様な恐怖が、松太郎の胸に斧の如く打込んだ。渠は今、生れて初めて、何の虚飾なき人生の醜悪に面相接した。酒に荒んだ、生殖作用を失つた、四十女の浅猿《あさま》しさ！」。

赤痢に冒されて死ぬお由の凄惨な死の描写など、いわば悲惨、醜悪な人生の現実を描いたということで比較的、評判のよい作品である。しかし、これは自然主義思潮のなかで評価されても、私は評価しない。天理教、東北農村の窮乏、赤痢という三つの主題が絡み合って一つの物語をなしていないからである。それぞれに対する作者の関心が焦点を結んでいないからである。

この章の終りに小奴との再会を記しておきたい。以下は吉田孤羊『啄木を繞る人々』からの引用である。

「明治四十一年の十一月下旬、旦那に連れられて彼女は上京した。日本橋区通二丁目の蓬萊屋という旅館に旅装を解くや否や、翌日すぐ、そのころ本郷森川町一番地新坂上の蓋平館別荘に移り住んでゐた啄木を訪ねた。女中に案内を請うた処、啄木がなか〳〵姿を現はさない。しばらくして二階の階段口からひよいと顔を出して覗いて、彼女が玄関口に佇んでゐるのを見た啄木は、辷り落ちんばかりに驚いた。ちよつと言葉が出ない有様であつたが、「やあおあがり、よく訪ねて来たね。ひどく驚かすぢやないか。いつこつちへ？　一人で？」啄木はから畳みかけて聞きながら、同館三階の彼の書斎と応接室と寝室とを兼ねた、狭い三畳間に招じ入れた。彼女はその三畳間に座らせられて先づ唖然とした。見廻した処、何一つ持物らしいものはない。部屋の隅に一脚の机が据ゑられて、その上を見ると、彼女が啄木に贈つた写真が一葉飾られ原稿用紙がのつてゐるばかりである。彼女はふつと胸が塞つて来た。「まあ、あなたのお部屋これ一つきり？」と思はずロ走つた。すると啄木は微笑しながら「なあに、これでも東京なら上等の方さ。家がなくて公園のベンチに寝るのさへあるからな。」と負け惜しみを言つた。然し小奴は、このあんまり見搾らしい生活ぶりを見かねて「ね、いくらか置いて行きませうか」といふと「いや大丈夫だ。今東京毎日新聞に小説を連載してゐる、その方から一日置きに一円五十銭づつ入るから心配しなくてもいゝ。いづれ何か是非入用なときは僕から改めて頼むから。」と小奴のその提議はうけ入れなかつた。そしてその晩は一緒に本郷から浅草方面に散歩に出かけて別れ、翌日かに又小奴が訪ねて来た。その目的は啄木にその旦那を引合せたかつたからで。彼女が旦那に、石川さんといふ人はこれ〳〵の人で、偉い文学者だから一度会つてくれないかと頼むと、旦那も快く承知した。そのことを啄木に話すと、啄木もではお目にかゝらうと言つて、その晩二人連れ立つて小奴の宿にその旦那を訪ねたのであつた。そしてその初対面の席で、旦那の人が、「私は商用で半月かひと月ばかり大阪へゆくから、留守中お忙がしいだらうけれど、この女を東京見物さして貰へませんか。」と頼んだ。啄木も「お易いことです。」と承諾したので、その旦那が大阪へ旅立つた後の半月ばかりは、殆と毎日のやうに小奴が啄木を訪ね、主に夜分、釧路時代の懐かしい追懐に耽りながら、一緒に散歩に出ては、東京の名所といふ名所を悉く案内して貰つた。そのとき、小奴は殆ど一文も遣はずに啄木に奢られてばかりゐたといふ。かうして小奴が東京を見物して歩いてゐる中に、すつかり東京が好きになつてしまひ、来年の四月には東京に移るやうにと、旦那が大阪から帰つてから話を纏め、十二月の二十六日頃釧路に帰るべく上野を発つときは、啄木も上野駅まで見送りに出てくれたのであるが、このときが生前小奴が啄木と顔を合せた最後であつた」。

「かうして彼女が釧路に引揚げ、東京に出る仕度をしてゐた翌四十二年の二月の末ころ、啄木から一通の電報を受取つた。文意は至急入用のことが出来たから済まないけれども五十円ほど心配してくれといふのであつた。そのとき小奴の懐中にはいくらもなかつたので、そのころ初めて持つた金の腕輪時計や衣類やらを質にまげて、言つて来たゞけの金を算段し、すぐ電報為替で啄木のもとへ送つた。啄木からは追つかけて歌を一首書いた謝礼の電報が来た。彼女は今「カネヨリモヒトノナサケノアリガタサ」といふ上の句だけしか記憶にないといふ。啄木がこの五十円を何のために小奴から借りたかといふに、いくら小説を書いた処で活潑に金に代へることが出来なかつたので、定収入を得るため、ともかく校正係として「東京朝日新聞」に入社することが出来たので、その羽織袴を用意するためであつた」。

だいぶ長い引用になったのは、啄木の索漠たる生活の様子が書かれているからであり、小奴と啄木の関係がやはり尋常一様のものでないことが窺われるからであり、啄木が小奴の東京滞在中、小奴に勘定させずに、彼女に奢っていたのは、別に誰かからの借金によるにちがいないし、それは啄木の見栄でもあるし、そうして奢っていたから、翌年の借金の申し入れもできたと思われるからである。

また、いわゆる啄木の「借金メモ」に二五円とあるのは、この時の借金であって、小奴が五〇円貸したというのは、彼女また吉田孤羊の記憶違いではないか。啄木の翌年二月二六日の日記によれば小奴から啄木は二〇円、電報為替でうけとっている。ただ、「借金メモ」の二五円とはやはり五円の違いがあり、正確な真実は分からない。

第四章　絶望の淵から

1

一九〇九（明治四二）年に入る。もう啄木の死まで三年三ヵ月余しか残っていないのだが、いうまでもなく、本人は彼の死までそれほどに短い期間しか残されていないことを知らなかった。しかし、この三年間余の時期、ことに最後の二年余の期間こそが、啄木がもっともその天賦の才能を成熟させ、彼の業績が一世紀以上経た今日まで読み継がれることとした時期であった。

この年の「伝記的年譜」には次のとおり記載されている。

「一月一日「スバル」創刊。啄木は発行名義人。発行所を平出修の法律事務所である東京市神田区北神保町二番地においた。この月啄木は第二号の編集を担当、その発行準備にあたる。一月九日、森鷗外宅での観潮楼歌会。この日初めて斎藤茂吉出席。歌会で啄木最高点をとる。「披露が済んで予が十九点、伊藤君が十八点、寛、高湛、勇の三人は十四点、その他――」（「日記」）

二月一日　啄木の編集した「スバル」第二号発行。誌上で平野万里と短歌論争をする」。

この記載の中で注目すべきは『スバル』誌上で「平野万里と短歌論争する」とある記事であろう。『スバル』は号当番にあたった者が一人で編集する取り決めであり、第二号の編集責任者は啄木であった。論争とは啄木が短歌を六号活字で小さく組んだことに対する平野万里の抗議をいう。これに対して、啄木は「「スバル」消息」という編集後記のような欄で次のとおり回答した。

「◎万里君の抗議に対しては小生は別に此紙上に於て弁解する所なし。つまらぬ事なればなり、唯その事が平出君と合議の上にやりたるに非ずして全く小生一人の独断なる事を告白致置候。平出君も或は紙数を倹約する都合上短歌を六号にする意見なりしならむ。然れども六号にすると否とは一に小生の自由に候ひき。何となれば、各号は其当番が勝手にやる事に決議しありたればなり。◎小生は第一号に現はれたる如き、小世界の住人のみの雑誌の如き、時代と何も関係のない様な編輯法は嫌ひなり。その之を嫌ひなるは主として小生の性格に由る、趣味に由る、文芸に対する態度と覚悟と主義とによる。小生の時々短歌を作る如きは或意味に於て小生の遊戯なり」。

これはすでに短歌は啄木にとって「悲しき玩具」にすぎない、という宣言であった。文芸は時代とかかわり、社会とかかわらなければならないという、啄木の覚悟と決意による。これは翌年、一九一一（明治四三年）一二月「東京朝日新聞」に発表した「歌のいろ〳〵」に詳しく述べられた思想だが、早くはこの「「スバル」消息」で宣言されていたわけである。

二月六日の日記。

「近頃下宿からの督促が急だ。

十二時起床、出かけようと思つてるところへ北原君が来たが、女中の間違ひで留守だと言つて返してしまつた、アトを追かけさせたが駄目、

それから予一人朝日新聞社に佐藤北江（真一氏）をとひ、明日の会見を約して〈初対面、三十円で夜勤校正に使つて貰ふ約束、そのつもりで一つ運動してくれるといふ確言をえて〉夕方かへる。

吉井へ寄ると、北原は来ないといふ、今日は森先生の歌会だが、予は用があつて行けぬといつて、吉井にことづてを頼んで帰宿。

日くれて一人浅草にあそび（辞典をうつて）活動写真を見、九時頃、いつか吉井とのんだ馬肉屋で十四銭で飯を食ひ、かへつて北原を待つたが来ず、十一時頃寝る」。

二月七日の日記。

「午前十時頃金田一君盛岡から帰つて来た、

さうかうしてると豊巻君が来、雑誌をかりて帰る、昼飯をくつて出かけて北原君をとひ、天プラを御馳走になる、今日は鈴木氏が不在だからといふので、辞して春陽堂にゆくと日曜で休み、約の如く朝日新聞社に佐藤氏をとひ、初対面、中背の、色の白い、肥つた、ビール色の髯をはやした武骨な人だつた、三分間許りで、三十円で使つて貰ふ約束、そのつもりで一つ運動してみるといふ確言をえて夕方ニコ〳〵し乍らかへる、此方さへきまれば生活の心配は大分なくなるのだ、

今日は万事好運で、そして何れもきまらぬ日であつた、

かへつて金田一君と話す、盛岡の娘たちが、農林校の支那人に参つてるといふ憤慨談、それから同君のために共に質屋にゆき、フロックその他で二十一円、今年初めて天宗へ行つて十二時まで天プラで呑み、大笑ひをしてかへつて寝る、

今日は昨日貰つた（書簡集）を五十銭にうつてあるいたのだ」。

二月八日の日記。

「今日は多事な日であつた、十時半起床、すぐ出かけて貸室をみてあるき、十二時頃春陽堂へ行つて編輯の本多といふ人にあひ一時間談判の結果、嘗てやつておいた（病院の窓）稿料二十二円七十五銭（一枚二十五銭に値切られた）を貰ひ、すぐ北原君へゆき、喜んで貰ふ、又すぐ二人で永田町二ノ二十七に鈴木鼓村氏をとひ、初対面、面白い人、（鳥影）のことを頼み、四時間遊び、朝飯も昼飯もくはぬところへソバを御馳走になつて夕方辞す、

それから北原と二人で浅草にゆき、新松緑でのみ、ハヅミで或ソバ屋へつや子すみ子をよぶ、（例の葉書一件の女、顔を見ようぢやないかといふので）と、つや子は病気だといつてすみ子一人来た、そして予なことを察して女中をひそかにやつて姉貞子をよんだ！　貞子は米松と名告つて芸者になつてゐた！

末広屋といふへ行つて、四人で二時頃までのんだ、実に不思議な晩であつた、そして妹のすみ子（けい）は美人で、気持のよい程キビ〳〵した女、十八、　実に不思議な晩であつた、二人とも酔つてゐた、そしてとんだ宿屋へとまつてしまつた」。

貞子は植木貞子、京橋の踊りの師匠の娘、彼女の思慕に啄木が辟易し、彼女が啄木の留守中に日記と「天鵞絨」の原稿などを持ち去ったこと、彼女を罵倒した記述の頁を破って日記を返却したことなど、すでに記したとおりである。それはともかく、故郷の風土も、育ちも、境遇も、詩風もまるで違う北原白秋とこれほどに親しく交際していることが思いがけない感がする。互いに才能を認めていたのか、あるいは、気が合う性分だったのか。

とにかく、佐藤北江から回答があったのは二月二四日であった。同日の日記。

「記憶すべき日、

夜七時頃、おそくなつた夕飯に不平を起しながら晩餐をくつてると朝日の佐藤真一氏から手紙、とる手おそしと開いてみると二十五円外に夜勤一夜一円づゝ、都合三十円以上で東朝の校正に入らぬかとの文面、早速承諾の旨を返事出して、北原へかけつけると、大によろこんでくれて黒ビールのお祝、十時頃陶然として帰つて来た、

これで予の東京生活の基礎が出来た、！　暗き十ヶ月の後の今夜のビールはうまかつた」。

翌二五日の日記。

「午後朝日社に行つて佐藤氏に逢ひ、一日から出社のことに決定、出勤は午後一時頃からで、六時頃までとのこと、

夜、その旨を太田北原二君、与謝野氏、及び函館なる家族へ知らせてやつた、それから岩動君へ手紙、

羽織を質におき、古雑誌を売つて、坪仁子及び堀田秀子へ電報うつた」。太田は木下杢太郎の本名、太田正雄、坪仁子は小奴である。翌二六日の日記に「仁子から電報二〇デンカワセ云々、予は感謝する――」とある。堀田秀子は渋民村で代用教員をしていたころの同僚、「足跡」「道」に描かれている女教師のモデルといわれる。

翌二月二七日の日記。

「九時半頃出かけた、出かける前に母からと郁雨君から久振の手紙、郁君は病気がよいとのこと、そして母からの手紙のことについて書いてあつた、予の心は鉛――冷い鉛でおしつけられた様になつた、ああ母！　いとしい妻！　京子！

母は三月になつたら何が何でも一人上京すると言つて来た」。

啄木が家族を呼び寄せるためには、第二部第四章に書いているとおり、滞っている下宿代を精算しなければ下宿を出られないし、家族で暮らすには家を借りるか間借りをするか、しなければならないが、そのためにはその敷金も支払わねばならないし、函館からの旅費も工面しなければならない。函館で家族が思っているほど、事は簡単ではなかった。

同日の日記は次のとおり続いている。

「二十円の為替を受取つて三秀舎まで歩いて行つた、中西屋でオスカーワイルド論（アート　エンド　モーラリチー）を三円半に買つた！　何年の間本をかはぬ者の、あはれなる、あはれなる、あはれなる無謀だ！」。

この二〇円の為替は小奴から送られてきたものである。啄木も、このような経済的状況のなかで、本を買うことの無謀さは自覚している。しかし、彼は衝動的に買ってしまうことを如何ともできない性格であった。日記はさらに続く。

「二時頃一人岩動君をたづねたが駄目、

今日はパンの会なので先に一人ゆく、――両国へついたのは五時半だつた、誰も来てゐない、やがて太田が来、石井柏亭君が来、山本鼎君が来た、そして飲み且つくらひ、且つ語つた、そして九時半にそこを出て小雨の中を電車で浅草に行つたが、活動写真はもうハネてゐた、そして四人奥山の第三やまとでビールをのんだ、

そして帰りに四丁目で太田と二人スシを食つた、今日は太田と二人前はらつたのだ。

十二円五十銭許りしか残つてなかつた、

北原からハガキ、明日九時までに鈴木氏もくるから来いとのこと」。

吉田孤羊によれば、小奴には朝日に出勤するための羽織袴を必要とするために借金を頼んだはずだが、吉田の記述が間違っているのか、あるいは、羽織袴というのは啄木の見栄の口実なのか。おそらく後者であろう。

2

三月一日の日記には「九時少し前起きる、嚢中四十五銭、これではならぬとアート エンド モーラリチーを一円三十銭に売り、ツボへ感謝の電報を打ち名刺の台紙を購ふ」とある。ツボは坪仁子である。この本を買ったことはまったくの浪費であった。昼飯を食べてから出勤、佐藤氏に二、三の人に紹介され、社会部主任の渋川玄耳にも紹介されたようである。五時ころ初校の校正が終ると帰ってもよいと言われ、退社する。ずいぶん楽な勤めである。

三月二日付けで宮崎郁雨に長い書簡を書いている。次のようなことを知らせている。

「晦日が雨が降るなんか随分不景気な話だ。この月の僕の収入は春陽堂から無理やりにとつた原稿料二十二円七十五銭だけ――去年やつた原稿の分だ、登載前で出せぬといふのは無理に言つたので一枚二十五銭に値切られたのだ――そのうちから上京後初めて今朝出かけに傘などを買ひ、昨夜の会費も払つたので、十円だけ下宿屋に払つた。三四ヶ月が滞つてるところへ十円だけでは甚だ以てヒドイのだが、奇妙なことには此下宿では多少僕を信用してくれる、――信用はしてゐないかも知れぬが、他の人に対する様に出て行けがしのことは言はぬ………ヅキ〳〵頭が痛むので早く寝て枕の上で『オスカーワイルド、芸術と道徳』といふ本を読んだ。

この本のことを白状しよう。廿六日に太田から来てくれといはれて三秀舎にゆく時、懐中に五円札が四枚あつた。これをこまかくしなくては電車にのれぬ、何を買つてこまかくしようかと路々方々の店や勧工場を見ながら、何でも最も必要な、安い物を買ふつもりで、とう〳〵神田まで歩いてしまつた。そして東明館といふ勧工場も、買ひたい物が無数にあるに不拘、イヤ〳〵これよりも必要なものがある――と考へて何も買はずに出て了つた。そしてフラリと中西屋――書肆――へ入った。君、背皮の金文字が燦爛として何千冊の洋書の棚に並んでゐる前に立つたとき、僕は自分の境遇を忘れ、函館を忘れ、下宿屋のツケを忘れ、三秀舎を忘れ、………何もかも忘れた。忘れたのではない、それらを圧倒する或新しい気持に今が今までの堅い心を破られた。オスカーワイルドが最近英国詩人中の異彩であつたこと、その思想の世紀末的空気に充ちてゐることは多少聞いてゐた、そのワイルドの思想を覗ふべき一冊の紫表紙の本が鋭くも僕の目を射た、『高いに違ひない。馬鹿な、止せ、〳〵、』と胸の中で叫びながら、僕は遂に番頭に言つた――

『これはいくら?』

『三円五十銭でムいます。』

『それその通り高い!』と僕は胸の中で言つた。その癖、殆んど本能的に僕は財布を出して、五円札一枚を番頭の手に渡した! 君、許してくれ。既に何年の間、本といふ様な本を一冊も買ふことの出来なかつた僕の、哀れな、憐れな、愍れな欲望は、どうしても此時抑へることが出来なかつたのだ、『止せ』と思ひながら財布を出した」。

「そして其本を晦日の晩に読んで了つた。そして、昨日三月一日、朝のうちに近所の古本屋へ行つて一円三十銭に売つて来た。とう〳〵僕は二円二十銭の損をして了つた。――これは滑稽ではない、僕にとつて最も真面目な悲しみだ！」。

この書簡で私たちの心をうつ告白が最後に書かれている。

「君、モ一つ君に安心して貰ふことがある。僕は三年も田舎にゐて碌々本も読まなかつたオクレを、八ヶ月間かゝつて取返した。正直にいふが、去年上京する時、僕は小説家になつて屹度成功してみせる様なことを言つてゐたが、今から見ればアレは嘘だ。当時の僕は、生活に適合せぬ男だといふ、所謂現実暴露の悲哀の外に何も持つてなかつた。そして当時の僕には、自信も何もなかつたが、嘗てやらうと思つて、事情の為にやれなかつた文学をやつてみる外にモウ何の路も自分の前になかつた。が、それについての自信もなかつたよ。君の深大なる好意によつて三河丸に乗つたが、この薄暗い船室の中で、アノ晩僕は劇しく泣いたつけ。それは母や妻子や君らに別れたその悲みで泣いたのではない、『僕は小説を書けるだらうか？』といふ自ら自分を信用できぬその悲みに泣いたのだ」。

こうして終ったかにみえる書簡は、三月三日付け書簡に「前便のつゞき」として、じつはまだ続く。啄木は宮崎郁雨を相手に自己を告白する衝動を抑えられない。

「君、長く地方にゐて、読書に親しまず、煩瑣な俗事に労れてゐた為に、比較的明敏な僕の頭が少なからず衰へてゐた、沈滞してゐた。そして時代におくれてゐた。刻々に来る刺戟を摂取してそれを統一して行く力を失つてゐた。事物と事物の間の相違を鋭く看取する批評の眼も鈍つてゐた。そして又、田舎新聞でメ茶ク茶に書いたので、筆も悪く滑る癖がついてゐた。――以上は僕と同じく地方に年を過したものの免れえない衰退だ。――そして、そして、僕には自信がなかつた。有りよう筈がなかつた。僕は東京を征服せんとして来たのでなく、地方で敗れて逃げ戻つて来たやうなものであつた。時代思潮の大勢だけは、漠然乍ら僕自身も感じてゐた。然し乍ら、作物は其時代と作者自身の性格と結合して初めて生れるものだ。僕は現代の空気を呼吸しながらも、その空気と僕の性格との契合点若くは相違点が何処にあるかを知ることが出来なかつた。

一方に於て、同年輩の文学者の間で僕は生活に関する知識に於て最も豊富であつた。（つまり閲歴だ。これは君も是認するだらう。）だから、彼等の言動には僕からは小供らしく見えて仕方ない事が多かつた。

上京当時の僕は、今になつて回顧してみると、実に非常な臆病者だつた。自信のない者は常に内心臆病ならざるを得ない。だから、子供らしく見える奴等の言動までも、恥かしい話だが、僕は多少感服して見てゐた。――そして僕はお先真暗なので、その間の矛盾をどうともすることが出来なかつた！

五月から六月にかけて、僕は非常な速力で以て四篇の小説を脱稿した。（内一篇だけ今度新小説に出る。アトはその後間もなく売る気がなくなつて今猶手許にある。）僕はそれらを悪作だとは思へなかつた。然しだ、決して佳い作だとも思へなかつた――詰り何の自信もなかつたのだ、盲目だつたのだ」。

ここで注を加えれば、四篇の小説とは「菊池君」「病院の窓」「母」「天鵞絨」「二筋の血」の五篇中の四篇を指すであろう。「新小説」に出るはずだという作品は「病院の窓」と思われ、他の作品を「売る気がなくなつて」というのは事実に反する。いずれも持ちこんだが、掲載してくれる雑誌がなかった。これらの言葉は啄木の宮崎に対する見栄であり、弁解であろう。この書簡はまだ続く。

「そして一方には劇しい生活の苦痛がヒシ／＼と迫つてゐる。そして僕はその僕自身の生活をすら奈何ともすることが出来なかつた。

「自分」程自分にとつて甘いものはない。と共に、また、「自分」ほど自分にとつて意地悪いものはない。君、現代を荼毒《とどく》し尽した「自意識」は僕にもあつた、――生活上の知識の多いだけそれだけ、僕の自意識は強かつた。僕は人さへゐなければ自分で自分を批評し、呪咀し、冷罵し、鞭撻した。自己の性格のあらゆる点を知りつくして、而してその性格を奈何とすることの出来ない時ほど人間の苦しい時はない。僕は過去に隠れたかつた。モウ前に進む勇気も方角もないのだから、恋しいものは過去だけしかなかつた。僕は時々泣いた。

そして幾回か死なうと思つた。そして死ねなかつた。幾回かまた田舎に引込まうと思つた。そして引込めなかつた。人に対しては飽迄東京でやると言つた。また、その時は自分でもその積りだつた。然し、いかにして東京でやる積りだつたか？　君、僕には一の自信もなかつたのだ！」。


この書簡はまだ続き、平野万里、吉井勇らの批判などを語っているが、省略する。ここには、真摯な自己反省と過去を克服した自信とがないまぜになっている。おそらく朝日新聞に定職を得て、啄木は自己を顧み、今後の生き方にかなりの自信を回復したのではないか。

3

東京朝日新聞に校正係としてでも就職し、定収入を得たとはいえ、三月二五日の日記には「今日は社の月給日、二十五円受取つて、そして一目見ただけで佐藤氏に返して了つた。前に借りてゐたつたので、イヤな日だつた」とある。朝日新聞に就職するとすぐ月給の前借を申し入れたが、まさか会社としては前借を認めないので、佐藤真一から借り、三月分の俸給分を佐藤に返済したわけである。三月分の月給が手に入らなければ、四月はどう生活するか。四月分を前借する他はない。四月分を前借すれば、四月の月給日には五月の給料を前借することとなる。こうして、つねに前借して生活することが、彼の死まで続くこととなる。

それにしても、生活が安定し、東京の交友により、精神が落着いたせいか、文章も明晰になる。啄木は「岩手日報」に五月二六日・二七・二八日、六月一・二日の五回、「胃弱通信」と題する連載を寄せている。すでに引用した散文「一握の砂」に続く文章である。第二回の小樽を札幌と比較した感想を紹介したい。

「◎小生嘗て小樽に在りたる事あり。小樽は現在北海第一の呑吐港《どんとこう》としての外に、又北海道中家賃と徴税率の最も高く、且つ人気の頗《すこぶ》る悪き処を以て知らる。特に其街路の悪き事に至つては、蓋し全国一なり。

◎一雨到れば、全市殆んど泥沼《でいせう》に化し、普通の足駄など全然《まるで》役に立たず、若し夫れ秋の終り春の初め、雪の将《まさ》に降らむとし、又消えむとするに当りてや、男女共に膝に達する長靴を穿つに非ずんば、足袋若《も》しくは衣服の裾を汚す事なくして歩行する事能《あた》はず候。
◎其比類なき悪路を、小樽人は物の数ともせずに疾駆しつゝあり。然り、小樽人は歩行せず、常に疾駆す。小樽の生活競争の劇甚なる事、殆んど白兵戦に似たり。其生活の調子の男性的にして急調なる事、爽快、勇壮、歓呼の趣を通越して、却《かへ》つて悲壮の感を与へむとす。彼等は休息せず、又歌はず、又眺めず。唯疾駆し、唯驀進《ばくしん》す。「疾駆する小樽人」の心臓は鉄にて作りたる者の如し。
◎之を大道坦々として行人皆歩み静かなる札幌と比較するに及んで、旅行家は初めて北海民情の二大特色を了解すべし。一は自然と戦つて遂に自然と調和するに畢《をは》り、一は人間と人間と闘つて遂に自然の掣肘《せいちう》を凌駕せむとす。而して札幌は都市として既に一箇の既成品にして、其風貌宛然《さながら》整頓せる農園を司配する中老の大地主の如く、小樽は都市としては未だ一箇の未成品……最も有望なる未成品にして、其性格恰も活力満々たる壮年の市民の如きを覚え候。
◎札幌が既成品にして小樽は未成品なりてふ事は、小生をして甚大なる興味を惹起せしめ候。説明なき鳥瞰景《バードブユー》的観察は間々正鵠《せいこく》を失する事あるものなれど、札幌は既成品なるが故に、都市として過去の理想を体現し、小樽は未成品なるが故に、都市として未来の理想に進みつゝありとも言はば言ふべきか。
◎札幌の比較は又都市経営に主要なる一のサゼッションを与ふ。平和にして美しく、能《よ》く整頓せられたる札幌は牧歌的色彩に富めるハイドンの音楽の如く、雑然として一の装飾なく、底止する処を知らざる勢ひを以て刻々に膨脹しつゝある小樽は、冷静なる態度を以て驚くべき精神的革命を企てたるマクス・ノルダウの論文の如し。而してハイドンの楽は漸く忘られて、ノルダウの説には科学的予言と称すべき種々の題目を含む。十九世紀の殆んど凡ての詩人と思想家とを精神病者なりと診断したる此科学的批評家は、蓋し亦小生と共に、札幌人の平和なる晩餐会の招待を辞して、車馬泥濘を飛ばして奔馳《ほんち》する小樽の街頭に「歌はざる小樽人」と握手せむとするなるべし」。

以下は略すが、かつて、啄木が書きはじめて未完に終った「北海の三都」と比べて、その明晰な筆致の進歩は歴然たるものがある。『一握の砂』中の「歌ふことなき」小樽の人々は、啄木にとって小樽への讃歌であったことを教えられるであろう。なお、マックス・シモン・ノルダウはブダペスト生まれの物理学者、作家、同時代の分析をしたことで知られている。ただし、札幌をハイドンに比し、小樽をノルダウに比するのは鬼面人を驚かす感がある。ハイドンが忘れられたというのは啄木の無智か、そうでなければ、しいてノルダウを権威づけるために筆が滑ったのであろう。盛岡に関する感想がこの文章の第四回にふくまれているので紹介する。

「◎質朴、地味、乃至温良等は由来盛岡人の美徳と称せらる。然り、これを関西人の浮佻《ふてう》軽薄、何等味ふべき道徳的情趣を有せざるに比して、美徳は乃ち美徳なりと雖ども、若し中心剛毅果敢の気を蔵するなくんば、要するに亦微温的、室内的気質の、偶々東洋道徳の一面と触接する点に与へられたる空名に過ぎず」。

「函館日日新聞」には七月二五日から八月五日までの間、九回にわたり、「汗に濡れつゝ」という随想を寄稿している。この随想には前にも一部ふれたことがあるが、九回のどれを採っても興趣ふかい文章である。第五回に次の文章を載せている。

「▲氷は冬の物である。それを夏になつてから食ふとは面白い事である。太古《むかし》の人類は無論こんな事を為なかつたに違ひない。家来に高山の巓《いただき》から融け残りの雪を持つて来さして食ふ位の事は為《し》たかも知れぬが、今の様にして氷を食ふ事は知らなかつたに違ひない。それが段々人智が進んで来て、冬に出来た氷を、或る装置（自然力の侵入を防ぐ為の）をした庫《くら》の中に蔵つて置いて、夏になつてから取出して喰ふ様になつた。その次には、それをモ少し大仕掛にやつて売出す事になつた。▲所有権の無い氷を勝手に切出して来て、自然力以外の場処に隠して置く氷の貯蔵者は、とりも直さず自然に対して贓物隠匿罪《ざうぶついんとくざい》をやつてゐる様なものである。同じ言ひ方をすれば、氷屋も亦情を知つて其物《それ》を買ひ更に売るのだから、自然の罪人たる事は拒《こば》まれない。若し夫れ氷の需要者たる我等一汎人に至つてはその罪更に重い。自然は其一糸乱れざる運動を続け、その愛する処の万象を生育させんが為に、時あつて暑熱を地上に投げる。所詮自然界の一生物に過ぎぬ我等人類は、矢張おとなしく其天地の大規に服従すべきであるのに、何の事ぞ、氷を用ひて其暑熱を避けようとする。我等が氷を嚙んでゐる時は、即ち我等が自然に対して反逆してゐる時である。氷を嚙んで『あゝ涼しくなつた。』といふのは、取も直さず自然を嘲笑して遺憾のない声である。更にその氷を嚥下し易からしめむが為に砕片《さいへん》とし、味覚の満足を得んが為に砂糖とか檸檬《レモン》とか蜜柑とかを調和して呑むに至つては、人間の暴状も亦極まれりと言ふべしである。

▲更に近頃では、自然の製産を盗む許りでなく、其の力の一部分迄も盗み来つて、如何なる炎暑の日にも立所に氷を製造する者がある。これらは宜しく彼の旋風器の発明者と共に、電力盗用者、若《も》しくは会社の資金を流用して相場に手を出す手合と同罪に断ずべきではないか」。

これは冗談のように読者の笑を誘う話題を提供しているようだが、啄木は本気で彼の意見を述べているのである。第六回の冒頭は次のとおりである。

「▲から言つて来ると、無暗《むやみ》に辻褄の合はぬ事を喋《しやべ》くつて喜んでる様だが、人類文化の歴史は要するに人類が自然に対して試みてゐる反逆の歴史である。予は唯その反逆が極めて瑣末の事にも行はれてゐて、そして、誰もそれを反逆と気が付かぬといふ事に興味を有《も》つた丈の事である。然り、唯興味を有つた丈である」。

興味をもっただけのことだというけれども、啄木の立場は現在のナチュラリストと同じ立場からの発言なのである。人類の自然に対する反逆を咎めているのである。ついで、啄木は、避妊について、種の保存という自然律に対する反逆だと続けている。

話題を変える。小説が売れず、閉塞感から彼が自死を考えていた時期、最後に北江こと佐藤真一の好意によって朝日新聞に校正係として就職が決まると、函館で宮崎郁雨の世話になっていた家族がこの年六月一六日、上京してきた。啄木一家は、本郷区弓町二丁目一七番地新井こう方、通称、喜乃床の二階、六畳二間に寓居することとなった。

この家族の上京のため、啄木が後に書いているように、「一時脱れてゐた重い責任が、否応なしに再び私の肩に懸つて来た」という状況となった。啄木の「借金メモ」といわれるものは、この家族の上京のすこし前に書かれたものと推定されている。これによれば、総合計一、三七二円五〇銭、渋民の知人からの借金が小計一五四円、これには父一禎からの一〇〇円をふくんでいる。啄木が父親からうけとった金額も借りたものという意識をもっていたことは興味ふかい。盛岡の知人たちからの借金の小計が二八三円、仙台関係の借金が土井晩翠からの一〇円と大泉旅館の七円五〇銭とあるのは、大泉旅館の宿料は土井晩翠が支払ったことを知らなかったためであろう。北海道の知人からの借金の小計は四八三円、これには宮崎郁雨からの借金を一五〇円計上しているが、啄木の上京後、カツ、節子ら家族の面倒をみた費用はふくまれていないし、数知れず借りた金額の合計としては一五〇円は少なすぎるように感じられる。一部は貰ったこととして、計上していないのではないか。釧路の小奴からの借金は二五円とある。これは朝日新聞社に入社が決まったときに電報為替で送ってもらった金額かもしれないが、釧路新聞社における彼の月給一ヵ月分にひとしい。東京関係の借金の小計が四三五円である。これには蓋平館の一三〇円が計上されているので、まだ蓋平館に滞在中にこの「借金メモ」が作られたと推定されるわけである。東京関係では北原白秋から一〇円、木下杢太郎から一円などの他、金田一京助からの借金は一〇〇円と計上されている。しかし、これには、赤心館時代、金田一に寄食していた費用はふくまれていないであろう。それらを計上しなくても、一、三七二円五〇銭という金額は驚くべき数字である。朝日新聞社からの月給を二五円とすれば五五ヵ月分、五年間の給料の総額に近い。啄木は借金の天才であった。また、いろいろ嘘もついているけれども、貸す側からみると、貸さねばならないという衝動を覚えさせる魅力ないし魔力をもっていたのであろう。さらにいえば、このようなメモを作っていたことは何時の日か返済したいという気持があったからであろう。このメモを作成してみて、啄木は到底返済できる金額ではないことを思い知り、ふかぶかと嘆息したかもしれない。そう考えると、いたいたしい気分に私は襲われるのである。

さて、この年、「岩手日報」一〇月五日から一一月二一日まで二八回、掲載された「百回通信」も当時の啄木の思想を語っている。第九回の一部を引用する。

「◉昔は民衆の頭上に少数者の圧迫ありき。少数為政者の専権は近代民主的思潮によりて其根柢を洗ひ去られたり。而して未だ幾何《いくばく》もなく、吾人は茲に新たに多数者の圧迫を見る、此の圧迫と彼の圧迫と、何《いづ》れが多く民衆の不幸たるやは小生の今言はむとする処にあらず。唯斯《か》くの如きは事実なり。事新しくイプセンの『社会の敵』を引きて彼れ是れとやかましく論ずる迄もなし。

◉小生は、相携へて新時代の傾向に従はむとする青年に対する教育者流の態度を見る毎に、茲に民衆的勢力、即ち多数者の圧迫の如何に残酷なるかを思ふ」。

以下は第二二回の岩野泡鳴に関する感想であり、いささか長いが重要な論説と考えるのであえて引用する。

「◉泡鳴君小説『耽溺』を著し、且つ曰く、時人奈翁の英雄たるを知りて未だ『耽溺』の主人公の英雄たるを知らずと。予よく其意を解し、而して又、斯く言へる泡鳴君自身も亦一種の英雄なりと思へり。斯く思へる時、予の心には涙ありき。その涙は利己の涙なりき。然も必ずしも冷かなる涙に非ざりき。

◉然り、少くとも君は『人』なり。自ら欺く事を成し能はざる人也。其文学的事業の価値は茲に言はず、少くとも詩人泡鳴てふ一個性の存在は、明治文明の一意義を語りて永遠の味ひあり。一切の衣服を脱し、所謂ふりまらにて躍り出したる彼の姿は、笑ふには余りに真面目なり。憎むには余りに正直也。彼は突如として自分の豪き事を知りたる人也。豪くならんとして豪くならざる途を歩み来れる者は予なりき。

◉彼の説く『現実』は、現実の現実に非ずして理想の現実也。これ彼の言を味はふに於て必ず知らざるべからざる事也。然り、彼は世に最も性急なる理想家也。恐らく彼の如く性急なる理想家は在らじ。予彼の文を読む毎に、其処に、『限りなき抑圧を享けたる理想』の獅子の如く唸れるを聴く。彼嘗て、読売新聞社新築落成の日、其屋上の時計台に登り、乃ち時計台より飛下りる気持を説く。これ予が明治の詩壇より聞ける最高の詩なりき。而してそは実に英雄の詩なりき。抑圧せられたる理想の将《まさ》に爆発せんとしたる鳴動なりき。

◉君の文壇を去りて北海に蟹の缶詰業を創めむとすと聞くや、予潜《ひそ》かに心に頷きて、以て深く快としたり。そは故人二葉亭氏の露国に行くと聞ける時の気持に近かりき。然れども、故人は暗き人なりしが、君は明き人也。予の感にもそれだけの相違はありし也。而して予は初めより其事業の失敗に終るべきを予想したり。唯その成否の如何に関せず、其挙そのものが予の全身の同感を傾くるに足るの挙たりき。案の如く君は北溟に失敗して、帰路我が故郷の初冬に会へり。寄語す。泡鳴君足下。感如何」。

岩野泡鳴は私が少年のころから愛読した作家であった。泡鳴はまた、私が愛読した中原中也の愛した詩人であった。ここに、二葉亭と並んで、啄木の泡鳴観を読み、私として感慨ふかいものがある。

「百回通信」で目立つのは伊藤博文が暗殺されたさいの記事である。

「◉十月二十六日、天曇る。午後三時を過ぐる霎時《せふじ》、飛報天外より到りて東京の一隅には時ならぬ驚愕を起したり。疑惑の声、驚悼《きやうたう》の語、刻一刻に波及して、微雨一過、日漸く暮れんとする頃には、『号外』の呼声異常の響を帯びて満都に充ち、人心忽ち騒然、百潮の一時に湧くが如く、老幼貴賤を論ぜず、皆斉しく此国民的凶報に喪心したり。然り、これ実に日本国民を驚殺するに足るの凶報たるのみならず、又同時に世界的大事変たり。而して本日は実に此報道が、帝国領土の隅より隅に迄伝へられて、随処に哀哭の声を漲らすべき日なり。

◉噫、伊藤公死せり！」。

いうまでもなく、伊藤博文の業績については日韓併合の推進などをはじめ、現在になっては、批判されるべき面が多い。しかし、啄木はまさに伊藤を英雄視する明治という時代の枠を超えていなかった。伊藤博文の死については一六回から一八回までくりかえし書き、「いにしへの彼《か》の外国《とつくに》の大王の如くに君のたふれたるかな」など五首の歌を捧げている。第二〇回の永井荷風批判も同じ視点に立つといってよい。

「◉荷風氏の作物中、その所謂非愛国的傾向の最も顕著なるものを『新帰朝者の日記』の一篇とす。これ名の如く一新帰朝者（乃《すなは》ち氏自身）の日記を借りて現代日本文明を露骨に無遠慮に批評したるものに候。

◉小生は最初此日記を読むに当り、随所に首肯せざるを得ざる幾多の冷罵を発見いたし候。何となれば小生自身も亦現代日本文明に対して満足する能はざる一人に候へば也。然も一度読了するに至りて、小生は非常なる失望――否寧《むし》ろ此作物に対する非常なる厭悪の情を禁ずる能はず候ひき。

◉一言にして之を言へば、荷風氏の非愛国思想なるものは、実は欧米心酔思想也。も少し適切に言へば、氏が昨年迄数年間滞在して、遊楽これ事としたる巴里生活の回顧のみ。彼は日本のあらゆる自然、人事に対して何の躊躇もなく軽蔑し嘲笑す。而して、二言目には直ちに巴里の華やかさを云ふ也。

◉譬へて言へば、田舎の小都会の金持の放蕩息子が、一二年東京に出て新橋柳橋の芸者にチヤホヤされ、帰り来りて土地の女の土臭きを逢ふ人毎に罵倒する。その厭味たつぷりの口吻其儘に御座候。而して荷風氏自身は実に名うての富豪の長男にして、朝から晩まで何の用もなき閑人たる也。

◉日本人の多数が保持する道徳形式に満足する能はざるは小生も亦同感也。日本の国土、社会の現状に満足する能はざるも同感なり。小生も嘗て日本に生れたるを以て小生自身の最大なる不幸なりと思惟したる時代ありき。然し乍ら我等は遂に日本人なり。何処に行きたりとて日本人なり。漫然祖国を罵りたりとて畢竟何《ど》うするものぞ。

◉小生は日本の現状に満足せず。と同時に、浅層軽薄なる所謂非愛国者の徒にも加担する能はず候。在来の倫理思想を排するものは、更に一層深大なる倫理思想を有する者ならざる可らず。而して現在の日本を愛する能はざる者は、また更に一層真に日本を愛する者ならざる可らず。小生は、荷風氏の作物を得て、旱天雲翳を望みたるが如く喜べる一部の青年を慫れまずんばあらず候」。

この啄木の論理は混乱している。非愛国的であることと欧米心酔とは関係ない。「譬へて言へば」の章の如きはいわば下種の勘繰りである。啄木は「新帰朝者の日記」の「随所に首肯せざるを得ざる幾多の冷罵」を発見したという。荷風の感想の随所に同感せざるをえなかったにもかかわらず、荷風が愛国的でないことに啄木は反撥したのである。じっさい、啄木は「新帰朝者の日記」を正確に読んでいない。この永井荷風の作品は「田舎の小都会の金持の放蕩息子が、一二年東京に出て新橋柳橋の芸者にチヤホヤされ、帰り来りて土地の女の土臭きを逢ふ人毎に罵倒する。その厭味たつぷりの口吻其儘に御座候」などというものではまったくないことは一読すればはっきりしている。この当時の啄木は、伊藤博文の訃報に接したときと同様に、愛国者であった。一面で荷風の日本の近代文明の批判に同感しながらも、反面で、国粋主義的であり、普遍的な倫理、道徳を求めていなかった。あるいは、この荷風の作品に対する非難は、富裕な家庭に育ち、アメリカ、フランスに旅行できるような人物に対する反感と羨望によるのではないか。

なお、荷風の「新帰朝者の日記」が発売禁止になったことに関連して、『スバル』一二月号に掲載された「きれぎれに心に浮んだ感じと回想」の末尾に次のとおり書いていることを付記しておきたい。

「国家！　国家！

国家といふ問題は、今の一部の人達の考へてゐるやうに、そんなに軽い問題であらうか？（啻《ただ》に国家といふ問題許りではない。）

昨日迄、私もその人達と同じやうな考へ方をしてゐた。

今、私にとつては、国家に就いて考へる事は、同時に「日本に居るべきか、去るべきか」といふ事を考へる事になつて来た。

凡ての人はもつと突込んで考へなければならぬ。今日国家に服従してゐる人は、其服従してゐる理由に就いてもつと突込まなければならぬ。又、従来の国家思想に不満足な人も、其不満足な理由に就いて、もつと突込まなければならぬ。

私は凡ての人が私と同じ考へに到達せねばならぬとは思はぬ。永井氏は巴里に去るべきである。然し私自身は、此頃初めて以前と今との徳富蘇峯氏に或連絡を発見する事が出来るやうになつた」。

この同じ随想の中には「長谷川天渓氏は、嘗て其の自然主義の立場から「国家」といふ問題を取扱つた時に、一見無雑作に見える苦しい胡麻化しを試みた。（と私は信ずる。）謂ふが如く、自然主義者は何の理想も解決も要求せず、在るが儘を在るが儘に見るが故に、秋毫《しうがう》も国家の存在と牴触する事がないのならば、其所謂旧道徳の虚偽に対して戦つた勇敢な戦も、遂に同じ理由から名の無い戦になりはしないか」と批判している。この年の秋から冬にかけて「国家」を啄木は意識するようになったかにみえる。

この長谷川天渓が「嘗て其の自然主義の立場から「国家」といふ問題を取扱つた」評論とは前年、一九〇八（明治四一）年六月『太陽』に発表した「現実主義の諸相」と題する評論ではないか。この第二章「国家主義」において長谷川は「吾れ等にとりて、最も正確なる事実は、自己の存在と四辺の事物である。故に吾が人生に処する道の端緒は、個人の生存を全ふすると言ふ点に外ならぬ。斯くの如くして生活することは、哲学者や、倫理学者の称する個人主義といふものであらう。而して其の自我保存、または自我発展に関しては、幾多の議論も非難もあるであらうが、其れ等は要するに、言論の上のことで、実際上に於いては、此処を発足点とする程安全なことはあるまい。何故なれば、此の自我なるものは、我れ一身内に跼蹐することなく、暫次に其の領域を拡張するからである」という。

ここで、長谷川は自我の拡張を説いた後に次のとおり述べている。

「吾れ等は、日本に生れた。此の事実は動かすことは出来ぬ。五千万の同胞は、万世一系の皇室を戴き、二千六百年の歴史と同じ空気、同じ山川、同じ思想に育てられた。この現実の上に立てられた日本主義は、外国人にこそ合はぬかも知れぬが、吾れ等には漆合する。斯個人の自我は、この国家主義を抱いて、而も現実とは何等の衝突をも見ぬ。我れ等は日本人であるから、日本々位の種々なる運動や、思想と、必ず一致しなければならないのである。乃ち此の自我を日本帝国といふ範囲まで押し拡げても、毫も現実と相離れ、或は矛盾するやうのことは無い」。この評論の結論として、長谷川天渓は「元来自然派の文芸は、現実に重を置く故に、当然の結果として、国民性の表現とならねばならぬ」と結んでいる。啄木が問題にした長谷川天渓の評論がこれでなくても、同じような思想を語っている評論に啄木は反撥を感じたのであった。

「百回通信」に戻ると、もう一つ、何としても注意しておきたい章がある。第二三回の一節を引用する。

「◉世には社会主義とさへ言へば、直《すぐ》に眉をひそむる手合多く候。然し乍ら、既に立憲政体が国民の権利を認容したる以上、其政策は国民多数の安寧福利を目的としたるものならざる可らざる事勿論に候。此第一義にして間違ひなき限り、立憲国の政治家は、当然、社会主義と称せらるゝ思想の内容中、其実行し得べきだけを採りて以て、政策の基礎とすべき先天の約束を有する者と可申候。謂ふ心は聖代の恩沢を国の隅々まで行き亘らせよといふ而已《のみ》。◉若し之に反して、其政策が少数富豪貴族を利するに偏する様の事ともなれば、啻《ただ》に立憲の趣旨に戻るのみならず、治国の真諦を没し、従つて国民全般に対して其国民としての義務を尽すを要求する能はざる理論上の破綻に到着致すべく、延《ひ》いては其破綻が単に理論上の破綻たるに止まらざるに到るべきものに候。是等は自明の理にて中学の生徒も猶よく知る所に候へ共、社会主義を恐怖する人々の謬想《びうさう》を愍れむの余り一言致し候。凡そ野に吠ゆる虎も之を自家の檻に養うて久しければ、遂に馴るゝ者に候。理も非もなく社会主義といふ声に怖毛《おぢけ》を顫ふは、二十世紀の今日に五十年前の攘夷論を繰返すと同じく、愚の最も愚なるものと可申候」。

この時点における啄木は英国的な社会改良主義に期待していたようである。革命というような思想はまだ萌芽も認められない。

「東京毎日新聞」の一九〇九（明治四二）年一一月三〇日から一二月七日までの間、「弓町より」と題され「食ふべき詩」として七章にわたり発表された評論は、おそらくわが国の詩史上もっとも重要な詩論であり、画期的な詩論であると思われる。

「詩といふものに就いて、私は随分、長い間迷うて来た。啻に詩に就いて許りではない。私の今日迄歩いて来た路は、恰度《ちやうど》手に持つてゐる蠟燭の蠟の見る〳〵減つて行くやうに、生活といふもの丶威力の為に自分の「青春」の日一日に減されて来た路筋である。其時々の自分を弁護する為に色々の理窟を考へ出して見ても、それが、何時でも翌る日の自分を満足させなかつた。蠟は減り尽した。火が消えた。幾十日の間、黒闇《くらやみ》の中に体を投出してゐたやうな状態が過ぎた。やがて其暗の中に、自分の眼の暗さに慣れて来るのをじつとして待つてゐるやうな状態も過ぎた。

さうして今、全く異なつた心持から、自分の経て来た道筋を考へると、其処に色々言ひたい事があるやうに思はれる」。

この文章は、このようにはじまり、初期において空想によって詩作していたことから回想するのだが、これはすでに引用したので、くりかえさない。啄木は言う。

「二十歳の時、私の境遇には非常な変動が起つた。郷里《くに》に帰るといふ事と結婚といふ事件と共に、何の財産無き一家の糊口《ここう》の責任といふものが一時に私の上に落ちて来た。さうして私は、其変動に対して何の方針も定めることが出来なかつた。凡そ其後《そののち》今日までに私の享《う》けた苦痛といふものは、すべての空想家――責任に対する極度の卑怯者の、当然一度は享けねばならぬ性質のものであつた。さうして殊に私のやうに、詩を作るといふ事とそれに関聯した憐れなプライドの外には、何の技能も有《も》つてゐない者に於て一層強く享けねばならぬものであつた」。

「詩を書いてゐた時分に対する回想は、未練から哀傷となり、哀傷から自嘲となつた。人の詩を読む興味も全く失はれた。眼を瞑《ねぶ》つた様な積りで生活といふもの丶中へ深入りして行く気持は、時として恰度《ちやうど》痒《かゆ》い腫物《しゆもつ》を自分でメスを執つて切開する様な快感を伴ふ事もあつた。又、時として登りかけた阪から、腰に縄を付けられて後ざまに引き下される様にも思はれた。さうして、一つ処にゐて段々其処から動かれなくなるやうな気がして来ると、私は殆んど何の理由なしに自分で自分の境遇其物に非常な力を出して反抗を企てた。其反抗は常に私に不利な結果を齎《もたら》した。郷里から函館へ、函館から札幌へ、札幌から小樽へ、小樽から釧路へ――私はさういふ風に食を需《もと》めて流れ歩いた。何時しか詩と私とは他人同志のやうになつてゐた。会々《たまたま》以前私の書いた詩を読んだといふ人に逢つて昔の話をされると、嘗て一緒に放蕩をした友達に昔の女の話をされると同じ種類の不快な感じが起つた。生活の味ひは、それだけ私を変化させた。「――新体詩人です。」と言つて、私を釧路の新聞に伴れて行つた温厚な老政治家が、或人に私を紹介した。私は其時程烈しく、人の好意から侮蔑を感じた事はなかつた」。

こうして回想する啄木には過去の自己を客観的にみる眼と無残なほどの自嘲、自責がある。現代において「詩」とはどういうものでなければならないか、を啄木はそうした立場から考え直した。それがこの詩論を画期的なものとした所以であろう。途中を省略して続ける。

「遂に、あの生活の根調のあからさまに露出した北方植民地の人情は、甚だしく私の弱い心を傷つけた。

四百噸足らずの襤褸船《ぼろぶね》に乗つて、私は釧路の港を出た。さうして東京に帰つて来た。帰つて来た私も以前の私でなかつた如く、東京も亦以前の東京ではなかつた。帰つて来て私は先づ、新らしい運動に同情を持つてゐない人の意外に多いのを見て驚いた。といふよりは、一種の哀傷の念に打たれた。私は退いて考へて見た。然し私が雪の中から抱いて来た考へは、漠然とした幼稚なものではあつたが、間違つてゐるとは思へなかつた。さうして其人達の態度には、恰度私自身が口語詩の試みに対して持つた心持に似た点があるのを発見した時、卒然として私は自分自身の卑怯に烈しい反感を感じた。此反感の反感から、私は、未だ未成品であつた為に色々の批議を免れなかつた口語詩に対して、人以上に同情を有つ様になつた。（中略）

その間に、私は四五百首の短歌を作つた。短歌！　あの短歌を作るといふ事は、言ふまでもなく叙上《じよじやう》の心持と齟齬《そご》してゐる。

然しそれには又それ相応の理由があつた。私は小説を書きたかつた。書くつもりであつた。又実際書いても見た。さうして遂に書けなかつた。其時、恰度夫婦喧嘩をして妻に敗けた夫が、理由もなく子供を叱つたり虐めたりするやうな一種の快感を、私は勝手気儘に短歌といふ一つの詩形を虐使する事に発見した。

やがて、一年間の苦しい努力の全く空しかつた事を認めねばならぬ日が来た。

自分で自分を自殺し得る男とはどうしても信じかね乍ら、若し万一死ぬ事が出来たなら……といふ様な事を考へて、あの森川町の下宿屋の一室で、友人の剃刀《かみそり》を持つて来て夜半潜かに幾度となく胸にあてゝ見た……やうな日が二月も三月《つき》も続いた。

さうしてる間に、一時脱れてゐた重い責任が、否応《いやおう》なしに再び私の肩に懸つて来た。

色々の事件が相ついで起つた。

「遂にドン其処に落ちた。」斯うい言葉を心の底から言はねばならぬやうな事になつた。と同時に、ふと、今迄笑つてゐたやうな事柄が、すべて、急に、笑ふ事ができなくなつたやうな心持になつた」。

私は啄木に小説を書く才能がなかったとは考えない。自然主義という当時に文学的思潮から自由な立場で「天鵞絨」を読めば、これが明治期における珠玉の短篇小説の一であることが理解できるはずである。もちろん、啄木の小説には未完の作品や失敗作も多いことは事実ではあるが、当時の文学的思潮を考慮することなく、啄木の個性を発揮させるような編集者に恵まれていたなら、小説家としても大成したにちがいない、と私は確信している。ただし、大成するためには彼が結核に冒されていたことは致命的だが、それでも後代に残る作品をかなりの数、残すことができたろうと考える。

ここから第五章に入り、はじめて彼の詩論が展開される。

「「食《くら》ふべき詩」とは電車の車内広告でよく見た「食ふべきビール」といふ言葉から思ひついて、仮に名づけたまでゝある。

謂ふ心は、両足を地面《ちべた》に喰《く》つ付《つ》けてゐて歌ふ詩といふ事である。実人生と何等の間隔なき心持を以て歌ふ詩といふ事である。珍味乃至《ないし》は御馳走ではなく、我々の日常の食事の香の物の如く、然《しか》く我々に「必要」な詩といふ事である。——斯ういふ事は詩を既定の或る地位から引下す事であるかも知れないが、私から言へば我々の生活に有つても無くても何の増減のなかつた詩を、必要な物の一つにする所以《ゆゑん》である。詩の存在の理由を肯定する唯一つの途である」。

啄木のいうところは、詩を日常の家常茶飯の中に発見することである。道徳・倫理の解放でもなければ、見捨てられていた路傍に美を発見することではない。しかし、我々の食事の「香の物」のように、ご馳走でなくても、我々の生活に必要なものだという。啄木はまた第六章でいう。

「新しい詩に対する比較的真面目な批評は、主として其用語と形式とについてゞあつた。然《しか》らずんば不謹慎な冷笑であつた」。「無論、用語の問題は詩の革命の全体ではない。そんなら（一）将来の詩はどういふものでなければならぬか。（二）現在の諸詩人の作に私は満足するか。（三）抑も詩人とは何ぞ」と彼は問いかける。この第三問の回答こそ私が啄木が卓越した詩論家だと考える所以だが、「詩人は先第一に「人」でなければならぬ。第二に「人」でなければならぬ。第三に「人」でなければならぬ。さうして実に普通人の有つてゐる凡ての物を有つてゐるところの人でなければならぬ」と啄木は答え、「今迄の詩人のやうに直接詩と関係のない事物に対しては、興味も熱心も希望も有つてゐない——飢ゑたる犬の食を求むる如くに唯々詩を求め探してゐる詩人は極力排斥すべきである」「無論詩を書くといふ事は何人にあつても「天職」であるべき理由がない。「我は詩人なり」といふ不必要な自覚が、如何に従来の詩を堕落せしめたか」という。

「即ち真の詩人とは、自己を改善し、自己の哲学を実行せんとするに政治家の如き勇気を有し、自己の生活を統一するに実業家の如き熱心を有し、さうして常に科学者の如き明敏なる判断と野蛮人の如き卒直なる態度を以て、自己の心に起り来る時々刻々の変化を、飾らず偽らず、極めて平気に正直に記載し報告するところの人でなければならぬ」。

いいかえれば、啄木のいう詩人とは「自己の心に起り来る時々刻々の変化を、飾らず偽らず、極めて平気に正直に記載し報告するところの人」であり、たえず自己を改善し自己の哲学を実行する勇気をもち、自己の生活を統一する熱心をもち、明敏な判断力と率直な表現力をもった人でなければならない。家常茶飯に感じる心の変化を率直に語らねばならぬ、そして、そういう心の変化を感じとるにはたえず自己変革を心がけなければならない、という趣旨であろう、と私は理解する。自己が停滞しているならば、時々刻々の心の変化も看過するであろう。だから自己変革が必要なのだが、これは「詩人」だから感じられることではない。誰もが感じている普遍的な心情である。これをくみとって表現を与えるのが詩であり、そういう表現者を他人が詩人とよぶのであって、自ら詩人と思うのは百害あって一利ない、と啄木は語っている。

第七章にいう。

「詩は所謂詩であつては可けない。人間の感情生活（もつと適当な言葉もあらうと思ふが）の変化の厳密なる報告、正直なる日記でなければならぬ」。

私は萩原朔太郎・三好達治・中原中也・立原道造ら、日本の近代詩、現代詩の代表的な作者たちは彼等自身を「詩人」であることを自負していたと考える。近代短歌、近代俳句の代表的作者も同様であると考える。宮沢賢治は彼の作品を「メンタル・スケッチ」と考えていたようだから、若干異なるというべきかもしれないが、啄木ほどに徹底していない。私はわが国の詩人・歌人・俳人が啄木の言葉に立ち返ってみることは決して無意味ではないと考える。

4

四月三日から六月一六日にかけて啄木は「ローマ字日記」にその生活と思想を記している。「ローマ字日記」については第二部に書いたので、ここでは記さない。『全集』の「伝記的年譜」には次の記載がある。

「上京後、妻節子身体の不調と啄木の母との確執に苦しむ。「内のお母さんくらいえじのある人はおそらく天下に二人とあるまいと思ふ。」（七月五日付妹ふき子・孝子宛節子書簡）

十月二日　妻節子、京子を連れ、書き置きをして盛岡の実家に帰る。義母との確執から生ずる精神的苦悩と、七月以降苦痛に堪えていた肋膜炎を癒し、併せて宮崎郁雨に嫁ぐ妹ふき子の結婚の仕度を手伝うためであった」。

この七月五日付け妹ふき子・孝子宛て節子書簡を岩城『啄木伝』からの孫引きによりすこし詳しく引用したい。

「京子、お前たちは可愛とばかり思ふて居るだらう、それは有がたいが、手も足もつけられないきかんぼうです。あばれるので何も書かれないと云ふて〔啄木がの意〕にがい顔ばかりするし、おつ母さんはお二人にお渡し申すつもりで来たからと云ふて少しも見てはくれないし、し方なしに外を〔へ〕つれてだまして居ます。私には少しもひまがない、ほんとうにかみ結ふひまさへ得る事の出来ないあはれな女だ。宮崎の兄さんはよく知つて居る。不幸な女だと云ふて深〔親〕身の同情をよせてくれる。内の〔啄木の〕お母さんくらいえぢのある人はおそらく天下に二人とあるまいと思ふ。こんな事ありかくまい、たゞ皆さんに心配させるばかりだ、ふき子さんとたか子さんとべつ〳〵にかくが、こゝ迄は二人で見ておつかさんにも知らしてくれ、ほんとうに盛岡からこなければよかつたと思ふよ。東京はまつたくいやだ……おつかさんにあまり心配させない様に云ふてくれ」。

これはまことに心をうつ書簡である。この書簡の末尾も孫引きしたい。

「ああ私もどうかして盛岡に居て、お前のし度に手つだいたかつた。何しに東京などに来たらうと思ふ位だ。ちよつと注意して置くが、夜着は無し、たいてい掛ぶとんで、しきぶとんとも五寸くらいも綿を入れたのを用ひて居ますよ……お前は幸福な女だ！　私は不幸な女だ！

一年の間兄さんとたのんだ宮崎さん、私はほんとうの兄さんと思ふて居た、お前が行けば、私が姉さんになる。こればかりは大不平だ、もしお前だけ姉さんと云ふて、私も兄さんと云ふてよいならい〻けれども、し方がない可愛い妹の事だからまけておかう。何しても行つたなら我まましないで皆に可愛がられるやうにしなければ損だ。家内が今の処多いからつらい事もあらう、其の時は兄さんの愛にたよつてしんぼうしなくてはならない。あのやさしい兄さんの事だからキット大事にしてくれるにちがひがない。私たちの姉妹は皆すきだと云はれてる。これだけは私も幸福の分ぱいにあづかるわけだ。今日は之だけにしておく。ああからだがわるくてこまる。……」。

目立つことは節子の宮崎郁雨に対する思慕であり、信頼である。節子の啄木に対する敬意と愛情に変りはなくても、郁雨の側でも節子のけなげな振る舞いに同情を注いでいたにちがいない。二人の関係は後に波瀾を生じることになる。

　ところで節子の書簡にいう「内の〔啄木の〕お母さんくらいえぢのある人はおそらく天下に二人とあるまいと思ふ」という「えぢのある人」とは「意地の悪い人」といったような意味であろうか。こうして節子は京子を連れて家出する。この間の事情を金田一京助は、「啄木余響」で次のように回想している。

「十月に入って、節子さんが二日の朝、京ちゃんを連れて家を出たまま、いつまでもいつまでも帰らなかった。石川君が夕方、社から帰って、泣き沈む六十三の老母を前に、その書置を読むと、『私故に親孝行のあなたをしてお母様に背かしめるのが悲しい。私は私の愛を犠牲にして身を退くから、どうか御母様の孝養を全うして下さい』という意味のものだった。

　この時ばかりは、石川君も、地べたへ取って投げられたように吃驚し、取るものも取りあえず、蓋平館の私の許へ飛んで来た。

『かかあに逃げられあんした』と頭を掻いて、坐ったなり、惘然として、すぐには、あとの口を利《き》かなかつたので、私も、本当やら冗談やら、『え？』と云ったまま、あいた口が塞らなかった。やがて君が、重い口調で、しみじみと始めて母堂との不和のいきさつを詳しく話し、『あれ無しには、私は迚も生きられない』と自白し、焦燥と悲歎と懊悩を搗き交ぜて、『どうしてよいか解らない。私には、この際やっぱり、どうか戻ってくれと、逃げたかあへ云ってやれないし、戻ってくれなければ、私は生きて居れないし、頼《たよ》るのは、あなた一人です。どうか、こんな御願いしては、済まないが、戻るように、手紙を出して下さいませんか。私が可愛そうだと、意気地なく泣いてる様に書いてもよいし、又私は馬鹿だと書いてもよいし、私を何と書いてもよい。全幅の信任をあなたへ捧げます。ただ戻って呉れさえすればいいから、その為めには、何、私をば、阿呆と書いても腐抜けと書いても馬鹿と書いてもかまいません。御願いします』と云って、私自身始めて夫婦というものの片方の、それ程大きな価値の、天にも地にも替えられない、欠ければ一日も生きて居られない程のものだったかと驚かされたことだった。私は勿論承諾した。『では、すぐ書く』と云ったら、『それではすぐ御願いします。自由に書いて下さるように、私は帰りますから』と云って、帰って行った。そのあとで、私は長い長い手紙を、仕舞には、自分の妻でも逃げたように、自分でぼろぼろ涙を落しながら書いて出した。文句は忘れたけれども、これなら帰らずに居れまいと思う様な名文を書いた積りだった。

四五日して、返事は来ませんか、とやって来て、到頭自分も、堪え切れなくなって不見識も不面目も打棄って、哀願した手紙を出しましたと私へあやまり、つぶさに味わされる心中の苦みをば、まるで、あえぐ様に私へ物語った。何でも、食べ物も咽を通らず、食べなくっても腹も空かず、無論、社にも出ず、夜具をかぶって、床の中で懊悩し、夜中になって、迚もやり切れなくなっては、『お母さん酒だ、酒が無いか』と怒鳴ると、おどおどして腰の曲ったおっ母さんが、起きて危い真暗な急な梯子を降りて、下の人々の寝てる間を通り、店を手さぐりで出て、通りの酒屋を、どんどん叩くけれど起きないので、幾軒も幾軒も腰を屈めて叩き起して、何れ、泣くようにして頼んで、貧乏徳利を下げて帰ると、石川君はそれを、冷のままで、飲めもしないのに、がぶがぶあおって、酔の上で『おっ母さんが追ん出したも同じだから、おっ母さんが連れてお出で』などと、駄々を捏ねて泣かせ、おっ母さんの泣き声を聞いて吾に返っては又がぶがぶあおる」。

私には啄木は卑怯としか思われない。戻ってきてもらいたい、というのであれば、母親との確執をどうするのか、解決の方法を提案しなければならない。ただ、戻ってくれと言われても、もうカッとの同居はこりごりだという節子がどうして戻ってくることができるか。しかも、戻ってくれという手紙を書くのは男の沽券にかかわるようなことを言いながら、結局は、自分からも節子に頼みこんでいる。つまりは、母親をとるか、節子をとるか、の選択なのだが、啄木はどちらも選択できない。二人への愛情の間でただ立ちすくむばかりであった。

「伝記的年譜」によれば、「十月二十六日　早暁節子帰る。金田一京助と啄木の恩師新渡戸仙岳の尽力による。この妻の家出事件は啄木に精神的な打撃を与えた。「私が居ないあとでおつ母さんをいぢめたさうです。そして家事はすべて私がする事になりました。六十三にもなる年よりが何もかもガシヤマスからおもしろくないと云ふておこつたさうです。おつ母さんはもう閉口してよわりきつて居ますから、何も小言なんか云ひません。」（十一月二日付妹ふき子宛節子書簡）」という。小言を言われないかわりに家事はすべて節子がすることになったのであり、これが、啄木の解決案であったが、傷ついたのはむしろ節子ではないか。

『全集』には新渡戸仙岳宛ての一〇月一〇日付け書簡が収められている。小切手七円を恵与された礼状だが、この中で、節子の家出にふれている。

「実は本月二日の日、私の留守に母には子供をつれて近所の天神様へ行つてくると言つて出たまゝ盛岡へ帰つて了ひ候。日暮れて社より帰り、泣き沈む六十三の老母を前にして妻の書置読み候ふ心地は、生涯忘れがたく候。昼は物食はで飢を覚えず、夜は寝られぬ苦しさに飲みならはぬ酒飲み候。妻に捨てられたる夫の苦しみの斯く許りならんとは思ひ及ばぬ事に候ひき。かの二三回の通信は全く血を吐くより苦しき心にて書き候。私よりは、あらゆる自尊心を傷くる言葉を以て再び帰り来らむことを頼みやり候。若し帰らぬと言つたら私は盛岡に行つて殺さんとまで思ひ候ひき。昨夕に至り、先生のお手紙と同便にて返事参り候。病気がなほつたら帰ると言つてまゐり候。弱るには非常に弱つてをり候へど、行く二三日前から顔色などは殆んど健康体の如かりし筈。無理な言分かも知れず候へ共、娘を貧乏させたくなさの先方の親達の心が、更に何日何十日この私にかゝる思ひをさせる積りにかなど怨まれ候。過去一年間の全く一切の理想を失へる生活より、漸々この頃心を取直してこの身のつゞく限りは働かむと思立ちたる折も折の此打撃に御座候」。

以下は略すが、ここでも、啄木は何故節子が家出したかを語っていない。自分の苦悩だけを訴えている。天才とはそういう人種かもしれないが、私のような凡庸な人間には、啄木はあまりに身勝手が過ぎるようにみえる。

節子が戻って以後の嫁姑の関係を金田一京助が前記の「啄木余響」の中で次のとおり証言している。

「それから幾日程立ってからであったか、私が石川君方を訪れると、君は不在だった。帰ろうとすると、母堂が断って引留められるので、上って坐ると、節子さんが、先般来の挨拶をされて御茶を入れられた。母堂は差向いに長火鉢にあたりながら、この間じゅう、石川君が辛くあたったことを私へ訴え、段々自分で昂奮して涙を出して震い乍ら『もうもう私は、どんなことがあったからって、どんなことだって我慢します。私は本当にこの年になって、あんな辛い、死ぬような、死ぬよりも辛い目に逢わされました。気狂いになって死んでしまうか、いじめ殺されてしまうかと思いました。もう死ぬ迄我慢します。死んだ気になって我慢します』段々語勢が強くなって、そこに嫁さんを置きながら、つけつけと其のかどかどを指弾されるに至って、私が困ってしまうと、母堂は、『だって私は、お国訛りで、何処へ向いてもお話しが出来ないんですもの、誰に向って胸の霽らしようも無いんですもの、悔しいやら、苦しいやら、情ないやら。この年になって、旅の空へ出て、あなたなればこそ、お話が出来ます。堪えて堪えて、今まで胸に畳んでいたことを始めて今云うのですから、どうか聞いて下さいまし。一《はじめ》に云えば一言に叱られます。この人の為にです。この人の為に本当に本当にひどい目にあいました。一はこの人さえあれば、母などは死んでも好いのでしょう……』と、おいおい泣かれる。さもさも憎そうに、間々へ痛烈な当てこすりが、刺すようにとげとげしく出るのに、私は、はらはらして、節子さんはと気遣って、そっと目をやると、これは又、大理石の像のよう。病気上りの蒼白な顔がぴんと緊まって、眉毛一本動かさず、頬に昇る血の色ひとつ無く、全く無表情に、何の反応も、しのびやかにさえ、顔へあらわれない、我慢づよさ、その真剣さは、却ってぞっとする程深刻に、雰囲気が緊張する一方だった」。

まことに凄絶という他ない。しかし、このような覚悟がなければ、節子は戻ってくることはなかっただろう。ただ、カツの言い分で同情できるのはお国訛りのために話す相手がいない生活だということである。買物もろくにできなかったにちがいないし、ご近所の茶飲み友達といった知り合いもいなかったにちがいない。彼女は孤独であった。そうでなくてさえ、嫁姑が仲良く暮らすのは難しい。この訛りの問題は嫁姑の確執をより深刻にしたと思われる。「ふるさとの訛りなつかし」というのは当時の東北地方の出身者には本当に切実だったのであろう。私自身は、一九四五年秋から冬、弘前に暮らしたことがあるが、土地の人たち同士の会話はまったく理解できなかった記憶がある。

この年、一二月二〇日、父一禎が野辺地から上京、一家五人で生活することとなった。

5

一九一〇（明治四三）年一月九日付けで啄木は大島経男に宛てて次のように書いている。

「函館にゐてお世話になつた頃を考へるとボーッとしてまゐります、あの頃私は実に一個の憐れなる、卑怯なる空想家でした、あらゆる事実、あらゆる正しい理を回避して、自家の貧弱なる空想の中にかくれてゐたにすぎません、私の半生を貫く反抗的精神、その精神は、然し乍ら、つまり自分で自分に反抗してゐたに過ぎません。それと気がつかずに、唯反抗その事にやりどころなき自分の感情を託して、咨嗟し、慷慨し、自矜してゐた臆病な無識者は、遂に内外両面の意味に於て「破産」を免かれませんでした、自然主義は、私のこの思想上の破産に対して決して救済者ではありませんでした、寧《むし》ろ執達吏のやうな役目を以てあらはれました、上京後一歳有余の私の努力——その空しき努力は、要するにこの破産が一時的の恐慌から起つたのではなく、長き深き原因に基づいたものである事を明らかにしたに過ぎません、最近昨年秋の末私は漸くその危険なる状態から、脱することが出来ました、私の見た悪い夢はいかに長かつたでせう」。

このような痛切な自省にはじまる書簡にいう「昨年秋の末」が節子の家出を指すことは、後にみる宮崎郁雨宛ての三月一三日付けの書簡から明らかである。節子の家出はたんに家庭内の嫁姑の諍いにとどまらず、啄木の思想に変化をもたらした事件であった。この書簡の続きの一部を引用する。

「以前の状態の反動でもありませうが、私は人間の理性の権威を認めずにはゐられません、特に私は色々の人の文学上の議論を読む毎にこれを力説したく思ひます、人は感触の鋭敏といふ事を「近代的」といふことの一つの特徴として、それを誇張し標榜し、文芸上の作物の価値判断の標準とまでします、それを悪いとは言はぬ、然しあらゆる意味に於て、時代の病処を共有してゐるといふ事は、人間の名誉ではないではありますまいか、近代人の作物に近代人の特徴の現はれるのは無論あたりまへの話である、その時代の特徴を知らぬ位の人は無論その時代に無用の作家には違ひない、然しその価値判断の標準は、時代の特徴を沢山もつてゐるか否かでなくて、さういふ特徴をもつた時代に対する作者の態度如何にあるべき事と私は思ひます、総じて私は、一切の文芸は作者の把持する哲学の奴隷でなければならぬと思ふ、従来の意味に於ての詩人といふものの如きは、少くとも私の現在に於ては、玩具屋とか幇間位にしか必要がありません、文芸は広い意味に於て全然ジョアナリズムであつて可いと思ふ、作者の哲学（プラクチカルな）（生活意識の統計）から人生乃至其一時代を見たところの批評の具体的説明でなければならぬと思ふ、（此意見から行けば、描写といふ事についても最も的確な断定が与へられると思ひます、）

現実を論ずる人が現実に囚はれて、現実を固定したものゝ如く考へると共に、個性といふことを論ずる人も同じ誤謬に陥つてはゐないでせうか、個性といふものを既に出来上がつたもの、ギヴンファクトと考へることによつて我々の思想がどれだけ停滞してゐるか知れないと私は思ひます、歴史は人類の或る不明な（仮りに）意志の傾向を示してゐます、同時に一個人の一生は其人の意志の傾向と其経路とを語る、現在生きてゐるところの人間には、意志と意志の傾向あるのみであつて、決して固定したものではない、自己とか個性とかいふものは、流動物である、自らそれを推し進めて完成すべき性質のもので、そして生きてゐる間――精神的活動のやまぬ間は形を備へぬものである、と私は思ひます、そして、前に申上げた自己の生活の改善、統一、徹底といふことは、やがて自己を造るといふではありますまいか」。

ここには前年「東京毎日新聞」に発表した「弓町より――食ふべき詩」からの考えの発展が認められる

のではないか。

三月一三日付けでは宮崎郁雨に近況を報告している。以下は、その一部である。

「君の方は多分御無事の事と思ふ、此方も無事だ、十二月の末に野辺地から老父も出て来た、都合によると、今月の末にはまた旭川にゐる妹のやつも来るかも知れない、何しろ家内繁昌だ、（少くとも頭数だけは、）

から繁昌しては、どうせ一軒家を持たねばならぬのだが、そこまではまだ「此のかせぎ人《にん》」がかせぎかねてゐる。——それでも今年になつてからは、何だ角だと言つて月に総計四十円から四十五円位とれる勘定だ、以前にくらべると余程楽にならねばならぬのだが、不思議に何処も楽になつたやうな所も見えない、——とはマア言ふものゝ米味噌の心配だけはしないで其月を送れるのだから、矢張少しはよくなつてるのだらう、ヒヨツと途中で金でも拾つたら、お上へ届けるなんて殊勝気は出さずに、早速それを敷金にして引越をしようと思つてるが、これで仲々そんなうまい事もないものだ、年のうちにはと思つたのが出来なかつた、花の咲く迄にと思つたのも出来さうにない、せめて今度は夏までに是非引越したいものだと思ふが、それもどうだか⁈

十一月からかゝつた二葉亭全集の校正はやう〳〵アト一週間位でしまひになる、随分割に合はぬ仕事をしよひ込んだものだ、——然しお蔭で二葉亭といふ「非凡なる凡人」をよほど了解する事が出来た、先日短篇一つ書いた、「道」といふのだ。これは来月かその次の号の新小説に出る筈だ、（センにやつておいたのは取戻すことにしたのだ、）（中略）

去年の秋の末に打撃をうけて以来、僕の思想は急激に変化した、僕の心は隅から隅まで、もとの僕ではなくなつた様に思はれた、僕は最も確実なプラクチカルフイロソフイーの学徒になるところだつた、身心両面の生活の統一と徹底！　これが僕のモットーだつた、僕はその為に努めた、随分勤勉に努めた、そして遂に、今日の我等の人生に於て、生活を真に統一せんとすると、其の結果は却つて生活の破壊になるといふ事を発見した、――君、これは僕の机上の空論ではない、我等の人生は、今日既に最早到底統一することの出来ない程複雑な、支離滅裂なものになつてゐる、――この発見は、実行者としての僕の為には、致命傷の一つでなければならなかつた、そして僕は、今また変りかけてゐる、――確《しか》とした事ではないが、僕は新らしい意味に於ての二重の生活を営むより外に、この世に生きる途はない様に思つて来出した、無意識な二重の生活ではなく、自分自身意識しての二重生活だ、自己一人の問題と、家族関係乃至社交関係に於ける問題とを、常に区別してかゝるのだ、無論二重の生活は真の生活ではない、それは僕も知つてゐる、然しその外に何ともしやうが無いのだから止むを得ない」。

「道」は「新小説」一九一〇（明治四三）年四月号に掲載された、かなり評判のよい作品である。岩崎正宛て同年六月一三日付け書簡において「「道」に於て単に一般的に老人と青年の関係に置いた目的」と書いているところからみて、世代間の疎隔・対立を描くことを目的としているようである。老人の側は、校長、主席訓導、分校の老教師目賀田、若い側は堀田秀子がモデルといわれる女教師矢沢松子と、作者自身をモデルにした準訓導の今井太吉、これら五人が山道三里離れた学校で催される実地授業批評会に参加、往復する道程を描いた作品である。矢沢松子でさえ往復六里の道を下駄で往復するのだから、当時の人々の健脚と下駄を履きなれていることに驚嘆するのだが、帰路、若い二人が酒を飲んで遅れている老人たちを待つ間に「淫靡な空想を二人で語る部分」が編集者により伏字にされている、と『全集』の解題に説明されている。これら五人の性格、人柄がよく描かれていること、作者がモデルの通常の準訓導、代用教員と描かれ、客観化されていること、などみるべきものがないわけではないが、肝心の世代間の思想ないし考え方、生き方の違い、対立がまるで描かれていないし、ストーリーも単純で、まるで興趣がない。私は採るべき作品とは考えない。

また、この書簡で、注目されることは、「二重生活」という啄木の覚悟である。この書簡からみると、家庭内の自分と社会的存在としての自分とを区別して、生活するということのようだが、これは、対外的には家庭内の確執を存在しないかのように生きていく、ということではないか。もっといえば、母カツに対する自分と妻節子に対する自分とを区別して生きるということではないか。こうした二重生活にどこまでたえられるか、大いに疑問なのだが、カツと節子との間で、どちらも選択できない啄木としては、唯一の選択だったにちがいない。

一九一〇年に入って以後、まず注目すべき評論は「性急な思想」であろう。「東京毎日新聞」二月一三日から一五日まで三回に分けて掲載されたこの評論の第二回において、啄木は次のように説いている。

「性急《せつかち》な心！　その性急な心は、或は特に日本人に於て著るしい性癖の一つではあるまいか、と私は考へる事もある。古い事を言へば、あの武士道といふものも、古来の迷信家の苦行と共に世界中で最も性急な道徳であるとも言へば言へる。……日本は其国家組織の根底の堅く、且つ深い点に於て、何《いづ》れの国にも優《まさ》つてゐる国である。従つて、若しも此処《ここ》に真に国家と個人との関係に就いて真面目《しんめんぼく》に疑惑を懐いた人があるとするならば、其人の疑惑乃至反抗は、同じ疑惑を懐いた何れの国の人よりも深く、強く、痛切でなければならぬ筈である。そして、輓近一部の日本人によつて起されたところの自然主義の運動なるものは、旧道徳、旧思想、旧習慣のすべてに対して反抗を試みたと全く同じ理由に於て、此国家といふ既定の権力に対しても、其懐疑の鋒尖《ほこさき》を向けねばならぬ性質のものであつた。然し我々は、何を其人達から聞き得たであらう。其処にも亦、呪ふべく慫れむべき性急な心が頭を擡《もた》げて、深く、強く、痛切なるべき考察を回避し、早く既に、恰《あたか》も夫に忠実なる妻、妻に忠実なる夫を笑ひ、神経の過敏でないところの人を笑ふと同じ態度を以て、国家といふものに就いて真面目に考へてゐる人を笑ふやうな傾向が、或る種類の青年の間に風《ふう》を成してゐるやうな事はないか。少くとも、さういふ実際の社会生活上の問題を云々《うんぬん》しない事を以て、忠実なる文芸家、潑溂たる近代人の面目であるといふやうに見せてゐる、或ひは見てゐる人はないか。実際上の問題を軽蔑する事を近代の虚無的傾向であるといふやうに速了してゐる人はないか。有る――少くとも、我々をしてさういふ風に疑はしめるやうな傾向が、現代の或る一隅に確《たしか》に有ると私は思ふ」。

ここには、かつて長谷川天渓を批判し、後に「時代閉塞の現状」に述べられた思想とほぼ同じ思想が語られているとみてよいのではないか。

ここで日記によって、啄木の生活の状況をみておきたい。この年の日記は四月一日からはじまっている。

「〇四月一日。

月給二十五円前借した。

佐藤編輯長の洋行中、弓削田氏と安藤氏が隔日に編輯することになつた。

夜、父と妻子と四人で遊びに出た。電車で行つて浅草の観音堂を見、池に映つた活動写真館のイルミネエションを見、それから電気館の二階から活動写真を見た。（中略）

父が野辺地から出て来てから百日になる。今迄に一度若竹へ義太夫を聞きにつれて行つたきりだ。今夜は嘸面白かつた事だらう――悲しい事には。

人間が自分の時代が過ぎてかうまで生き残つてゐるといふことは、決して幸福な事ぢやない。殊にも文化の推移の激甚な明治の老人達の運命は悲惨だ。親も悲惨だが子も悲惨だ。子の感ずることを感じない親と、親の感ずることを可笑がる子と、何方が悲惨だかは一寸わからない。

物事に驚く心のあるだけが、老人達の幸福なのかも知れない。

母の健康は一緒に散歩に出るさへも難い位に衰へた」。

家庭円満だが、まったく啄木に寄食することしか考えない父一禎にも驚くし、啄木の父母に対する孝養にも驚嘆する。

「〇四月二日。

渋川氏が、先月朝日に出した私の歌を大層讃めてくれた。そして出来るだけの便宜を与へるから、自己発展をやる手段を考へて来てくれと言つた」。

渋川玄耳が褒めた啄木の短歌は「曇れる日の歌」と題して（一）から（八）まで、三月一九日から三一日まで五首ずつ掲載された作品をいう。これらを各回一首ずつ紹介する。

哀れなる恋かなと独り呟やきてやがて火鉢に炭添へにけり
非凡なる人の如くにふるまへる昨日《きのふ》の我を笑ふ悲しみ
今日もまた捨てどころなき心をば捨てむと家《いへ》を出でにけるかな
鏡屋の前にいたりて驚きぬ見すぼらしげに歩むものかも
朝々のうがひの料《しろ》の水薬《すゐやく》の瓶が冷たき秋となりにけり
君来るといふに夙《と》く起き白シヤツの袖のよごれを気にする日かな
心よく我に働く仕事あれそれを仕遂げて死なむと思ふ
六年《むとせ》ほど日毎々々にかぶりたる古き帽子の捨てられぬかな

すぐ気がつくとおり、右の作品中には『一握の砂』に収められた歌があり、あるいは収められたさいに推敲されたと思われる作品が多い。渋川は『一握の砂』が世に迎えられる感興をいち早くくみとったのであろう。この言葉に励まされて、啄木はその後もしばしば「東京朝日新聞」に短歌を寄稿している。これも啄木の家計の助けになったにちがいない。

日記の続き。四月三日は神武天皇祭。休み。「佐藤氏を訪うたが不在。何も用はなかつたが、出立前に一度敬意を表しておかうと思つたのだ」という。朝日入社の恩人である佐藤真一の洋行前に挨拶を、と思ったのであろう。

「〇四月四日。

今日も休み。毎日新聞から三月分の歌四回分謝礼二円。

家にゐて歌集の編輯をする。

夜、せつ子と京子をつれて金田一君を訪ふ。さんざ巫山戯散らして十一時かへる。

うまく出来てる。

帰つてから、文学的迷信を罵る論文一つ書いて寝る。

妻の勘定によると、先月の収入総計八十一円余。それが一日に一円いくら残つて、外に借金が六円許りある。

〇四月五日。

電車で市川君に逢つて聞くと、二葉亭全集の一巻はまだ署名者の一件がきまらないで製本に取かゝらないと。好い加減な年をした大家にも子供みたいな心があるのだから可笑しい。

木村爺さんから五円かりる。三円は下へ屋賃の残り払ふ。

西村酔夢君は社をやめて冨山房へ行くことになつた。血色のよくない顔をしながら、二葉亭全集の方の書類を私に引きついでくれと言つてゐた」。

四月七日には「社で池辺主筆から、二葉亭全集に関する引継を西村君から享けて、そして第二巻の原稿を印刷所へ渡すやうに伝附かつた」とある。池辺主筆とは無論池辺三山である。

「伝記的年譜」によれば、五月一〇日、『二葉亭全集』第一巻（二葉亭年譜・浮雲・其面影・平凡）が坪内逍遥・池辺三山・内田魯庵の編集で東京朝日新聞より刊行された。「又校正に就ては同社員石川啄木氏が細心周到なる注意を以て専ら其労に服せられたり。是等が諸君の厚意と労力とは亦編纂者が深く感銘する所なり」（『二葉亭全集』〈凡例〉）とある。

この時期、啄木とその家族は稀有な平穏な日々を過していたようである。とはいえ、四月一二日には「妹——名古屋の伝道学校で及第した妹は、十五日に北海道から出て来て二十一日の夕新橋から名古屋に向つた。立つ時は金田一君から旅費を借りた」とあり、二五日には「夜宮崎君へ電報うつた」、翌二六日「宮崎君から二十円の為替と電報が届いてゐた」という。何時までも、啄木は借金生活から抜けられないし、それを気にしている気配もない。

6

ここで「時代閉塞の現状」にようやく到達することとなる。この著名な評論は八月二二日、二三日に「東京朝日新聞」に掲載された魚住折蘆の「自己主張の思想としての自然主義」に対する反駁として執筆されたものである。

魚住がこの小論で主張したことは、次の結論から理解できるであらう。「自分は、桑木博士が自然主義をもつて自己拡充の精神の一発現と見られたのに全く服するのみならず、更に博士が此の思想を代表する青年を保守的な老人株が抑圧する事なく寧ろ善導する事を勧めて、現下の思想界に対して秋毫も悲観的の気振りを見せて居られないのに深く同感する者である。淫靡な歌や、絶望的な疲労を描いた小説を生み出した社会は結構な社会でないに違ひない。けれども此の歌此の小説によつて自己拡充の結果を発表し、或は反発的にオーソリティに戦ひを挑んで居る青年の血気は自分の深く頼もしとする処である」。

つまり、魚住が、青年が権威に対する戦いを挑んでいることを頼もしい、と思っていると書いたのに対して、啄木は反撥したのである。そして、啄木は魚住が「自己主張の思想としての自然主義」を説くために一の虚偽を強要しているといい、「我々日本の青年は未だ嘗て彼《か》の強権に対して何等の確執をも醸《かも》した事が無いのである。従つて国家が我々に取つて怨敵《をんてき》となるべき機会も未だ嘗て無かつたのである」と述べ、自然主義が国家権力と対峙したことのないことを指摘したのである。啄木は、青年たちが徴兵検査に危惧を感じている、といい、教育が一部の富裕な父兄の特権となっている、といい、高率の租税の費途を目撃している、といい、これらはすでに「自由討究」をはじめているべき事である、といい、愛国心から、敵とすべき国家権力を敵とすることがなかった、という。「斯くて今や我々には、自己主張の強烈な欲求が残つてゐるのみである。自然主義発生当時と同じく、今猶理想を失ひ、方向を失ひ、出口を失つた状態に於て、長い間鬱積して来た其自身の力を独りで持余してゐるのである。既に断絶してゐる純粋自然主義との結合を今猶意識しかねてゐる事や、其他すべて今日の我々青年が有《も》つてゐる内訌的、自滅的傾向は、この理想喪失の悲しむべき状態を極めて明瞭に語つてゐる。——さうしてこれは実に「時代閉塞」の結果なのである」。

このように説いた上で、啄木は「見よ、我々は今何処に我々の進むべき路を見出し得るか」と問い、「我々青年を囲繞《ゐぜう》する空気は、今やもう少しも流動しなくなつた。強権の勢力は普《あまね》く国内に行亘つてゐる」と答え、「斯くの如き時代閉塞の現状に於て、我々の中最も急進的な人達が、如何なる方面に其「自己」を主張してゐるかは既に読者の知る如くである。実に彼等は、抑へても〳〵抑へきれぬ自己其者の圧迫に堪へかねて、彼等の入れられてゐる箱の最も板の薄い処、若くは空隙（現代社会組織の欠陥）に向つて全く盲目的に突進してゐる。今日の小説や詩や歌の殆どすべてが女郎買、淫売買、乃至野合、姦通の記録であるのは決して偶然ではない。しかも我々の父兄にはこれを攻撃する権利はないのである。何故なれば、すべて此等は国法によつて公認、若くは半ば公認されてゐる所ではないか」と詰問する。

その結果として、啄木はいう。

「斯くて今や我々青年は、此自滅の状態から脱出する為に、遂に其「敵」の存在を意識しなければならぬ時期に到達してゐるのである。それは我々の希望や乃至其他の理由によるのではない、実に必至である。我々は一斉《せい》に起《た》つて先づ此時代閉塞の現状に宣戦しなければならぬ。自然主義を捨て、盲目的反抗と元禄の回顧とを罷めて全精神を明日の考察――我々自身の時代に対する組織的考察に傾注しなければならぬのである」。

そこで、啄木は結論に至る。

「明日の考察！　これ実に我々が今日に於て為《な》すべき唯一である。さうして又総《すべ》てゞある。その考察が、如何なる方面に如何にして始めらるべきであるか。それは無論人々《にんにん》各自の自由である」。

こう言いながら、啄木は、第一に高山樗牛の個人主義の失敗を指摘し、第二に宗教的欲求の失敗を指摘し、第三に純粋自然主義の破綻を指摘し、「一切の空想を峻拒して、其処に残る唯一つの真実、――「必要」！　これ実に我々が未来に向つて求むべき一切である」といい、「時代に没頭してゐては時代を批評する事が出来ない。私の文学に求むる所は批評である」と結んでいる。

「伝記的年譜」には、この年八月下旬に「時代閉塞の現状」は書かれた、と記されている。これは魚住の説いたところを一歩も二歩も進めた主張であり、明らかに「性急な思想」の発展である。これより先、「伝記的年譜」によれば、「六月三日、諸新聞、幸徳秋水（伝次郎）が湯河原の温泉宿天野屋より拘引された旨を報ずる」とあり、「六月五日　諸新聞、幸徳秋水らの「陰謀事件」を報道、全国民を驚愕させる。啄木はこの事件に烈しい衝動を受け、社会主義関係書籍を愛読して社会主義への深い関心を示し、思想上の転機となる。「六月――幸徳秋水等陰謀事件発覚し、予の思想に一大変革ありたり。」（「日記」）啄木は六月二十一日より七月末にかけて「林中の鳥」の匿名で、幸徳らの陰謀事件と無政府主義に関する随想風の評論を書き、「所謂今度の事」と題して「東京朝日新聞」の夜間編集主任であった弓削田精一に掲載を依頼したが実現しなかった」と記されている。さらに、九月二一日発行の「報知新聞」夕刊に「「大審院の特別裁判、社会主義者の審理」と題する記事が掲載され、幸徳らの事件が「内乱罪」または「大逆罪」のいずれかなることを報ずる」とある。『全集』では、一九一〇年の日記は四月二六日で終っており、書簡も六月一三日付け岩崎正宛てから九月八日付けの新渡戸仙岳宛てまで、一通の書簡も収められていない。したがって、「伝記的年譜」の前記記載を裏付ける資料を私は知らない。そこで、「時代閉塞の現状」が大逆事件に関する感想を書いたものかどうか、私には決定的な発言はできない。たとえば、「斯くの如き時代閉塞の現状に於て、我々の中最も急進的な人達が、如何なる方面に其「自己」を主張してゐるかは既に読者の知る如くである。実に彼等は抑へても〳〵抑へきれぬ自己其者の圧迫に堪へかねて、彼等の入れられてゐる箱の最も板の薄い処、若くは空隙（現代社会組織の欠陥）に向つて全く盲目的に突進してゐる」というような記述からみると、大逆事件に関連して書かれたかのようにみえるが、続く「今日の小説や詩や歌の殆どすべてが女郎買、淫売買、乃至野合、姦通の記録であるのは決して偶然ではない」という文章を読むと、大逆事件とは関係がなさそうにみえるし、あるいは、大逆事件を意識しながら、ことさらに韜晦したのではないか、という疑いもある。しかし、評論の全体の趣旨からみれば、「性急な思想」の延長上の評論と読むのが妥当であろうと思われる。論旨の全体は自然主義文学批判から発展したものである以上、私は「時代閉塞の現状」が大逆事件に関連して書かれたとは考えないし、自然主義文学批判からこのような省察に至った事実に私はふかい感銘をうける。

そこで、「所謂今度の事」について考えることとする。

「二三日前の事である」と書きおこし、三人の紳士が「今度の事」について語っているのを耳にする。そして、「今度の事と言ふのは、実に、近頃幸徳等一味の無政府主義者が企てた爆烈弾事件の事だつたのである」と記し、函館の大火を回想し、以下のように書いている。

「明治四十年八月の函館大火の際、私も函館に在つて親しく彼の悲壮なる光景を目撃した。火事の後、家を失つた三四万の市民は、何《いづ》れも皆多少の縁故を求めて、焼残つた家々に同居した。如何に小さい家でも二家族若《も》しくは三家族の詰込まれない家は無かつた。其時私は平時に於て見ることの出来ない、不思議な、而《しか》も何かしら愉快なる現象を見た。それは、あらゆる制度と設備と階級と財産との攪乱された処に、人間の美しき性情の却つて最も赤裸々に発露せられたことで有つた。彼等の家の蒙つた強大なる刺戟は、彼等をして何の顧慮もなく平時の虚礼の一切を捨てさせた。彼等はたゞ彼等の飾気なき相互扶助の感情と現在の必要とに拠つて、孜々《しし》として彼等の新しい家を建つることに急いだ。そして其時彼等が、其一切の虚礼を捨てる為にした言訳は、「此際だから」といふ一語であつた」。

「間もなく私も其処を出た。さうして両側の街燈の美しく輝き始めた街に静かな歩みを運びながら、私はまた第二の興味に襲はれた。

それは我々日本人の或性情、二千六百年の長き歴史に養はれて来た或特殊の性情に就てゞあつた。——此性情は蓋し我々が今日迄に考へたよりも、猶一層深く、且つ広いもので有る。彼の偏《ひと》へに此性情に固執してゐる保守的思想家自身の値踏みしてゐるよりも、もつともつと深く且つ広いもので有る」。

ここで、第二章に移り、「蓋し無政府主義と言ふ語の我々日本人の耳に最も直接に響いた機会は、今日までの所、前後二回しか無い」と書きおこし、「其の一つは往年の赤旗事件で有る」といい、「それを伝へ聞いた国民の多数は、目を丸くして驚いた」が、「仔細に考へて見れば決して真の驚きでは無かつた。例へば彼の事件は、芸題だけを日本字で書いた、そして其白《せりふ》の全く未知の国語で話される芝居の様なもので有つた」という。

これから第三章に入って、大逆事件を論じることとなる。「さうして第二は言ふまでもなく今度の事で有る」とはじまる。そして「今度の事とは言ふもの丶、実は我々は其事件の内容を何れだけも知つてるのでは無い。秋水幸徳伝次郎といふ一著述家を首領とする無政府主義者の一団が、信州の山中《やまなか》に於て密《ひそ》かに爆烈弾を製造してゐる事が発覚して、其一団及び彼等と機密を通じてゐた紀州新宮《しんぐう》の同主義者が其筋の手に検挙された。彼等が検挙されて、そして其事を何人も知らぬ間に、検事局は早くも各新聞社に対して記事差止の命令を発した。如何に機敏なる新聞も、唯叙上の事実と、及び彼等被検挙者の平生に就いて多少の報道を為す外に為方《しかた》が無かつた。――そして斯く言ふ私の此事件に関する智識も、遂に今日迄に都下の各新聞の伝へた所以上に何物をも有つてゐない」と前置きして、啄木は彼の見解を披瀝する。

「若しも単に日本の警察機関の成績といふ点のみを論ずるならば、今度の事件の如きは蓋し空前の成功と言つても可《よ》からうと思ふ。啻《ただ》に迅速に、且つ遺漏なく犯罪者を逮捕したといふ許りで無く、事を未前に防いだといふ意味に於て特に然《さ》うで有る。過去数年の間、当局は彼等所謂不穏の徒の為に、啻に少なからざる機密費を使つた許りでなく、専任の巡査数十名を、たゞ彼等を監視させる為に養つて置いた。斯くの如き心労と犠牲とを払つてゐて、それで万一今度の様な事を未前に防ぐことが出来なかつたなら、それこそ日本の警察が其存在の理由を問はれても為方の無い処で有つた。幸ひに彼等の心労と犠牲とは今日の功を収めた。

それに対しては、私も心から当局に感謝するものである。蓋し私は、あらゆる場合、あらゆる意味に於て、極端なる行動といふものは真に真理を愛する者、確実なる理解を有つた者の執るべき方法では無いと信じてゐるからで有る。正しい判断を失つた、過激な、極端な行動は、例へば導火力の最も高い手擲弾《しゆてきだん》の如きものである。未だ敵に向つて投げざるに、早く已に自己の手中に在つて爆発する。これは今度の事件の最もよく証明してゐる所で有る。さうして私は、たとひ其動機が善であるにしろ、悪であるにしろ、観劇的興味を外にしては、我々の社会の安寧を乱さんとする何者に対しても、それを許す可き何等の理由を有つてゐない。若しも今後再び今度の様な計画をする者が有るとするならば、私は予め当局に対して、今度以上の熱心を以てそれを警戒することを希望して置かねばならぬ」。

以上は、この評論を掲載するために当局の反感を招かないための用心であり、ある種の反語も交えたものであろう。啄木の評論の本旨は次の文章にある。

「然しながら、警察の成功は遂に警察の成功で有る。そして決してそれ以上では無い。日本の政府が其隷属する所の警察機関のあらゆる可能力を利用して、過去数年の間、彼等を監視し、拘束し、啻に其主義の宣伝乃至実行を防遏《ぼうあつ》したのみでなく、時には其生活の方法にまで冷酷なる制限と迫害とを加へたに拘はらず、彼等の一人と雖も其主義を捨てた者は無かつた。主義を捨てなかつた許りでなく、却つて其覚悟を堅めて、遂に今度の様な兇暴なる計画を企て、それを半ばまで遂行するに至つた。今度の事件は、一面警察の成功で有ると共に、又一面、警察乃至法律といふ様なもの丶力は、如何に人間の思想的行為に対《むか》つて無能なもので有るかを語つてゐるでは無いか。政府並に世の識者の先づ第一に考へねばならぬ問題は、蓋し此処に有るであらう」。

ここで、警察ないし法律は思想に対して無力なのだ、と啄木はいう。そして、第四章で、次のように語る。

「無政府主義といふのは詰り、凡ての人間が私慾を絶滅して完全なる個人にまで発達した状態に対する、熱烈なる憧憬に過ぎない。又或者にあつては、相互扶助の感情の円満なる発現を遂げる状態を呼んで無政府の状態と言つてるに過ぎない。私慾を絶滅した完全なる個人と言ひ、相互扶助の感情と言ふが如きは、如何に固陋《ころう》なる保守的道徳家に取つても決して左迄耳遠い言葉で有る筈が無い。若し此等の点のみを彼等の所説から引離して見るならば、世にも憎むべき兇暴なる人間と見られてゐる無政府主義者と、一般教育家及び倫理学者との間に、何《ど》れだけの相違も無いので有る。人類の未来に関する我々の理想は蓋し一《いつ》で有る――洋の東西、時の古今を問はず、畢竟一で有る。唯一般教育家及び倫理学者は、現在の生活状態の儘で其理想の幾分を各人の犠牲的精神の上に現はさうとする。個人主義者は他人の如何に拘はらず先づ自己一人の生涯に其理想を体現しようとする。社会主義者にあつては、人間の現在の生活が頗《すこぶ》る其理想と遠きを見て、因を社会組織の欠陥に帰し、主として其改革を計らうとする。而して彼の無政府主義者に至つては、実に、社会組織の改革と人間各自の進歩とを一挙にして成し遂げようとする者で有る。――以上は余り不謹慎な比較では有るが、然し若しも此様な相違が有るとするならば、無政府主義者とは畢竟「最も性急《せつかち》なる理想家」の謂でなければならぬ」。

「所謂今度の事」は第五章で終っているが、啄木の思想は右記に尽きていると思われる。無政府主義者の「或者にあつては、相互扶助の感情の円満なる発現を遂げる状態を呼んで無政府の状態と言つてるに過ぎない」という無政府主義の説明は冒頭の函館大火のさいに見られた相互扶助の挿話と対応している。ここには「性急な思想」から更に展開しているが、「性急な思想」で指摘したように、国家権力に対して深く、強く、痛切なる考察を回避してはならない、性急であってはならない、ということを無政府主義、社会主義等にふれて省察しているのであって、たまたま大逆事件を契機とした思想ではない。いうまでもなく、大逆事件の直後に、これほどに深く、切実な感慨をもった文学者は、啄木を除いては、他に存在しなかった。ただ、このように国家権力にどのように対峙すべきか、を考えていた啄木は、また、同じ時期、以下に示す『新小説』一九一〇（明治四三）年六月号掲載の「硝子窓」の末尾に書かれたような心をかかえていた。

「家へ帰る時間となる。家へ帰つてからの為事を考へて見る。若し有れば私は勇んで帰つて来る。が、時として何も差迫つた用事の心当りの無い時がある。「また詰らぬ考へ事をせねばならぬのか！」といふ厭な思ひが起る。「願はくば一生、物を言つたり考へたりする暇もなく、朝から晩まで働きづめに働いて、そしてバタリと死にたいものだ。」斯うい ふ事を何度私は電車の中で考へたか知れない。時としては、把手《ハンドル》を握つたまま一秒の弛《ゆる》みもなく眼を前方に注いで立つてゐる運転手の後姿を、何がなしに羨ましく尊く見てゐる事もあつた。

——斯うした生活のある事を、私は一年前まで知らなかつた。

然し、然し、時あつて私の胸には、それとは全く違つた心持が卒然として起つて来る。恰度忘れてゐた傷の痛みが俄かに疼き出してくる様だ。抑へようとしても抑へきれない、紛らさうとしても紛らしきれない。

今迄明《あか》るかつた世界が見る間に暗くなつて行く様だ。楽しかつた事が楽しくなくなり、安んじてゐた事が安んじられなくなり、怒らなくても可い事にまで怒りたくなる。目に見、耳に入る物一つとして此の不愉快を募らせぬものはない。山に行きたい、海に行きたい、知る人の一人もゐない国に行きたい、自分の少しも知らぬ国語を話す人達の都に紛れ込んでゐたい……自分といふ一生物の、限りなき醜さと限りなき憖然《あはれ》さを心ゆく許《ばか》り嘲つてみるのは其の時だ」。

啄木の心は暗い。暗いばかりではない。これは社会から自己を断絶させたい願望である。驚くべく近代的な感覚の所産である。中原中也が『在りし日の歌』所収の「ゆきてかへらぬ」にうたったと似た心境といってよい。

この年にまた、啄木はその晩年の短歌観を語っているので、一瞥しておくこととする。はじめは

『創作』一一月号に発表した「一利己主義者と友人との対話」であり、これはAB二名の間の会話だがこの中にAが次のとおり発言している。

「人は歌の形は小さくて不便だといふが、おれは小さいから却つて便利だと思つてゐる。さうぢやないか。人は誰でも、その時が過ぎてしまへば間もなく忘れるやうな、乃至は長く忘れずにゐるにしても、それを言ひ出すには余り接穂《つぎほ》がなくてとうとう一生言ひ出さずにしまふといふやうな、内から外からの数限りなき感じを、後《あと》から後からと常に経験してゐる。多くの人はそれを軽蔑してゐる。軽蔑しないまでも殆ど無関心にエスケープしてゐる。しかしいのちを愛する者はそれを軽蔑することが出来ない」。

Bが「待てよ。ああさうか。一分は六十秒なりの論法だね」と言うと、Aはこう答える。

「さうさ。一生に二度とは帰つて来ないいのちの一秒だ。おれはその一秒がいとしい。たゞ逃がしてやりたくない」。

以下は略すが、これはロマンティシズムでもなければ写生主義でもない。家常茶飯の一刻一刻に認められる「いのち」の発現こそうたうべき素材なのだという発言であり、このような歌の発見こそがたんに『一握の砂』を感傷的な歌集ではない、永遠の歌集としている所以である。

「東京朝日新聞」の一二月一〇日から二〇日まで連載された「歌のいろ〳〵」は、その最後に「目を移して、死んだもの丶やうに畳の上に投げ出されてある人形を見た。歌は私の悲しい玩具《おもちや》である」が没後の歌集の題名となったので、ひろく知られているが、私の胸に迫るのはその直前の文章である。

「こんな事を考へて、恰度《ちやうど》秒針が一回転する程の間、私は凝然《ぢつ》としてゐた。さうして自分の心が次第々々に暗くなつて行くことを感じた。――私の不便を感じてゐるのは歌を一行に書き下《くだ》す事ばかりではないのである。しかも私自身が現在に於て意のまゝに改め得るもの、改め得べきものは、僅《わづか》にこの机の上の置時計や硯箱《すずりばこ》やインキ壺の位置と、それから歌ぐらゐなものである。謂はゞ何《ど》うでも可《い》いやうな事ばかりである。さうして其他の真に私に不便を感じさせ、苦痛を感じさせるいろ〳〵の事に対しては、一指をも加へることが出来ないではないか。否、それに忍従し、それに屈伏して、惨《いた》ましき二重の生活を続けて行く外に此の世に生きる方法を有たないではないか。自分でも色々自分に弁解しては見るもの、、私の生活は矢張《やはり》現在の家族制度、階級制度、資本制度、知識売買制度の犠牲である」。

啄木は社会改革を念願している。その筆頭は家族制度である。啄木の「二重の生活」とは節子が家出から戻って以来、家内の安泰のために彼が採ってきた生活のあり方であった。家庭内の生活と社会的生活とを断絶して別々に生活すること、それに加えて、おそらく、母カツとの関係の生活と妻節子との関係の生活を峻別し、これらが相まじわらないようにすることを心がけたとみて誤りはあるまい。だから、このような生活を強要する家庭制度は、啄木の見解では、真先に改革されるべき対象であった。

7

啄木の生活状況に戻ると、一〇月四日に長男真一が生まれた。翌日、一〇月一〇日付けで啄木は宮崎郁雨に書簡を送り、「君の手紙を今読んだ、ぢき今だ、便所へ行つて帰つてくると、君も踏んだ筈の梯子段の下から三段目のところに載つけてあつた、梯子を上り乍ら封をきつて一分間ばかりのうちに読んで了つた、間髪を入れず返事をかく」とはじめて、次のように続けている。

「返事といつたところで何も書くことはない。お祝ひ有がたう、産婦と子供は明日あたり退院する、どつちも丈夫、君の希望通り男でさうして丈夫だ、名前は真一とつけた、吉野君の長男も同じだつたか知れないと思ふ、考へたけれど格好な名がなかつたから、社の編輯長の名を無断で盗んだのだ、肥満した、さうして気持のいい位男らしい人だから、おれの子供もさうなつてくれると可い、僕も近頃何とかして肥りたいと思つてゐる」と書き、また、「難産に難産を重ねてゐた僕の歌集は、不思議にも今度真一の産婆をつとめた、真一の生れた日二十円で東雲堂に売つた、今原稿書替中、来月中頃までに出る、名前は『一握の砂』とあらためた。可い名だらう、僕はどこまでも僕式だ、一首三行に書くことにした、今度新しく作つたのが大分ある、北海回顧の歌（百首余）は「忘れがたき人々」といふ題で一まとめにして入れる、いかに文学をイヤになつた君でもこれだけは興味を有つて読まずばなるまい」。

「梯子を上り乍ら封をきつて一分間ばかりのうちに読んで了つた」という文面からは、いかに啄木が宮崎からの連絡を待ちこがれていたかが想像される。『一握の砂』が二十円というのは、いわゆる印税制度でなく、著作権の売りきりの値段であろう。東雲堂は莫大な利益をあげたにちがいない。この時代はまだ出版社が著作権を買いきることがふつうであった。それだけ出版という事業は投機的な要素をもっていたし、著作者の立場は弱かったのである。

ところで、真一という名前は佐藤真一からうけた恩義から選んだのかもしれないが、むしろ、この書簡にみられるとおり、佐藤にあやかるような人間になってほしいという願いがこめられていると読むのが正しいであろう。

「明治四十四年当用日記補遺」の「前年（四十三）中重要記事」に以下の記述がある。

「十月——四日午前二時節子大学病院にて男子分娩、真一と名づく。予の長男なり。生れて虚弱、生くること僅かに二十四日にして同月二十七日夜十二時過ぐる数分にして死す。恰も予夜勤に当り、帰り来れば今まさに絶息したるのみの所なりき。医師の注射も効なく、体温暁に残れり。二十九日浅草区永住町了源寺に葬儀を営み、同夜市外町屋火葬場に送りて荼毘に附す。翌三十日同寺新井家の墓域を借りて仮りに納骨す。法名　法夢孩児位。会葬者、並木武雄、丸谷喜市二君及び与謝野寛氏。産後節子の健康可良ならず、服薬年末に及ぶ。またこの月真一の生れたる朝を以て予の歌集『一握の砂』を書肆東雲堂に売り、二十金を得たり。稿料は病児のために費やされたり。而してその見本組を予の閲したるは実に真一の火葬の夜なりき」。

『一握の砂』が以下の作で終っていることは知られるとおりである。

夜おそく／つとめ先よりかへり来て／今死《いまし》にしてふ児を抱けるかな
二三《ふたみ》こゑ／いまはのきはに微《かす》かにも泣きしといふに／なみだ誘はる
真白《ましろ》なる大根の根の肥《こ》ゆる頃／うまれて／やがて死にし児のあり
おそ秋の空気を／三尺四方《さんじやくしはう》ばかり／吸《す》ひてわが児の死にゆきしかな
死にし児の／胸に注射の針を刺す／医者の手もとにあつまる心
底知《そこし》れぬ謎《なぞ》に対《むか》ひてあるごとし／死児《しじ》のひたひに／またも手をやる
かなしみの強くいたらぬ／さびしさよ／わが児《こ》のからだ冷《ひ》えてゆけども
かなしくも／夜明《よあ》くるまでは残りゐぬ／息《いき》きれし児の肌のぬくもり

『一握の砂』については第二部に書いたのでここでは記さない。

前記「明治四十四年当用日記補遺」の「前年（四十三）中重要記事」には、また、次の記述がある。

「四十三年中予の文学的努力は主として短歌の上に限られたり。これ時間に乏しきによる。歌集の批評は年内に聞くをえざりしと雖ども努力はたしかに反響を得たり。主として朝日紙上及び雑誌「創作」に作歌を発表し、年末に至りては「早稲田文学」その他三種の雑誌に寄稿を求めらる。

思想上に於ては重大なる年なりき。予はこの年に於て予の性格、趣味、傾向を統一すべき一鎖鑰を発見したり。社会主義問題これなり。予は特にこの問題について思考し、読書し、談話すること多かりき。たゞ為政者の抑圧非理を極め、予をしてこれを発表する能はざらしめたり。

文学的交友に於ては、予はこの年も前年と同じく殆ど孤立の地位を守りたり。一はその必要を感ぜざりしにより、一は時間に乏しかりしによる。森氏には一度電車にて会ひたるのみ、与謝野氏をば二度訪問したるのみなりき。以て一斑を知るべし。時々訪ね呉れたる人に木下杢太郎君あり。夏目氏を知りたると、二葉亭全集の事を以て内田貢氏としば〳〵会見したるとは記すべし。その他の方面に於ては、金田一君との間に疎隔を生じたると、丸谷喜市君の神戸高商を了へて東京高商研究科に来り、往復度を重ねたるを一変化とす。函館諸友と予との交情は旧によりて親密なり。予の『一握の砂』は宮崎君及び金田一君にデヂケエトせられたり。これ往年の友情と援助とを謝したるなり。しかも金田一君はその為に送本受領のハガキをすら寄越さゞりき。また予はこの年に於て、嘗て小樽に於て一度逢ひたる社会主義者西川光次郎君と旧交を温め、同主義者藤田四郎君より社会主義関係書類の貸付を受けたり。

経済的状態は、逐月収入に多少の増加を見、その額必ずしも少からざりしも、猶且前年来の疲弊及び不時の事によりて窮乏容易に緩和せざりき。家人の動静は、前記節子の出産及び産後衰弱の外、父は夏の頃を以て脚気に患み、母また著しく衰弱したり。而して猶且節子不健康の故を以てよく一家の事を処理されたり。予の健康も概して佳ならざりき。京子一人頑健なり。

十月より三日に一夜の夜勤あり。為に財政の上に多少の貢献ありたれども、健康と才能とを尊重する意味に於て十二月末、事を以て之を辞したり。

年末収入総額は左の如し。

五四円〇〇	社の賞与
五円〇〇	米内山より御礼
三、六五	十二月分俸給前借残り
三、〇〇	精神修養稿料
一、〇〇	秀才文壇稿料
一、〇〇	早稲田文学稿料
二五、〇〇	宮崎君より補助
二七、〇〇	一月分俸給の内前借
九、〇〇	夜勤手当
八、〇〇	朝日歌壇手当
一五、〇〇	協信会より借入
五、〇〇	書籍質入

計　百六十五円六十五銭

而して残額僅かに一円二十一銭に過ぎず。不時の事のための借金及び下宿屋の旧債、医薬料等の為にかくの如し。猶次年度に於て返済を要する負債は協信会の四十円及び蓋平館に対する旧債百余円也」。

はたらけど／はたらけど猶《なほ》わが生活楽《くらしらく》にならざり／ぢつと手を見る

は啄木の実生活であった。啄木は、この年、ずいぶんとよく勤めているが、家族を養い、病気の治療費を支払い、借金を返済しても、なお借金をかさねなければならなかった。蓋平館を出るとき、金田一が保証人となり、滞納していた下宿代一一九円は一〇円ずつの月賦で支払う約束であった、とある。なお、「ローマ字日記」末尾の「二十日間」に書かれているが、月賦を支払うこともできなかったわけである。なお、「伝記的年譜」には日記と右記とほぼ同じ記述があるが、「五月下旬から六月上旬にかけて小説「我等の一団と彼」を執筆」という記述が加えられている。この年の六月一三日付け岩崎正宛て書簡に「先月の末からかゝつて「我等の一団と彼」といふものを書いてる」とあり、この作品の重要性から、「伝記的年譜」に加えたのであろう。

いずれにしても「我等の一団と彼」については第二部に書いたので、ここでは採りあげない。また、金田一が彼への献辞の記された『一握の砂』をうけとりながら、うけとった旨も通知しなかったことについて「啄木余響」に弁解を書いているが、格別ふれるまでのことではない。

一九一〇（明治四三）年における啄木の生涯と思想を終える前に、『一握の砂』に収められなかった、この年の歌作にふれておきたい。『創作』一〇月号に「九月の夜の不平」と題して発表された作品の中、『一握の砂』からことさら啄木が除いた作品である。

つね日頃好みて言ひし革命の語をつゝしみて秋に入れりけり
今思へばげに彼もまた秋水《しうすゐ》の一味なりしと知るふしもあり
秋の風我等明治の青年の危機をかなしむ顔撫でゝ吹く
時代閉塞の現状を奈何にせむ秋に入りてことに斯く思ふかな
地図の上朝鮮国にくろぐろと墨をぬりつゝ秋風を聴く

これらの作品、ことに「つね日頃」は「時代閉塞」の状況を配慮して『一握の砂』から除外されたものと思われる。ただ、「地図の上」については「くろぐろと」という句からみれば、日韓併合によりわが国が朝鮮を植民地化したことに対する悲嘆をうたったと解するのが通常かもしれない。しかし、かつて、日露戦争の勝利に歓喜したこと、後に伊藤博文が暗殺されたさい、伊藤の死に深甚な追悼の辞を寄せたことを考えあわせると、たんに「朝鮮」という国家が滅亡した事実を客観的にうたったにすぎないと解することもできる。おそらくこの歌の背後に潜む啄木の心境はかなりに複雑、くろぐろとしたものであったとみるべきかもしれない。

8

これから一九一一(明治四四)年に入る。

この年の日記、一月三日「平出君と与謝野氏のところへ年始に廻つて、それから社に行つた。平出君の処で無政府主義者の特別裁判に関する内容を聞いた。若し自分が裁判長だつたら、管野すが、宮下太吉、新村忠雄、古河力作の四人を死刑に、幸徳大石の二人を無期に、内山愚童を不敬罪で五年位に、そしてあとは無罪にすると平出君が言つた。またこの事件に関する自分の感想録を書いておくと言つた。幸徳が獄中から弁護士に送つた陳情書なるものを借りて来た。与謝野氏の家庭の空気は矢張予を悦しましめなかつた。社では鈴木文治君と無政府主義に関する議論をした。留守中に金田一君が年始に来て、甚だキマリ悪さうにして帰つたさうである」とある。

一月四日「夜、幸徳の陳弁書を写す」。

一月五日「幸徳の陳弁書を写し了る。火のない室で指先が凍つて、三度筆を取落したと書いてある。無政府主義に対する誤解の弁駁と検事の調べの不法とが陳べてある。この陳弁書に現れたところによれば、幸徳は決して自ら今度のやうな無謀を敢てする男でない。さうしてそれは平出君から聞いた法廷での事実と符合してゐる。幸徳と西郷! こんなことが思はれた」。

平出修は『スバル』の同人であり、大逆事件の被告人らの中、紀州関係の被告人二名の弁護士であった。

日記の二月一日に次の記述がある。「午前に又木君が来て、これから腹を診察して貰ひに行からといふ。大学の三浦内科へ行つて、正午から一時までの間に青柳医学士から診て貰つた。一目見て「これは大変だ」と言ふ。病名は慢性腹膜炎。一日も早く入院せよとの事だつた。

さうして帰つたが、まだ何だかホントらしくないやうな気がした。しかし医者の話をウソとも思へない。社には又木君に行つて貰つて今日から社を休むことにした」。

これから啄木の病床での生活に入るので、啄木が写した幸徳秋水の陳弁書に話題を変えたい。「'V' NAROD' SERIES」と肩書きされ「A LETTER FROM PRISON」と題された文章には、啄木が記した序文が付されている。感動的な文章なので、以下に全文を引用する。

「この一篇の文書は、幸徳秋水等二十六名の無政府主義者に関する特別裁判の公判進行中、事件の性質及びそれに対する自己の見解を弁明せむがために、明治四十三年十二月十八日、幸徳がその担当弁護人たる磯部四郎、花井卓蔵、今村力三郎の三氏に獄中から寄せたものである。

初めから終りまで全く秘密の裡に審理され、さうして遂に予期の如き（予期！　然り。帝国外務省さへ既に判決以前に於て、彼等の有罪を予断したる言辞を含む裁判手続説明書を、在外外交家及び国内外字新聞社に配布してゐたのである）判決を下されたかの事件――あらゆる意味に於て重大なる事件――の真相を暗示するものは、今や実にただこの零砕なる一篇の陳弁書あるのみである。

これの最初の写しは、彼が寒気骨に徹する監房にこれを書いてから十八日目、即ち彼にとつて獄中に迎へた最初の新年、さうしてその生涯の最後の新年であつた明治四十四年一月四日の夜、或る便宜の下に予自らひそかに写し取つて置いたものである。予はその夜の感想を長く忘れることが出来ない。ペンを走らしてゐると、遠く何処からか歌加留多《うたがるた》の読声が聞えた。それを打消す若い女の笑声も聞えた。さうしてそれは予がこれを写し終つた後までもまだ聞えてゐた。予は遂に彼が嘗て――七年前――「歌牌《かるた》の娯楽」と題する一文を週刊平民新聞の新年号に掲げてあつたことまでも思ひ出させられた。西川光二郎君――恰《あたか》もその同じ新年号の而も同じ頁に入社の辞を書いた――から借りて来てゐた平民新聞の綴込を開くと、文章は次の言葉を以て結ばれてゐた。『歌がるたを楽しめる少女よ。我も亦幼時甚だ之を好みて、兄に侍し、姉に従ひて、食と眠りを忘れしこと屡《しばしば》なりき。今や此楽しみなし。嗚呼老いけるかな。顧みて憮然之を久しくす。』

しかし彼は老いなかつたのである。然り。彼は遂に老いなかつたのである。

文中の句読は謄写の際に予の勝手に施したもの、又或る数箇所に於て、一見明白なる書違ひ及び仮名づかひの誤謬は之を正して置いた。

明治四十四年五月

H,I.」

さてこの幸徳秋水の「陳弁書」は「無政府主義と暗殺」とはじまり、この項を幸徳は次の文章で結んでいる。

「要するに、暗殺者は其時の事情と其人の気質と相触るる状況如何によりては、如何なる党派からでも出るのです。無政府主義者とは限りません。否、同主義者は皆平和、自由を好むが故に、暗殺者を出すことは寧ろ極めて少なかつたのです。私は今回の事件を審理さるる諸公が、「無政府主義者は暗殺者なり」との妄見なからんことを希望に堪へませぬ」。

ついで「革命の性質」の項で、「斯くて我々は、此革命が如何なる事情の下に、如何なる風に成し遂げられるかは分りませんが、兎に角万人の自由、平和の為めに革命に参加する者は、出来得る限り暴力を伴はないやうに、多く犠牲を出さぬやうに努むべきだと考へます。古来の大変革の際に多少の暴力を伴ひ、多少の犠牲を出さぬはないやうですが、併し斯かる衝突は常に大勢に逆抗する保守、頑固の徒から企てられるのは事実です。今日ですら人民の自由、平和を願ふと称せられてゐる皇室が、其時に於て斯かる保守、頑固の徒と共に大勢に抗し、暴力を用ゐらるるでせうか。今日に於て之を想像するのは、寛政頃に元治、慶応の事情を想像するが如く、到底不可能のことです。唯だ私は、無政府主義の革命とは直ちに主権者の狙撃、暗殺を目的とする者なりとの誤解なからんことを望むのみです」。

第三に「所謂革命運動」と題して、幸徳は次のような結論を述べている。

「人間が活物、社会が活物で、常に変動進歩して已まざる以上は、万古不易の制度、組織はあるべき筈がない。必ず時と共に進歩、改新せられねばならぬ。其進歩、改新の小段落が改良或は改革で、大段落が革命と名《なづ》けられるので、我々は此社会の枯死、衰亡を防ぐ為めには、常に新主義、新思想を鼓吹すること、即ち革命運動の必要があると信ずるのです」。

第四に「直接行動の意義」においては以下のようにいう。

「今日直接行動説を賛成したといつても、総ての直接行動、議会を経ざる何事でも賛成したといふことは言へませぬ。議会を経ないことなら、暴動でも、殺人でも、泥棒でも、詐偽《さぎ》でも皆直接行動ではないか、といふ筆法で論ぜられては間違ひます。議会は欧米到る処腐敗してゐる。中には善良な議員が無いでもないが、少数で其説は行はれぬ。故に議院をアテにしないで直接行動をやらうといふのが、今の労働組合の説ですから、やるなら直接行動をやるといふので、直接行動なら何でもやるといふのではありません。同じく議会を見限つて直接行動を賛する人でも、甲は小作人同盟で小作料を値切ることのみやり、乙は職工の同盟罷工のみを賛すといふ様に、其人と其場合とによりて目的、手段、方法を異にするのです。故に直接行動を直ちに暴力革命なりと解し、直接行動論者たりしといふことを今回の事件の有力な一原因に加へるのは、理由なきことです」。

第五は「欧洲と日本の政策」と題している。

「成程、無政府主義は危険だから、同盟して鎮圧しようといふことを申出した国もあり、日本にも其交渉があつたかのやうに聞きました。が、併し、此提議をするのは大概独逸とか、伊太利とか、西班牙《スペイン》とかで、先づ乱暴な迫害を無政府主義者に加へ、彼等の中に激昂の極多少の乱暴をする者あるや、直ちに之を口実として鎮圧策を講ずるのです。そして此列国同盟の鎮圧条約は、屢々《しばしば》提議されましたが、嘗て成立したことはありません。いくら腐敗した世の中でも、兎に角文明の皮を被つてる以上、さう人間の思想の自由を蹂躙することは出来ない筈です。特に申しますが、日本の同盟国たる英国は何時も此提議に反対するのです」。

第六に「一揆暴動と革命」と題しており、冒頭で「単に主権者を更迭することを革命と名《なづ》くる東洋流の思想から推して、強大な武力、兵力さへあれば何時でも革命を起し、若しくは成し得るやうに考へ、革命家の一揆暴動なれば総て暴力革命と名くべきものなりと極めて了つて、今回の「暴力革命」てふ語が出来たのではないかと察せられます。併し私共の用うる革命てふ語の意義は前申上ぐる通りで、又一揆暴動は文字の如く一揆暴動で、此点は区別しなければなりません。私が大石、松尾などに話した意見（是が計画といふものになるか、陰謀といふものになるかは、法律家ならぬ私には分りませんが）には、曾て暴力革命てふ語を用ゐたことはないので、是は全く検事局或は予審廷で発明せられたのです」とはじめ、最後をこう結んでいる。「私の眼に映じた処では、検事、予審判事は先づ私の話に「暴力革命」てふ名目を附し、「決死の士」といふ六ケしい熟語を案出し、「無政府主義の革命は皇室をなくすることである。幸徳の計画は暴力で革命を行ふのである。故に之に与せるものは大逆罪を行はんとしたものに違ひない」といふ三段論法で責めつけられたものと思はれます。そして平生直接行動、革命運動などいふことを話したことが、彼等に累してゐるといふに至つては、実に気の毒に考へられます」。

この陳述書の最後は「聞取書及調書の杜撰」と題している。ここでは検事の聞取書の作成のさい、読み聞かされたことははじめの二、三回で、その後はなく、「予審廷に於て、時々、検事の聞取書にはかう書いてあると言はれたのを聞くと、殆ど私の申立と違はぬはないのです」とか、検事の調べ方が「カマ」をかけ、あるいは議論で強いることが多いとか、などを述べ、「私は検事の聞取書なる者は、殆ど検事の曲筆舞文、牽強附会で出来上つてゐる」といい、「如何に判事其人が公平、周到でも、今日の方法制度では完全な調書の出来る筈はありません」と言いきり、一つには調書が速記でなく、「一通り被告の陳述を聞いて後で、判事の考へで之を取捨して問答の文章を作るのですから、中立の大部分が脱することもあれば、言はない言葉が挿入されることもあります」といい、さらに、訂正が困難であることを指摘して、調書が杜撰であることを批判している。

さすがに幸徳秋水の「陳弁書」だけあって、論理的で冷静、しかも彼の話を聞いたばかりに被告人とされた友人に対する思いやりのこもった、情理を尽くした文章である。

ところで、大逆事件の後、啄木の思想に変化がみられたかどうか、啄木が「陳弁書」「A LETTER FROM PRISON」を筆写した翌月、一九一一（明治四四）年二月六日に大島経男宛てに送った書簡が手掛かりを与えるであろう。ここで啄木は次のとおり記している。

「今も併し申上げたいと思ふことは色々あります、少くとも二つあります、その一つは近頃その結末のついた特別裁判事件であります、たしか一年前に私は、私自身の「自然主義以後」――現実の尊重といふことを究極まで行きつめた結果として自己そのものゝ意志を尊重しなければならなくなつた事――国家とか何とか一切の現実を承認して、そしてその範囲に於て自分自身の内外の生活を一生懸命に改善しようといふ風なことを申上げた事があるやうに記憶します。それは確かにこの私といふものにとつて一個の精神的革命でありました。その後私は思想上でも実行上でも色々その「生活改善」といふことに努力しました。併しやがて私は、その革命が実は革命の第一歩に過ぎなかつたことを知らねばなりませんでした、現在の社会組織、経済組織、家族制度……それらをその儘にしておいて自分だけ一人合理的生活を建設しようといふことは、実験の結果、遂ひに失敗に終らざるを得ませんでした、その時から私は、一人で知らず〳〵の間に Social Revolutionist となり、色々の事に対してひそかに Socialistic な考へ方をするやうになつてゐました。恰度そこへ伝へられたのが今度の事件の発覚でした。

恐らく最も驚いたのは、かの頑迷なる武士道論者ではなくて、実にこの私だつたでせう、私はその時、彼等の信条についても、又その Anarchist Communism と普通所謂 Socialism との区別などもさつぱり知りませんでしたが、兎も角も前言つたやうな傾向にあつた私、少い時から革命とか暴動とか反抗とかいふことに一種の憧憬を持つてゐた私にとつては、それが恰度、知らず〳〵自分の歩み込んだ一本路の前方に於て、先に歩いてゐた人達が突然火の中へ飛び込んだのを遠くから目撃したやうな気持でした。

それはまあ何うでもいゝとして、一言申上げておきたいのは、今度の裁判が、△△△裁判であるといふことです。私は或方法によつて今回の事件の一件書類（紙数七千枚、二寸五分位の厚さのもの十七冊）も主要なところはずつと読みましたし、公判廷の事も秘密に聞きましたし、また幸徳が獄中から弁護士に宛てた陳弁の大論文の写しもとりました、あの事件は少くとも二つの事件を一しよにしてあります、宮下太吉を首領とする管野、新村忠雄、古河力作の四人だけは明白に七十三条の罪に当つてゐますが、自余の者の企ては、その性質に於て騒擾罪であり、然もそれが意志の発動だけで予備行為に入つてゐないから、まだ犯罪を構成してゐないのです。さうしてこの両事件の間には何等正確なる連絡の証拠がないのです、併しこれも恐らく仕方がないことでせう、私自身も、理想的民主政治の国でなければ決して裁判が独立しうるものでないと信じてゐますから」。

この年の日記には、一月一八日「今日は幸徳らの特別裁判宣告の日であつた。午前に前夜の歌を精書して創作の若山君に送り、社に出た。今日程予の頭の昂奮してゐた日はなかつた。さうして今日程昂奮の後の疲労を感じた日はなかつた。二時半過ぎた頃でもあつたらうか。「二人だけ生きる〳〵」「あとは皆死刑だ」「あゝ二十四人！」さういふ声が耳に入つた。「判決が下つてから万歳を叫んだ者がありますす」と松崎君が渋川氏へ報告してゐた。予はそのまゝ何も考へなかつた。たゞすぐ家へ帰つて寝たいと思つた」とあり、一月一九日「朝に枕の上で国民新聞を読んでゐたら俄かに涙が出た。「畜生！　駄目だ！」さういふ言葉も我知らず口に出た。社会主義は到底駄目である。人類の幸福は独り強大なる国家の社会政策によつてのみ得られる、さうして日本は代々社会政策を行つてゐる国である。と御用記者は書いてゐた」とあり、一月二〇日「昨夜大命によつて二十四名の死刑囚中十二名だけ無期懲役に減刑されたさうである」とあり、一月二三日「幸徳事件関係記録の整理に一日を費やす」とあり、一月二四日「社へ行つてすぐ、「今朝から死刑をやつてる」と聞いた。幸徳以下十一名のことである。あゝ何といふ早いことだらう。さう皆が語り合つた」、また「夜、幸徳事件の経過を書き記すために十二時まで働いた。これは後々への記念のためである」とあり、一月二五日「昨日の死刑囚死骸引渡し、それから落合の火葬場の事が新聞に載つた。内山愚堂の弟が火葬場で金槌を以て棺を叩割つた――その事が劇しく心を衝いた。昨日十二人共にやられたといふのはウソで、管野は今朝やられたのだ」「かへりに平出君へよつて幸徳、管野、大石等の獄中の手紙を借りた。平出君は民権圧迫について大に憤慨してゐた。明日裁判所へかへすといふ一件書類を一日延して、明晩行つて見る約束にして帰つた」とあり、一月二六日「社からかへるとすぐ、前夜の約を履んで平出君宅に行き、特別裁判一件書類をよんだ。七千枚十七冊、一冊の厚さ約二寸乃至三寸づゝ。十二時までかゝつて漸く初二冊とそれから管野すがの分だけ方々拾ひよみした。頭の中を底から掻き乱されたやうな気持で帰つた」とある。

大逆事件により啄木がうけた衝撃がどれほどのものであったかは理解できるが、社会主義ないし無政府主義に対してどのような思想を抱いたかは判然としない。

ところで、「A LETTER FROM PRISON」には「EDITOR'S NOTES」という注釈が付されている。これは幸徳の「陳弁書」を筆写して以後、序文を執筆した五月ころに啄木が書いたものではないか、と想像される。この注釈の「二」に次の一節がある。

「国民の多数は、かういふ事件は今日に於ても、将来に於ても日本に起るべからざるもの、既に起つたからには法律の明文通り死刑を宣告されなければならぬものとは考へてゐた。彼等はかの法学士と同じく決して彼の二十六名に同情してはゐなかつたけれども、而しまた憎悪の感情を持つだけの理由も持つてゐなかつた。彼等は実にそれだけ平生から皇室と縁故の薄い生活をしてゐるのである。また彼等は、一様にこの事件を頗る重大なる事件であるとは感じてゐたが、その何故に重大であるかの真の意味を理解するだけの智識的準備を欠いてゐた。従つて彼等は、彼等の所謂起るべからずして起つた所のこの事件（大隈伯さへこの事件を以て全く偶発的な性質のものと解したことは人の知る所である）は、死刑の宣告、及びそれについで発表せらるべき全部若しくは一部の減刑——即ち国体の尊厳の犯すべからざることと天皇の宏大なる慈悲とを併せ示すことに依つて、表裏共に全く解決されるものと考へてゐたのである。さうしてこれは、思想を解せざる日本人の多数の抱いた、最も普遍的な、且《かつ》精一杯の考へであつた。

ただこれに満足することの出来ぬ、少くとも三つの種類の人達が別に存在してゐた。その一は思想を解する人々である。彼等はこの事件を決して偶発的のものであるとは考へ得なかつた。彼等は日本が特別な国柄であるといふことは、議論ではなくて事実だといふことを知るに於いて、決してかの法学士に劣らなかつた。ただ彼等はその「事実」のどれだけも尊いものでないことを併せ知つてゐた。その二は政府当局者である。彼等はその数年間の苦き経験によつて、思想を圧迫するといふことの如何に困難であるかを誰よりもよく知つてゐた。かくて彼等はこの事の起るや、恰も独帝狙撃者の現れた機会を巧みに社会党鎮圧に利用したビスマアクの如く、その非道なる思想抑圧手段を国民及び観察者の耳目を聳動《しようどう》することなくして行ひ得る機会に到達したものとして喜んだのである。さうしてその三は時代の推移について多少の理解を有つてゐる教育ある青年であつた。彼等は皆一様にこの事件によつてその心に或る深い衝動を感じた。さうしてその或る者は、社会主義乃至無政府主義に対して強い智識的渇望を感ずるやうになつた。予は現に帝国大学の法科の学生の間に、主としてこの事件の影響と認むべき事情の下に、一の秘密の社会主義研究会が起つたことを知つてゐる」。啄木がこの第一の分類に入るべき人物と自らを考えていたことは疑問の余地がない。この注釈の同じ項には次の記述がある。

「かかる間に、彼等の検挙以来、政府の所謂危険思想撲滅手段があらゆる方面に向つてその黒い手を延ばした。彼等を知り若しくは文通のあつた者、平生から熱心なる社会主義者と思はれてゐた者の殆どすべては、或ひは召喚され、或ひは家宅を捜索され、或ひは拘引された。或る学生の如きは、家宅捜索をうけた際に、その日記にただ一ヶ所不敬にわたる文字があつたといふだけで、数ヶ月の間監獄の飯を食はねばならなかつた。さうしてそれらのすべてに昼夜角袖が尾行した。社会主義者の著述は、数年前の発行にかかるものにまで溯つて、殆ど一時に何十種となく発売を禁止された。

かくてこの事件は従来社会改造の理想を奉じてゐた人々に対して、最も直接なる影響を与へたらしい。即ち、或者は良心に責められつつ遂に強権に屈し、或者は何時となく革命的精神を失つて他の温和なる手段を考へるやうになり（心懐語の著者の如く）、或者は全くその理想の前途に絶望して人生に対する興味までも失ひ（幸徳の崇拝者であつた一人の青年の長野県に於て鉄道自殺を遂げたことはその当時の新聞に出てゐた）、さうして或者はこの事件によつて層一層強権と旧思想とに対する憎悪を強めたらしい」。

啄木は、さらにこの注釈に加えて、「虚無主義と暗殺主義とを混同するの愚を指摘して、虚無主義の何であるかを我々に教へてくれたクロポトキンの叙述を、彼の自伝（'MEMOIRS OF A REVO-

LUTIONIST")の中から引用して置きたい」と記してきわめて長文の英文を筆写している。その内容については第二部第一章中の「果てしなき議論の後」にふれて別途説明する。啄木はその注釈に以下のように述べている。

「相互扶助(ソリダリチイ)といふ言葉は殆どクロポトキンの無政府主義の標語になつてゐる。彼はその哲学を説くに当つて常に科学的方法をとつた。彼は先づ動物界に於ける相互扶助の感情を研究し、彼等の間に往々にして無政府的——無権力的——共同生活の極めて具合よく行はれてゐる事実を指摘して、更にそれを人間界に及ぼした。彼の見る処によれば、この尊い感情を多量に有することに於いても他の動物より優れてゐる人間が、却つて今日の如くそれに反する社会生活を営み、さうしてそのために苦しんでゐるのは、全く現在の諸組織、諸制度の悪いために外ならぬのである。権力といふものを是認した結果に外ならぬのである。

この根柢を出発点としたクロポトキン(幸徳等の奉じたる)は、その当然の結果として、今日の諸制度、諸組織を否認すると同時に、また今日の社会主義にも反対せざるを得なかつた。政治的には社会全体の権力といふものを承認し、経済的には労働の時間、種類、優劣等によつてその社会的分配に或る差等を承認しようとする集産的社会主義者の思想は、彼の論理から見れば、甲に与へた権力を更に乙に与へんとするもの、今日の経済的不平等を来した原因を更に名前を変へただけで継続するものに過ぎなかつた。相互扶助を基礎とする人類生活の理想的境地、即ち彼の所謂無政府共産制の新社会に於いては、一切の事は、何等権力の干渉を蒙らざる完全なる各個人、各団体の自由合意によつて処理されなければならぬ。さうしてその生産及び社会的利便も亦何等の人為的拘束を受けずに、ただ各個人の必要に応じて分配されなければならぬ」。

以下は略すが、啄木は「編輯者の現在無政府主義に関して有する知識は頗る貧弱である」と付記している。知識が貧弱だから、賛成も反対もできないという趣旨であろう。これはかつて彼が「性急な思想」で説いたように無政府主義の性急な思想をみていたからではないか。また、クロポトキンの思想にふれて「相互扶助」に啄木がふれているのは、「所謂今度の事」の冒頭で函館の大火における自然発生的な相互扶助に接した感動を記していることに対応するのではないか。

9

啄木は社会変革を求めていた。しかし、社会主義とか無政府主義とかいわれるような系統だった思想にもとづくものではなく、彼の実生活にもとづく、家庭制度からはじまるあらゆる社会の制度に対する不満に由来するものであったと思われる。さらに、函館の大火にみられたような「人間の美しき性情」の発露による相互扶助の社会であったようにみえる。

しかし、啄木が計画した社会制度の変革の運動は、政治的な弾圧などを招く危険のない、穏健な、見方によれば、かなりに迂遠な方法であった。それは雑誌『樹木と果実』の発刊であった。日記の一月一三日の項に「北風の真直に吹く街を初対面の土岐哀果君と帰つて来た。（中略）一しよに雑誌を出さうといふ相談をした。「樹木と果実」といふ名にして兎も角も諸新聞の紹介に書かせようぢやないかといふ事になつた。土岐君は頭の軽い人である。明るい人である。土岐君の歌は諷刺皮肉かも知れないが、予の歌はさうぢやない」とあり、その後しばしば土岐哀果こと善麿と会っている。一月一六日には啄木が土岐哀果を訪ね、「新しい家に美しい細君と住んでゐた。雑誌の事で色々相談した。我々の雑誌を文学に於ける社会運動といふ性質のものにしようといふ事に二人の意見が合した」という。

前に引用した大島経男宛ての二月六日付けの書簡には、この雑誌にふれて次のとおり書いている。「申上げたいも一つは、雑誌の事であります、今度三月一日から『樹木と果実』といふ雑誌を出すことになりました、表面は歌の革新といふことを看板にした文学雑誌ですが、私の真の意味では、保証金を納めない雑誌としての可能の範囲に於て、「次の時代」「新しき社会」といふものに対する青年の思想を煽動しようといふのが目的なのであります、発売禁止の危険のない程度に於て、しよつちゆうマッチを擦つては青年の燃えやすい心に投げてやらうといふのです、私と似た歌を作る土岐哀果と二人で編輯することになつてゐます、丸谷君も何か助けてくれる筈です、金の方の事は、私の手で集めうるだけの前金及び寄附をあつめて、不足だけを宮崎郁雨から出して貰ふことになつてゐます」。

10

土岐哀果と『樹木と果実』の刊行を相談している間、啄木の健康に異常が顕著に認められることになった。

一月二七日の日記に「五六日前から腹が張つてしやうがない。飯も食へるし、通じもある。それでゐて腹一帯が堅く張つて坐つたり立つたりする時多少の不自由を感ずる」とある。日記からこの種の記述を拾っていく。

一月二九日「何だか身体の調子〔が変〕だつた。腹がまた大きくなつたやうで、坐つてゐても多少苦しい。社に電報を打たせて休んだ」。

一月三〇日「今日は出社した。（中略）途中で焼芋と餅をくつたので腹が一さう張つた」。

二月一日「午前に又木君が来て、これから腹を診察して貰ひに行かうといふ。大学の三浦内科へ行つて、正午から一時までの間に青柳医学士から診て貰つた。一目見て「これは大変だ」と言ふ。病名は慢性腹膜炎。一日も早く入院せよとの事だつた。さうして帰つたが、まだ何だかホントらしくないやうな気がした。然し医者の話をウソとも思へない。社には又木君に行つて貰つて今日から社を休むことにした。医者は少くとも三ヶ月かゝると言つたが、予はそれ程とは信じなかつた。然しそれにしても自分の生活が急に変るといふことだけは確からしかつた。予はすぐに入院の決心をした。そして、土岐、丸谷、並木三君へ葉書を出した」。

次の記述は病気に関係ないが、啄木に対する朝日新聞の人々の姿勢が看過できないので引用する。

二月二日「十二時頃になつて社から加藤さんが来てくれた。前借の金を持つて来てくれたが、これは皆佐藤さんが一時立てかへてくれたのだといふことであつた」。

加藤さんは校正係の主任であり、啄木の上司である。佐藤真一が前借金を立て替えて貸してくれるということも稀有の好意だが、わざわざ上司がその前借金を届けてくれるというのも有難いことである。

二月三日「午前に太田正雄君が久しぶりでやつて来た。診察して貰ふと、矢張入院しなければならぬが、胸には異状がないと言つてゐた」。

太田正雄、すなわち、木下杢太郎は後に東京帝大皮膚科の教授になったが、当時、若いころは内科も勉強していたのであろう。彼は啄木の腹膜炎が結核性ではないかと疑っていたので、胸には異状がない、と言ったのだろうが、これは気休めだったかもしれない。

二月四日「今日以後、病院生活の日記を赤いインキで書いておく。

どうせ入院するなら一日も早い方がいゝ。さう思つた。早朝妻が俥で又木、太田二君を訪ねたが要領を得なかつた。更に予自身病院に青柳学士、太田君を訪ねたが、何方も不在。午後に再び青柳学士を訪ねてその好意を得た。

早速入院することにして、一旦家へかへり、手廻りの物をあつめて二時半にこの大学病院青山内科十八号室の人となつた。同室の人二人。夕方有馬学士の診察。夕食は普通の飯。

病院の第一夜は淋しいものだつた。何だかもう世の中から遠く離れて了つたやうで、今迄うるさかつたあの床屋の二階の生活が急に恋しいものになつた。長い廊下に足音が起つては消えた。本をよむには電燈が暗すぎた。そのうちにいつしか寝入つた」。

二月五日「早く目がさめた。今朝から飯は粥になつた。糞便も容器に取ることになつた。薬は散剤と水薬の二種、外に含嗽用一瓶。

窓に日があたつて、窓ぎはまで桜の枝が来てゐる。この花の咲くまでには出たいものだと思つてみた。（中略）

午後に妻が子供をつれて見舞に来た。缶詰や菓子を買はせる。新聞は毎日妻が持つてくることにした」。

二月六日「朝体重を計る。十一貫六百二十四匁余。

此処へ来てから早く眼がさめる。腰が痛い。体温をとつて、起きて顔を洗つて来て飯を食ふ。さうすると腰が直る。それから薬を二度と牛乳をそれ〳〵時間によつてのむのだが、そのうちにすぐ十二時になつて了ふ。体温は普通だ。

午後に妻と京子来る。樹木と果実への投稿が来た。やがて佐藤さんが見舞に来て下すつた。夕方近くなつて並木君が丸谷君と一しよに来た。元気に話した。

どうも病院へ来てから暢気になりすぎていけない。本をよんでもすぐ飽きるし、歌もつくれない。佐藤さんは物を言はないと腹がふくれるといふから、うんと書いたらふくれたのが直るだらうと言つてゐた」。

二月七日「妻の持つて来た郵便のうちに、雑誌の前金入のが二通、投書数通、あつた。子供が看護婦と遊んでゐるうちにやがて回診の時間となり、手術をうけた。下腹に穴をあけて水をとるのである。護謨の管を伝つて落つるウヰスキイ色の液体が一升五合許りにもなつた時、余は一時に非常な空腹に襲はれたやうに感じて、冗談をいひながら気を遠くした。手術はそれで中止。すぐ仰向に寝せられてまた苦しい冗談をいひながら赤酒を一口のんだ。あとはいゝ気持だつたが、腹にはまるで力がなかつた」。

二月八日「昨日の手術の結果大さうラクになつたが、その代り何となく力がなくなつた。午前に青山博士の回診があつた」。

啄木は「函館日日新聞」の同年二月二〇日から三月七日までの間、「郁雨に与ふ」という文章を寄稿し、この手術の状況と心境をつぶさに記しているので、読んでおきたい。八回にわたる文章の第三回が、啄木の悲痛な心情告白である。

「郁雨君足下。

人間の悲しい横着……証拠により、理窟によつて、その事の有り得るを知り、乃至は有るを認めながら、猶且《なほか》つそれを苦痛その他の感じとして直接に経験しないうちは、それを切実に信じ得ない、寧ろ信じようとしない人間の悲しい横着……に就いて、予は入院以来幾回となく考へを費《つひや》してみた。さうして自分自身に対して恥ぢた。

例へば、腹の異常に膨れた事、その腹の為に内蔵が昼となく夜となく圧迫を受けて、殆んど毎晩恐ろしい夢を見続けた事、寝汗の出た事、三時間も続けて仕事をするか話をすれば、つひぞ覚えたことのない深い疲労に襲はれて、何処か人のゐない処へ行つて横になりたいやうな気分になつた事などによつて、予はよく自分の健康の著るしく均整を失してゐることを知つてゐたに拘らず、「然し痛くない」といふ極めて無力なる理由によつて、一人の友人が来てこれから一緒に大学病院に行かうと居催促するまでは、まだ真に医者にかゝらうとする心を起さずにゐた。また同じ理由によつて、既に診察を受けた後も自分の病気の一寸した服薬位では癒らぬ性質のものであるを知りながら、やつぱり自分で自分を病人と呼ぶことが出来なかつた。

かういふ事は、しかしながら、決して予の病気についてのみではなかつたのである。考へれば考へる程、予の半生は殆んどこの悲しい横着の連続であつたかの如く見えた。予は嘗て誤つた生活をしてゐて、その為に始終人と自分とを欺かねばならぬ苦しみを味はひながら、猶且つその生活をどん底まで推し詰めて、何うにも斯うにも動きのとれなくなるまでは、その苦しみの根源に向つて赤裸々なる批評を加へることを為しかねてゐた。それは余程以前の事であるが、この近い三年許りの間も、常に自分の思想と実生活との間の矛盾撞着に悩まされながら、猶且つその矛盾撞着が稍々大なる一つの悲劇として事実に現はれて来るまでは、その痛ましき二重生活に対する自分の根本意識を定めかねてゐたつたのである。さうしてその悲しむべき横着によつて知らず識らずの間に予の享けた損失は、殆んど測るべからざるものであつた。

更に最近の一つの例を引けば、予は予の腹に水がたまつたといふ事を、診察を受ける前から多分さうだらうと自分でも想像してゐたに拘らず、入院後第一回の手術を受けて、トラカルの護謨の管から際限もなく流れ落つる濃黄色の液体を目撃するまでは、確かにさうと信じかねてゐた」。

第四回は、医師が注射器のやうなものを下腹の少し左に寄つたところへチクリと刺した、といふ前後の描写なので省略する。第五回は腹にたまつた液体を抜きとられる状況である。

「見ると看護婦は、トラカルの護謨の管を持つてその先を目をきとられる硝子の容器の中に垂らしてゐた。さうして其の真黒な管からはウィスキイのもつと濃い色の液体が音もなく静かに流れ出てゐた。予はその時初めて予の腹に水がたまつてゐたといふ事を信じた。さうして成程腹にたまる水はかういふ色をしてゐねばならぬ筈だと思つた。

予は長い間ぢつとして、管の先から流れ落つる濃黄色の液体を見てゐた。予にはそれが、殆んど際限なく流れ落つるのかと思はれた。やがて容器に一杯になつた時、「これでいくらです。」と聞いた。

「恰度一升です。」と医師は静かに答へた。

一人の雑使婦は手早くそれを別の容器に移した。濃黄色の液体はそれでもまだ流れ落ちた。さうして殆んどまた容器の半分位にまで達した時、予は予の腹がひとりでに極めて緩慢な運動をして縮んでゆくのを見た。同時に予の頭の中にある温度が大急ぎで下に下りて来るやうに感じた。何かかう非常に遠い処から旅をして来たやうな気分であつた。頭の中には次第に寒い風が吹き出した。「どうも余り急に腹が減つたんで、少しやりきれなくなりました。」と予は言つた。言つてさうして自分の声のいかにも力ない、情ない声であつたことに気がついた。そこで直ぐまた或るたけ太い声を出して、

「何か食ひたいやうだなあ。」と言つた。しかしその声は先の声よりも更に情ない声であつた。四辺《あたり》は俄かに暗く淋しくなつて行つた。目の前にゐる看護婦の白服が三十間も遠くにあるもの丶やうに思はれた。「目まひがしますか？」といふ医者の声が遠くから聞えた。

後で聞けばその時の予の顔は死人のそれの如く青かつたさうである。しかし予は遂に全く知覚を失ふことが出来なかつた。トラカルを抜かれたことも知つてゐるし、頭と足を二人の女に持たれて、寝台の上に真直に寝かされたことも知つてゐる。赤酒を入れた飲乳器の細い口が仰向いた予の口に近づいた時、「そんな物はいりません。」と自分で拒んだことも知つてゐる」。

「トラカル」とは、まるで発音が似てゐないが、いま「カテーテル」といわれるものであろうか。「赤酒」とは「赤葡萄酒」であろうか。日記と「郁雨に与ふ」とではこれを飲んだか、飲まなかったのか、くい違いがある。飲んだのではなかろうか。

二月八日の日記には「午前に青山教授の回診があつた。来訪者、妻、京子、森田草平君、丸谷君。森田君は去年痔をやんで痛かつた話をした」などとあり、しまいに「名古屋の妹からは神様おし売の手紙が来た」とある。啄木は妹光子をいつも気にかけていたが、キリスト教の信仰を強いるのに辟易していたようである。九日には「身体の加減のい丶日であつた」とあり、一〇日には「昨日のやうに思はれるのにもう今日で入院してから一週間目である。気分は平生と変らないが、昨日と今日、午後に少し熱が出た。水もまた少したまつたらしい。家からは新聞、郵便物を持つて今日は妻だけ一人来た。そこへ社の寺崎老人が見舞旁々加藤さんの手紙をもつて来てくれた。手紙には頼んであつた金の払ひ残りが三円某入つてゐた」とあり、一一日には「どうも此処へ来てから非常なまけ者になつた。一つは薬や牛乳の時間に追はれるためでもあるが、よんでも書いてもすぐ止めたくなつてくる。さうして初めは無暗と恋しかつた浮世の事が、どうやら日一日と自分から離れ去つてゆくやうに感ずる」とあり、一二日には「また腹がふくれた」とあり、一三日には「看護婦から門内散歩を許された」とあり、一四日には「入浴したせゐか少し許り熱が出て、午後は不愉快だつた」とあり、病気は快方に向かっているとも思えないのだが、一五日には「青山博士の回診があつて、余病がないといふことがわかつた。そして新室の方へ移されることになつた。今迄のところは結核室なのである」という。はじめから結核性腹膜炎と疑っていたのだろうが、日記を見る限り、熱が出る日があり、腹がふくれていると感じている日が多いのだが、医師は回復したと診断したのであろう。一八日には「今日医者が診察して、もう手術はしなくても可からうといふことになつた」とされ、二一日に「今日は少し熱があつた」、二二日に「今日は青山博士の回診の日なので午前はそれとなく急がしかつた。隣りの臥床の爺さんが退院した。今朝深呼吸をすると少し右肺の底にいたみがあつた。ちつとばかり肋膜炎を起したかもしれないが心配はないと医者が言つた。また腹のふくれて以来忘れてゐた腿のしびれが少し起つて来た」とある程度で、小康を保っていたようにみえるが、二五日「夜発熱終夜ほとんど眠らず」、二六日「熱四十度、終日四十度を降らず」、二七日も二八日も「三十九――三十八」とあって、三月一日には「熱下らず、せつ子社にゆき金うけとりてくる」とあり、三日になっても「お節句だといふに予の熱はまだ下らない、せつ子が朝から来て夜の九時までゐてかへる。右の肋膜に水がたまつたといふことだ。午後に佐藤さんが来て下すつた。そして鶯の話をして行つた」とある。四日には「つく〴〵病気がイヤになつた」、五日にも「予はなほ熱が下らずに寝てゐた。つく〴〵病気がいやになつて、窓をこはして逃げ出さうかとまで思つた」とある。三月六日に「それからいよ〳〵肋膜の水をとることになつたが、トラカルがどうしてもさゝらなくて非道い目に合つた。医者はだら〳〵額に汗を流してゐたさうである。水は三一〇しか出なかつた」とあり、一一日「佐藤さんが、社の皆からの見舞金八十円持つて来て下すつたこの日初めて朝に三十七度以下に熱が下がつたが、午後にはまた八度近くのぼつた」、一三日「熱は昨日も今日も七度台にゐる」、一四日「二十日ぶり許りで湯に入つて熱が出た」という。

素人目には病気が回復したとは思われないのだが、三月一五日「午後退院」と記されている。四月一日には「妻が社へ行つて金を受取つて来た」とあり、四月八日には「今日は体温三十六度五分——七度二分だつた。発熱以来最も成績のいゝ日だつた」とあるのだから、退院したからといって、決して正常な健康状態ではないのだが、啄木は意に介していないようにみえる。あるいは、意に介しながらも、「成績のいゝ日だつた」とことさらに書くことによって自らを励ましているのかもしれない。ここで、三月一一日に佐藤真一が朝日新聞社の社員からの見舞金八〇円を持参してくれたことの礼状を読んでおきたい。

「拝啓、昨日は雪の降る中を態々お出下され何とも恐れ入りました、殊にまた今度の御配慮につきましては全くお礼を申上げる言葉のない次第で御座います、何だか空おそろしくなりました、此処に居る間は自分勝手にとる養生品の外は全く官費なのですが、その代り、アトは薬をのんで養生すればなほるといふ程度にさへなればズン〳〵退院させられるので、退院してからの事が多少心にかゝつてゐました、然しその方の心配も今度の御配慮で全く無くなつた訳で御座います、昨日は午後になつてまた少し熱が出ましたが、今朝はまた平温に復しました、自分ではもう退院も間もない事と思つてゐます、御同情に酬いるためにも一日も早くなほらねばならぬと心がけてゐます。

三月十二日朝　　　　　　　　　　　　　　　石川　一

佐藤先生　御侍史

皆々様へはよろしくお願ひいたします」。

これは啄木の書簡中でも、もっとも素直に本心を吐露した、感動的な手紙である。当時、節子も体調が悪く、母カツも体調が悪い。一家で健康なのは京子だけで他の三人は結核に冒されている。朝日新聞社はいかに啄木の病気が長引いても、給料の前借を認めているから、節子は給料日には必ず借りに出かける。毎月一日には朝日新聞社に出かけて給料、それも前借金をうけとってきている。休みが長引いても、この状態は啄木の死まで続く。この厚意が佐藤真一の意思によることは間違いないが、啄木には同僚にも、見捨てておかれない魅力があったのであろう。佐藤真一が社の皆から集めた見舞金八〇円を渡しに行った前日には「小田島孤舟君からお見舞三円」、三月二五日「丸谷君から二円五十銭見舞を貰つた」、四月二九日「午前に宮崎君から書留郵便が来た。十五円入ってゐた」、七月一三日「宮崎君より十五円電為替来る」、八月二日「宮崎君より電為替四十円来る」と日記にあるように、啄木一家はもっぱら朝日新聞社からの前借、見舞金と宮崎郁雨その他の友人知己からの見舞金で家計をやりくりしていた。

さて、『樹木と果実』に戻ると、入院後の二月一七日「せつ子が郁雨の手紙を持つて来た。簡単にかいてあつた。さうして雑誌がほんたうに出るのかと書いてあつた」とある。三月六日には土岐が病院を訪れている。四月七日の日記には「午前に土岐君が来て、三正舎もダメだ、今日初めて一頁から八頁までの初校が来た、それで明日の正午までに出すといふ約束だと言つた。「もう雑誌はこの儘出さずに止めようぢやないか？」これが彼の言葉であつた」。四月九日「並木君の持つて来た土岐君の伝言によると、雑誌は明日中に全部出来ると印刷所で言つてゐるさうである」とあり、四月一二日「午後三時頃になつて土岐からハガキが来た。十五日朝にできるさうである。印刷所の主人が可哀さうだからやらせることにしたとかいてあつた。さうして部数は三百五十なさうである」。四月一六日には「朝に並木君が来た。昨日金をとりに三正舎へ行つたら、主人が土岐君に泣きついたと見えて、またやらしてくれと言つてゐた」とある。結局『樹木と果実』は刊行されなかったのだが、「伝記的年譜」には「印刷所の不誠意から雑誌発行が難航する」とあり、「四月十六日　印刷所の三正舎に対し、契約破棄の通知をする」「十八日　雑誌発行を断念する」とある。

『樹木と果実』の刊行は啄木の最後の希望であったが、最終的に宮崎郁雨に資金の補塡を頼んでいたとはいえ、この雑誌刊行に関する啄木の計画はかなりに現実的であり、無謀とは必ずしもいえないものであった。

11

六月三日の日記に「夜、せつ子が質屋の利子を払ふといつて出て行つてすぐ帰り来り、今出がけにたかより手紙来り帰れといつて来たがいかにすべきかといふ。封入して来たといふ五円紙幣は持つて来たがその手紙はなくしたといふ。予はその手紙を疑はざるを得なかつた。帰るなら京をつれずに一人でかへれと言つた」とあり、四日の日記には「朝にまたせつ子が「私を信じてやつてくれ」といつた。京をつれてゆくといふ、つれてゆくなといふ。遂に予はそんなら京の母たる権利を捨て、一生帰らぬつもりで行けといつた。するとせつ子は、実は昨夜手紙が来たといつたのはウソで、金はおしげさんから借りたのだ、行つて家を売つた金のうちから少し借りて来、さうして引越をしようと思つたのだといつた。予は予の妻が予を計略を以て欺かんとした事を許すことが出来なかつた。離縁を申渡した。然し出てゆかなかつた。かくて二人の関係は今や全く互ひの生活の方法たるに過ぎなくなつた。五円の金は夜にかへして来させた」。五日の日記「予は予の生活のとつて来たプロセスを考へて、深い穴に一足〳〵落ちてゆくやうに感じた。しかしそれはもう不安ではなかつた。必致である。必然である。北輝次郎の「純正社会主義の哲学」を読んだ。夕方にせつ子にたか発の電報が来た「アイタシスグコイヘンマツ」争論がまた二人の間に起つた。予はたか子にあてて手紙をかいた。せつ子には今後直接の文通を禁じもう二人を同等の権利に置くことが出来ないと言ひ渡した。たか子に送れる手紙の要旨は、五月二十九日附のたか子よりせつ子宛手紙［以外］に文通の有無、去る二日附のせつ子のたか子宛手紙以後文通の有無、今日の電報の意味、以上三点に答弁を求め、猶二日附せつ子の手紙の返附と今後せつ子に直接文通せざることとの二点を要求したものである」。

啄木の態度はいかにも高圧的であり、妻とその家族に対して権力的であり、非人間的である。同情してみれば、節子に去られるのを危惧して、このように居丈高になったのかもしれないが、このような啄木の態度には私は共感も同情もできない。節子が憐れである。

六日の日記「予はまた今日も不幸に暮らさねばならなかつたことを悲しく思ふ。午前十一時頃たか子からせつ子宛て「〇ヤツタスグコイヘンマツ」といふ電報が来、一時間許り経て電報為替五円届いた。予はせつ子に返電を禁じ、その為替は真砂町局へせつ子をやつて直ぐ小為替に組変へさした。それ前郵便局へ行く時、財布を出せといつたら、一寸こゝに置いた筈なのが見えぬといふ、それまた「見えぬ」か、それではまた何か隠して置くことがあるかも知れぬから是非探せと言つたら、せつ子は気狂ひになるやうだといつて泣きわめいた。予は手紙をかいてそれに小為替五円を封入してたか子に送つた。それに電報の件を問責し、若しそつちで自分の妻に親権を行はうとするならそれは家庭組織の観念と氷炭容れぬものだから離婚するとまで書いた」。

日記中のたか子は節子の妹である。「伝記的年譜」によると、六月三日から六日にかけて「妻節子と、盛岡の実家に帰省の件をめぐってトラブルがおこる。妻の帰省の目的は父堀合忠操が函館の樺太建網漁業水産組合連合会に就職し、一家が函館市富岡町へ移住することになったので、これを見送るためであったが、啄木は四十二年秋の家出事件に懲りてこの願いを許さなかった。この月このトラブルが原因で、妻の実家堀合家に絶縁を宣告した（当時妻の父堀合忠操はすでに函館に就職、盛岡は家族のみであった）」という。家出事件に懲りたといっても、啄木の節子および堀合一家に対する態度は常軌を逸している。ほとんど狂人に近い。妻と妻の身内との文通を禁止する権利など、夫にはない。啄木は傲慢であり、それこそ節度もなければ礼儀もない。私はこのような啄木にただ呆然たる思いをつよくする。しかし、「伝記的年譜」の記載にかかわらず、節子が盛岡への帰省を希望したのは、たんにすでに函館に移住していた父の見送りのためというより、看病に疲れ果て、姑との確執に耐えかねて、しばらく静養したい、といった気持からではなかったか、と考える。

ただ、この節子との不和は彼女の発病により自然と解消したかにみえる。啄木自身も決して正常な健康ではない。七月四日「発熱三十八度五分、近所の医師有賀を呼ぶ」、一二日「発熱四十度三分」という状況のなかで、一四日「せつ子も健康を害し咳す、血色悪し」、二七日「せつ子容体漸く悪し、本日大学病院外来にて見てもらひ左の肺少し悪しとの診察をうけ来る（三浦内科）」、二八日「せつ子青山内科の有馬学士の診察をうけ肺尖加答児と診察さる、処方は三浦内科のと同じ、伝染の危険ありと認めらる」、八月一日「せつ子病をおして社にゆき、前借し、協信会の方をやめることにし借金全部掛金とひきかへに払ひ来る」、八月二日「宮崎君より電為替四十円来るこの頃せつ子は寝たり起きたり故炊事万端老母の役目なり老体にて二階の上り下り気の毒なり」とある。

節子がこれだけ無理をしても啄木はどれだけ節子に感謝していたのか。それに反して、「炊事万端老母の役目なり老体にて二階の上り下り気の毒なり」という啄木の母親に対する思いやりを読むと啄木の母親への愛情に感嘆する反面、節子に同情を禁じえない。

ここで、宮崎郁雨からの送金、四〇円にふれているが、これ以前、四月二九日にも宮崎から一五円送ってきているし、七月一三日にも一五円送ってきていることが日記に記されている。

なお、この六月初旬の節子の帰省騒動の前後、啄木は「はてしなき議論の後」など九篇を作、六月二五日に「家」、二七日に「飛行機」を作、詩集『呼子と口笛』の制作を計画しているが、これらの詩については第二部に書いたので、ここでは記さない。

12

このような経過の後、八月七日、本郷区弓町二ノ一八新井方より小石川区久堅町七四ノ四六に転居する。啄木が函館、小樽で僅かな期間、一戸建て住宅に住んで以後、稀な一戸建て住居住まいであった。この新居を八月一〇日に訪れた妹の三浦光子『兄啄木の思い出』に以下のとおりの記載がある。

「兄の新居の小石川久堅町七四番地の家は、真砂町から伝通院を通りこして右のほうの坂をのぼった屋敷町で、生垣に囲まれた門があり、玄関二畳、右に四畳、奥八畳、左に六畳、それに板張のお勝手で、この八畳の縁の前が庭で桜などのある日当りのよい家であった。

兄が弱っているうえに節子さんが弱い。そのうえ母がご不浄で喀血するという、家じゅう全滅のありさまであった。そこで私が万事切り盛りするのであったが、なくなった姉の長女いねが何か結婚の別れ話を持ってきたりしていた。

母は気丈でよく気がつき、なんでも自分で仕事をしないと気にくわない性質であったから、寝たきりというわけでもなかったが、なにしろ私が物心ついたときから二つに折れるほど腰の曲がっている年なので病気になるとたいへんであった。

兄は南向きの涼しい部屋で寝ていたが、気分のよいときには縁側にでてきて私と故郷の話をするのを楽しんでいた。

ちょうど北海道からくるとき、青森の林檎を土産に買ってきたが、たいへん懐かしがり、「お寺の縁側から、枝をひっぱって林檎を食べたね」などと大いに話がはずんだ。

また次の日には、渋民村に住んでみたいといい、「あすこで大好きな苺をつくって余世を送ったらよいね」というのであった。

光子は「伝記的年譜」によれば九月一四日まで滞在したという。その間に、三浦光子のいう「不愉快な事件」がおこった。この事件は九月一〇日ころの出来事であるという。

「いつも私が門の箱からとってきて兄に渡す郵便物を、その日にかぎって姪のいねがとってきて、「叔父さん、手紙」と、その二、三日熱があって床についていた兄に直接渡したのだった。

ちょうど節子さんは留守、私はお勝手にいるときであった。突然、兄が甲高い声で私を呼びたてるではないか。何事かと驚いていってみると、

「けしからぬ手紙がきた」

と怒鳴りながら、手紙のなかから為替をとりだし、めちゃくちゃに破いているところであった。

それは「美瑛《びえい》の野より」と、ただそれだけ書いた匿名の手紙であった。美瑛の野というのは北海道石狩川原野にある地名で、軍隊の演習地として有名なところだったので、兄もたしか知っていた。兄は節子宛にきたその手紙を、ごく軽い気持ちで開封したのだろう。ところが、そのなかから為替が出てきて、手紙の文句を見てゆくと、

「貴女一人の写真を撮って送ってくれ……」

といったことが書いてあったというのだ。そのほかどんなことが書いてあったか、私に知らせるどころの見幕ではない。まったくそばにも近寄れぬ怒り方なのだ。

やがて何も知らずに節子さんが帰ってくると、枕もとに呼びつけて、いきなりその手紙をつきつけ、

「それで何か、おまえ一人で写真をうつす気か?」

と声をふるわせて、噛みつくように怒りだし、

「今日かぎり離縁するから薬瓶を持って盛岡に帰れ! 京子は連れていかんでもよい。一人で帰れ!」

とたいへんな勢いである。そうして泣くように、

「今までこういうこととは知らずに信用しきっていた。今までの友情なんか何になるか。それとも知らず援助をうけていたのを考えると……」

と、身をもんで怒りつづけるのだ。

先ほどからの様子を隣室で聞いている母は、兄がかわいそうだといっては泣き、また節子さんを病中に家に帰すのはかわいそうだと、涙にくれているといった騒ぎだ。

私も兄の怒りにすっかりとりのぼせていたが、後から考えると、前まえから節子さんからの話もあったので、それほどのショックはうけなかったように覚えている。そして母にも、「ほっときなさい」というような言い方をしたのを覚えている。節子さんはどうしたというのか、見ていてももどかしいほど、ただ泣きながらあやまっているだけなのである。

怒りの容易におさまらない兄はさっそく堀合の父に長い長い書留便を書き、私にすぐだしてこいと命じるのであった。そのとき、当の手紙の主である美瑛の野よりの主人公にも絶交状を書いたのだが、これは私ではなく、いねがだしにやらされたと思う。

節子さんは泣いてあやまっただけでなく、その日の夕方、ほんの少しの間見えないと思ったら、ご不浄のなかで髪の毛を切っていたのであった。ふつうの髪に結えないくらい短く切ったので、私が、

「そんなことはしなくってもよかったのに……」というと、節子さんは、

「いいえ、私決心した証拠にこうしたの、ほんとうに心配かけてすまなかったわね。光ちゃんは私の気持はわかってくれるでしょうね」というので、私も、

「私が手紙をとりにいっていたら、こんなことにはならなかったのにねえ」と慰めたのであった。

しかし、節子さんはこれまでも私に、

「Iさんもそうだったし、そのほか、あの人も……」

というように、兄をとりまく青年で彼女に好意をよせた人々の名をあげてむしろ得意気に話すというふうであった。

私はそれを聞くたびに、兄の不如意の生活を実家から送ってきた着物まで質入れして支えていた節子さんの、知らず知らずの気持から、多少わがままになり、ある面で女王のように振舞わしたのではあるまいかと、そのときまたそれを思い出したのを覚えている。

最近姪の田村いねから聞いたことだが、事件の起こった真夜中、兄が一人で玄関から外にでたので、節子さんがあわてて追いかけてでていったが、しばらくして兄を連れて帰ってきたということである。

翌日になると兄は私に、

「まあとにかく、家におくことにした」

と、それだけいっていた。しかし、機嫌は依然として悪く、すっかりとげとげした物言いで何をいいつけるにも、「光ちゃん！」「いね！」と呼んで、決して節子さんを呼ぼうとしない。

だが、この機嫌の悪さも二、三日ぐらいだったろうか、私は学校から二学期のため準備もあるから早く帰って休養しなさい、といってきたので、九月十四日に出発、名古屋に帰ったのだが、その朝などは、外見はもういつもの仲のよい夫婦になっていた」。

この文章はその場の目撃者の証言だから現実感に富んでいるが、「不愉快な事件」以上に「不愉快」な文章である。「前まえから節子さんからの話もあったので、それほどのショックはうけなかった」「「私が手紙をとりにいっていたら、こんなことにはならなかったのにねえ」と慰めた」、節子が

「兄をとりまく青年で彼女に好意をよせた人々の名をあげてむしろ得意気に話すというふうであった」「女王のように振舞」ったなど、いかにも宮崎郁雨との不貞があったかのようにほのめかして書いている。「美瑛」が陸軍の演習地であることは分かりきっているのだから、この手紙が「美瑛の野より」とあれば宮崎郁雨からのものであることはすぐに分かるのだから、匿名であったということも信じがたい。宮崎自身は八木書店刊、岩城之徳編『回想の石川啄木』所収の「啄木と私」中の「啄木の妻の不貞説について」の章で次のとおり書いている。

「問題となった私の手紙の行ったのは多分九月中旬頃と思いますがよく記憶しておりません。ちょうど射撃演習で美瑛《びえい》村に滞在中でしたが、匿名の手紙ではありません。その手紙のことで夫婦の間にトラブルがあったということをその直後友人からの手紙で承知しました。前記の堀合家からの手紙も、私のその手紙も、貧苦と病苦に悩む不幸な節子さんに対する肉親またはそれに繫《つな》がる身内のものとしての切実な愛情の表現に行過ぎがあったり、落度があったりしたために、家庭生活では案外に封建的であり、独善的に振舞っていた啄木の自尊心を傷つけることになったものと思います。その手紙の内容は覚えておりませんが、とにかく自責を感じております。

このことについては啄木から何もいってこず、私からも直接手紙を出しておりません。堀合家（函館）に対しては何かいってよこした由は、私が旭川から帰ったあとで岳父から聞きましたが、岳父は私の心を傷めまいためか、別に重大問題とも考えていないようないい方でありました。

私は友人からの手紙と岳父から聞いたことをもとに啄木夫妻の幸福のために爾後義絶する決心をし

ました。啄木も節子さんに私との義絶を申し渡したことでしょう」。

　宮崎郁雨が節子に好意をもっていたことは疑問の余地がない。節子の妹のふき子と結婚したのも、節子への思慕からであったにちがいない。節子が郁雨をお兄さんと慕っていたこともふき子宛ての書簡から明らかである。窮乏と一家三人の病苦に苦しむ節子を郁雨がけなげに、いじらしく、気の毒に思い、それがほとんど愛情に近いものになっていたとしてもふしぎはない。ともかく郁雨は啄木が小樽を去って釧路へ、さらに上京して朝日新聞社に就職するまで、彼女らの面倒をみていた間に、そのような心情がつよくなっていったことは私には当然のように思われる。そのために、節子に宛てた郁雨の書簡に啄木を激怒させるような表現があったのではないか。だから彼も「自責を感じ」、義絶を決心したのではないか。

　岩城『啄木伝』によれば、郁雨の文章にいう「友人」は丸谷喜市である。丸谷は函館出身、当時東京高等商業学校に在学中であり、当時の啄木ときわめて親交があったことは啄木の日記からもはっきりしている。岩城『啄木伝』にはこう書かれている。

「郁雨はけっきょくこの丸谷喜市の「美瑛より石川夫人への、貴状を啄木より示された。夫人に対する君のこころ及び君の在り方はPlatonicなものと思ふが、それにしてもこのまま石川家との交際乃至文通を続けることは、結局、啄木夫妻の生活を危機に陥らしめる虞《おそれ》があるから、今後、夫人および同家との交際ないし文通は止めて欲しい」（丸谷喜市「覚書――『美瑛の野より』に就いて」大阪啄木の会機関誌「あしあと」二十二号）という忠告を入れて、「啄木夫妻の幸福のため爾後義絶する決心」（岩城宛書簡）をし、丸谷にその旨を書き送った。

丸谷喜市はこの事件をめぐる「覚書」の中で、啄木にこの「自分の採った処置および郁雨との通信の内容を報告する」と、「啄木はこれを多とし、且つ諒承した」と述べ、さらに啄木が丸谷と郁雨との間に交換された書簡の中のプラトニックということばをとりあげて、「その点は僕も疑はないよ」と言った「その時の彼の声を、私は今なほ、はっきりと思ひ起すことができる。」と述べ、巷間伝えられるような啄木の妻の「不貞説」は、啄木夫妻や宮崎郁雨の名誉を不当に傷つけるものであると語っている」。

この絶交がもたらした状況についても岩城『啄木伝』が正確に記述しているように思われる。岩城の文章を引用する。

「こうして啄木は思いがけない事件から郁雨との関係を断つのであるが、函館以来啄木の生活を援助して文字通り刎頸《ふんけい》の交わりであった郁雨と袂を分かつことは、啄木の精神的な支柱を失うばかりでなく、生活上の危機を招くことは火を見るより明らかであった。その強い自尊心のゆえに親友と絶交した啄木もこのことを思えば、迫りくる生活の不安に心を暗くし、危機意識を持ったことは想像にかたくないところである」。

この結果、節子は「金銭出納簿」をつけ、一銭一厘もむだにせず、収入と支出のバランスをはかろうとした。「金銭出納簿」は佐藤真一から一五円借りた九月一四日からはじまっている。岩城『啄木伝』はこう書いている。

「宮崎郁雨との義絶によって、一家の家計が逼迫《ひっぱく》することはあきらかであった。また堀合家との義絶によって節子も身内からの慰めの便りも期待できなくなった」。

宮崎との義絶はともかく、堀合家との義絶は啄木の身勝手にすぎないが、節子はたえていた。岩城『啄木伝』からの引用を続ける。

「しかし啄木とその妻はみずからの力で苦難とたたかうことを決意した。節子もそうすることが病床にある啄木を励まし、再起への道につながると信じたのである。その覚悟が九月十四日より始まる「金銭出納簿」であった。

九月十三日夜の持金は僅か一円七十一銭。一家の新しい出発としてはあまりにみじめな状態であり、彼等の覚悟も悲壮であった。

もはや啄木の母カツも妻の節子も憎しみ合うどころではない。啄木を中心に身も心も寄せ合って生きてゆかねばならないありさまとなった。

こうして啄木と妻の間に、妻と姑の間に、これまでにない宥和が生まれた」。

「啄木を中心に身も心も寄せ合って生きてゆかねばならないありさまとなった」ことも「共同の敵は襲いかかる生活苦」であったことも事実だが、だからといって「こうして啄木と妻の間に、妻と姑の間に、これまでにない宥和が生まれた」というのは岩城の推測にすぎないと私には思われる。日記にも書簡にもそれらしい気配は認められない。たとえば、三月ほど先になるが、一九一二(明治四五)年日記の一月七日の項には「妻はこの頃また少し容態が悪い。髪も梳らず、古袷の上に寝巻を不恰好に着て、全く意地も張りもないやうな顔をしてゐて、さうして時々烈しく咳をする。私はその醜悪な姿を見る毎に何とも言へない暗い怒りと自棄の念に捉へられずには済まされない」とあり、また「夜になつて、京子の寝る時、妻はまた烈しく咳をした。『お前も寝ろ』と私は命令的に言つた。妻も寝た。そこで私は、『咳の薬を買つて来るが、のむか、のまないか』と聞いた。『私が明日行つて買つて来ます。』『いゝや。おれの親切はお前にはうるさいやうだけれど、お前のその咳をきくとおれは気違ひになりさうだ。』から言つて私は寒い風の吹く中を、電車通りまで行つて、咳の薬と浅田飴とを買つて来た。私は自分を憐れむの情に堪へなかつた」という。実際は母カツも結核、啄木も結核、節子も結核に冒されていたのだが、啄木一家は結核を自覚しないままに、まさに地獄図のような荒寥たる日々を過していたのであった。

一九一一年の夏に光子が来た八月一〇日の翌日、一一日に「森田草平君来り、夏目夫人鏡子氏及び君の名にて見舞七円」とある。この見舞について森田草平は『回想の石川啄木』所収の「私と啄木の関係」に、「これは夫人が石川君を知っていられたからでない、たゞ同じ社員で、先生と同じく文学を志すものが病気だと聞いて、見舞ってくれと云われたまでである。夫人が五円、それに私が二円加えて、同封にしたものであろう。実はこんな事まで日記に書かれて、それが後世に残ろうとは夢にも知らなかった。知っていたらもう少し奮発したかも知れない」と書いている。

節子の「金銭出納簿」(『啄木評伝』岩城之徳)は九月一四日「前日繰越高一円七一銭、佐藤氏ヨリ借用一五円」という記載からはじまる。この他、収入として記入されているのは、一七日「イネヨリ五〇銭」、二二日「新聞売代二八銭」、二五日「イネヨリ四〇銭」、二六日「イネヨリ一五銭」とあるが、二七日には「いねへ返済五〇銭」、一〇月一日にも「イネへ五銭」返済している。いねは当時同居していた姪、啄木の長姉、田村サダの娘であり、宮崎郁雨からの書簡を啄木に渡した由、妹光子の回想に書かれている。いわば九月は、北江こと佐藤真一から借りた一五円を除けば、いねからの借入金五五銭と古新聞を売った代金二八銭しか収入がなかったから、三〇日の残高は一〇銭しかなかったことが「金銭出納簿」に記されている。そこで一〇月一日には「主人俸給二七円三七銭、佐藤氏へ返済五円」ではじまる。俸給前借のはじまりである。

同じ一〇月一日には、米内山健助宛ての次のような書簡を送っている。

「米内山君、

先日は珍しいもの、誠に有難う。御好意は何とも感謝の辞がない次第です。

さて誠に申兼ますが、私許りか妻までが医者にかゝつてるところへ、九月は老母の腸加答児、子供の肺炎（風邪がもとで）のため月末になつて二十円からの不足ある次第、この十月分からはキツトお払ひしますが、八月分残り九月分のところどうか少し待つて下さい。何とも済まないけれど何卒」。

日記を見ると、一〇月三〇日の日記に「日が暮れて間もなく、高等師範の提灯行列を見るといつて節子が母と京子を連れて出ていったが、雨が降ってきたので傘をもって迎いにいった」（原文ローマ字、日本語表記は『全集』による）のが、唯一、岩城のいう「有和」を窺わせる記事であり、他にこうした記述は見られない。むしろ、日記は病状と借金の記述がそのほとんどを占めている。

一〇月三一日の日記、「こないだ中、胸の痛かったのはなおってしまったが、咳だけはやっぱり出る。もっとも胸に響くことはさほどでなくなった。

さびしい晦日！　節子は病院にいった帰りに、傘を質屋において五十銭借りて来た。わたしは今日は何となく不愉快であった。

節子も胸が悪い（それがこの二、三日よかった）といって寝ていた。夜、まだ九時になったか、ならぬかのころにもう寝てしまった」（原文ローマ字、日本語表記は『全集』による）。

傘を質入れして五〇銭借りるということができるのか、と驚くばかりだが、啄木一家は困窮の極みにある。啄木は節子がふて寝しているかのように書いている。

一一月一日「午後せつ子が社に行つて来た。前借二十七円。今月は佐藤氏へ返金するのをのばして貰つた。それでも足らないのでいろ〳〵の払ひも十五日まで延期。

光子の着物をやう〳〵質屋から出して小包にして出す」。

妹が置いていった着物まで無断で質入れしていたのであろう。ただし、光子がこれほどに窮迫している兄啄木の家に相当の期間寄食しながら、金銭の出捐をした様子はない。

一一月一日付けの佐藤真一宛ての書簡をみる。

「誠に恐れ入りますが、今日差上ぐべき筈のもの、どうか御延期を願ひます。何とも済みませんですけれども。この頃は少し咳が出ますので、困つてゐます。何しろあまりハカがゆかないから、そのうちに医者にすつかり処方を変へて貰ふ相談をしようと思つてゐます。熱は平生矢張七度六分位が頂上ですが、からだを動かすとか、一日寝ないでみるとかすると、どうしても成績がよくありません。黙つて寝てゐる日は七度二分位にしか上らないこともあります。一昨日は大掃除だといふので、午前に少し許りからだを使つたところがすぐ八度近く発熱しました。先日関君が久し振りに血色のよい顔をして来て、池辺さんのやめられたことを知らしてくれました。私がかうして寝たり起きたりブラ〳〵してゐる間に、世の中が私と全く関係なしにズン〳〵変つてゆくことを思ふと、どうせ健康でゐても大勢に関係のない人間でありながら、矢張何だか唯一人取残されて行くやうな気がします。

革命戦が起つてから朝々新聞を読む度に、支那に行きたくなります。さうして支那へ行きさへすれば、病気などはすぐ直つてしまふやうな気がします」。

一一月三日の日記には「せつ子は病院に行つて来た。今日は天気も可かつたし、朝から気分がよい積りで、椽へ出て、恰度予の家の庭の隅に設けることになつた共同水道の工事などを見てゐたが、午後になつて、綿入に羽織まで着た背が寒気がし出した。三十八度まで発熱。日の暮れるまでぢつと寝てゐた」とある。

この日、啄木は「(与岡山君書)」として「信愛なる岡山儀七君」とはじまる盛岡中学以来の友人岡山に宛てた「平信」という文章を起稿している。第一章では「僕の病気は此頃また少し面白くなくなつた」として、病状を知らせ、第二章で母カツについて語っているので、啄木のこの時点における母カツに対する心情を窺うため、読むこととする。

「母――君も知つてゐる筈の、あの腰のすつかり曲つてしまつた僕の母は、僕の為めに茶断ちをして平復を祈つてゐてくれる。君、六十幾歳の今日《こんにち》まで何一つ娯楽といふものを有《も》たなかつた僕の母にとつては、喫茶《きつちや》といふ事はその殆ど唯一の日常の慰めでもあり、贅沢《ぜいたく》でもあつた。僕はまだずつと幼かつた頃から、母が如何に満足気な様子をして、朝々の食事の後の一杯の茶を啜《すす》つたかを見知つてゐた。人が白湯《さゆ》を割らずには飲まないやうな濃いのを、母は殊に好んで美味《うま》さうにして啜《すす》るのであつた。その好きな茶をふつつりと断つてしまつた母の心は、僕にもよく解る、さうして十分感謝してゐる。が、悲しい事には――実際悲しい事だ！――僕は僕の母の心をよく知つてゐると共に、また、さうした心づくしの畢竟何の役にも立たない事をもよく知つてゐるのだ。よしや母が、その好きな茶を断つたばかりでなく、その食を断ち、その呼吸を断つたとて、その為めに僕の熱が一分一厘だつて下《さが》りはしない。……

つい此間も、去年生れて間もなく死んだ僕の子供の命日に、母は些《いささ》かの供物《そなへもの》をした仏前に線香を手向《たむ》けながら、「真坊（これがその死んだ児の名前だつた）、お父さんや母さんの病気の早く癒るやうに守れよ」と言つた。その時僕は恰度夕《ゆふべ》の食卓に就いて箸を取り上げた処だつたが、母の言葉の終るか終らないに、両の眼には思はず涙があつまつた。君、僕は僕の眼に涙のあつた事を嬉しいと思ふ」。

母カツの啄木に対する溺愛はあらためていうまでもないし、啄木の心情も理解できる。ここで「母さんの病気」も癒るように守れよ、と祈っていることからみると、岩城のいうようなカツと節子の間の「有和」もあったといえるかもしれない。

第三章に注目すべき記述があると私は考える。途中から引用する。

「僕は何時《いつ》でももう此手紙を書く事を止めようといふ気になつた。——此手紙ばかりでなく、一生文章といふものを書くまいといふやうな自棄の心にさへなつた。さうしてまたもぞくさと蒲団の中に逃げ込まねばならなかつた。

或晩、やつぱり同じ事を考へてゐながら、何時《いつ》しか神経が昂《たかぶ》つて来て、いくら眠らうと思つても眠れない気持になつた。真暗な室《へや》の中に三時間もさうして目を開《あ》いてゐた末に、とう／＼僕は一人で起きて電燈の捻子《ねじ》をひねつた。恰度一時だつた。火鉢には火が絶えて、鉄瓶にもう少しの余温《ほとぼり》もなかつた。間もなく妻も目を覚まして起きて来た。

「おい、俺はやつぱり駄目だよ。」叱り付けるやうな調子で出し抜けに僕はかう言つた。「俺はもう書く事なんか止《よ》さう、俺の頭にある考へはみんな書く事の出来ない考へばかりだ。書いても書けない事はないが、書いたつて発表する事が出来ない。」

「さうですねえ。」妻はかう答へた。さうして適当な言葉を見出さない時に何時もする通り、眼を急がしくパチ／＼さしてゐた。

「しかし俺の考へは間違つてゐない。」

二人は火のない火鉢を中にして、稍暫《ややしば》し無言のまゝ相対してゐた。そのうちに妻は火箸で灰を突つき出した。

（中略）

しかし今朝になつたら、僕の心もまた変つた。君、僕はやつぱり「時機を待つ人」といふ悲しい人達の一人である外はない——酒や皮肉にその日〳〵を紛らしたり、一生何事にも全力を注いで働くといふ事なしに寂しく死んでゆく、意気地のない不平家の一人である外はない。苟《いやし》くも信ずる所があれば、それを言ひ、それを行ふに、若しも男児であれば何の顧慮する所もない筈だ。しかし僕は不幸にして、今の心ある日本人の多くと同じやうに、それの出来ない一人だつた。かういふ諦《あきら》めは必ずしも今朝《けさ》に始まつた事ではない。今のやうな思想が頭に宿つて以来、既に長い間僕は「時機を待つ人」だつた。「今にその時機が来る。」さう思つては辛くも自分を抑《おさ》へて来た。

（中略）

君、僕は平生随分諦《あきら》められ難い所までも諦めてゐる」。

この文章では、啄木は最晩年になるにしたがい、絶望と諦念をふかくしていったかにみえる。

日記に戻る。

一一月四日「夜また三十八度までの発熱」。

一一月五日「朝から気分がすぐれなかつたが、午後になつてとう〳〵三十八度七分までの発熱。寝てくらした。夜には少し下つたので、岡山君への手紙を改めて書き出してみた」。

一一月九日「この数日妻がまた少し悪い。予も」。

一一月一三日「十五日までと言つて延しておいた払ひの事が気になつた。今日は何だか加減がよくないので多く寝てゐた」。

一一月一五日「払ひはまた延期」。

翌年一月一九日に脱稿した「病室より」では、啄木は次の文章で終えている。

「破壊！　自分の周囲の一切の因襲と習慣との破壊！　私がこれを企てゝからもう何年になるだらう。全く何も彼も破壊して、自分自身の新しい生活を始めよう！　この決心を私はもう何度繰返したゞらうか。しかし、藻掻《もが》けば藻掻くほど、足掻《あが》けば足掻くほど、私の足は次第々々に深く泥の中に入つたのだつた。さうして今では、もう兎《と》ても浮み上る事が出来ないと自分でも思ふほど、深く〳〵その中に沈んでしまつたのだつた。それでゐて、私はまだ自分の爽快な企てを全く思ひ切る事も出来ずにゐるのだつた。

たうとう私は、他の一切のものを破壊する代りに、病み衰へた自分の軀をひと思ひに破壊する事にまで考へ及んだ。私の苦しい考へ事はいつでも其処へ来て結末になる。私はいつもの通りの浮かぬ顔をして、もぞくさと床を這ひ出した」。

啄木が辛酸な日々、自死をしばしば考えてきたが、その最後の文章で切実に自死を考えていることはまことにいたましい。

元に戻るが、一一月一六日「今日は妻が病院に行つて、大分いゝやうだと言はれたと言つて帰つて来た。眼にツベルクリンの注射をして来たが何の反応もなかつた。妻の注射は新聞にあつた最新無蛋白質ツベルクリンかと思つてゐたが、ロウゼンバツハのツベルクリンと言つて別なものな事が解つた」。

一一月一七日「綿入を着てゐては汗が出る程あたゝかな日であつたが、からだが何だかだるくて午後には七度八分まで発熱した。

先月からかゝつて写してゐたクロポトキンの「ロシヤの恐怖」を写してしまつたので、製本した。何度も〳〵それを手にとつて眺めながら、予は悲しかつた。こんな事をして暇つぶしをせねばならぬ現在の状態を考へて」。

一一月二一日「三十七度八分まで発熱　寝てくらす」。

一一月二二日「朝に佐藤さんより葉書。二葉亭全集の事だつた。それによつて池辺氏へ手紙書く。三十八度三分まで発熱、午後は死んだやうにぢつと寝てゐた」。

一一月二三日「昨日かいた池辺氏への手紙と共に佐藤氏へ葉書。今日も三十七度八分まで発熱。寝る」。

一一月二四日「古本やを呼んで古雑誌をうる。五十銭。　三十七度八分　寝てくらす」。

一一月二五日「三十七度六分。小村前外相病篤しとの号外。予と同じ病気なりしならむ。気分わるし」。

一一月二六日「気分わるし。三十七度八分」。

一一月二七日「朝、丸谷君に手紙をやつたところが、夜に来て十円借してくれた」。

一二月一日「妻が社に行つて二十七円前借して来た。その留守に西本波太氏が二葉亭全集の原稿受取に来た。恰度行火をしてあたつてゐたつた所だつたので、それを次の間へやつて逢つたが、その時風邪をひいたとみえて、夜になると喉がいたみ、咳が出て弱つた」。

一二月二日「払ひは滅茶苦茶、屋賃ものばしたが、それでも丸谷君へ返すのが足らなくなつて、五円だけ手紙に封じて送つた」。

一二月三日「咳が出、喉がいたみ、さうして気分が悪くて寝てゐた」。

一二月四日「小樽の佐田庸則から集金郵便で旧債六円の取立が来た。〈返してやつて〉手紙をかいた。三月まで延期」。

一二月二六日「賞与二十円、前借二十七円、せつ子行つて受取つて来る」。

まったく欠勤の啄木に賞与を払ったのも佐藤真一のはからいにちがいない。それでも、一二月二九日には西村真次宛てに次の書簡を送っている。西村は東京朝日新聞における二葉亭四迷全集の編集責任者であったが、冨山房に転職、啄木がその後任になった、という関係の人物である。

「西村さん。まる一年もすつかり御無沙汰してゐて、突然こんな手紙を差上げるなんて、自分ながら自分の行為を弁護することも出来ない次第で御座いますが、よく〳〵の事だと思つて下さい。今年はまるで病床に暮してしまつたのです。一月から悪く、二月一日に診察をうけて慢性腹膜炎だと言はれ、すぐ大学病院の施療に入院したのでしたが、同月末更に非常の発熱と共に肋膜炎を併発し、その後退院はしましたが、病勢一進一退、七月にはまた四十度以上の発熱でひどい目にあひ、八月に此処へ病床を移したのでしたが、涼しくなつたら癒るだらうと思つてゐた予想がはづれて、殊に向寒の頃から一時少し具合のよかつた熱がまた〳〵面白くなくなり、月に一度かそこいら気分のよい日に湯屋にでも行く外は全く下駄をはいた事がないといふ次第で御座います。腹の方はもうスツカリいゝのですが、肋膜が漫性になつてしまつてるので、春暖の頃にでもならなければ兎ても恢復すまいと思つてゐます。

親があり妻があり子がある処へこの始末、それだけでも大変ですのに、その妻までが七月以来もう半年病院通ひをしてゐます。この方は肺が悪かつたので、一時はひどく衰弱したのでしたが、例の最新ツベルクリン注射の結果今では全く結核菌のある兆候がなくなり、体重も増し、顔色も殆ど普通になりましたが。

かういふ状態の処へ「年末」が来たのです。半季間全く出勤しなかつたのに、社ではそれでも賞与を二十円くれました。何とも有がたい事ではありますが、しかし二十円だけでは兎てもこの年末が越せないのであります。今迄十一ヶ月の病床生活で、もう無理に無理を重ねて来てゐます。押し詰つた今日此頃、毎日浮かぬ顔をして行火に寝ながら考へても、どうにも方法がつきません。

西村さん。兎ても申上げられない程の無理なお願ひなので御座いますが、万一出来ます事ならば、原稿料の前借といふやうな名で金拾五円許り御都合して助けて頂けますまいか。これが健康な時なら、こんなお願ひをするにしても、徹夜でゞも何か書いて、直接お訪ねしてお願ひするのですけれど、今のからだではそれも出来ません。但しお許し下されば、あなたの御命令の期日までに御命令のものを是非かきます。私で出来るものなら何でも書きます。学生に読ませるやうな短篇でも、感想のやうなものでも、歌の評釈のやうなものでも、或はまた歌でも、何でも御命令通りに書きます。また名前を出さなくても済むやうな種類のものでもよう御座います。

十五円といふと私にとつては大金で御座います。しかし実際の不足額の約四分の一で御座います。十五円あれば、四方八方きりつめて、さうして一円か二円正月の小遣が残る勘定なのです。何とかして（無理を極めたお願ひなのですが）助けていたゞけませんでせうか。お葉書を下さればすぐ妻にお伺ひいたさせます、三十一日の間に合ふやうに」。

この時期の啄木は切羽つまった状況で、率直に真情を打ち明けて懇願していること、涙ぐましい感を覚える。途中で省略できないかと思いながら、全文を引用することになった。

また、日記の一二月三一日「残金一円十三銭五厘　今日は面倒なかけとりは私が出て申訳をした。夕方が八度二分　百八の鐘をきいて寝る」。

直視にたえないような惨澹たる状況である。節子の「金銭出納簿」には前月繰越高六円六九銭、収入合計五二円九五銭、支出合計五八円五〇銭五厘、とあり、残高一円一三銭五厘と記載されている。

13

一九一二年に入る。一月一日の日記には「今年ほど新年らしい気持のしない新年を迎へたことはない。といふよりは寧ろ、新年らしい気持になるだけの気力さへない新年だつたといふ方が当つてゐるかも知れない。からだの有様と暮のみじめさを考へると、それも無理はないのだが、あまり可い気持のものではなかつた」とはじまり、「三十八度一分まで上つた熱は、寝る頃になつて七度三分まで下つた」という記述で終っている。その間、「たつた一つ気持のよかつたのは、午後に『学生』の西村真次君からの使ひが五円封入の手紙を持つて来た事であつた。暮の二十九日に原稿料前借の手紙をやつておいたのが、旅行中で三十一日の晩まで見なかつたと言つて、自分のポケットから借してよこしてくれたのである。何度も〳〵紙幣を折つてみたり、披げてみたりして、しみじみ有がたいと思つた」とある。この西村に翌二日に次のような礼状を書いている。

「昨日は元日だといふのに午前のうちから熱が出て気分が悪く、ズット寝て暮しましたので此手紙も今日になつて書く事になりました。西村さん、御厚情の金五円、何とお礼の申し様もありません、殊に時が恰も元日の事とて、何だか今年はいゝ事のある前兆のやうで、心では何度手を合せてお礼を申したか知れません、

仰せの通り私の手紙は遅う厶いました、といふのは百計のつきた後にやう〳〵思ひ切つてアレを書いたからです。書いて差上げはしたものゝ何しろあまり無理なお願ひなので、兎ても聞届けて頂けるものとは思はれませんでした。それで三十一日の朝になつて、妻があなたをお訪ねして見ようかと言ひ出した時も止《と》めた位でした。それをかうして、しかもあなたのポケットから出して下されたといふのですから、実際涙の出る位有がたいのです。

熱は三十日の日から三十八度少し上にのぼるのですが、三十一日には妻の手に負へないやうなカケトリには僕が出て詫びをしてやりました。二人許り手きびしい奴があつて弱りましたが、それでもどうかかうか新らしい年が来たといふのは不思議でなりません。今日はこれから、久しく飲まずにゐた薬

を買ひに（恩借のお金で）妻を本郷までやるところです。原稿は是非そのうちにお送りいたします、先は不取敢お礼までかくの如くで御座います」。

西村真次は『回想の石川啄木』所収の「啄木君の憶ひ出」の中で、「私は出来ることなら、彼れのいふだけ送ってやりたかったのですが、国許へどうしても送金しなければならないので、家内のポケットから五円紙幣を吐き出させ、現金封入郵便で石川君に送ってやりました。年末で為替が間に合はないと思ったからです。（中略）ところが三十一日にも返事がなかったので、どうしてゐるだろう、事によると年が越せなかったのではないかと心配してゐましたら、二日の午後に」前記の手紙が届いたと書き、「たった五円の金で、彼れにこんなことをいはせて済まなかったやうに今は思ひますが、其当時は私とて随分困ってゐたのですから、どうも致し方がありません。石川君は傲岸不遜といふほどではありませんでしたが、相当の負けず嫌ひでした。こんなことをいってよこしたのはよく〳〵困ってのことゝ思ひます」とつけ加えている。西村は啄木の希望する一五円は用立てなかったが、原稿料の前払いとして会社から貸さず、夫人のポケット、いわゆる「女房のへそくり」から吐き出させて貸したのであった。ただ、西村宛て書簡は前年一二月二九日付けで、同日投函したにちがいないし、西村もすぐ届くように現金封入郵便で手配したのがどうして年内に届かなかったのか不審である。だが、啄木は一二月三一日の夜まで西村が啄木の書簡を見なかったのであろう、と思い、あたかも一二月三一日の朝に自分が西村に書簡を郵送したかのように、つまり自分の過誤のようにとりつくろった礼状を書いたのである。西村は啄木がこのような手紙を書いたのは、よくよく困っていたからであろう、というが、それは事実だが、この時期の啄木の書簡は見栄も衒いも捨て、素直に真情を吐露したものばかりといってよい。これらの書簡は、わが国の文学者の書簡の中でもことに心をうつ文学的遺産であると私は考えている。

二日の日記には「午前に西村君への礼状をかいた。さうして妻を本郷までやつて、例の散薬を十日分とピラミドンを五日分だけ買つて貰つた。散薬は一日分たつた七銭なのだが、それでさへこの三月許りのうちに、たつた一週間分だけ十二月の初めに買つたきりであつた。新年の雑誌も買ひたかつたが、それはやめにした」とあり、その後、姪のいねの件で作田という男の訪問をうけたことが記され、「夜になると、熱は薬のために下つてゐたが、心はあたらしい暗さに占められてゐた。私は今月から何かしら書いて原稿料をとらなくてはならぬ事になつてゐる。何を書かうか？　かう思ふと、もう何事からも興味を見付けかねるやうな私の今の心は、恰度ぎり〳〵しめ木にかけて生身を締められるやうに痛んだ」とも記している。

一月三日の日記には「たとへやうもない不愉快な日であつた。熱がやつぱり三十八度の上にのぼつた。ピラミドンをのんだ」などとあり、四日には「午後に並木君が来た。彼は今年になつて最初のわが家の客であつた。二時間許り話して、一しよにとろゝ飯を食つて帰つて行つた。久しぶりで友人といふものに逢つたのだから嬉しかるべき筈だつたのに、帰つたあとでは反対の心持が残つてゐた」という。並木武雄は函館の苜蓿社以来の友人であり、後に東京外国語学校に進学して、上京、晩年、丸谷とともに、啄木と親しい関係にあった。五日には、土岐哀果が来訪、青柳のおこしの缶に入ったのと門司から送ってきたという朱欒を土産に持参した。一月七日の節子の咳からの凄絶な記述はすでに引用した。

日記には八日の記述がない。しかし、この日、金田一京助に手紙を書いている。

「只今お葉書を拝し、驚き入り申候。あの可愛気にむつちりと肥えておはせしお子様おなくなり遊ばせしとは、私も夢のやうに候。肺炎と申せば、明けて昨年の九月、私の子もそれに罹り、病人夫婦が徹夜にて氷嚢を取りかへてやりなどして、既に亡きものと思ひしいのちを取りとめ候ひしが、同じ病が今あなたのお子様を奪ひ候とは何たる事！　御愁傷の御有様も目に見ゆる様にて、とみには申し聞ゆべき言葉も思ひ出で侍らず、奥様のお心は申すに及ばず、盛岡の祖父祖母君の御いたみなど急がしく心に浮べられ候。子を失ひし恨みは私にもあり、すべてはお察し申し上げ候。病中御回向も叶はず、取り敢ず御くやみまで斯くの如くに御座候」。

かつての二人の親密な交情を思うと、考えにくいほどの他人行儀な挨拶状である。この当時、啄木は金田一京助と疎遠であった。『一握の砂』において宮崎郁雨と並んで献辞を捧げられ、本を送られても葉書も寄越さないと啄木が嘆いていることはすでに記したとおりである。金田一京助は「啄木余響」の中で「私自身は、結婚したり、子供をもったり、自分の暮しに追われたりして、家を成してから随分石川君に背いていた（この事を思うと、今ひとり生残って、友人顔して兎や角云うことは、心苦さを覚える）。殊に、越えて一月、即ち石川君の亡くなる年になっては、私は、新年に、二つになった女の児を亡くして、ひた寄せに来る哀苦に、我と自身を繁務に引入れて——出版業を創める若い友人の為に『新言語学』の著を引受けたのだった――凡夫の愚痴を自ら封じて暮していた。それ以来、石川君には、一層逢う機会もなく、亡くなる日を加えて僅三度しか訪ねていない。一度は三月始、母堂の亡くなられたすぐあと、此の時は石川君は、『自分達夫婦が、朝常の如く起きて見ると、隣室で母が夜中あたりに息を引き取って、冷たくなっていたのだった』こと、『子や嫁と同じ屋のむねの下に住みながら、死に水も取られずに死んでいた』という事、それを世にもあられぬ様に物語って、しんみりお母さんを可哀そうがる談に暮れて、殆んどその余の話は――何が出たか覚えがないくらいだ。二度目は、何がなしに手紙をくれてただ逢いたいと云ってよこしたので行った。それは亡くなる十日前、丁度私が『新言語学』を脱稿した時だった」と書いている。疎遠であったことは、この書簡で啄木が長男真一の死にふれていることからみても、金田一は真一の死を知らぬほど交際が途絶えていたことが分かる。だから啄木がうけとった葉書も通り一遍の死亡通知だったと思われるが啄木としては真一の死を思いあわせて金田一夫妻に対する哀悼の気持を伝えないではいられなかったのであろう。

九日の日記には「兎も角もこの二日間は穏かに過ぎたといふものだ」とあり、七日の節子との険悪な関係が一応平静に戻ったことを記しているが、「午後には、しかし、熱がまた三八度まで出た」とある。また、「夜には午前に書き出した杉村氏への手紙を九時頃までかゝつて書き了へた。それは此間の賀状に書いてあつた同情の深い言葉に対して礼を述べるためであつた」とある。楚人冠こと杉村広太郎宛てに書簡を書いている。冒頭を省略して、途中から引用する。

「私はこの頃よく去年の一月の事を思ひ出します。「死刑の宣告をされてから被告は万才を叫びました。」から怒鳴りながら編輯局にかけ込んで来た松崎さんの容子は、今でも目に見えるやうです。私はそれなりもう何も考へずに家に帰つて寝たいやうな気持をしながら、黙つてコツコツ校正をやつてゐると、其処へあなたが何処からか帰つて来られて、「今日は何処へ行つても吾党の景気が悪いね」と言はれたのでした。――思ひ出すと、私はあの頃の自分が弟のやうにいとしくなります。いつとなく腹が膨れて来て、三時間も続けて仕事か議論をすれば、もう額には油汗が滲んで、何処か人のゐない処へ行つてグッスリと寝たい程疲れるのでした。朝に目をさますと、下にして寝た方の腿がしびれてゐて、寝汗も沢山出てゐました。さうして昼は懐炉がなくては腹の工合が悪く、夜は夜でひと晩恐ろしい夢を見つづけたものです。そんな風に色々病気の前兆が現はれてゐたに拘らず、それには殆ど気も付かずに、ただ朝から晩まで追立てられるやうに昂奮してゐて、友達の顔さへ見れば噛み付くやうな調子で議論を始めなければ、気が済まないのでした……（中略）

私はあなたに対して少しも隠さうとは思ひません。ああ言つて頂くと、恰度喉から手が出るやうにすぐもう何かお願ひしたくなります。それほど私は今不如意な境遇にあります。薬をのまなければ病気のなほらない事はよく知つてゐて、つひ此間まで恰ど二月といふもの、私は薬をのまずにゐたのでした。二日の日になつて散薬を十日分と解熱の薬を五日分だけ買ひましたが、これが無くなつた後、続けてのめるやうになるかどうかは、今日の私には解つてゐません。

しかし、おいそれとお言葉にあまへたとて、困つた事には、私には何日それに対して酬いる事が出来るかといふ目算が立たないのです。現に去年のうちに佐藤さんにも大層お世話を頂いてゐるのですけれど、今以て不義理をしてゐる始末です。

またかうも考へます。早い話が、私はこの先まだ〳〵困つて行くに違ひありません。それで今のうちにお世話を頂いておくと、その時になつてもう重ねて申上げるといふ事が出来なくなると思ふのです。とつおいつ考へて、兎も角も此手紙ではあゝ言つて頂いた事についての御礼だけを申上げる事に決心したのです」。

これは涙ぐましいような美しい手紙である。

日記は一〇日の記述がない。一一日の日記には、一関の許嫁を訪ねていた丸谷喜市が帰京、「豆銀糖と林檎を持つて来て、町の片側に雪の残つてゐる北国の静かな町の話をした」とあり、「三時間も続けて話したのが、私のからだに何の影響なしには済まなかつた。一人になつてから、何だか少し変だと思つて計つてみると、熱は三十八度四分まで上つてゐた」「夜になると熱は下つたが、からだは疲れてゐた」とある。

一二日の日記「今日も不愉快な一日を送らねばならなかつた。熱は三十八度三分まで出た。しかしもうピラミドンはなかつた」とある。啄木には薬を買う金もない。

日記は一九日に飛ぶ。この間「私は毎日熱に苦しめられながら、非常な苦しい思ひをして『学生』の西村君に送るべき原稿を書いてゐた。（中略）さうして今日やう〳〵四篇だけ書き了へて『病床より』といふ題をつけて京子に投函さした」とある。西村から元日に届いた五円は西村夫人のポケットマネーで、原稿料の前借ではなかったが、啄木は「恩借」と解して、原稿で西村の好意に酬いるためにつとめたのであった。この時期の啄木は昔日を思えば別人のように律儀であった。

同じ日の日記「十三日か十四日の晩から、せつ子と京子を隣室へ母と一緒に寝せることにした。せつ子はやつぱり咳がはげしいので、炊事向は万事また母一人でやつてゐたが、その母が二三日前から時々痰と一しよに血を吐くやうになつた。それでもせつ子は、自分は薬を怠けて飲まずにゐたりする癖に、水まで母にくませてゐた。あまり顔色がよくないので、今夜熱を計つたところが、三十八度二分、脈搏百〇二あつた。医者に見せたくても金がない。兎も角二三日は寝てゐて貰ふことにした。『明日から私がします』とせつ子が言つた」とある。窮乏、言うべき言葉を知らない。後日の経過をみると、この時点で母カツの病状の方が若い節子より重篤だったのだろうが、啄木は節子が水も母に汲ませることに不満である。節子もつらかったにちがいないが、啄木には母がやはり第一であった。三人の間の「宥和」があったとはみえない。

一日の空白をおいて、二一日の日記、

「母の吐血はやつぱりとまらない、（中略）昨夜は寝る前に、『明日か明後日少し金をこしらへるから、それまで待つてくれ』と母に言つたが、しかし別にアテがあつたのではなかつた。

今朝ふと思ひついて森田草平君へ手紙をかいた。事情をこまかに書いて、そして原稿を以て返すからといふ条件で金策を頼んでやつた。

午後になると丸谷君と並木君がつれ立つて来た。別に変つた話もなかつたが、二人とも元気であつた。母の話をすると丸谷君は見舞だといつて一円置いて行つた。

一円あると最初二日分の薬価には大丈夫間に合ふといふので、早速妻を、去年も母の病気にたのんだ近所の老つた医者へ走らした。しかしこれは失望に終つた。医者は十二月以来脊髄炎で動けないでゐるのださうだ。

そこで、兎も角森田君の方の返事のあるまでと、夜になつて売薬を二種買はせた。一つは痰咳のきれる薬、一つは解熱。

それでやうやつと少し安心したやうな気持になつたが、今朝からすつかり床に就いてしまつた母の、あの直視するに忍びない程老衰したからだを思ふと、音がなければ息がきれたのではないかと心配せねばならなかつた。妻には夜便所へ起きる度に母の様子を見るやうに吩附けた」。

この日記の末尾に「佐藤さんと釧路の秋浜融三とから思ひがけない手紙が来た。佐藤さんからは、築地の海軍大学構内にある私立施療院へ入らないか、入るとすれば社の太田昇三郎氏が手続をしてくれる筈だと親切に知らして下すつたのだつた。それについて考へる私の頭は、明くなり暗くなりした」とある。

この佐藤真一の勧めは過日の杉村楚人冠宛ての書簡から思いついたのではないか。この勧めをうけて、翌二二日の日記は「今のやうに薬ものんだり、のまなかつたりしてゐるやうでは仕方がないから、進んで施療院に入院する。但し今は母が悪くてゐるから少し待つて貰ひたいといふ返事を佐藤さんへ書いた」とあり、次に続く。

「午頃になつて森田君が来てくれた。外に工夫はなかつたから夏目さんの奥さんへ行つて十円貰つて来たといつて、それを出した。私は全く恐縮した、まだ夏目さんの奥さんにはお目にかゝつた事もないのである。それから征露丸といふ丸薬を百五十許り持つて来てくれた。これは日露戦争の時兵隊に持たせたもので、ケレオソオトと健胃剤が入つてゐるから飲んだらよからうといふ事だつた。さうして千駄木にゐる知人の医者を紹介してくれると言つて、自分で出向いてくれた。

その医者は、しかし、夕方まで待つても来なかつた。夜になつても来なかつた。母は今日は少し気分がよさゝうだつたが、それでも矢張数回血の交つた咳を吐いた。

夜に二月ぶりに熱が三十六度七分五厘まで下つた。うれしくて仕方がなかつた。外に理由がないから征露丸のおかげかも知れないと言つて、寝る前にまた二つのんだ。昼には三十八度二分五厘までの熱だつた」。

森田草平は『回想の石川啄木』所収の「私と啄木の関係」に以下のように書いている。

「越えて、翌年の一月二十一日、病床の石川君は療養費に窮して私のことを想い出してくれた。これは多分昨年夏のことがあったからであろう。こういう時に想い出す対象にされたことは、私としては甚だ光栄である。それはいゝが、私はその夜石川君の手紙を受取ると、翌朝直ちに早稲田の夏目邸へ赴いて、夫人から十円貰って届けている。他人の金で善根を施こそうというのだから、甚だズルイ遣り方である。尤も、私もその頃は月額金六十円の俸給取りだ。さう剰つた金のあろう筈はないのだから、大目に見て貰いたい。

面白いのは、私が一緒に征露丸を持って行ったことだ。これは日記にもある通り、日露戦役中、兵士が悪水など飲んでわずらわぬように、持薬としてめい〳〵に持たせたものだ。悪疫予防剤である。私はたゞ内の人達の健康を保持するために持参したのだが、石川君はそれを病臥中の母堂に服用せしめている。これを見ても、同君が如何に窮状であったかは想察するに堪えよう。実際この病気のために人の苦しむや、他人の窺知すべからざるものがある。心すべきだ。

なお石川君は、母堂を医者にも診せないでいるというので、私はそれじゃ千駄木の医者を招んで来ようと云い残して、同君の宅を出た。千駄木の医者というのは、「猫」の中へも出て来る甘利先生である。私も幼児を亡くした時、この甘利先生に来て貰ったことがあるが、早速招んで来ようと請合ったのは、これも多分夏目夫人の指図に拠ったものだと思う。ところが、石川君は、医者については友人の金田一君も心配していてくれるというので、私は甘利先生を訪ねる前に、その足で先ず金田一京助君を森川町に訪ねた。金田一君は当時大学の講師をしていたのである。そして、私から石川君の宅の様子を聞くと、それでは明日にも大学の医者を連れて行こうと云ってくれた。私もその方がよかろうと思ったから甘利さんを訪ねることは中止した。日記にその医者は夜になっても来てくれなかったとあるのは、全くそのためなんだから、甘利先生の名誉のために、こゝに記して置く」。

この森田草平の文章を読んで、あらためて夏目鏡子夫人の心配りに感心するが、これが漱石家の家風であったのであろう。また、森田草平は金田一京助を訪ねているが、この当時、金田一は啄木と疎遠であったことは前記のとおりである。おそらく金田一としては森田草平から相談されても、啄木とはかかわりをもちたくない、という心境でいた時期であった。じっさい、金田一が「大学の医者を連れて行」ったことはなかった。かつての友情を思えば信じがたいほどの金田一の変り様だが、金田一としては、無理からぬ心情だったと考えるのが当然かもしれない。

この二二日には佐藤真一に書簡を送り「入院は私の進んで希望する処であります」と言いながら、「老母は此頃ひどく健康を害して寝て」いること、三八度以上発熱していること、めっきり衰えていること、喀血したことなどを記し、「どうしても私一人出て行く訳にいかないのであります」と伝えている。

二三日の日記には、森田草平から手紙でアテにしていた医者は眼科医だったので、知人と相談して下谷の柿本医師に行ってもらうことにした、とのこと、柿本医師は日が暮れても来てくれなかったので、近所の三浦医師の往診を頼んだところ、「三十位の丁寧な代診」が来て診察し「もう何年前よりとも知れない痼疾の肺患を持つてゐて、老体の事だから病勢は緩慢に進行したにちがひないが、もう左の肺は殆ど用をなさない」という診断であったこと、夜になって柿本医師が往診、診断の結果は同じで、「病気が重いし、老体の事であるから、十中七八は今明両月の寒さを経過することが出来まい」と言われたと記している。この日の日記の最後を引用する。

「母の病気が分つたと同時に、現在私の家を包んでゐる不幸の原因も分つたやうなものである。私は今日といふ今日こそ自分が全く絶望の境にゐることを承認せざるを得なかつた。私には母をなるべく長く生かしたいといふ希望と、長く生きられては困るといふ心とが、同時に働いてゐる……」。

一月二四日の日記ではやはり熱は三八度一分、「母は医者の注意でなるべく動かさぬやうに、大小便も便器にとり、夜は湯たんぽを入れて寝ることにした。せつ子は急に一切万事をやらねばならなくなつたので非常に急がしい。母のは食器は煮る事、痰は容器にとる事にした」とある。

この日、佐藤真一に状況を知らせている。

「前略、老母の病気、或る行違ひのため一日に医者が二人来て見ましたが、診察の結果は二人共意見が一致し、さうしてそれが予想以上に私を驚かしました。喀血したからこそ「或は……」と思つたもの丶、それまでは少しも私共は知らずにゐたのでしたが、母には何年前よりとも知れない痼疾の肺患があつて、左肺が殆どその用をなさなくなつてゐるのださうです。知らずに過した後悔は先に立ちません。さうして非常に老衰してゐる処への喀血ですから、十中七八はこの寒中にたをれるだらうとの事です。事によると数日中かも知れないといふので、もう遠方にゐる姉や妹へ通知してやりました。喀血はとまり、気分もはつきりしてゐるやうですけれど、寝たつきりです。もう第三期なんださうですから、金があつても恢復は出来ない事、金がなければ猶更の事、私もあきらめました。しかしこの儘別れて入院する事はどうしても出来ません。出来るだけは慰めて薬や滋養をとらせたいと思つてゐます。

母の病気の事が分ると共に、去年からの私一家の不幸の源も分つたやうに思はれます。私がかうして一年も直りかねてゐたのも、つまりは結核性の体質だつたからでせう。尤も私の病気はまだ肺結核にはなつてゐず、肋膜の患部に近い部分にラッセルが聞えるだけの程度だと、これについても昨日の医者は二人共同じ事を言つて行きました。さうして現在のんでゐる薬を見せたところが、「これで可い、これ以上の方法はツベルクリンの注射と転地だけだ」と言ひました。私は是非いつか注射をうけたいと思ひます。それから妻の結核性肺尖加答児も、矢張母の病気を知らずにゐた結果としか思はれません。これは病院でツベルクリン注射の結果、十二月中に検鏡及び薬物反応試験の上、結核菌の存在しない事に確定し、それ以来血色もよくなり、体重も増しました。たゞまだ寒気のために加答児が直らないで咳をするため、相不変病院通ひをしてゐます(一週二度)。

申上げねばならぬ事がまだあつたやうですけれど、熱ををかして何本も手紙をかいたあとで、頭がつかれてしまひました。いづれまたアトで申上げますから、どうぞ悪しからず。母の事がどうかなつてもまだ私のからだが直りさうがなかつたらお願ひしますから、太田さんにも然るべくお願ひいたします。今の処は、母とそれから私の薬をきらさないやうにするが専一だと思つてます(妻のは病院からたゞ買つてますから)

乱筆多罪

一拝

一月二十四日午後

佐藤先生 御侍史」

ほぼ啄木自身も事態を理解したようだが、彼ら夫婦の病状については依然楽観している。

二五日の日記「せつ子は病院へ行つて、もう大分可いから一週一回づゝ薬をとりに来るだけで可いと言はれて来た。私は今日は悪い日だつた。午後に三浦医師が来てかへつた後、三十八度六分まで熱が上つた」。

二六日の日記、

「朝から寒い雨がびしよ〳〵降つて、終日晴れなかつた。母も私も、それから家事に追はれてゐる妻も、あぢきないやうな淋しい一日を送つた。夏目夫人へ礼状を書いた。

夕方、妻は一寸夕飯のおかずを買ひに出た。そのあとで子供にお話をせがまれながら寒い雨の音をきいてゐると、杉村氏から手紙が来た。私のためにまた社中に義金の醵集を企てたといふ通知だつた。感謝の念と、人の同情をうけねばならぬ心苦しさとが嵐のやうに私の心に起つた。さうしてそのあとには、兎も角もまたまとまつた金が来るといふ安心が残つた。手紙には、回章も廻さず、金額の記帳も求めず、単に掲示にとゞめたから金額は例より少いだらうが、それは然し促さゞる同情の結果と見て諒とせよと書いてあつた」。

二七日の日記には、杉村への礼状、土岐哀果へ葉書を書いたこと、三浦医師の横柄なことに対する不満などが書かれている。以下、杉村への礼状の一部である。

「昨日の夕方、子供に「お話」をせがまれて何を話したらいいものかと考へながら、あの寒い雨の音に聞き入つてゐた時に、貴下のお手紙を頂いたのでした。さうしてそれを拝見しての心持は、「有難い」とか「忝けない」とかいふ在来の言葉では兎《と》ても表はすことが出来ません。どうぞお察し願ひます。私は謹んで貴下の御厚情に浴します。さうして貴下が私のために取つて下すつた御企画の結果に対しては、私の智慧の及ぶ限りで最も有効な使ひ方をしたいと考へてゐます」。

二八日の日記には「午後三時になつて三十八度四分まで上つた。その時初めて一服のんで汗をとつた。私のからだももう大分悪くなつてるらしい」とあり、また「母はことによると、もう直らないと覚悟してるのかも知れない。無論病気の性質や名はちつとも知らず、矢張いつか怪我をした時の打血が出たのだと思つてゐるらしいが、今度喀血する前に自分がまだ小さくて父と一しよに何処かへ遊びにゆくところを夢に見たさうだ」とあり、母は自分の父の夢をみるときっと何か悪いことがおこると信じている、などと記している。最後に「丸谷君の一円、森田君からの十円、合せて十一円の金はもう一円ばかりしか残らなくなつた」と書いている。

一月二九日「もう少しで十二時といふ時に、社の人々一七氏からの醵集見舞金三十四円四十銭を佐藤氏が態々持つて来て下すつた。外に新年宴会酒肴料（三円）も届けて下すつた。私はお礼を言ふ言葉もなかつた。

今日は医者が、母の容態は少しいゝと言つて帰つた。私の熱も朝に三十七度八分あつただけで、ピラミドン一服のお蔭でそれ以上には出なかつた。

夜にせつ子の綿入と羽織と帯を質屋から出させた」。

真冬の一月末、節子の綿入れは質屋に入っていた。綿入れなしで寒さにたえていた節子のいたいたしさを思うとやりきれない感がつよい。それにしても、佐藤真一が自ら義捐金を持参するという誰もが真似できない親切には心をうたれる。啄木にはそれだけの「徳」があったのかもしれない。

三〇日の日記、「今日は午後にせつ子が子供をつれて本郷まで買物に行き、こしらへ直す筈の私の着物も質屋から出してきた。子供は久振りに玩具だの前掛だのを買つて貰つて喜んだ。夕飯が済んでから、私は非常な冒険を犯すやうな心で、倅にのつて神楽坂の相馬屋まで原稿紙を買ひに出かけた。帰りがけに或本屋からクロポトキンの『ロシア文学』を二円五十銭で買つた。寒いには寒かつたが、別に何のこともなかつた。本、紙、帳面、倅代すべてゞ恰度四円五十銭だけつかつた。いつも金のない日を送つてゐる者がタマに金を得て、なるべくそれを使ふまいとする心！ それからまたそれに裏切る心！ 私はかなしかつた」。

翌三一日付け杉村楚人冠に送った書簡は次のとおり。「拝啓。一昨日佐藤さんがお出でになり、お集め下すつた皆様の厚き思召のお金、正に頂戴いたしました。何とも有難い次第で御座います。お蔭様で当分安心して寝てゐられる事になりました。取分け重病の母に薬価や滋養品の事について余計な心配をさせなくても済む事になつたのが、有難くて仕方がありません。あの幾枚もの紙幣を見せてワケを話した時には母は泣き笑ひして有難がりました。それから、止さうか止すまいかと何度も考へた末にとう〳〵昨日本を一冊買ひました。クロポトキンの、Russian literature これは病気になる前から欲しい〳〵と思つてゐた本の一つでした。今度お金を下すつた方々には、今日までかゝつて別々に葉書の御礼状を差上げました。私の熱は一昨日以後今日まで、三十八度以上に上りません。先は右まで」。

杉村楚人冠が発起して集め、佐藤真一がわざわざ届けてくれた義捐金を受取るとすぐに神楽坂へ倅で行き、原稿用紙を買い、クロポトキンの著書を買ったという記事をはじめて目にしたとき、私は啄木の相変らずの浪費癖に呆れた記憶がある。しかし、いま読みかえしてみると、これほどの窮乏のなかで、やはり啄木は書きたかったのであり、根からの文学者だったのだと思う。クロポトキンを学ぶ情熱をもち続けていたのだと思い、そう決心するまでの彼の迷いを思い、胸がしめつけられるような感じがつよい。

一月三一日の日記、「見舞を送られた社の有志十七氏にそれ〳〵葉書の礼状を書いて出した」という。

節子の「金銭出納簿」によると、一月二九日「社の有志ヨリ見舞三四円四〇銭、新年酒肴料三円、俸給前借残額三七銭」が収入として記入され、「質受五円八四銭」とあるのが、節子の綿入れ・羽織・帯を質屋からうけとるための支払にちがいない。三〇日の支払には「車代五〇銭、原稿紙及ビ帳面一円四八銭、帳面二〇銭、本二円五〇銭」とある。同日「主人薬価四九銭」とも記入されている。こうして一月三一日には「残高五円二三銭」になる。そこで、二月一日には早速、「主人俸給前借二七円」が記入され、もっぱら前借金で二月の家計が賄われることとなる。二月一日の日記に「せつ子は午前に病院へ行き、午後は社へ行つて前借して来た」とあるので、俸給の前借は翌日になって記入したのであろう。この日「熱は三十八度一分まで出た」と書かれている。

二月二日の日記は空白、三日は「熱はまた高くなつた。昨日は三十八度五分、今日は同じく四分」とあるので、二日は発熱のため日記をつけるのが億劫だったのかもしれない。「母の容態は変化がない」という。

一日おいて日記は五日に続く。「昨日も今日も朝から三十八度以上の熱でなやまされた。ピラミドンを二度も三度ものんでも仲々抑へきれなかつた。全く何もしないで寝てくらした。食慾不進。医者は、母の容態は少し可いやうだから、これからは隔日には来ないと言つた。併し喀血こそは止つたれ、食慾は進まないし、殆ど食つたものより余分な位の通じがある。そろ〳〵その薬代が心配になり出したが、小樽からは矢張葉書一枚さへ来ない」とある。小樽は次姉の結婚した山本家であろう。日記の続き。

「母の病気の事の分つた時は、何だか今迄正体の知れなかつた自分の不幸がよほど明らかになつたやうで却つて安心したつけが、此頃はその分つた結果の恐ろしさが目に見えて不愉快である。私は母をも一度丈夫にしてやりたい、併しそれは望まれない事だ。さうして母の生存は悲しくも私と私の家族とのために何よりの不幸だ！」。

啄木の境涯はまことに悲壮である。

二月六日「今日も目をさますと八度以上の熱で、ピラミドンを〇、三宛三度ものんだが、とう〳〵一日八度以下に下らず、夜の九時頃になつて初めて三十七度三分まで下つた。一日床に行火を入れて寝てくらした。日が暮れてから小樽の姉夫婦から冷淡極まるカラ手紙の見舞状が来た。あれだけ詳しく書いてやつたのに、金の無心をする積りで故意に書いたのか、少くとも針小棒大の手紙とでも思つたらしく、母が肺患だといふ事も信じないらしい。憤慨で〳〵たまらなかつた」とある。「カラ手紙」とは見舞金の同封されていない手紙ということであろう。

二月七日「朝飯の時、母にほんとの病名を知らした。しかし左程驚きもしなかつた。『十四の時労性をやんだのだもの。』からも言つた。聞いて見ると母の親類には肺病で死んだものが少くなかつた。私はやつぱり熱になやまされた。とう〳〵今月も何も書けぬらしい。こなひだ買つた本さへ読むことが出来ない」。

二月八日「せつ子が病院へ行つたあとで、私の熱は三十八度九分まで上つた。ひどく汗が出たので夜にはずつと下つた。こなひだ仕立屋に頼んだ寝巻がやう〳〵出来て来た」。

二月二〇日「日記をつけなかつた事十二日に及んだ。その間私は毎日毎日熱のために苦しめられてゐた。三十九度まで上つた事さへあつた。さうして薬をのむと汗が出るために、からだはひどく疲れてしまつて、立つて歩くと膝がフラ〳〵する。さうしてる間にも金はドン〳〵なくなつた。母の薬代や私の薬代が一日約四十銭弱の割合でかゝつた。質屋から出して仕立直さした袷と下着とは、たつた一晩家においただけでまた質屋へやられた。その金も尽きて妻の帯も同じ運命に逢つた。医者は薬価の月末払を承諾してくれなかつた。母の容態は昨今少し可いやうに見える。然し食慾は減じた」。

ここで、啄木の日記は終っている。この時点では悲惨というもはばかられるほど、悲惨である。節子の「金銭出納簿」をみると、二月の収入は一日の俸給前借の外、「一〇日質入れ四円」、「一七日質入れ一円」、「二〇日質入れ一円二〇銭」、「二二日本売代一円二〇銭」、「二五日古新聞売代四七銭」、「二六日質入れ一円二〇銭」、「二九日小嶋氏ヨリ借用二〇銭」、といった状態で、月末の残高は一〇銭にすぎない。三月になっても状況はほとんど変らない。「一日主人俸給前借二七円、前月俸給残額一円、質入一円」、「三日雑収入二〇銭」、「七日光子ヨリノ小為替七円」とある。

三月七日に母カツが死去した。啄木が二月五日の日記に「母の生存は悲しくも私と私の家族とのために何よりの不幸だ」と書いたが、母の葬儀により、「金銭出納簿」には、「八日御香奠三一円五〇銭」、「九日御香料三円五〇銭」、「一〇日お香料八円」、「一一日お香料二円」、「一二日お香料二円」とある。母カツの死去により、啄木家の家計は明らかに一息ついたのだが、葬儀関連の費用が「九日葬儀社払四円、火葬料三円」など、「一〇日お布施三円、車代六円九〇銭」などが支払われており、一〇日の残高は一二円八三銭五厘、一二日になると残高は八円一七銭五厘となっている。カツの葬儀は「土岐哀果の厚意で、その生家である浅草松清町の等光寺で」行われ、その夜火葬に付して等光寺に納骨した、と「伝記的年譜」に記載されている。

その後の日々について、節子の「金銭出納簿」から目立つ記載を拾うと、「二二日母上夜具衣類売代四円六七銭」、「三〇日丸谷氏ヨリ三円」、「三一日金田一氏ヨリお見舞一〇円」とある。金田一がカツの没後二〇日余も経ってから啄木を見舞っているのは、二人の多年の交友からみて不可解だが、結婚した金田一の境遇が変ったのであり、たとえば赤心館から蓋平館の時代の面倒見の良さの方が異常であったと考えるべきであろう。四月一日には例により「主人給料前借二七円、前月分俸給残高一円、丸谷氏へ返済三円」とあるから、カツが死去して香典で一息ついたかに見えた家計も月末には丸谷から三円借りなければ、月末を越せなかったことが分かる。それにしても東京朝日新聞の寛容さは驚く他ない。三月一一日、小樽から室蘭運輸事務所長心得に転任となった北海道室蘭の山本千三郎夫妻の許に身を寄せていた父一禎が、四月五日に上京、節子の「金銭出納簿」には「父上ヨリ五十四銭」とあり、「八日金田一氏ヨリ二円」と記載されている。「伝記的年譜」には「土岐哀果の奔走で東雲堂書店と第二歌集出版の契約を結び、二十円の稿料を受け取り、灰色の歌稿ノートを渡す」とあり、節子の「金銭出納簿」にも「九日主人歌集稿料前借二〇円」とある。

この間、啄木の病状は日々重篤になっていった。四月一三日、臨終の模様を若山牧水は「石川啄木の臨終」(『回想の石川啄木』所収)に次のとおり記している。

「小石川の大塚辻町の畳職人の二階借をして住んでゐた頃である。朝まだ寝てゐるところに石川君の妻君からの使ひが来た。病人が危篤だから直ぐ来て呉れといふのであった。明治四十五年四月十三日午前六時過ぎの事である。

駆けつけて見ると、彼は例の如く枯木の枝の様に横はってゐた。午前三時頃から昏睡状態に陥ったので夜の明けるのを待焦れて使を出したのだが、その頃からどうやら少し落ちついた様ですと妻君は語りながら病人の枕もとに頭を寄せて大きな声で「若山さんがいらっしゃいましたよ」と幾度も幾度も呼んだ。すると彼は私の顔を見詰めて、かすかに笑った。「解ってゐるよ」との意味の微笑であったのだが、あとで思へばそれが最後の笑ひであったのだ。その時、側にいま一人若い人が坐ってゐたが、細君の紹介で金田一京助氏である事を知った。

さうして三四十分もたつと、急に彼に元気が出て来て、物を云ひ得る様になった。もちろんきれ〴〵の聞き取りにくいものではあったが意識は極めて明瞭で、四つ五つの事に就いて談話を交はした。私から土岐哀果君に頼み、同君から東雲堂に持込んだ彼の歌集の原稿料が昨日届いたといふお礼を何よりも先に云った。そしてその頃私の出さうとしてゐた雑誌の事に就いてまで話し出した。何しろ昨夜以来初めて言葉を発したといふので細君も非常に喜び、金田一氏もこのぶんなら大丈夫だらうからと、丁度出勤時間も来たので私はこれで失礼すると云って帰って行った。細君も初めて枕許を離れた。

それから幾分もたたなかったらう、彼の容態はまた一変した。話しかけてゐた唇をそのままに次第に瞳があやしくなって来た。私は惶てて細君を呼んだ。細君と、その時まで私が来て以来次ぎの部屋に退いて出て来なかった彼の老父とが出て来た。私は頼まれて危篤の電報を打ちに郵便局まで走って帰って来てもなほその昏睡は続いてゐた。細君たちは口うつしに薬を注ぐやら、唇を濡らすやら、名を呼ぶやらしてゐたが、私はふとその場に彼の長女の（六歳だったと思ふ）居ないのに気がついてそれを探しに戸外に出た。そして門口で桜の落花を拾って遊んでゐた彼女を抱いて引返した時には、老父と妻君とが前後から石川君を抱きかかへて、低いながら声をたてて泣いてゐた。老父は私を見ると、かたちを改めて、「もう駄目です、臨終の様です」と云った。そして側に在った置時計を手にとって「九時半か」と呟く様に云ったがまさしく九時三十分であった」。

若山牧水はこの文章の続きに「彼は初め腹膜炎で腹部が非常に膨れてゐた。それが肋膜炎に変ると急にまたげっそりと痩せてしまった。久堅町に来て半年余りといふものすっかり床に就いてゐたので次第に痩せ痩せて、初め枯木々々と呼んでゐたのをやがては「枯木の枝」と呼ぶ様になってゐたのであった。私は永く彼の顔を見てゐられなかった。よく安らかに眠れるといふ風のことをいふが、彼の死顔はそんなでなかった」と書いている。

「伝記的年譜」には「享年二十七歳。病名は肺結核である」とあり、「四月十五日　佐藤北江、金田一京助、若山牧水、土岐哀果らの奔走で葬儀の準備を進め、この日午前十時より浅草松清町の等光寺で葬儀が営まれた。導師は哀果の兄の土岐月章であった。会葬は朝日新聞社関係を加えて約四、五十名、文壇関係では夏目漱石、森田草平、相馬御風、人見東明、木下杢太郎、北原白秋、佐佐木信綱らが参列した。法名は啄木居士。遺骨は等光寺に埋葬したが、翌年三月二十三日啄木の妻の意志で函館に移し、立待岬に一族の墓地を定めて葬った」とある。

節子の「金銭出納簿」は四月一四日、「お香料　二五円」という記載で終っている。

節子は啄木の死後、結核療養のため五月千葉県北条に転居し、二女房江を分娩したが、九月、函館の実家に戻り、翌一九一三（大正二）年五月五日、死去した。

第二部　詩・短歌・小説・「ローマ字日記」

第一章　『あこがれ』『呼子と口笛』などについて

1

石川啄木の詩を考えるばあい、私は四つの時期に分けて考えたい。第一の時期は詩集『あこがれ』の時期、第三の時期は「ローマ字日記」に収められた二篇の詩を書いた時期とこれに続く時期、第四の時期は最晩年、詩稿ノート「はてしなき議論の後」、これとほとんど重複する詩稿ノート「呼子と口笛」に収められた詩を書いた時期である。第二の時期は『あこがれ』以後、「ローマ字日記」以前の、いわば過渡期と私が位置づけている時期である。

2

『あこがれ』はほとんど評価されていない。北原白秋は『明治大正詩史概観』の「石川啄木」の項に、「啄木は極めて早熟の詩人であつた。二十歳すでに一巻の詩集『あこがれ』（三八年五月）を公刊して世を驚かした。年少もとより詩魂定まつて、その作るところの多くは先進泣菫、有明の模倣であつた。あまりに巧みな模倣、若しこの両者の詩を読むことなくして初めて啄木の詩に接したならば誰しもその流麗自在なる天稟の才筆に感嘆するであらう。それほど彼は暢達なる将来ある技巧の持主であつた」。また、日夏耿之介はその『明治大正詩史』において次のとおり啄木を評した。「啄木の径路は一言にして尽きる。詩集『あこがれ』は早熟少年の模倣詩集にすぎないが、たゞ注目するに足る一事は、儕輩の遥かに年長の詩人の間に伍して、その態度その技巧ほとんど年少未熟の痕跡を残さず、当代名家の詩情と技巧の感化をたつぷり受けて、その亜流の間に在つても、一流とあつて二流以下とは下らぬ程度の修辞法を示してゐることである」。『全集』第二巻の解説において、小田切秀雄もさまざまな可能性を指摘しながらも、「もちろん、『あこがれ』はその刊行当時評判になったほどに高い評価にあたいする詩集ではない」という否定的評価をしている。

しかし、私はこれら諸家の『あこがれ』評に同意できない。その所以をまず述べてみたい。はじめに、一九〇三（明治三六）年一二月号の『明星』に啄木は「愁調」という題により「杜に立ちて」「白羽の鵠船」「啄木鳥」「隠沼」「人に送れる」の五篇を一挙に発表して詩壇の注目を浴びたが、そのうちの「隠沼」を読むこととする。「隠沼」は次のとおりの作品である。ただし、『明星』発表形は『あこがれ』に収録されたときに大きく推敲されているので、『あこがれ』収録形を示すこととする。

夕影しづかに番《つがひ》の白鷺下《お》り、
槙《まき》の葉枯れたる樹下《こした》の隠沼《こもりぬ》にて、
あこがれ歌ふよ。――『その昔《かみ》、よろこび、そは
朝明《あさあけ》、光の揺籃《ゆりご》に星と眠り、
悲しみ、汝《なれ》こそとこしへ此処《こゝ》に朽《く》ちて、
我が喰《は》み啣《ふく》める泥土《ひづち》と融け沈みぬ。』――
愛の羽寄《はよ》り添《そ》ひ、青瞳《せいどう》うるむ見れば、
築地《ついぢ》の草床《くさどこ》、涙を我も垂れつ。

仰げば、夕空さびしき星めざめて、
偲びの光の、彩《あや》なき夢の如く、
ほそ糸ほのかに水底《みぞこ》に鎖《くさり》ひける。
哀歓《あいくわん》かたみの輪廻《めぐり》は猶も堪えめ、
泥土《ひづち》に似る身ぞ。ああさは我が隠沼《こもりぬ》、
かなしみ喰《は》み去る鳥さへえこそ来《こ》めや。

この作品について、今井泰子は「希薄な内容に比して殆ど破綻を見せぬ技巧、奔放な才筆」と評し

ているが、修辞はむしろ拙いというべきであろう。

しかし、啄木がこの作品で訴えようとしたことは第一連から読みかえせば理解できるはずである。自分は人目にふれない隠沼のような存在であると自己規定していることをまず理解しなければならない。そういう隠沼のような存在である自分の許に、つがいの白鷺が夕べになると降りたってうたうのだ、かつては、歓びが朝明けとともに訪れ、光が揺れるなかで星と語り合ったのだ。しかし、今は私は悲しみにとらえられ、永遠にここで朽ちはてることとなり、私の悲しみはつがいの白鷺がついばむ泥土と融け合っているのだ。二羽の白鷺が羽を寄り添い、その青い瞳がうるむのを見ていると、私も涙するのだ。第一連はそのような幻想をうたっている。「槙の葉枯れたる樹下」「光の揺籃」「築地の草床」などという表現はいかにも拙いし、声調をととのえるための措辞としか思われない。

第二連に入ると、もはや夕暮れとなって、空には寂しく星がまたたき、偲ぶ光も彩りもない夢のように儚く消えて、光は細い糸のように沼の底に鎖でつながれている。悲しみと喜びが交互に巡るなら堪えることもできようが、自分は泥土のように自分を沼ふかく悲しみにつながれている。この第二連において私の「悲しみ」は永遠に此処に朽ちて、自分が喰い啣《ふく》む泥土《ひづち》と融けて沈み、誰もこの悲しみを喰い去ってくれるものはないのだ、という。この悲しみから私は永遠に逃れられない。作者は、悲しみを喰い去ってくれる鳥が来てくれることもあるまい、と結んでいるわけである。第二連に泥土に似た、永遠の悲しみにつながれた人間として自己を規定した、まことに痛切な作品なのである。

これほど敗残者の痛切な嘆きによって出発した詩人は、薄田泣菫、蒲原有明らをふくめて、わが国にはいなかった。ここに啄木の個性があり、その個性をうたうことに彼の独創性をみるべきであり、この悲痛な嘆きに比べれば、四四四六という音数律の発明は別として、このように作者の思想を語る修辞の貧しさには目を瞑ってよい。

『あこがれ』の詩作の底流には敗残者の嘆きがあることは多くの作に認められる。たとえば、「いのちの舟」の第三連は、こううたわれている。

悲哀《かなしみ》の世の黒潮《くろじほ》に
はてなく浮ぶ椰子《やし》の実の
むなしき殻《から》と人云へど
岸こそ知らね、死《し》の疾風《はやち》
い捲《ま》き起らぬうたの海、
光の窓に凭《よ》る神の
瑪瑙《めのう》の盞《さら》の覆《かへ》らざる
うまし小舟を我は漕ぐかな。

世は悲哀に満ち、死の疾風が吹き荒れ、どこへ私を連れてゆくか知れない。しかし、私は光の窓に凭れる神を信じて、詩の小舟を漕いで行くのだ、といった意味であろう。詩こそ敗残者の救済の手段

であった。「鵜飼橋にて」の「鵜飼橋」は渋民村の北上川に架かる橋だが、この詩の末尾にも

よし身は下ゆく波の泡と
かへらぬ暗黒《くらみ》の淵《ふち》に入るも
わが魂《たまふう》封じて詩の門《と》守る
いのちは月なる花に咲かむ。

という。これも「いのちの舟」と同じ構造の作である。
吉本隆明が読むにたえる作としてあげている「荒磯」をみてみることにする。

行きかへり砂這《は》ふ波の
ほの白きけはひ追ひつゝ、
日は落ちて、暗湧き寄する
あら磯の枯藻《かれも》を踏めば、
(あめつちの愁《うれ》ひか、あらぬ、)
雲の裾ながうなびきて、
老松《おいまつ》の古葉音《ふるばね》もなく、

仰《あふ》ぎ見る幹からびたり。
海原を鶚《みさご》かすめて
その羽音波に砕けぬ。
うちまろび、大地《おほぢ》に呼べば、
小石なし、涙は凝《こ》りぬ。
大水《おほみづ》に足を浸して、
黝《くろ》ずめる空を望みて、
ささがにの小さき瞳《ひとみ》と
魂《たま》更に胸にすくむよ。
秋路《あきぢ》行く雲の疾影《とかげ》の
日を掩《おほ》ひて地を射る如く、
ああ運命《さだめ》、下《を》りて鋭斧《とをの》と
胸の門《かど》割りし身なれば、
月負《お》ふに癯《や》せたるむくろ、
姿こそ浜芦《はまあし》に似て、
うちそよぐ愁ひを砂の
冷たきに印《しる》し行くかな。

今井泰子は「その精緻な空想絵巻と後年の短歌世界との開きは大きい」といっているが、ここには確実に『一握の砂』の原型が存在する。この心情は「東海の小島の磯の白砂に／われ泣きぬれて／蟹とたはむる」に確実につらなっている。（「ささがに」は正しくは蜘蛛の意であるが、「ささ」は「小さい」という意味であるので、啄木は小さい蟹という意味で「ささがに」という言葉を用いたものと思われる）。この名高い短歌に先立って「蟹に」という詩が啄木の函館時代の作である『紅苜蓿』一九〇七（明治四〇）年六月号に発表されていることはひろく知られている。

潮《しほ》満ちくれば穴に入り、
潮《しほ》落ちゆけば這ひいでて、
ひねもす横にあゆむなる
東の海の砂浜の
かしこき蟹《かに》よ、今此処を
運命《さだめ》の浪にさらはれて
心の竈《づし》の燈明《とうみやう》の
汝《なれ》が眼《め》よりも小《ささ》やかに
滅《き》えみ明るみすなる子の、

行方《ゆくへ》を知らに、草臥《くたび》れて
辿《たど》りゆくとは、知るや、知らずや。

「荒磯」では「ささがにの小さき瞳と／魂更に胸にすくむよ」といい、「ささがに」の小さい瞳のように魂がすくむ、とうたう。運命の鋭い斧によって、心が砕けたわが身故に浜芦のようにたよりなく憂愁の文字を砂浜に書きつけるのだ、といった趣旨と理解してよいであろう。砂に記すということも『一握の砂』に「大といふ字を百あまり／砂に書き／死ぬことをやめて帰り来れり」と動作において同じである。しかし、「荒磯」の第一連は、夕暮れ、汀を歩む作者が見る風景の凡庸な叙述にすぎない。「日は落ちて、暗湧き寄する」の「暗」は「やみ」と読むのであろうが、日が沈み、闇が「湧き寄せる」という句は新鮮かもしれないが、かなりに実感に乏しい比喩である。「(あめつちの愁ひか、あらぬ、)」は天地の愁いであるか、そうではない、という意味であろうが、雲の裾が長くなびき、老松の枯葉が音もなく、幹が古びているという修辞は平凡であり、これらを天地の愁いか、そうではない、と内心で呟くのだが、このような風景が天地の愁いの象徴でないことは当たり前であって、この内心の呟きは衒い、気取りにすぎない。

そこで、第二連に入ると、「小石なし、涙は凝りぬ。」という。流れる涙が小石のように凝り固まったという意味としか理解できないが、大仰にすぎ、現実感の乏しい、言葉遊びとしか思われない。しかし、「うちまろび」、「大水に足を浸し」、「ささがに」の小さい瞳のように魂がすくむ、と感じ、運命の鋭い斧によって、心が砕けたわが身は月の光を浴びている「むくろ」であり、その亡骸のような自分は憂愁をたちまち消えゆく砂に刻む他はないとうたう。

これに比し、『紅苜蓿』に発表した「蟹に」は「ひねもす横にあゆ」んで、前へ進むこともなく、運命によって、何処へ行くか、その行方も知らず、疲れはてているわが身を、蟹に託した放浪の悲哀をうたった作品である。まさに、故郷を去って、函館に生活の場を求めた悲哀をうたった作である。「蟹に」よりは「荒磯」の方が、第一連が凡庸であるとはいえ、第二連のわが身を「むくろ」に譬えた痛切さにおいて読者に訴えるものがあるといってよい。

『あこがれ』に戻れば、「ひとりゆかむ」は『明星』一九〇四（明治三七）年六月号に発表された詩であり、『あこがれ』中の注目すべき作品の一と思われる。

日はくれぬ。
(愁《うれ》ひのいのち)
幻想《おもひ》の森に、いざや
ひとりゆかむ。
万有音《ものみな》をひそめて、
(ああ我がいのち)おもひでの
妙楽《めうがく》の夜《よる》あまき森。

（夜のおもひ
　いのちのおもひ）

恋成りぬ。
（夢見のいのち）
忘我《われか》の森に、いざや
ひとりゆかむ。
花罌粟《はなげし》にほひゆるみて、
（ああ我がいのち）つく息《いき》の
みどりうす靄ゆらぐ森。
（夜のにほひ
　恋のにほひ）

恋破《や》れぬ。
（なげきのいのち）
祈《いの》りの森に、いざや
ひとり行かむ。

面影《おもかげ》、いのるまに〱
(ああ我がいのち)天《あめ》の生《せい》
あらたに馨《かほ》る愛の森。
　(夜のいのり
　　いのちのいのり)

月照りぬ。
(あでなるいのち)
幻想《おもひ》の森に、いざや
ひとりゆかむ。
ほのぼの、月の光に
(ああ我がいのち故郷《ふるさと》の
黄金花岸《こがねはなぎし》うかぶ森。
　(夜のいのち
　　ああ我がいのち)

これはほのぼのとした青春の抒情詩であり、啄木の多彩な才能を示している。堀合節子との恋愛はすでに一九〇一（明治三四）年、彼が一六歳のときからはじまっている。『あこがれ』に収められた「黄金向日葵」も節子との愛の賛歌として、すぐれた作品である。

我が恋は黄金向日葵《こがねひぐるま》、
曙いだす鐘にさめ、
夕の風に眠るまで、
日を趁《お》ひ光あこがれ、まろらかに
眩《まば》ゆくめぐる豊熱《ほうねつ》の
彩《あや》どり饒《おほ》きこがねの花なれや。

これ夢ならば、とこしへの
さめたる夢よ、こがねひぐるま。
これ夢ならば、あたたかき
瑞雲《みづぐも》まとふ照日《てるひ》の生《い》ける影。

円《まろ》らかなれば、天蓋《てんがい》の
遮《さへぎ》りもなき光の宮の如。

まばゆければぞ、王者にすなる如、
百花《もゝはな》、見よや芝生にぬかづくよ。

今はた、似たり、かなたの日輪《にちりん》も、
わが恋の日にあこがれて
ひねもすめぐるみ空の向日葵《ひぐるま》に。

これも措辞にはかなりの無理があり、巧みとはいえない。「曙いだす鐘」と「夕の風」の対比も拙いし、「豊熟」もこなれた言葉ではない。「天蓋」の「光の宮」も平凡である。しかし、「まばゆければぞ、王者にすなる如／百花、見よや芝生にぬかづくよ」といった表現は恋人への讃歌として、また、最終連も讃歌をたからかにうたいあげている感がある。

たしかに、『あこがれ』には措辞が拙く、心情が充分に表現されているとはいえない作が多い。しかし、「ひとりゆかむ」の如き破綻のない、瑞々しい抒情詩もふくまれているし、これらが一八歳の作と知れば、やはり驚嘆すべき早熟といわねばならないし、ことに啄木がその出発にあたって、すでにこのような悲哀にふかくとらえられていたことは、きわめて啄木の独特のものであったと私は考える。

何故、彼がこのような心境に到達したか。別に検討するけれども、一九〇二（明治三五）年、一六歳のとき、一〇月二七日に盛岡中学校を退学し、恋人堀合節子らに見送られて三一日に盛岡駅を発って上京、イプセンの翻訳等により生計を立てようとしたが果たせず、窮乏のうちに病を得、翌一九〇三年、病気と窮乏のうちに新年を迎え、一月下旬には下宿を追い出され、二月二七日、父一禎にともなわれて帰郷した。彼はこの帰郷にさいして彼が敗北者であると自覚した。こうして、同年一二月号の『明星』に寄稿した「愁調」五篇にはじまる『あこがれ』の詩作がはじまった。

『あこがれ』がすぐれた詩をかなりに収めている例証としてもう一篇、「眠れる都」を引用したい。その第三連、第四連は次のとおりである。

みおろせば、
眠れる都、
ああこれや、最後《をはり》の日、
近づける血汐《ちしほ》の城《しろ》か。
夜の霧は、墓《はか》の如、
ものみなを封じ込めぬ。

百万の
つかれし人は

眠るらし、墓の中。
天地《あめつち》を霧は隔《へだ》てて、
照りわたる月かげは
天《あめ》の夢地にそそがず。

この作品は『一握の砂』の「人みなが家を持つてふかなしみよ／墓に入るごとく／かへりて眠る」と確実につらなっている。すでに「荒磯」を解説したさいに述べたことだが、「眠れる都」も、今井泰子の評言に反して、『あこがれ』の詩情はまさしく『一握の砂』につらなっている。

3

第二期の作品の検討に移ることにする。私が注目する作品はまず、一九〇六（明治三九）年四月号の『明星』に発表された「花ちる日」である。以下に、一部を省略して、示す。

ああ花ちる日、古《いにしへ》の路こそひらけ、
南より北に、ひとすぢ、故郷《ふるさと》へ。
樾《なみき》の桜年老いて、花も一重の

薄雪や、降りこそかかれ、みちもせに、
今、春の日はまろらかに、音無輦《おとなしぐるま》
ここ過ぐれ、——蜃気楼《かひやぐら》する北の海の
かすみの帆ひく貝船へ。

（中略）

ああ花ちる日、うらぶれてまた還り来し
我なれや、綻び多き袖袂、
つくらふとてか降りかかる花の薄雪
みちもせに埋《うづ》めにけりな、いたづらに
散り、またちりぬ、かくながら、春は複来《また》む、
人の世のいのちの花の散りゆけば、
残るはただに蒼白き追憶《おもひで》の影、
冷えわたる胸は涙の壷とのみ。
うらぶれのつかれに鈍き眼あぐれば、
朧ろに霞む春の空、今暮れかかる
北遠く、鐘こそ響け、かすかにも
ああなつかしき黄鐘《わうじき》の調べよ、あはれ

ふるさとの昔ながらの入相や。
花ちりしきてほの白き
路ひとすぢの夕まぐれ。

この詩はじつは『明星』で競作したもので、同じ題で同じ四月号に北原白秋も寄稿している。白秋の作は、対照してみるため、引用すれば、次のとおりである。

日も卯月、ひとりし往なば——水沼べの緑のしとね
身はゆるに寝なまし。風の散花に、水生の草に、
さゝら波、ゆめの皺みの接吻に香にほふ夕。
つねのごと花環編みつゝ君おもひ水にむかへば、
遠霞む古城・山の市の壁・森の戸までも、
白寂の静けさ深さ、いと青に天も真澄みぬ。
(中略)
あゝ二人。——君よ、暮春の市の栄、花に幕うち、
紅の華氈敷く間の遊楽や、大路かゞよひ

潮する人衆、風雅の衣彩に乱れどよむ日。
縦しや、また、花の館に恋ごもれ、君が驕楽
琅玕のおばしま、銀の両扉、螺鈿の室屋、
早や飽きぬ、火炎の正眼、肉の笑、蜜の接吻、
絵も香も髪も律呂み宝玉も晴衣も酒も
あくどしや、いまこそ憎め、（楽欲は君がまにまに）
あゝ君よ、賤の児なれば我はもや自然の巣へと
花ちる日、市をはなれて、鄙ごゝろ、またと帰らじ。

第二連は全文だが、言葉が華麗なのに、何をうたっているのか理解しにくい。白秋としても失敗作にちがいないが、青年期特有のロマンチシズムの表現の域を出ない。白秋の作と対比すると、啄木の「花ちる日」は明らかに敗残者の歌であり、敗残者の切々たる心情を晩春、落花の風景の中にうたいこんでいる。白秋は才人であったし、華麗な語彙を駆使することについては啄木の及ぶところではなかったが、啄木のこの時点におけるような心境は白秋のこの当時は無縁であった。

第一部に記したが、『あこがれ』刊行前、一九〇四（明治三七）年一二月、父一禎は、曹洞宗宗務局から本山へ納付すべき費用を滞納したため、住職を罷免された。一九〇五年に節子とはじめてもった所帯も父母、妹が同居し、しかも、住職を罷免された父親には妻子を扶養する能力はなかったので、

一家は貧困のどん底にあった。そういう状況のなかで、啄木は代用教員として渋民村に転居することを計画していた。「花ちる日」はこの時期に書かれたのであった。

その後、啄木の父一禎は曹洞宗宗務局から赦免の通知が来るけれども、結局、一禎は復職できない。一九〇六年三月に故郷渋民村の小学校の代用教員となった啄木は、母カツ、妻節子とともに同村の六畳間に移転、同居することになる。しかし、翌一九〇七年四月、辞表を提出、高等科の生徒を引率して校長排斥のストライキを敢行して、免職され、同年はじめから寄稿していた函館の雑誌『紅苜蓿』の同人をたよって、五月、函館に渡ることになる。函館では郁雨こと宮崎大四郎の知遇をうけ、ことに宮崎は啄木の生涯の理解者、後援者となり、親交を結んだ。その他大島経男をはじめとする『紅苜蓿』の同人たちと交友をもち、代用教員としては、同僚の橘智恵子に好意を抱く、といった、啄木の短い生涯のなかでは、珍しく安定した生活を送るのだが、その後、八月の函館大火により函館から、小樽、釧路に北海道を転々流浪することになる。「函館の青柳町こそかなしけれ／友の恋歌／矢車の花」というような歌で回想された時期であった。回想すれば、懐しい函館であったが、当時の啄木の心境としては必ずしも、そう愉しいものであったとは思われない。「辻」という詩は、函館時代、『紅苜蓿』同年六月号に発表された詩だが、その後半の一部は次のとおりである。

せはしげに過ぐるものかな。
広き辻、人は多けど、

相知れる人や無からむ。
並行けど、はた、相逢へど、
人は皆、そしらぬ身振、
おのがじし、おのが道をぞ
急ぐなれ、おのもおのもに。

作者は四辻に立って往来を見渡している。忙しげに人々はそしらぬ顔でそれぞれの道を急いでいる。群衆は各自が孤独なのだ、という感想から、次のような感想に移る。

心なき林の木木《きぎ》も
相凭《よ》りて枝こそ交《かは》せ、
年毎に落ちて死ぬなる
木の葉さへ、朝風吹けば、
朝さやぎ、夕風吹けば、
夕語《ゆふがた》りするなるものを、
人の世は疎《まば》らの林、
人の世は人なき砂漠。

一転して、木々は枝を組み合わせ、木の葉は朝夕そよぐのだが、「人の世は人なき砂漠」なのだ、という哀しい諦めの境地に作者が沈んでいる。末尾の引用は省略するが、新聞社から駆けだしてくる男がいる、号外でも配っているのか、世の中には、何かおこっているらしい、と作者はこの詩を終る。世の中に何か事件がおこっても、そんなことには自分は関心はない、という。じつに寂しい作者の心境をうたっている。ここには『あこがれ』の時代のような、技巧を凝らしてつくりあげた華やかな修辞やイメージはない。しかし、日常の風景、いいかえれば、社会の中の孤独をうたった、作者、石川啄木の変貌を確実にみることができる。詩作品としては貧しいけれども、この時点で啄木は『明星』のロマンチシズムを脱却して、社会的な視野をもつに至ったのだといってよい。

この時期の啄木の詩の代表作として、同じ『紅苜蓿』一九〇七（明治四〇）年六月号に掲載された、すでに紹介した「蟹に」をあげることができるが、かさねて引用することは差し控える。くりかえしになるかもしれないが、これは流浪、放浪の哀しさをうたった詩である。また、同じ『紅苜蓿』六月号に掲載された詩「馬車の中」も啄木という人格を考えると見過すことができない佳作である。

花咲かず、雨の降る日の
街《まち》をゆく馬車の中なる
年若き我は旅人《たびびと》。

わが泣くをとがめ給ふな。
函館の少女子《をとめご》達《たち》よ、
煙草《たばこ》吹く年寄達よ、
情《なさけ》ある乗合人《のりあひびと》よ、
わが泣くをとがめ給ふな。
そそけたる髪に霜おき
皺ふかく面痩せはてし
貧しげの媼《おうな》の君ぞ
わが側《そば》に座《すわ》りたまへる。
よく見れば、さにもあらねど、
その鼻よ、ああ、故郷《ふるさと》に
ただ一人《ひとり》居《ゐ》給《たま》ふ母に
いと似たり。縞目《しまめ》もわかず
褪《あ》せし衣《きぬ》、そもまた似たり。
袖口《そでぐち》のきれしも似たり。
など、かく、と、そは我知らず、
見れば、ただ涙し流る。

年若き我は旅人《たびびと》、
わが泣くをとがめ給ふな、
情けある乗合人《のりあひびと》よ。

これは、馬車で乗り合わせた老婆を見かけて、母親を思いだして涙する私を咎めないでください、というだけの詩である。詩として閃きのある作品ではないが、見過せない作品である。渋民村で代用教員を免職になって、函館に渡った時期、母カツは渋民村の知人宅に預け、妻子は節子の実家、堀合家に寄寓させていた。こういう境遇のなかで、乗合馬車で見かけた老婆に母を思いだし、涙した、という。これは事実かもしれない。「たはむれに母を背負ひて／そのあまり軽きに泣きて／三歩あゆまず」という名高い短歌があるが、啄木が母親に溺愛され、啄木もまた母親にふかい愛情をもっていた。しかも、妻節子もふかく愛していた。世上ありがちなことだが、母親カツと妻節子の嫁姑の関係はきわめて険悪であった。母を選ぶか妻を選ぶか、二人の間で、啄木はどちらを選ぶこともできず、抜き差しならず、苦悩に立ちすくむばかりであった。そういう意味で、石川啄木はやはり明治の人であった。この作品では、啄木はすでに華麗な措辞や衒いの多いイメージを追うことなく、素直に母親への思いをうたっている。ここに私たちは啄木の変貌を見落としてはならない。

啄木は函館大火の後、札幌、小樽を経て、一九〇八（明治四一）年一月釧路へ趣き、釧路新聞に入社、四月三日に釧路を去って、函館経由、上京する。釧路滞在中、新聞記者として編集長格で執筆したが、同時に生活は放埒をきわめていた。この生活のなかで、芸者小奴との交情をふかめた事が知られているとおりである。この時期の作品にはすぐれた詩はないが、啄木はその放蕩、無残な生活のなかで、人間観察の眼を養っていたことも事実であろうと私は考えている。

4

ここで、啄木が単身上京中の一九〇九年の「ローマ字日記」中の詩に話題を移すことにする。この日記はわが国の日記文学の中でも特筆すべき傑作であり、その赤裸々な記述は私たちの心に痛切に迫るものである。この日記については第二部第四章で詳しく論じるので、ここではふれない。ただ、日記中の二篇の詩にはふれていないので、ここでふれることとする。これら二篇の詩は、わが国の詩史上、注目すべき作品である。ただ、私事としてひそかに書きつけられたものだけに世人に知られることがなかったので、詩人たちに与えたその影響は皆無であったことがまことに残念だと私は考えている。「しかし予は疲れた! 予は弱者だ!」という文章に続いて、彼は次の詩を書きとめた(原文ローマ字)。

一年ばかりの間、いや、一月でも、
一週間でも、三日でもいい、

神よ、もしあるなら、ああ、神よ、
私の願いはこれだけだ、どうか、
身体《からだ》をどこか少しこわしてくれ、痛くても
かまわない、どうか病気さしてくれ！
ああ！　どうか…………

真白な、柔らかな、そして
身体がふうわりとどこまでも――
安心の谷の底までも沈んでゆくような布団の上に、いや、
養老院の古畳の上でもいい、
なんにも考えずに、（そのまま死んでも
惜しくはない！）ゆっくりと寝てみたい！
手足を誰か来て盗んで行っても
知らずにいる程ゆっくり寝てみたい！

どうだろう！　その気持は？　ああ、
想像するだけでも眠くなるようだ！　今着ている

この着物を——重い、重いこの責任の着物を
脱ぎすててしまったら、(ああ、うっとりする!)
私のこの身体が水素のように
ふうわりと軽くなって、
高い、高い、大空へ飛んでゆくかもしれない——「雲雀《ひばり》だ。」
下ではみんながそう言うかもしれない! ああ!

死だ! 死だ! 私の願いはこれ
たった一つだ! ああ!
あっ、あっ、ほんとに殺すのか? 待ってくれ、
ありがたい神様、あ、ちょっと!

ほんの少し、パンを買うだけだ、五—五—五銭でもいい!
殺すくらいのお慈悲があるなら!

この自由な声調はまったく日本人が知らなかったものであった。おそらくローマ字による表記が、『あこがれ』にみられたような漢字のきらびやかな語感とイメージを捨てさせ、感慨の自在な発想を

そのまま定着させることを可能にしたのであろう。ただ、ここで、啄木は責任からの解放を求め、ついには死にしか救いはない、と考えている。彼は彼自身の生計を立てることも容易ではなかったが、父母をふくむ一家を扶養する責任の重圧を感じ続け、その重圧からこの詩は書かれたのであった。「ローマ字日記」の中に記されたもう一篇の詩は次のとおりである（原文ローマ字）。

新しき都の基礎

やがて世界の戦さは来らん！
フェニックスの如き空中軍艦が空に群れて
その下にあらゆる都府は毀《こぼ》たれん！
戦さは長く続かん！　人々の半ばは骨となるならん！
しかる後、哀れ、しかる後、我等の
「新しき都」はいずこに建つべきか？
滅びたる歴史の上にか！　思考と愛の上にか？　否、否。
土の上に、然り、土の上に。何の——夫婦という
定まりも区別もなき空気の中に。
果てしれぬ蒼き、蒼き空のもとに！

この詩で彼が希求しているのは、同じ「ローマ字日記」中の「現在の夫婦制度――すべての社会制度は間違いだらけだ。予はなぜ親や妻や子のために束縛されねばならぬか？　親や妻や子はなぜ予の犠牲とならねばならぬか？　しかしそれは予が親や節子や京子を愛してる事実とはおのずから別問題だ」という思想にもとづく空想の都市である。ここに彼の社会改革思想の出発点がある。この詩は、その声調において類例をみない、独創的なものだが、その思想においても啄木の独自のものであった。

5

そこで、啄木の最晩年、第四の時期に入ることにする。啄木は、一九一一（明治四四）年六月一五日、一六日「詩稿ノート」に一挙に九篇の詩を書きあげた。この中の六篇は同年の『創作』七月号に「はてしなき議論の後」という題で発表し、六月二五日「家」を、二七日「飛行機」を制作し、これら一一篇を整理して彼は『呼子と口笛』という自製、自筆の詩集を作った。啄木の「詩稿ノート」に「はてしなき議論の後」として書かれているのは次の九篇である。

一、（暗き、暗き曠野にも似たる）
二、（我等の且つ読み、且つ議論を闘はすこと、）
三、（我は知る、テロリストの）

四、（我はこの国の女を好まず。）
五、（我はかの夜の激論を忘るること能はず、）
六、（我は常に彼を尊敬せりき、）
七、（わが友は、古びたる鞄をあけて、）
八、（げに、かの場末の縁日の夜の）
九、（我が友は、今日もまた、）

これらの中から、一・八・九の三篇を省き、推敲の上で『創作』に発表したのが「はてしなき議論の後」である。啄木はこれらの作とその後の二作品から選んで整理し、『呼子と口笛』に収めたのは、次の八篇である。

「はてしなき議論の後」
「ココアのひと匙」
「激論」
「書斎の午後」
「墓碑銘」
「古びたる鞄をあけて」
「家」
「飛行機」

「詩稿ノート」と比較すると、「詩稿ノート」の一・八・九は依然として省かれており、「激論」と「書斎の午後」は「詩稿ノート」の五・四にそれぞれ対応する。詩集『呼子と口笛』にはさらに「飛行機」も収めることとした。結局、啄木の最晩年の詩作品は『呼子と口笛』に収められた八篇と、当初の「詩稿ノート」から省かれた一・八・九の三篇の拾遺作品からなるわけである（なお、『呼子と口笛』の目次には「飛行機」の題名が省かれている）。

啄木がその晩年に思想的に社会主義ないし無政府主義に傾斜したことはよく知られているが、第一部で検討したので、ここでは省略する。これまでみてきたとおり、啄木は人生の敗北者、落伍者という意識をつよくもっていたし、反面では詩人としての自分の天分について高い自負をもち、不遇感、社会に対する反抗精神をもっていた。結論だけをいえば、啄木の社会主義ないし無政府主義思想は、一九一〇（明治四三）年六、七月ころに執筆したとみられる「所謂今度の事」という名高い文章に示されていると思われる。この評論で彼は「社会主義者にあつては、人間の現在の生活が頗る其理想と遠きを見て、因を社会組織の欠陥に帰し、主として其改革を計らうとする。而して彼の無政府主義者に至つては、実に、社会組織の改革と人間各自の進歩とを一挙にして成し遂げようとする者で有る」といい、「無政府主義者」とは「畢竟「最も性急《せつかち》なる理想家」の謂でなければならぬ」と語っている。彼は社会主義よりは無政府主義に傾いたと思われるが、無政府主義といえども、性急であって、現実的ではないと考え、すくなくともきわめて懐疑的に考えていたことは間違いない。

そこで、詩を検討することとすれば、「はてしなき議論の後」という「「詩稿ノート」」の「一」は次のとおりである。

暗き、暗き曠野にも似たる
わが頭脳の中に、
時として、電のほとばしる如く、
革命の思想はひらめけども――

あはれ、あはれ、
かの壮快なる雷鳴は遂に聞え来らず。

我は知る、
その電に照らし出さるる
新しき世界の姿を。
其処にては、物みなそのところを得べし。

されど、そは常に一瞬にして消え去るなり、
しかして、かの壮快なる雷鳴は遂に聞え来らず。

暗き、暗き曠野にも似たる
わが頭脳の中に、
時として、電のほとばしる如く、
革命の思想はひらめけども――

これからみれば、啄木が革命を渇望していた。しかし彼は革命の実現など信じていなかったことは間違いない。この事実はまた、「はてしなき議論の後」においても確認される。よく知られたこの詩は次のとおりである。

われらの且つ読み、且つ議論を闘はすこと、
しかしてわれらの眼の輝けること、
五十年前の露西亜の青年に劣らず。
われらは何を為すべきかを議論す。
されど、唯一人、握りしめたる拳に卓をたたきて、
'V NARÓD!' と叫び出づるものなし。

われらはわれらの求むるものの何なるかを知る、
また、民衆の求むるものの何なるかを知る、
しかして、我等の何を為すべきかを知る。
実に五十年前の露西亜の青年よりも多く知れり。
されど、誰一人、握りしめたる拳に卓をたたきて、
‘V NARÓD!’と叫び出づるものなし。

此処にあつまれるものは皆青年なり、
常に世に新らしきものを作り出だす青年なり。
われらは老人の早く死に、しかしてわれらの遂に勝つべきを知る。
見よ、われらの眼の輝けるを、またその議論の激しきを。
されど、誰一人、握りしめたる拳に卓をたたきて、
‘V NARÓD!’と叫び出づるものなし。

ああ蠟燭はすでに三度も取り代へられ、
飲料の茶碗には小さき羽虫の死骸浮び、
若き婦人の熱心に変りはなけれど、

その眼には、はてしなき議論の後の疲れあり。
されど、なほ、誰一人、握りしめたる拳に卓をたたきて、
'V NARÓD!' と叫び出づるものなし。

第一部ですでに記したとおり、この年一月、啄木は平出修から大逆事件の内容を聞き、幸徳秋水の「陳弁書」を写し、幸徳秋水らの死刑が執行された翌日には、平出の自宅で大逆事件の記録の一部を読んだ。五月には、幸徳秋水の「陳弁書」を「A LETTER FROM PRISON」と題して紹介する文書を作成し、これにクロポトキンの自伝の一部を付録として添付した。この添付の理由を啄木は「予は此処に、虚無主義と暗殺主義とを混同するの愚を指摘して、虚無主義の何であるかを我々に教へてくれたクロポトキンの叙述を、彼の自伝（'MEMOIRS OF A REVOLUTIONIST'）の中から引用しておきたい。それはこの事件にも、はた又無政府主義そのものにも別に関係するところのない事ではあるが、かの愛すべき露西亜の青年の長く且つ深い革命的ストラッグルが、その最初如何なる形をとつて現はれたかを知ることは、今日の我々に極めて興味あることでなければならぬ」と前書きしている。

同書については一九一一（明治四四）年五月一二日の日記に「今日は胸に多少の異状を覚えて一日殆ど寝て暮らした。そのかはりクロポトキンの自伝を、拘引された処から脱獄して英吉利へ行つたところまで読んだ。妙にいろ〳〵のことが考へられた」と書いている。クロポトキン自伝の中でアナーキズムについて語っているのは第六部「西ヨーロッパ」であるから、その自伝の一部を添付する理由を

書いた時点ではまだアナーキズムの思想を語る箇所までは読んでいなかったのかもしれない。それ故、この『全集』第四巻に英文の二段組みで六頁を越す長文の紹介は啄木が関心をもったといわれるアナーキズムに関する文章ではない。いわゆるナロードニキに関する叙述である。このクロポトキンの自伝『ある革命家の思い出』は現在は「平凡社ライブラリー」から高杉一郎訳で上下二巻で刊行されているが、この下巻所収の第四部の12章はナロードニキに関する記述であり、啄木が筆写したのはその第12章の全文である。以下に啄木が筆写した第四部の末尾に近い部分を高杉訳により引用する。

「「奴隷によってつくられたパンはにがい」とロシアの詩人ニェクラーソフは書いた。若い世代はこのパンを食べることをじっさいに拒み、奴隷労働――それが農奴であろうと現在の産業制度の奴隷であろうと――によって父たちの家庭に蓄積された富を享受することをじっさいに拒んだのであった。

かなりな財産の所有者であるカラコーゾフとその仲間の者たちが一つの部屋に三、四人いっしょに住んで、すべての生活費が一人一カ月十ルーブルをけっしてこえないようにくふうしながら、彼らの財産を消費組合や彼ら自身も働いていた協同工場などの準備金に寄付していたことを法廷の起訴状で知った全ロシアの人々はびっくりしてしまった。それから五年後には、ロシア青年の最良の部分である何千もの青年たちが同じことをやるようになっていた。彼らの合言葉は「ヴ・ナロード!」(人民のなかへ)であった。一八六〇年―六五年の間には、ほとんどすべての富裕な家庭では、古い伝統を維持しようとする父と、自分の理想に従って思うままに生活をする権利を主張しようとする息子や娘の間に激しいたたかいが行なわれていた。青年たちは軍務や勘定台や仕事場を去って、大学町に集まった。きわめて貴族的な家庭に育てられた娘たちが、一文なしでペテルブルグやモスクワやキーエフに走って、家庭の束縛からのがれられるように、そしてまたいつの日にかは夫の束縛からものがれられるように、職業を身につけようと一心になっていた。困難にみちたたたかいの後に、彼らの多くはその個人的な自由をかちとったが、こんどはそれを自分自身の個人的な享楽のためにではなく、彼らを解放してくれたその知識を人民にもたらすために役だてようとしていた」。

これは啄木が筆写したクロポトキン自伝の一章の中のごく一部にすぎないが、啄木が「V NARÓD!」と「叫び出づるものなし」と書いた動機にはこのような文章の刺戟があったにちがいない。この運動が農民ないし人民によって拒否され、挫折したことは今ではひろく知られているが、啄木はこのように知識人が人民の中に入って意識改革をする運動に魅せられたにちがいない。しかも、これがわが国において夢想にすぎないことも充分に彼は理解していた。彼の夢想が現実にありえないことを「はてしなき議論の後」はうたっている。この詩がすぐれているのは、最終の第四連にある。

「ああ蠟燭はすでに三度も取り代へられ、
飲料の茶碗には小さき羽虫の死骸浮び、
若き婦人の熱心に変りはなけれど、
その眼には、はてしなき議論の後の疲れあり。」

この四行の現実感が「はてしなき議論の後」の空しさ、はかなさを私たちに如実に伝えている。「ココアのひと匙」はこの一連の中の傑作である。

われは知る、テロリストの
かなしき心を――
言葉とおこなひとを分ちがたき
ただひとつの心を、
奪はれたる言葉のかはりに
おこなひもて語らむとする心を、
われとわがからだを敵に擲げつくる心を――
しかして、そは真面目にして熱心なる人の常に有つかなしみなり。

はてしなき議論の後の
冷めたるココアのひと匙を啜りて、
そのうすにがき舌触りに、
われは知る、テロリストの
かなしき、かなしき心を。

テロリズムは決して問題を解決しない。そう理解しながらも、言論の自由が奪われたとき、テロリズムに走る以外に採ることのできる行為はない。問題が解決しないことを理解していても、テロリズムという行為しか残されていないと考えるテロリストの悲哀を啄木はここでうたっている。これは現代にもつうじる普遍的なテロリズムの悲哀であり、テロリストの悲哀をこのように造型したことに啄木の卓抜さを認めるべきであろう。

「墓碑銘」もよく知られた作品である。

われは常にかれを尊敬せりき、
しかして今も猶尊敬す――
かの郊外の墓地の栗の木の下に
かれを葬りて、すでにふた月を経たれど。

という第一連にはじまり、

或る時、彼の語りけるは、
'同志よ、われの無言をとがむることなかれ。
われは議論すること能はず、
されど、我には何時にても起つことを得る準備あり。'

という第三連を経て、彼が労働者、機械職工であったことを説明し、

彼の遺骸は、一個の唯物論者として、
かの栗の木の下に葬られたり。
われら同志の撰びたる墓碑銘は左の如し。
'われには何時にても起つことを得る準備あり。'

という最終連で終る。革命は労働者との連帯なくして、ありえないこと、議論を尽くしても革命はならないことをはっきりとうたいあげた点で「はてしなき議論の後」からの発展である。しかし、この詩は観念的であり、理想とする労働者は理論を語ることはできないとみる、知識人の優越感を露骨に表現している点で佳作とは認められない。ただ、ここでも啄木が革命を希求しながらも、革命がありえないことを自覚した立場、いわばこれも社会主義革命に対する絶望、諦念の作であることを看過してはなるまい。

私は「詩稿ノート」の「はてしなき議論の後」九篇の中の「八」として書かれ、『呼子と口笛』で省かれた作品に愛着をもっている。

げに、かの場末の縁日の夜の
活動写真の小屋の中に、
青臭きアセチリン瓦斯の漂へる中に、
鋭くも響きわたりし
秋の夜の呼子の笛はかなしかりしかな。
ひよろろろと鳴りて消ゆれば、
薄青きいたづら小僧の映画ぞわが眼にはうつりたる。
やがて、また、ひよろろと鳴れば、
声嗄れし説明者こそ、
西洋の幽霊の如き手つきして、
くどくどと何事をか語り出でけれ。
我はただ涙ぐまれき。
されど、そは三年も前の記憶なり。

はてしなき議論の後の
疲れたる心を抱き、
同志の中の誰彼の心弱さを憎みつつ、

ただひとり、雨の夜の町を帰り来れば、
ゆくりなく、かの呼子の笛が思ひ出されたり。
——ひよろろろと、
また、ひよろろろと——

我は、ふと、涙ぐまれぬ。
げに、げに、わが心の餓ゑて空しきこと、
今も猶昔のごとし。

三年前といえば、一九〇八年であり、啄木が東京朝日新聞に校正係として入社する前年である。啄木は浅草で映画、当時の言葉でいう活動写真をしばしば見ていた時期である。そのころの思い出であろうか。要は「わが心の餓ゑて空しきこと」にある。かつて映画を見たのはわが心の飢餓によるものであった。いま、また、社会主義革命の議論のはてに空しさを感じているのも、やはり心の飢餓からなのだ、という。場末の映画館の侘しさと、革命を期待する心の空しさをかさねあわせた、私たちの魂に沁みるような寂寥感がこの作品にはある。

啄木の詩、ことに晩年の詩を論じるさいに問題とされるのは「家」である。

今朝も、ふと、目のさめしとき、
わが家と呼ぶべき家の欲しくなりて、
顔洗ふ間もそのことをそこはかとなく思ひしが、
つとめ先より一日の仕事を了へて帰り来て、
夕餉の後の茶を啜り、煙草をのめば、
むらさきの煙の味のなつかしさ、
はかなくもまたそのことのひよつと心に浮び来る——
はかなくもまたかなしくも。

場所は、鉄道に遠からぬ、
心おきなき故郷の村のはづれに選びてむ。
西洋風の木造のさつぱりとしたひと構へ、
高からずとも、さてはまた何の飾りのなくとても、
広き階段とバルコンと明るき書斎……
げにさなり、すわり心地のよき椅子も。

この幾年に幾度も思ひしはこの家のこと、

思ひし毎に少しづつ変へし間取りのさまなどを
心のうちに描きつつ、
ラムプの笠の真白きにそれとなく眼をあつむれば、
その家に住むたのしさのまざまざ見ゆる心地して、
泣く児に添乳する妻のひと間の隅のあちら向き、
そを幸ひと口もとにはかなき笑みものぼり来る。

さて、その庭は広くして、草の繁るにまかせてむ。
夏ともなれば、夏の雨、おのがじしなる草の葉に
音立てて降るこころよさ。
またその隅にひともとの大樹を植ゑて、
白塗の木の腰掛を根に置かむ——
雨降らぬ日は其処に出て、
かの煙濃く、かをりよき埃及煙草ふかしつつ、
四五日おきに送り来る丸善よりの新刊の
本の頁を切りかけて、
食事の知らせあるまでをうつらうつらと過ごすべく、

また、ことごとにつぶらなる眼を見ひらきて聞きほるる
村の子供を集めては、いろいろの話聞かすべく……

はかなくも、またかなしくも、
いつとしもなく若き日にわかれ来りて、
月月のくらしのことに疲れゆく、
都市居住者のいそがしき心に一度浮びては、
はかなくも、またかなしくも、
なつかしくして、何時までも棄つるに惜しきこの思ひ、
そのかずかずの満たされぬ望みと共に、
はじめより空しきことと知りながら、
なほ、若き日に人知れず恋せしときの眼付して、
妻にも告げず、真白なるラムプの笠を見つめつつ、
ひとりひそかに、熱心に、心のうちに思ひつづくる。

啄木の空想はまことにいじらしい。しかし、ここには彼の実感がこめられている。父一禎が宝徳寺の住職を罷免されてから、啄木は彼の住居というものをもったことがなかった。北海道に流浪していた

時期でさえ、一戸建ての住宅に住んだのは、函館青柳町のほぼ二ヵ月、小樽花園町畑のほぼ一ヵ月、上京後、一九一一（明治四四）年八月から翌年四月一三日に死去するまでに住んだ小石川区久堅町の住居の三回しかない。これらはみな借家であった。一生に一度くらいは自分の好みの家に住みたいとは誰もが願うことである。しかも、「故郷の村のはづれ」といえば、まさに彼が愛した宝徳寺のあたりを考えていた。そういう意味で、これは望郷の歌でもある。啄木は社会主義や無政府主義に期待しても、そういう社会がたやすく実現するとは考えていなかった。人生の敗残者として詩作をはじめた啄木は最後まで明るい未来を展望できなかった。そういう境涯が「はかなくも、またかなしくも」彼の思い描く理想の生活を送ることのできる「家」を夢想させたのであった。しかも、彼はこの夢想を妻にも語ることなくひそかにあたためていた。このような詩を書かなければならない心境に至った啄木を理解しなければならない。そう考えて、私は啄木の心情に胸を衝かれる思いをもつ。
最後に「飛行機」をとりあげなければなるまい。

見よ、今日も、かの蒼空に
飛行機の高く飛べるを。

給仕づとめの少年が
たまに非番の日曜日、

肺病やみの母親とたつた二人の家にゐて、
ひとりせつせとリイダアの独学をする眼の疲れ……

見よ、今日も、かの蒼空に
飛行機の高く飛べるを。

この飛行機は「ローマ字日記」に書かれた「新しき都の基礎」における空中軍艦ほどに革命的ではない。しかし、第二連の四行が社会制度批判をふくむことは間違いあるまい。飛行機はこの前年にはじめて日本で試験飛行がされたばかりであった。だから、見よ、という第一連、第三連は社会的弱者である母子に未来を見よ、と説いていると解することができるであろう。これは素朴だが、心をうつ作品である。

第二章　『一握の砂』『悲しき玩具』などについて

1

石川啄木ほど誤解されている文学者は稀だろうと私は考えている。私自身、必要に迫られて啄木を読み直す機会をもつまで、彼を誤解していたと思われる。それは私が啄木に関してひろく流布している俗説にもとづいて、あるいは、私がもっていた先入観を通して、彼を理解していたからであり、私自身の眼で、彼の作品を読んでいなかったからである。いまとなってそのように私は反省している。そういう私の体験と同じように、啄木を誤解している人々は多いにちがいない。ここで私は私が気付いた啄木の魅力を記しておきたい。

啄木の詩については、第一章に書いたので、ここではとりあげない。彼の短歌の魅力に限って書いておくこととする。ただ、私がこの文章で書きとめる見方が唯一の正しい見方であって、その他の見方が間違いだなどというつもりはない。詩の魅力は読者が読者自身で発見するものであって、他人の見方はほんの契機を与えるにすぎない、ある種の鑑賞や批評を読んで自分は同意できない、賛成できない、疑問を感じる、ということが詩・短歌・俳句など、さらにいえば、あらゆる文学作品を読んでいて屢々感じることだが、それが文学作品を自らの体験とする出発点であろうと私は考えている。

2

石川啄木の短歌についての通俗的な見方は、彼は『一握の砂』で、青春期の甘く切ない思い、抑えがたい望郷、戻ることない過去への回想の感情を感傷的にうたった歌人である、ということである。この見方は必ずしも間違っているわけではないし、啄木の短歌にはそういう要素があるからこそ、ひろく知られ、ひろく愛されてきたということも事実と考える。たとえば、

東海の小島の磯の白砂に／われ泣きぬれて／蟹とたはむる

という歌がある。この歌の「われ泣きぬれて蟹とたはむる」には一〇代の終りに近い青年ないし少年の感傷しか、読みとれないと感じても致し方ないとは考えるけれども、東海の小島とは、たぶん、太平洋の極東の日本という島国、あるいは日本の中の北海道という島をいい、その一角の磯、じっさいは函館の大森浜を指すと考えるのが通説であり、私も通説が誤りとは考えない。「東海の」という巨

視的な視点が、その「小島」に、さらにその「磯」に焦点がしぼられ、そこでさらに「蟹とたはむ」れて泣く、孤独な青年の姿にしぼられていく。こういう技法はすぐれたものだと思われるし、この歌の背景になっている啄木の心境は、この歌の前駆的な詩である、函館時代の詩「蟹に」を読むと、彼の漂泊、流浪の悲哀であることが理解できるし、そういう背景を知った上でこの歌を読むと、この歌には私たちの胸をうつものがある。さらに、私には、そういう背景や技法を評価してみると、これは思春期ないし青春期の読者の感傷に訴える作品ではなく、人生の辛酸を体験してきた成人の読者の鑑賞にたえる作品であると思われる。

『一握の砂』は「我を愛する歌」「煙」「秋風のこころよさに」「忘れがたき人人」「手套を脱ぐ時」の五部に分けて構成されており、この「東海の小島」の歌の五首後に

砂山の砂に腹這ひ／初恋の／いたみを遠くおもひ出づる日

という歌が載せられている。これも一見したところでは感傷的なので辟易する感があるけれども、初恋をした日はすでに遠くはるかになり、その時の感じた痛みもいまはただ思いだすほどのことにすぎない、という意味であると理解すれば、すでに過ぎ去って二度と返ることない時の空しさを思いやっている歌であって、必ずしも感傷的とだけは言いきれない。

いのちなき砂のかなしさよ／さらさらと／握れば指のあひだより落つ

にしても、「いのち」へのかけがえない愛着をいのちなき砂に対比してうたった作と思えば、決して感傷的とはいえない。「煙」にはやはりひろく知られた

やはらかに柳あをめる／北上の岸辺目に見ゆ／泣けとごとくに

という歌が収められている。「やはらかに」と「ヤ」の音ではじまり、「柳」と「ヤ」の音をかさね、「北上」の「岸辺」と「キ」の音をかさねた音韻の効果があり、「目に」見えるのだけれども、訪ねていくことはできない、幻に故郷の美しい風景を夢みて、涙に誘われる、という、この歌の心情は理解できないわけではないし、ことに「石をもて追はるるごとく」と彼がうたった故郷、岩手県の渋民には、彼自身がおこしたストライキ事件のために、二度と戻ることができなかった彼の経歴を考えあわせると、私たちも涙を誘われるものがあることは事実といってよい。しかも、「泣けとごとくに」と言わなくてもよかったのではないか。この歌は啄木の切ない望郷の思いをたんに感傷的にうたったにとどまるのではないか、大人の鑑賞にたえるものではないのではないか、という疑いを私はつよくもつ。だからといって、こうした素直で率直に望郷の切なさをうたうのも、啄木の独自の個性に由来するものであり、啄木の前にも後にも、他に類をみない、独創性ゆたかなものであることを否定するわ

けではない。このように感傷的にみえる、ひろい読者に受け入れられている歌も、やはりふかい抒情にあふれている、と思われる。しかし、私は啄木がわが国の短歌にきりひらいた世界はこうした世界よりはるかにひろく、啄木の真の魅力はこうした作品にあるわけではないと考える。

ついでにふれることとすれば、啄木の叙景歌にも、すぐれた、かなりの数の人口に膾炙した歌がある。『一握の砂』の第四部「忘れがたき人人」は北海道流浪中の見聞の回想の作を収めているが、次のような作がある。

空知川雪に埋れて／鳥も見えず／岸辺の林に人ひとりゐき

さらさらと氷の屑が／波に鳴る／磯の月夜のゆきかへりかな

そことなく／蜜柑の皮の焼くるごときにほひ残りて／夕となりぬ

これらの歌における描写の確かさは、うたわれた光景が目に浮かび、調べは滞りなく流れるようであり、啄木の天分を感じさせる。こうした類の叙景の歌は他にも多くあるかといえば、そうとは私は考えない。これは、たとえば、アララギの写生による作品とは本質的にまるで違う。この空知川の歌についていえば、じつは「岸部の林に」ひとりいる「人」に作者は感銘をうけ、過酷な風土のなかの孤独な人をうたっているのであり、たんなる叙景ではない。「さらさらと」にしても「ゆきかへり」に作者の思いがこめられている。いいかえれば、月の光を浴びながら、おそらく女性とともに釧路の磯の道を、行きつ戻りつしながら、連れ立って歩いた、そんな夜もあった、という回想の作である。「そことなく」は第五部に収められているが、この作についても、ここには人はいないけれども、蜜柑の皮の焼けたような匂いだけが残って、人間の気配のない夕ぐれが訪れている、人が去った侘しい風景を描いているのであって、ここにも人間がじつは叙景の中核にいる。『一握の砂』は、人間をうたって心に迫る作が非常に多い。同じ「忘れがたき人人」の章から私が佳作と考えるものを例示すれば次のような歌である。

函館の青柳町こそかなしけれ／友の恋歌／矢ぐるまの花
こころざし得ぬ人人の／あつまりて酒のむ場所が／我が家《いへ》なりしかな
かなしきは小樽の町よ／歌ふことなき人人の／声の荒さよ
子を負ひて／雪の吹き入る停車場に／われ見送りし妻の眉かな
みぞれ降る／石狩の野の汽車に読みし／ツルゲエネフの物語かな
うたふごと駅の名呼びし／柔和なる／若き駅夫の眼をも忘れず
さいはての駅に下り立ち／雪あかり／さびしき町にあゆみ入りにき
よりそひて／深夜の雪の中に立つ／女の右手《めて》のあたたかさかな

これらの中でも、私が注目するのは「子を負ひて」「うたふごと」「よりそひて」などで、「妻の眉」

「駅夫の眼」「女の右手」という一点に歌が収斂することであり、こうして収斂する眼差しが尋常な才能とは思えない。「函館の青柳町」「みぞれ降る」などはモンタージュの興趣といってよい。ただ、「みぞれ降る」についていえば、この「ツルゲエネフの物語」は、「釧路新聞」に「雪中行」と題して掲載した、小樽から釧路までの旅行記に「雪は何時しか晴れて居る。空一面に渋い顔を披いた灰色の雪が大地を圧して、右も左も、見ゆる限りは雪又雪。所々に枯木や茅舎を点綴した冬の大原野は、漫《そぞ》ろにまだ見ぬ露西亜の曠野を偲ばしめる。鉄の如き人生の苦痛と、熱火の如き革命の思想とを育て上げた、荒涼とも壮大とも云ひ様なき北欧の大自然は、幻の如く自分の眼に浮んだ。不図したら、猟銃を肩にしたツルゲネーフが、人の好さそうな、髯の長い、巨人の如く背の高い露西亜の百姓と共に、此処いらを彷徨《うろつ》いて居はせぬかといふ様な心地がする」と書いていることからみて、じっさいはたんにツルゲーネフを想起したまでのことかもしれない。

さて「さいはての駅に下り立ち」とはじめて「雪明り」とうけ「あゆみ入りにき」とうたい収めて、はじめて、さいはての町に入り行く寂寥が浮かびあがってくるわけであり、この巧みさに私は驚嘆する。しかも、これは推敲に苦労した結果の表現でなく、ほとんど濫作にちかい歌作からおのずから生まれたにちがいない。啄木は生得の歌人であった。

3

ただ、啄木の歌の魅力、現代の私たちに訴える所以はこのような作品にあるわけではない、と私は考える。その所以と私が考えることを説明する前に、啄木が、その晩年、短歌ないし詩というものにどういう考え方をもっていたかを記さなければならない。晩年と書いたが、啄木は一九一二（明治四五）年四月、僅か二六歳で死んでいるから、ここで晩年というのはその最後の四年間、渋民を出てから、函館・札幌・小樽・釧路を転々とした、北海道の漂泊、流浪の後、一九〇八年に上京してから以後の四年間を指す。この間、啄木はいくつかの評論を書いているし、この時期は啄木の思想の面でも、文学的な意味でも重要だが、まず、ひとつ、例をあげることとする。『一握の砂』は啄木の最初の歌集であり、一九一〇年一二月に刊行されたが、この歌集を啄木自身は若い人々、思春期、青春期の人々に読んでもらいたいとは考えてはいなかった。啄木は雑誌『創作』に『一握の砂』の広告を自分で筆を執って書いている。自著の広告を作者が書くのは明治時代ではごく当然のことで、漱石も鷗外も自分で書いているが、この広告の中で啄木はこう書いている。

「其身動く能はずして、其心早く一切の束縛より放たれたる、著者の痛苦の声是也、著者の歌は従来の青年男女の間に限られたる明治新短歌の領域を拡張して、広く読者を中年の人々に求む」。

『一握の砂』の著者は生活の上では自由ではなく、さまざまな束縛をうけている、しかし、精神においてはいっさいの束縛から自由である、そういう実生活と精神との葛藤、苦痛から、この歌集の歌は作られたものである、だから、この歌集は従来の短歌のような青年男女のための読み物ではなく、人生の辛酸を経験している中年の人々に読んでもらいたい歌集なのだ、といった意味である。啄木の歌が現在でも多くは青年男女の間でしか読まれていない、現在、人生の辛酸を経験した中年の人々は啄木の歌は甘い、感傷的な、青少年向きの作品と思っているのではないか。このような状況は啄木にとってまことに不本意なことであった。もっとも、このとき、啄木は僅か二四歳であったが、彼の意識では、中年の人々に匹敵するような辛酸を嘗めていた。

また、死後の一九一二（明治四五）年に刊行された第二歌集は『悲しき玩具』と題されている。この題名は啄木自身がつけたものでなく、啄木の文章から、啄木の友人、土岐哀果が選んだものだが、この『悲しき玩具』という題名は、私は、ごく若いころから、啄木にとって歌を作るということは、子供が玩具で遊ぶような、悲しい手すさみだ、なぐさみのための悲しい手段だ、といった意味だろうと想像していた。ところが、啄木はそういう意味で『悲しき玩具』といったのではない。この歌集の題名は啄木の死後、啄木の「歌のいろ〳〵」という一九一〇年に発表した文章から採ったもので、ここで啄木は、「目を移して、死んだもの丶やうに畳の上に投げ出されてある人形を見た。歌は私の悲しい玩具《おもちゃ》である」という。つまり、作者にとって、玩具のようなものだが、作られた瞬間から、世の中では、死んだ、何の役にも立たない、存在なのだ、という。歌というものが、作者本人にとってはともかく、まるで社会的な存在の意味のないものだ、という自覚の上で啄木の歌が作られた動機があるということは心にとどめておくべきことだと私は考える。

このことと関連することだが、啄木が詩人、歌人というものの存在について、もっていた意識がひどく時代を先取りしていたことも知っておく必要があるだろう。一九〇九年に彼は「食ふべき詩」という評論を書いている。この中で彼は次のように書いていることを私は再三引用しているが、あえて引用する。

「詩人たる資格は三つある。詩人は先第一に「人」でなければならぬ。第二に「人」でなければならぬ。第三に「人」でなければならぬ。さうして実に普通人の有つてゐる凡ての物を有つてゐるところの人でなければならぬ」。

「無論詩を書くといふ事は何人にあつても「天職」であるべき理由がない。「我は詩人なり」といふ不必要な自覚が、如何に従来の詩を堕落せしめたか。「我は文学者なり」といふ不必要な自覚が、如何に現在に於て現在の文学を我々の必要から遠ざからしめつゝあるか」。

こうした自覚はきわめて独自であり、私は驚くべき先見性であると考える。わが国では私小説家のたぶんすべて、詩人、それもすぐれた詩人の多くは、詩人であることが自分の「天職」であり、普通の人とは違うのだという自覚のもとで作品を書いてきた。詩人でいえば、萩原朔太郎も、中原中也も、戦後になっても、そういう意識をもっていた詩人は少なくない。ただ、この自覚は彼が詩集『あこがれ』を出版し、天才少年詩人という評判をとった一九〇五（明治三八）年当時はまるでもっていなかったもので、その後の生活の上での辛苦や精神的な苦悩を経て、彼がその短い生涯の晩年に到達した思想であった。

やはり一九一〇年に発表された「一利己主義者と友人との対話」という評論の中で、啄木は、「人は誰でも、その時が過ぎてしまへば間もなく忘れるやうな、乃至は長く忘れずにゐるにしても、それを言ひだすには余り接穂《つぎほ》がなくてとうとう一生言ひ出さずにしまふといふやうな、内からか外からかの数限りなき感じを、後《あと》から後からと常に経験してゐる」「一生に二度とは帰つて来ないいのちの一秒だ。おれはその一秒がいとしい。たゞ逃がしてやりたくない。それを現すには、形が小さくて、手間暇《てまひま》のいらない歌が一番便利なのだ」と語っている。つまり、啄木の晩年の短歌は、人生の辛酸を経験した者の一瞬、一秒の間に限りなく湧きでる思いを短歌という形式でうたったものであり、それ故、時に回想になったり、時に望郷の思いがつよくうたわれもするのだが、それだけではない。人生の辛酸を嘗めた者の痛苦が次々に表現されるのである。そういう意味で、彼の作品は人間的であり、多様性に富んでいる。

4

『一握の砂』を読みかえして、私が気付いたことの一つは、この歌集の作者は狂気とすれすれのところにいたのではないか、ということであった。

燈影《ほかげ》なき室に我あり／父と母／壁のなかより杖つきて出づ

愛犬の耳斬りてみぬ／あはれこれも／物に倦みたる心にかあらむ
呆れたる母の言葉に／気がつけば／茶碗を箸もて敲きてありき
怒る時／かならずひとつ鉢を割り／九百九十九《くひやくくじふく》割りて死なまし
目の前の菓子皿などを／かりかりと嚙みてみたくなりぬ／もどかしきかな
どんよりと／くもれる空を見てゐしに／人を殺したくなりにけるかな

このような神経ないし精神は正常とはいえないだろう。「燈影なき」は始終父母を気にかけているための幻覚としても、「愛犬の」をはじめ、その他すべて狂気としか考えようがない。こういう作者の意識の極限の作品として、私が注意を喚起されるのは、次のような歌である。

何がなしに／頭のなかに崖ありて／日毎に土のくづるるごとし

これは自己崩壊の感覚である。これには啄木の心象の独自性、個性が顕著に表現されており、読者の心に衝撃を与える作と思われる。

しつとりと／水を吸ひたる海綿の／重さに似たる心地おぼゆる

ここまでの重圧を感じながらもなお生きていかなければならない。これはずいぶんつらい境涯であり、心境である。だから、啄木はたえず死への誘惑を感じていた。

高きより飛びおりるごとき心もて／この一生を／終るすべなきか
死ね死ねと己を怒《いか》り／もだしたる／心の底の暗きむなしさ
死にたくてならぬ時あり／はばかりに人目を避けて／怖き顔する
誰《た》そ我に／ピストルにても撃てよかし／伊藤のごとく死にて見せなむ

「死にたくて」の作は啄木が、このような心情を短歌に書きながら、つねに自己を客観化していることを示しているであろう。そのためにこの歌には読者の笑いを誘うものがある。この死への誘いはまた、消失願望ともなる。

うすみどり／飲めば身体が水のごと透きとほるてふ／薬はなきか

こうした痛苦をここまでうたった歌人は、啄木以外には、私は知らない。
啄木がどうしてこういう境地、心境に至ったか。北海道の流浪のはてに上京し、小説を書いて生計を立てることを志し、金田一京助に寄食して、小説は書いたもののほとんど売れなかった。その結果、東京朝日新聞の校正係として勤めることになったのが一九〇九（明治四二）年三月、月給二五円であった。啄木が朝日新聞に定職を得たと聞くと、函館で宮崎郁雨の世話になっていた母親カツ、妻節子、娘京子ら家族が上京して一緒に生活することとなった。啄木一家は本郷の理髪店喜之床の二階の六畳二間で生活することになった。父石川一禎が本山に収めるべき宗費を滞納したため渋民村の宝徳寺の住職を罷免されて以後、父一禎は一家の家長として家族の生活の面倒をみる責任を放棄したから、生活力に乏しかった上、生来、浪費癖もあり、計画性がない啄木がその責任を負うこととなった。しかも、母親カツは函館で結核に感染しており、節子も感染し、啄木も感染する。結核と判明したのは彼の死の半年ほど前であったが、三人そろって始終病気がちであった。その上、節子とカツとの間はいわゆる嫁姑の間の葛藤のため互いに憎み合っている。啄木は母親に溺愛されており、啄木も母親を愛し、しかも、妻節子を愛していた。そうした貧乏と病気と家庭不和の一家の生活の重荷が啄木の肩に重くのしかかっていた。現代であれば、母親を選ぶか、妻を選ぶか、選択することになるが、啄木は母親と妻との間をどうすることもできず、ただ立ちすくんでいるばかりであった。このような生活にたえられなくなった節子が家出する、節子に戻ってきてもらいたいと啄木が懇願して、節子が戻ってくる、というような事件もおこった。『一握の砂』の背景になった生活的な環境はほぼこのようなものであった。啄木が死への誘惑に駆られたのも、もっともだという感じがするほどに苛烈な状況であった。

啄木が死への誘惑に駆られ、自己を消失させてしまいたい、という気持をつよくもっていたのは、反面からいえば、責任から解放されたいという気持ともつうじていた。そのため、啄木にとって家庭は安息、やすらぎの場所ではなかった。

人みなが家を持つてふかなしみよ／墓に入るごとく／かへりて眠る

彼にとって家庭は墓場であった。だから、

夜明けまであそびてくらす場所が欲し／家をおもへば／こころ冷たし

いと暗き／穴に心を吸はれゆくごとく思ひて／つかれて眠る

ともうたう。彼には家庭は暗くふかい穴のような場所であり、そこでは彼の心が吸いこまれるような、つらく悲しい場所であった。「ローマ字日記」に啄木が書いていることだが、彼はなぜ自分は親や妻や子のために束縛されなければならないのか、という不満をもっていた。同時に、親や妻や子はなぜ自分の犠牲にならなければならないのか、とも感じていた。なぜ自分は親や妻や子のために束縛されなければならないのか、という不満をもつ人はどこにもいるであろう。啄木ほどに生活力がなく、啄木ほどに計画性がなく、破滅型の生活を送る人は稀だが、彼ほどでなくても、そういう不満は誰しももつことである。ただ、啄木は同時に、親や妻や子もまた、自分の犠牲になっているのだと自覚していた。だから、啄木の哀しみ、苦しみは解決のしようがないものであった。そういう考えがまた、彼に社会主義や無政府主義に向かわせたわけだが、その根柢にはいつも、夫婦制度、家族制度の矛盾、相剋があり、彼は自由で互いに束縛されない人間関係を夢みていたが、それが実現できない夢にすぎないことも彼は理解していた。だから、彼は

人といふ人のこころに／一人づつ囚人がゐて／うめくかなしさ

ともうたう。母親のカツも節子も啄木自身もそれぞれの心に囚人をかかえ、鬱屈した思いをもてあつかいかねている。囚人とは罪を犯し、そのために罰せられて閉鎖した場所に閉じこめられている人間である。人は誰もそういう囚人をかかえ、囚人の呻きを感じている、と啄木はいう。およそ親子の関係、夫婦の関係というものがもつ矛盾と相剋をここまで痛切に感じ、うたった歌人、詩人は、啄木を除いて、私は他に知らない。また、こうした心境から

ふと深き怖れを覚え／ぢつとして／やがて静かに臍《ほぞ》をまさぐる

のような人間の実存に迫るような、しかも、いくらか飄逸みを帯びた傑作が生まれている。この歌などは私には『一握の砂』に限らず、啄木の歌作の中でも頂点をなす作品の一つであると考えている。

この第四節に引用した作はすべて第一部「我を愛する歌」に収められている。啄木にとって「我を愛する」とは狂気に近い心境、家庭に「墓」をみて、安息の場をみない、人それぞれがかかえている「囚人」をみる、いいかえれば、我の生の在るがままをみることを意味したのであった。

5

妻の節子については、『一握の砂』にうたわれた妻節子のすがたも憐れを誘うものがある。

人ひとり得《う》るに過ぎざる事をもて／大願とせし／若きあやまち

啄木にとって節子との結婚が彼の生涯の過失のはじまりであった。啄木が節子を愛していたことは疑いないのだが、時に、母カツとの間の葛藤などにさいして、こんな思いを掠めたことがあったのであろう。

子を負ひて／雪の吹き入る停車場に／われ見送りし妻の眉かな

すでに引用したが、これは妻子を小樽に残して釧路に出かけていく啄木を見送った小樽駅の節子を回想した作であり、ここには節子と別れて単身で釧路に赴いたときの節子に対する哀憐の情が認められるはずである。

　女あり／わがいひつけに背かじと心を砕く／見ればかなしも
　わが妻のむかしの願ひ／音楽のことにかかりき／今はうたはず

これらの歌にみられる妻節子のいたましさには、私は胸を突かれる思いがする。こうした魅力に比べると、

　友がみなわれよりえらく見ゆる日よ／花を買ひ来て／妻としたしむ

のような歌は何とも軽薄なものだという感じが私にはつよい。

6

　私がこれまでに引用してきた作品は、北海道流浪中を回想した「忘れがたき人人」中の叙景歌と「煙」中の一首を除き、すべて『一握の砂』の第一部「我を愛する歌」に収められていることは前述

したとおりである。第二部「煙」は盛岡、渋民の時期の回想であり、これには

ふるさとの訛《なまり》なつかし／停車場の人ごみの中に／そを聴きにゆく
かにかくに渋民村は恋しかり／おもひでの山／おもひでの川
石をもて追はるるごとく／ふるさとを出でしかなしみ／消ゆる時なし
ふるさとの山に向ひて／言ふことなし／ふるさとの山はありがたきかな

などが目立つ作である。私には「ふるさとの訛」の歌を除けば、感興を覚えない。「ふるさとの訛」の歌には、当時の東北の人々の訛りのために東京の生活になじめない苦労がにじみでている。「ふるさとの山」は「ふるさとの土をわが踏めば／何がなしに足軽くなり／心重れり」「ふるさとに入りて先づ心傷むかな／道広くなり／橋もあたらし」などと同じく、まったく空想の帰郷の作であることに哀傷の思いを感じるにとどまる。この「煙」では

石ひとつ／坂をくだるがごとくにも／我けふの日に到り着きたる

の痛切な自省が心に迫るのを覚えるけれども、その他、私にとって感銘ふかい作はほとんど見いだすことができない。

第三部「秋風のこころよさに」においては次の作に惹かれる。

ふるさとの空遠みかも／高き屋《や》にひとりのぼりて／愁ひて下る
秋立つは水にかも似る／洗はれて／思ひことごと新しくなる
うらがなしき／夜《よる》の物の音《ね》洩れ来るを／拾ふがごとくさまよひ行きぬ
旅の子の／ふるさとに来て眠るがに／げに静かにも冬の来しかな

これらはじつに巧みな作である。静かな冬の到来を旅人が故郷に戻って眠るようだ、という比喩は卓抜だし、秋が来るとさまざまな思いが洗われたように新鮮になる、という比喩も巧みだし、あてもない彷徨を哀しい物音を拾い上げるためのようだ、という比喩も巧みである。ただ巧みだという以上の感動はない。高きビルに登っても故郷は遠くてみえない、憂愁をかかえたまま、空しく下りるだけだ、という心情は理解できるけれども、比喩としても、心情としても、感銘は淡い。

第五部「手套を脱ぐ時」には佳唱が多いように思われる。

朝の湯の／湯槽《ゆぶね》のふちにうなじ載《の》せ／ゆるく息する物思ひかな

これは日常の些末に詩を発見している作と思われる。ここには質実な写生もなければ、たかぶった感情の披瀝もない。このすぐに忘れてしまいそうな一瞬に詩をとらえたことに啄木の新しさがあった。

同じことがおそらく

手套《てぶくろ》を脱《ぬ》ぐ手ふと休《や》む／何やらむ／こころかすめし思ひ出のあり

についてもあてはまるであろう。

第五部に収められている秀歌としては、次のような作もあげられるのではないか。

六年《むとせ》ほど日毎日毎にかぶりたる／古き帽子も／棄てられぬかな

そことなく／蜜柑の皮の焼くるごときにほひ残りて／夕《ゆふべ》となりぬ

乾きたる冬の大路《おほぢ》の／何処《いづく》やらむ／石炭酸のにほひひそめり

ひとしきり静かになれる／ゆふぐれの／厨にのこるハムのにほひかな

やや長きキスを交して別れ来し／深夜の街の／遠き火事かな

人気《ひとげ》なき夜《よ》の事務室に／けたたましく／電話の鈴《りん》の鳴りて止みたり

京橋の滝山町の／新聞社／灯ともる頃のいそがしさかな

水のごと／身体《からだ》をひたすかなしみに／葱の香《か》などのまじれる夕《ゆふべ》

気弱なる斥候のごとく／おそれつつ／深夜の街を一人散歩す

曠野《あらの》より帰るごとくに／帰り来《き》ぬ／東京の夜《よ》をひとりあゆみて

これらの作の中でもとりわけ私が推奨したいのは「気弱なる斥候のごとく」である。これはすぐ次にあげた「曠野より」と同じ主題といってよいが、深夜の散歩に限らず、私たちがどこに敵が潜んでいるか分からない不安をかかえて生活しているかのような感覚をこれ以上に的確にとらえることは至難と思われる。そして、これらの作には何の事件もない。何の変哲もない日常の瑣末であり、瑣末に啄木は「詩」を発見したのであった。

7

ここでようやく私が『一握の砂』の中でもっとも好きな歌をあげることとなる。

高山のいただきに登り／なにがなしに帽子をふりて／下り来しかな
あたらしき背広など着て／旅をせむ／しかく今年も思ひ過ぎたる

いずれも第一部「我を愛する歌」中の作である。これらの歌でも何の事件もおこらない。何を悲しんでいるのか、何に心を惹かれているのか、何に心を傷めているのか、何も言われていない。じつは何もない、日常の瑣末にすぎない。啄木が、詩人である資格は第一に「人」であること、第二に「人」であること、第三に「人」であることだ、という思想の持主であったことはすでに指摘した。詩は普通の人間よりも特別に感受性にすぐれ、語彙が豊富で、ゆたかな想像力をもち、言葉を自由に使いこなすことができる、詩人という特殊な人間がつくるものではない。普通の人間の何気ない日常の生活の瑣末にこそ詩があるのだ、ということをこれら作品で啄木は実践している。そして、ここにこそ、啄木の短歌の新しさ、魅力がある、と私は考える。

8

ところで、「あたらしき背広」という歌では萩原朔太郎の

ふらんすへ行きたしと思へども
ふらんすはあまりに遠し
せめてはあたらしき背広をきて
きままなる旅にいでてみん。

というよく知られた詩、「旅上」を思いだすことは当然であろう。朔太郎がこの歌に影響されたこと

は間違いない。たとえば朔太郎の第一詩集は『月に吠える』だが、この題も啄木の『一握の砂』の

わが泣くを少女等《をとめら》きかば／病犬《やまいぬ》の／月に吠ゆるに似たりといふらむ

という歌と関係がある。犬が月に吠えるというのは英語で無駄なことをするという意味だから、朔太郎も啄木とは別に月に吠えるという言葉を知ったとしてもふしぎはないが、朔太郎は『月に吠える』の序文で、

「月に吠える犬は、自分の影に怪しみ恐れて吠えるのである。疾患する犬の心に、月は青白い幽霊のやうな不吉の謎である。犬は遠吠えをする。

私は私自身の陰鬱な影を、月夜の地上に釘づけにしてしまひたい」

と書いていることからみても、萩原朔太郎も啄木と同じように、この犬は病んでいるのだ、といっている。それ故、啄木と無関係にこの題を採ったとは考えられない。さらにつけ加えると、萩原朔太郎には「ソライロノハナ」という初期の歌集があるが、これには、

砂山にうちはら這ひて煙草のむかつはさびしく海の音きく
何となく泣きたくなりて海へきてまた悲しみて海をのがるる

というような作があり、他にもいくらも例をあげることができるが、『一握の砂』を萩原朔太郎が愛読したことは疑問の余地がない。そこで、「あたらしき背広」の歌に戻ると、朔太郎はあたらしい背広を着て旅にでようと思えば何の苦労もなくそうすることができるのだが、啄木は背広もつくれず、旅に出ることもできない。つまりは、啄木は何もしないし、できない、普通の人間はやはり何もしないし、何もできない、そして、そういう悔いをもち続けるのだが、この歌はそういう心情をうたっている。この朔太郎の詩にはいかにも詩人でなければできない発想がある。みたされない憧れ、抑圧された希望を典雅にうたっているという感じがある。これに比べると、啄木の歌は平凡で貧しい生活者の真率な感想にすぎないようにみえるかもしれない。しかし、日常の瑣末にこそ人生の真実がやどっている、それに光があてられている、ということをこれらの作品から私たちは知り、そこに啄木の新しさ、魅力をみるのである。

「高山のいただき」の歌と多少似た歌が『一握の砂』にある。これは、すでに引用した

ふるさとの空遠みかも／高き屋にひとりのぼりて／愁ひて下る

だが、ここでは望郷の憂愁がはっきりとうたわれており、それはそれで感興があるが、それだけのことである。「高山のいただき」のばあいは、なぜ帽子をふるのか、詮索の必要はない。無意味に山に登り、無意味な動作をし、無意味に山を下る、そういう歌である。こういう無意味さに詩を発見した

ことこそが、私には啄木の偉大さだと思われる。人間は意味あることだけで生活しているわけではない。こうした無意味さはいわば近代に、現代に生きる人間の生活の実態があるといってもよい。

じつは、「高山のいただき」の歌の魅力を私がはじめて発見したのだと思っていた。ところが、この歌の魅力は釈迢空、すなわち、折口信夫がとうに発見していたことを知った。折口信夫は盛岡第一高校という、いわば啄木の母校の後身になる学校で講演をしたさい、この歌を引いて、「私はこれを読んで、啄木ははじめて完成の域に達したと考へました。諸君達は、何にも感じないかも知れませんが、昔はこの様な歌を作るものはなかったのです。私共の若い頃は、こんな歌は意味のないものと考へられました。この歌は単純であり、その良さを証明してくれと言はれるとちょっと困る。何か良いものがある。歌の内容は、日常の普通にあるものであるが、さう思ってゐるものが、人には重要なものである事が往々にしてあります。昔の文学はさういふ平凡な事は、歌の題材に取らなかった。しかし啄木は平凡なものを題材に採って、それをこなして、却て我々の気持に触れしめたのです。これより人々は、激情的な事を作るより、世の中の平凡なことを歌ふ様になりました。啄木が亡くなった明治四十五年前後から、歌は変化してきました。これはある部分まで、彼啄木の力に由るものであります」と語っている。その折口の歌に、

停車場の人ごみを来て、／なつかしさ。／ひそかに／茶など飲みて／戻らむ

という作があるが、これは、すでに引用した啄木の

ふるさとの訛なつかし／停車場の人ごみの中に／そを聴きにゆく

という作と、「停車場」「人ごみ」「なつかし」の言葉が共通しているから、啄木の影響が認められることは間違いないのだが、じつは、「ひそかに／茶など飲みて／戻らむ」という日常の瑣末に詩を見いだしていることに、折口が啄木からうけた本質的な影響があると私は考える。同じような意味で折口に

鳥の鳴く　朝山のぼり、わたつみのみなぎらふ光りに、頭をゆする

という歌があるが、これなどは表現は似ていないし、折口の作には折口なりの個性があるが、「頭をゆする」という発想に詩をみていることがその例である。

中原中也も旧制中学の時代には短歌を書いていたが、その中原に

怒りたるあとの怒よ仁丹の二三十個をカリ〳〵と噛む

という歌がある。これはいうまでもなく、啄木の

目の前の菓子皿などを／かりかりと噛みてみたくなりぬ／もどかしきかな

の模倣といってよいし、

菓子くれと母のたもとにせがみつくその子供心にもなりてみたけれ

という歌も中原は作っているが、これも

叱られて／わつと泣き出す子供心／その心にもなりてみたきかな

という啄木の作の模倣である。その他にも、中原中也の初期の短歌には啄木の影響がつよく認められるが、ここでも、表現を真似したという以上に、中原は啄木の歌の心情、発想に共感したのだと私は考えている。つまり、詩というものの本質のとらえ方において啄木は独自で独創的であったので、それが折口信夫を惹きつけ、中原を惹きつけたのであった。

私は啄木の短歌は、閉塞状態にある生活の日常の瑣末に発見した詩であることにその魅力があり、

だからこそ、時代、環境を超えた普遍性をもっていまだに私たちに訴えるものがあるのだと考えている。

9

そこで啄木の没後の歌集『悲しき玩具』にふれることとする。私は『悲しき玩具』には明らかに啄木の詩心の衰弱が認められると考える。何よりも、声調が弱い。

呼吸《いき》すれば、／胸の中にて鳴る音あり。／凩よりもさびしきその音！
眼閉づれど、／心にうかぶ何もなし。／さびしくも、また、眼をあけるかな。
手も足もはなればなれにあるごとき／ものうき寝覚！／かなしき寝覚！
考へれば、／ほんとに欲しと思ふこと有るやうで無し。／煙管《きせる》をみがく。

重篤な病床にあって、たとえば「手も足もはなればなれに」のような感覚をとらえること自体が非凡というべきであろう。しかし、そのような寝覚めがものうく、かなしい、というだけでは、精神に緊張感がないとしか思われない。眼を閉じても「心にうかぶ何もなし」とふりかえって心の空虚をとらえることも、誰もができることではない。しかし、やはり精神が張りつめていないことに変りはない。

新しき明日《あす》の来《きた》るを信ずといふ／自分の言葉に／嘘はなけれど——

嘘ではないが、だから、どうなのか、といえば答えはない。おそらく煙管をみがくほどのことしかできないのである。ただ、啄木も無為にのみ病床にいたわけではない。

おれが若《も》しこの新聞の主筆ならば、／やらむ——と思ひし／いろいろの事！
百姓の多くは酒をやめしといふ。／もっと困らば、／何をやめるらむ。

さりとて、新聞の主筆として何をしたいのか、具体的な構想があるわけではないし、農民の未来について ただ憂えているにとどまる。これらに比べ、

ぢりぢりと、／蠟燭の燃えつくるごとく、／夜となりたる大晦日かな。
何故かうかとなさけなくなり、／弱い心を何度も叱り、／金かりに行く。

などには窮乏の実感があり、ことに前者は傑作と考える。

夜おそく何処やらの室《へや》の騒がしきは／人や死にたらむと、／息をひそむる。

にも重篤な病人の心情を的確にとらえて、心に迫る作である。ただ、『悲しき玩具』に目立つのは自己憐憫の作が多いことである。

すつぽりと蒲団をかぶり、／足をちゞめ、／舌を出してみぬ、誰《たれ》にともなしに。

古新聞！／おやここにおれの歌の事を賞めて書いてあり、／二三行なれど。

あの頃はよく嘘を言ひき。／平気にてよく嘘を言ひき。／汗が出づるかな。

『石川はふびんな奴だ。』／ときにから自分で言ひて、／かなしみてみる。

何《なに》となく自分をえらい人のやうに／思ひてゐたりき。／子供なりしかな。

もうお前の心底《しんてい》をよく見届けたと、／夢に母来て／泣いてゆきしかな。

病院に来て、／妻や子をいつくしむ／まことの我にかへりけるかな。

もう嘘をいはじと思ひき――／それは今朝――／今また一つ嘘をいへるかな。

何《なん》となく、／自分を嘘のかたまりの如く思ひて、／目をばつぶれる。

これらの歌のすべてが自己憐憫とはいえないかもしれないが、すべてを自己憐憫の歌と読んでも、そのことが歌がつまらないというわけではない。短歌として必ずしも読むにたえないとは思わない。しかし、私はこれらに啄木の精神の弛緩をみるのである。

10

『悲しき玩具』は最後に近づくにしたがい、感動的な作が多くなるようにみえる。

はづれまで一度ゆきたしと／思ひゐし／かの病院の長廊下かな。

瑣末といえば瑣末だが、啄木の心境を思えば涙ぐむのを抑えがたい作である。

わが病の／その因るところ深く且つ遠きを思ふ。／目をとぢて思ふ。

一九一二（明治四五）年二月七日の日記に「朝飯の時、母にほんとの病名を知らした。しかし左程驚きもしなかつた。『十四の時労性をやんだのだもの。』からも言つた。聞いて見ると母の親類には肺病で死んだものが少くなかつた」と書かれている。そのときの感慨であろう。しみじみとした調べで、その感慨をうたっていると思われる。

ボロオヂンといふ露西亜名《な》が、／何故ともなく、／幾度も思ひ出《だ》さるる日なり。

啄木の最晩年の読書の一にクロポトキン自伝『ある革命家の思い出』がある。クロポトキンがボロジーンという仮名を使っていたことがその第四部第15章に記されているが、啄木は大逆事件のさいの幸徳秋水の「陳弁書」を筆写し、その付録にクロポトキンの同書の第四部第12章の英語の全文を付しているので、同書から「ボロオヂンといふ露西亜名」を想起した可能性は高いのではないか。

友も妻もかなしと思ふらし――／病みても猶、／革命のこと口に絶たねば。
やや遠きものに思ひし／テロリストの悲しき心も――／近づく日のあり。

これらは「はてしなき議論の後」あるいは「呼子と口笛」の変奏だが、やはり詩の方がゆたかに思いを展開している。

今日もまた胸に痛みあり。／死ぬならば、／ふるさとに行きて死なむと思ふ。
いつしかに夏となれりけり。／やみあがりの目にこころよき／雨の明るさ！
おとなしき家畜のごとき／心となる、／熱やや高き日のたよりなさ。
やまひ癒えず、／死なず、／日毎にこころのみ険しくなれる七八月《ななやつき》かな。
何がなしに／肺が小さくなれる如く思ひて起きぬ――／秋近き朝。
椽先《えんさき》にまくら出させて、／ひさしぶりに／ゆふべの空にしたしめるかな。

いずれも死を目の前にみている啄木の心情を平静にうたった佳唱と思われる。
『悲しき玩具』の最後に、問題作二首をとりあげておきたい。

ひとところ、畳を見つめてありし間の／その思ひを、／妻よ、語れといふか。
放たれし女のごとく、／わが妻の振舞ふ日なり。／ダリヤを見入る。

最晩年には、啄木と節子の間に心の通い合うことがなくなったか、あるいは、かなりに難しくなっていた。一つには母カツとの不和があった。これについては

解けがたき／不和のあひだに身を処して、／ひとりかなしく今日も怒れり。

という歌がやはりこの時期に残されている。カツと節子との間に身を処して、啄木はなすすべなく、立ちすくみ、怒ることより他はなかった。節子が家出したこともあり、節子としてはその思いどおりにふるまいたいと思うときがあっても当然であった。そのように節子がふるまっても、啄木はただ「ダリヤに見入る」ばかりであった。大逆事件の前後からの啄木の思想をおそらく節子は理解できなかったろう。しかも、啄木は社会主義革命が近く到来するとは思っていなかったし、詩「家」に書かれたような夢想に耽ることもあった。その内心は節子に話しても理解が得られることではなかった。

どんな夫婦でも何から何まであからさまに話し合えるわけではない。ただ、彼らが結婚した当時とはまったく啄木は変っていた。啄木にはその変化が節子の理解を超えることが分かっていた。「ひとところ」の作は夫婦間に通常みられることであるが、啄木において特に顕著であった。これはすぐれた一首と私は考える。

第三章　「天鵞絨」「我等の一団と彼」などについて

一、「天鵞絨」

1

明治期の短篇小説の中で、石川啄木の「天鵞絨」を珠玉の一篇として推すことを私は躊躇しない。啄木の遺した小説は僅か一五篇にすぎないし、その中のかなりの作品は未完結であり、読むに値する作品は七、八篇にすぎまい。その僅かな作品中、「天鵞絨」を別とすれば、「我等の一団と彼」は啄木の独自性のあふれた一種の思想小説として、私は評価している。私は「鳥影」をすぐれた作品と考えていないし、「雲は天才である」は未完結であり、かつ失敗作と考える。そのように私が考える所以をここで私は記しておきたい。

2

「天鵞絨」には背景となる社会が、石川啄木が生活した当時の岩手県の農村の生活と東京との生活との違いをふくめ、社会がよく描かれている。主人公であるお定と副主人公であるお八重という二人の少女の性格と彼女らの性格の違いが的確に描かれている。小説として起承転結をもったその構成がごく自然にできている。主題はかなりに深刻でありながら、心暖まる人間性をもって描かれている。粗筋をたどりながら、私がこの小説をどう読んでいるか、どうして評価するかをみていきたい。

盛岡から青森へ続く街道沿いの九〇何戸ほどの寒村に源助さんという理髪師が現れたのはお定が一〇歳ころだったらしい。源助は「頗《すこぶ》るの淡白者《きさくもの》で、上方弁の滑かな、話巧者《じやうず》の、何日《いつ》見てもお愛想が好いところから、間もなく村中の人の気に入つて了つた」人物であり、「村中での面白い人として、其代衆人《みんな》に調法がられ」、「春秋の彼岸には、お寺よりも此人の家の方が、餅を沢山貰ふといふ事で、其代り又、何処の婚礼にも葬式にも、此人の招ばれて行かぬ事はなかつた」し、「啻《ただ》に話巧者で愛想が好い許りでなく、葬式に行けば青や赤や金の紙で花を拵へて呉れるし、婚礼の時は村の人の誰も知らぬ「高砂」の謡をやる。加之《のみならず》何事にも器用な人で、割烹《れうり》の心得もあれば、植木弄《いじ》りも好き、義太夫と接《つぎ》木《き》が巧者《じやうず》で、或時は白井様の子供衆のために、大奉《だいほう》八枚張の大紙鳶《おほたこ》を拵へた事もあつた」という。その源助は「お定が十五（?）の年」、父親が死んだとかで、俄かに荷造りをして鳥が飛び立つように村を去って行った。その源助さんが四年ぶりで、村へ来た。盆が過ぎて二〇日と経たぬころの事であった。

その源助の服装《みなり》に村の人たちは驚いた。「絵甲斐絹《ゑかひき》の裏をつけた羽織も、袷も、縞ではあるが絹布《やはらか》物《もの》で、角帯も立派、時計も立派。中にもお定の目を聳《そばだ》たしめたのは、づつしりと重い総革の旅行鞄であつた」。源助さんは、「今では東京に理髪店を開いてゐて、熟練な職人を四人も使つてるが、それでも手が足りぬ程急がしいといふ事であつた」。源助さんがお定の家に来たのは、三日目の晩で、いろいろな話の後、「東京は男にや一寸見付《みつか》り悪《にく》いけれど、女なら幾何《いくら》でも口がある。女中奉公しても月に賄《まかなひ》付で四円貰へるから、お定さんも一二年行つて見ないかと言つたが、お定は唯俯《うつむ》いて微笑《ほほゑ》んだのみであつた」。

3

翌日、お定は大工の家のお八重に呼びだされて、お八重から「源助さんと一緒に東京に行かぬか」と誘われる。

「お定にとつては、無論思設けぬ相談ではあつたが、然し、盆過のがつかりした心に源助を見た娘には、必ずしも全然《まるで》縁のない話でもない。切《しき》りなしに騒ぎ出す胸に、両手を重ねながら、お定は大きい目を睜って、言葉少なにお八重の言ふ所を聞いた。

お八重は、もう自分一人は確然《ちやん》と決心してる様な口吻《くちぶり》で、声は低いが、眼が若々しくも輝く。親に言へば無論容易に許さるべき事でないから、黙つて行くと言ふ事で、請売《うけうり》の東京の話を長々とした後、怎せ生れたからには恁麼《こんな》田舎に許り居た所で詰らぬから、一度は東京も見ようぢやないか。「若い時ア二度無い」といふ流行唄《はやりうた》の文句まで引いて、熱心にお定の決心を促すのであつた」。

方法としては源助さんと一緒に行けばいい、汽車賃は三円五〇銭許りだそうだが、自分は郵便局に一八円許りの貯金がある、という。

「東京に行けば、言ふまでもなく女中奉公をする考へなので、それが奈何《いか》に辛くとも野良稼ぎに比べたら、朝飯前の事ぢやないかとお八重が言つた。日本一の東京を見て、食はして貰つた上に月四円。此村あたりの娘には、これ程好《うま》い話はない。二人は、白粉やら油やら元結やら、月々の入費を勘定して見たが、それは奈何《いか》に諸式の高い所にしても、月一円とは要らなかつた。毎月三円宛残して年に三十六円、三年辛抱するとすれば百円の余にもなる。帰りに半分だけ衣服や土産を買つて来ても、五十円の正金が持つて帰られる。

『末蔵が家《え》でや、唯《たつた》四十円で家屋敷白井様に取上げられたでねえすか。』とお八重が言つた」。

白井様とはこの村の大地主である。大工の娘が一五円もの貯金があるのは不自然な感じもあるが、九〇戸ほどの村で大工仕事で食べられるはずもないし、お八重が女中の仕事は「奈何に辛くとも野良稼ぎに比べたら、朝飯前の事ぢやないか」ということからみれば、お八重の父親は農業のかたわら、大工もしていたということであろう。四〇円の借金のために家屋敷が大地主にとりあげられるという岩手の農村における窮迫した農民の生活、大地主との貧富の格差のなかで、東京で女中奉公すれば、これだけ貯金ができるはずだと計算するお八重の心情はまことにいじらしい。

「程なく四辺《あたり》がもう薄暗くなつて行くのに気が付いて、二人は其処を出た。此時まではお定は、まだ行くとも行かぬとも言はなかつたが、兎も角も明日決然《しつかり》した返事をすると言つて置いて、も一人お末といふ娘にも勧めようかと言ふお八重の言葉には、お末の家は寡人《ひとすくな》だから勧めぬ方が可いと言ひ、此話は二人限《きり》の事にすると堅く約束して別れた。そして、表道を歩くのが怎《どう》やら気が咎める様で、裏路伝ひに家へ帰つた。明日返事するとは言つたものの、お定はもう心の底では確然《ちやん》と行く事に決つてゐたので」。

積極的なお八重に対し、受け身で慎重なお定が裏路づたいに家に帰る、といった心持が二人の性格をよく描き分けている。こうした啄木の描写からみて、彼の人間観察も、また、じつに的確、卓抜と言ってよい。

4

「お定の家は、村でも兎に角食ふに困らぬ程の農家で、借財と云つては一文もなく、多くはないが田も畑も自分の所有《もの》、馬も青と栗毛と二頭飼つてゐた。両親はまだ四十前の働者、母は真《ほん》の好人物《おひとよし》で、吾児にさへも強い語《ことば》一つ掛けぬといふ性《たち》、父は又父で、村には珍しく酒も左程嗜《たしな》まず、定次郎の実直といへば白井様でも大事の用には特に選《え》り上げて使ふ位で、力自慢に若者《わかいもの》を怒らせるだけが悪い癖だと、老人達《としより》が言つてゐた。祖父《ぢい》も祖母《ばあ》も四五年前に死んで、お定を頭に男児二人、家族といつては其丈で、長男の定吉は、年こそまだ十七であるけれども、身体から働振から、もう立派に一人前の若者である」。

いわば、お定はこの寒村ではごく恵まれた境遇であり、しいて東京に女中奉公に行く必要もないのだが、三年後を思いやり、「絹張の傘を持つて、金を五十円も貯めて来たら、両親だつて喜ばぬ筈がない。嗚呼其時になつたら、お八重さんは甚麼《どんな》に美しく見えるだらうと思ふと、其お八重の、今日目を輝かして熱心に語つた美しい顔が、怎やら嫉ましくもなる。此夜のお定の胸に、最も深く刻まれてるのは、実に其《その》お八重の顔であつた。怎してお八重一人だけ東京にやられよう！」という気負いから、東京行きを決心したのであった。こうした若い女性の心境も啄木はきっちりと描いている。

5

一方で、お定には四晩に一度忍んでくる丑之助という男がいる。「年こそまだ二十三だが、若者中《わかいもの》で一番幅の利く――の事も、無論考へられた。恁《かか》る田舎の習慣《ならはし》で、若い男は、忍んで行く女の数の多いのを誇りにし、娘共も亦、口に出していふ事は無いけれ共、通つて来る男の多きを喜ぶ。さればお定は、丑之助がお八重を初め三人も四人も情婦《をんな》を持つてる事は熟《よ》く知つてゐるので、或晩の如きは、男自身の口から其情婦共の名を言はして擽《くすぐ》つて遣つた位。二人の間は別に思合つた訳でなく、末の約束など真面目にした事も無いが、怎かして寝つかれぬ夜などは、今頃丑さんが誰と寝てゐるかと、嫉《や》いて見た事のないでもない。私とお八重さんが居なくなつたら、丑さんは屹度お作の所に許りゆくだらうと考へると、何かしら妬ましい様な気もした」。このような習俗は現在では考えにくいけれども、啄木はおそらく少年時から親しく知っていたのであろう。この小説における、このような東北の農村の習俗に対する啄木の目配りは、やはり啄木が渋民の農民たちの生活、習俗をよく見る眼をもっていたことを示している。

お定は翌朝お八重と会い、明後日、出発することを聞く。お定は朝、草を刈り、馬の手入れをし、粟刈を手伝い、など、忙しく働いた後、八重に誘われたので、明日盛岡へ行くという。定次郎は「腹掛から五十銭銀貨一枚出して、上框《あがりかまち》に腰かけてゐるお定へ投げてよこした」とある。このあたりの描写も、心は東京行に騒ぎながらも、家族の労働を手伝うお定の真面目さ、定次郎のお定に対する信頼、親子の情愛などが充分に窺われるように描かれている。

その夜、丑之助が忍んでくる。「一時間許り経つと、丑之助がもう帰準備《かへりじたく》をするので、これも今夜限《きり》だと思ふと、お定は急に愛惜の情が喉に塞つて来て、熱い涙が滝の如く溢れた。別に丑之助に未練を残すでも何でもないが、唯もう悲しさが一時に胸を充たしたので、お定は矢庭に両手で力の限り男を抱擁《だきし》めた。男は暗《やみ》の中にも、遂ぞ無い事なので吃驚《びつくり》して、目を円《まろ》くしてゐたが、やがてお定は忍音《しのびね》に歔欷《すすりなき》し始めた」。

未練があるわけではない。それでも感きわまって丑之助を抱きしめ、歔欷するお定のたかぶった感情は理解できるのではないか。ここで、東京へ行くことをお定はうちあける。丑之助は「俺ア真実《ほんと》に、汝《うな》アせえ承知して呉《け》えれば、夫婦《いっしょ》になりてえど思ってるのに」などと口説く。「暫しは女の歔欷《すすりな》く声のみ聞えてゐたが、丑之助は、其漸く間断々々《とぎれとぎれ》になるのを待つて、『汝《うな》ア頰片《ほっぺた》、何時来ても天鵞絨《ビロウド》みてえだな。十四五の娘子《めらしご》と寝る様だ。』と言つた。これは此若者が、殆んど来る毎にお定に言つてゆく賛辞《ことば》なので。『十四五の娘子供《めらしやど》とも寝てるだべせア。』とお定は鼻をつまらせ乍ら言つた」。この「天鵞絨」が題名に採られていることはいうまでもない。

6

さて、お定とお八重は上京し、本郷四丁目から左に曲って、菊坂町に入った、源助の家に着く。「山田理髪店」と看板を出した明るい店では硝子戸の中に入ると、目がくるめくほど明るい。職人が幾人も幾人もいる。源助が二人を内儀さんに紹介する。「お八重が叩頭《おじぎ》をしたので、お定も遅れじと真似した」。源助は「以前非常《えら》い事世話になつた家の娘さん達でな。今度是非東京へ出て一二年奉公して見たいといふので、一緒に出て来た次第だがね」という。内儀のお吉は「小作りなキリリとした顔立ちの女で、二人の田舎娘には見た事もない程立居振舞が敏捷《すばしこ》い。黒繻子の半襟をかけた唐桟の袷を着てゐた」。

二人は、源助の家の二階に通され、一夜を明かし、源助の家が二人や村の人々が想像したほど立派ではないことを知り、水道に驚き、お吉から女中奉公の心得を聞かされたりする。

「お吉が二人に物言ふさまは、若し傍《はた》で見てゐる人があつたなら、甚麽《どんな》に可笑しかつたか知れぬ。言葉を早く直さねばならぬと言つては、先づ短いのから稽古せよと、『かしこまりました。』とか、『行つてらツしやい。』とか、『お帰んなさい。』とか、『左様《さい》でございますか。』とか、繰返し〳〵教へるのであつたが、二人は胸の中でそれを擬《ま》ねて見るけれど、仲々お吉の様にはいかぬ。郷里《くに》言葉の『然《そ》だすか。』と『左様《さい》でございますか。』とは、第一長さが違ふ。二人には『で』に許り力が入つて、兎角『さいで、ございますか。』と二つに切れる。

『さあ、一つ口に出して行《や》つて御覧なさいな。』とお吉に言はれると、二人共すぐ顔を染めては、『さあ』『さあ』と互ひに譲り合ふ。

それからお吉はまた、二人が余り穏《おと》なしくして許りゐるので、店に行つて見るなり、少許《すこし》街上《おもて》を歩いてみるなりしたら怎だと言つて」

見物を勧める。

二人が岩手訛りのため標準語を練習する苦労は私たちの微笑を誘うが、本人たちには笑い事ではなかった。彼女らは劣等感にさいなまれていた。おそらく啄木自身も彼の家族も同じような恥ずかしい経験をかさねていたにちがいない。その経験が客観的に描写され、私たちを笑いに誘うと同時に彼女らに同情を覚えさせるのである。

そこで、二人はお吉に教えられて本郷通りに出て勧工場を見る。「盛岡の肴町位だとお定の思つた菊坂町は、此処へ来て見ると宛然《まるで》田舎の様だ。あゝ東京の街！　右から左から、刻一刻に満干《さしひき》する人の潮《うしほ》！　三方から電車と人とが崩《なだ》れて来る三丁目の喧囂《けんかう》は、宛《さな》がら今にも戦が始りさうだ。お定はもう一歩も前に進みかねた」。

まさに田舎出の都会に幻惑される心情であり、これも啄木が一度は経験したにちがいない。そして、翌日は本郷の赤門にはじまり、不忍の池、電車に乗って、浅草の凌雲閣、吾妻橋、銀座、新橋、日比谷などをお吉に案内される。お吉の親切は読者には分かるが、二人は疲労困憊するばかりであった。お吉は「電車ほど便利なものはない」というが、お定にとって電車ほど怖しいものはなかった。三日目は雨。四日目、奉公先に行くことになる。お定は、主人が銀行に出る人と聞いているが、銀行が何ものなるかは知らない。奥様が部屋々々を案内してくれた。お定の室は四畳の細長い部屋であった。奥様がお定の日課を教える。やがて主人が帰宅し、お定は挨拶する。今夜は何もしなくてよいと言われ、四畳の部屋に行く。郷里に手紙を書いていないことを気にしたり、郷里のことをさまざまに思いだして涙ぐんでいたが、時計が十時を打つと、蒲団をとりだした。

「三分心の置洋燈を細めて、枕に就くと、気が少し暢然《ゆつたり》した。お八重さんももう寝たらうかと、又しても友の上を思出して、手を伸べて掛蒲団を引張ると、何となくフワリとして綿が柔かい。郷里で着て寝たのは、板の様に薄く堅い、荒い木綿の飛白《かすり》の皮をかけたのであつたが、これは又源助の家で着たのよりも柔かい。そして、前にゐた幾人の女中の汗やら髪の膩《あぶら》やらが浸みてるけれども、お定には初めての、黒い天鵞絨《ビロウド》の襟がかけてあつた。お定は不図《ふと》、丑之助がよく自分の頰片《ほつぺた》を天鵞絨の様だと言つた事を思出した」。

郷里の丑之助の言った頰が「天鵞絨」のようだという言葉が、東京の一隅の女中部屋の掛け蒲団の襟の天鵞絨から思いおこさせる、その対比の哀愁もこの作品の心をうつ情景といってよい。

翌日「キャベーヂ」を買ってくるように言いつけられ、「ハア、玉菜でごあんすか」と答えて八百屋から買ってくる。「慕《なつ》かしい野菜の香が、仄かに胸を爽かにする」。

「風呂敷に包んだ玉菜一個《ひとつ》を、お定は大事相に胸に抱いて、仍且《やはり》郷里の事を思ひながら主家に帰つた。勝手口から入ると、奥様が見えぬ。お定は窃《こつそ》りと玉菜を出して、膝の上に載せた儘、暫時《しばし》は飽かずも其香を嗅いでゐた。

『何してるだらう、お定は』と、直ぐ背後から声をかけられたときの不憫《ふびん》さ！」。

この女中奉公はお定が自ら選んだことにはちがいないのだが、東京という都会で孤独に野菜の香りを懐しむお定の心情はまことに可憐である。このようなこまやかな心情の描写の故に、私はこの作品を珠玉と考えるのである。

7

午前一〇時ころ、お吉が訪ねてきて、郷里《くに》から迎えが来たという。まだ一昼夜にならないではないか、と奥様は苦情を言うが、仕方なく、お吉とともにお定を帰す。源助の家に戻ったお定は、忠太という迎えに来た老人に会う。お定は忠太が嫌いだが、「生れてから十九の今まで毎日々々聞き慣れた郷里《くに》言葉を其儘に聞くと、もう胸の底には不満も何も消えて了つた」。お八重の迎えは、源助の息子新太郎であった。忠太は一度は東京へ行きたいと思っていたところ、二人の話を聞き、自分は閑人《ひまじん》なところから、お定の家に行った。「母親は流石に涙顔をしてゐたけれども、定次郎は別に娘の行末を悲観してはゐなかった。それを漸々納得させて、二人の帰りの汽車賃と、自分のは片道だけで可いといふので、兼から七円に定次郎から五円、先づ体の可い官費旅行の東京見物を企てたのであつた」。兼はお八重の父親である。

この小説は次のとおり終る。

「軈《やが》てお定は、懐手した左の指を少し許り襟から現して、柔かい己が頬を密《そつ》と撫でて見た。小野の家で着て寝た蒲団の、天鵞絨の襟を思出したので。

瞬く間、窓の外が明るくなつたと思ふと、汽車は、トある森の中の小さな駅を通過《パツス》した。お定は此時、丑之助の右の耳朶《みみたぼ》の、大きい黒子を思出したのである。

新太郎と共に、三人を上野まで送つて呉れたお吉は、さぞ今頃、此間中は詰らぬ物入をしたと、寝物語に源助にこぼしてゐる事であらう」。

これは二人の田舎娘の冒険譚とみてもよい。大望をもって家出したもののすぐ連れ戻される二人の短い冒険談にはかなりにユーモアがあるといってよい。しかし、二人を冒険に駆り立てる岩手の寒村の貧困、借金もない自作農の家庭にあってなお、女中奉公して給金を貯めたいと考えるお定のいじらしさ、可憐さ。「今度は仕方がないから帰るけれど、必ず再《また》自分だけは東京に来ると語つた」お八重の積極的性格の対比、三二、三にすぎない一介の銀行員が岩手から出てきた女中を雇う、都会の知識層と東北の農民の格差、見栄をはりながらも、彼女ら二人の面倒をみる源助とお吉夫婦の性格など、彼女らの心情、彼女らをとりまく人々、彼女らが家出し、連れ戻される背景となっている社会状況が充分に書きこまれており、構成も首尾結構ととのい、啄木の主観的感情にながれることない、私たちの心に迫る佳作となっていると考える。

8

『全集』第三巻の岩城之徳の解題によれば、「啄木は明治四十一年六月四日の夜、脱稿したてのこの小説と、前日『中央公論』から返送されて来た「病院の窓」の原稿を持って森鷗外を訪ね、原稿売込みの世話を依頼したが、その七日後「天鵞絨」の方は返されたため、翌十二日その一部を訂正して、前日脱稿の「二筋の血」と共にこれを神田駿河台の長谷川天渓のもとにあずけたが、天渓からは八月三日、いずれの小説も『文芸倶楽部』『太陽』等に掲載できない旨連絡があり、結局生前未発表におわった」という。

「明治四十一年日誌」の六月四日の項に「八時過、〝病院の窓〟と〝天鵞絨〟持つてつて鷗外先生の留守宅に置いて来た。暗い路をあるいてゐて悲しくなつた。久振で歩いたので、フラフラする。目が引込む様だ。俺は此位真面目に書いてゐて、それで煙草代もない、原稿紙も尽きた、下宿代は無論払はぬ、と思ふと、傾きかけた片割月の悪らしさ。明日からは、何を書かうにも紙がない。インキも少くなつた」と書いている。

『全集』第七巻に収められている同日付けの鷗外宛ての書簡は「先生先刻お留守の所にお伺ひして、悪作を二つ、あとでお目にかけてくださるやうおねがひして、逃ぐるが如く帰つてまゐりました」とはじまり、「先生、もし（お暇のない所失礼ですけれど）御覧になつて雑誌位には出せるやうでしたら、誠に恐れ入りますけれども、新小説なり何なりの人へ御紹介状でも下さるわけにはまゐりませんでせうか。先月の下宿料も払ひかねてゐる体《てい》たらくでございます。今日で原稿紙も尽きましたから腹案は五つも六つもありますけれど、明日からは何も書くわけにいきません」という悲痛な心境を伝えている。続く六月一一日の日記には「七時半、森先生を訪ねた、雨がふつてきた。佐々木信綱君が来た。八時半〝天鵞絨〟の原稿を持つて帰つてきた。（中略）〝天鵞絨〟の中には、先生の一々誤や訛を正して下すつた一葉の紙が入つてゐた！」とあり、六月一二日の日記には「十時起きて、〝二筋の血〟を読直し、〝天鵞絨〟を訂正した。（中略）七時半、駿河台に長谷川天渓氏を訪ひ、〝二筋の血〟〝天鵞絨〟二篇置いて来た」とあり、八月三日になって「夜、長谷川氏より、予の、〝二筋の血〟及び〝天鵞絨〟と共に来書。遂に文芸倶楽部に載するあたはず、太陽も年内に余地を作ること難き故、お気の毒乍ら他に交渉してくれと」という結末になる。

『全集』の岩城之徳の解題からはどれほど鷗外が面倒をみたのかはっきりしないが、以上の記録からみると、鷗外は丁寧に見て、訂正すべき表現についても忠告し、長谷川天渓に紹介したようだが、結局、この二篇が生前日の目をみることはなかった。「二筋の血」はともかく、「天鵞絨」が掲載に値しないとした鑑識眼が残念である。もし「天鵞絨」が掲載されていたならどういう評価を得たか分からないし、啄木もどのような小説を書いたらよいか、その方向を理解できたであろう。

今井泰子はその『石川啄木論』の中で次のように書いている。

「要するに「天鵞絨」は、後年ほどの思想性とも、醜悪な現実直視といった理念とも無関係に執筆された。すなわち、文学においては往々有害に作用する観念性を免れた。かつ、自伝的素材ではなかったために自己顕示癖からも逃れることができた。従来ほとんど顧慮されない作品であるが、啄木の小説としてはむしろもっとも鑑賞に堪えうる作品と思われる」。

私は今井泰子が「天鵞絨」を評価したことをうれしく思っている。しかし、彼女が評価したよりも「天鵞絨」ははるかに卓抜な秀作である。特定の「思想性」にもとづいて書いていないだけであって、社会的視野、人間観察のこまやかさ、的確さ、作品としての構成、ストーリーの展開の巧みさなど、明らかにここには啄木の小説家としての天分を認めてよい。

今井泰子は「この短篇の主題は、要約すれば、「村＝自然＝旧世界」と「東京＝都会文明＝近代」との対照、両者の超えがたい距離、断絶しながらなお関係を要する両者の関係であろう」というが、このような主題のとらえ方こそ観念的である。ここには、たとえば自然と都会の対立などはない。農村と都会の対立があるのであり、旧世界と近代が対立しているのではなく、貧しい農村を基盤としたわが国の近代文明の歪みが主題なのである。ただ、そういう主題にもまして、この作品の人間観が魅力的である。今井は「お吉は、さぞ今頃、此間中は詰らぬ物入をしたと、寝物語に源助にこぼしてゐる事であらう」といふ最後の文章を引用して、「東京人が旧世界の者にいかに親切を尽そうと、所詮は浪費に過ぎないのである」というが、ただ親切に面倒をみたあげく、すぐに郷里に連れ戻されたのでは、東京案内をし、奉公先を探し、奉公先に面目を失ったお吉が愚痴をいうのが当然であり、東京人と旧世界の者との関係ではない。私は今井泰子の評価を認めながらも、今井泰子の読み方には不満を禁じえない。

三枝昂之『啄木』も「天鵞絨」と「二筋の血」はどうか、と問い、「この二篇は捨てたものではない。読み始めて、物語の展開に関心が伸びてゆく。だから先へ先へと読むことができる」と「天鵞絨」を評価している点では今井泰子と同様である。三枝は次のように書いている。

「東京にあこがれる娘たちの、つかの間の冒険譚といったおもむきだが、東京の最初の夜にお八重が見る奇っ怪な夢が主題を暗示して、心に残る。

村に葬式が出て、お八重も葬列に加わって寺の本堂へ入ると、棺桶からきれいなお姫様が出てくる。すると和尚が、「お八重、お前はあのお姫様の代りにお墓に入るのだぞ」と脅迫する。そこへ源助さんが現れて、「厭だと言へ、厭だと言へ」と教えるので「厭だす」というと、髭はないはずの和尚のアゴから赤い赤い血のような髭が延びてきて、「これでもか?」と怒鳴る。お八重はそこで目が覚める。

逃げ場のない圧迫感が広がるこの夢は、東京へ出て来た者を惹き戻そうとする故郷の土着的な力を感じさせる。登場するのは村の住職とお八重を連れだした源助さん。二人がお八重をはさんで綱引きをする図であるから、故郷と東京に引き裂かれる一人の娘の内面もそこから浮かび上がる。その主題を奇っ怪な夢を通して暗示したところがおもしろい。（中略）もともと空想的な男である啄木の構想力がのびのびと発揮されている」。

私は「天鵞絨」を「東京にあこがれる娘たちの、つかの間の冒険譚」とは考えない。東京に憧れていることは事実だが、自作農とはいいながら、窮迫した農村の娘が上京して女中奉公し、まとまった金を稼ぎたい、野良仕事に比べたら女中奉公など、何の苦労でもない、というけなげな気持で上京したのである。もちろん、はじめての東京で夜を過せば、望郷の思いが切であり、お八重がみるような、故郷を象徴する和尚と東京を象徴する源助との間に引き裂かれた夢をみることも当然である。しかし、これが「天鵞絨」の主題ではない。農村と都会との対立、農村における大地主と農民との格差、といった背景における二人の娘のけなげな冒険譚なのである。

第一章の源助が村にとどまる挿話がかなり冗漫であるが、これを除けば、構成もかっちりし、訴える主題もきちんと書きこまれた作品である。自然主義という、私生活の露悪的、暴露的な描写が好まれた時代風潮をとりさって虚心に読めば、これが珠玉の短篇であることが理解されるはずである。

なお、三枝は「二筋の血」が伊藤左千夫の「野菊の墓」の抒情に通うような、ゆたかな抒情性を湛えたロマン的作品に仕上げられているという上田博『石川啄木辞典』の評は「誇張でない」という。けれども、「二筋の血」は、転校してきた藤野という美少女に刺戟されて、奮起した「私」が、ある日、藤野が水車に巻きこまれて死ぬのに遭遇し、藤野の脚から一筋の血がながれるのを見、また、別に乞食の女の頬に一筋の血がながれるのを見るという、首尾結構、まことに他愛ない作品であって、「野菊の墓」における相思相愛の従姉と「私」が、従姉であり年長であるために引き裂かれ、結婚を余儀なくされた従姉が死ぬという悲劇とは、ストーリーといい、人間性の描き方といい、「二筋の血」は比較にもならない凡作と私は考える。国木田独歩の「画の悲しみ」は小学校時代、画についてライヴァル意識をもっていた級友がいた。彼の率直な態度によって彼と親しくなり、中学に入学してからは町に寄留したが、以前と同様に二人でともなって画を描くことをたのしみにしていたし、休暇になると実家の村への七里の道を一緒に徒歩で帰るほどに親しかった。中学卒業後、自分は東京に進学、彼は村へ帰った。二〇歳のとき、久しぶりに帰郷して、彼が一七で病死したことを聞き、言いがたい暗愁にとらえられる、という話である。ごく単純な話だが、彼の画才、率直さ、彼とのふかい友情が描かれ、数年ぶりで帰郷して、彼の死を知る、という独歩としても佳作とはいえないまでも、少年時の友情と友人の死による衝撃がよく描かれている。「二筋の血」では藤野と「私」の間には、藤野から励まされたことはあっても、「私」の一方的な愛情しかない。「画の悲しみ」とは遠く及ばないと私は考える。

なお、「天鵞絨」に関連して三枝は啄木が「空想的な男」であり、構想力をのびのびと発揮しているといふけれども、啄木は、その小説をみる限り決して空想力に富んでいなかった。彼の小説の多くは身辺の出来事から材料を採っている。

二、「雲は天才である」

1

「雲は天才である」は小説としては啄木の処女作である。その主人公は啄木自身がモデルになっているとみられる。その第一章に次のとおり書かれている。

「午後の三時、規定《おきまり》の授業は一時間前に悉皆《しつかい》終つた。平日《いつも》ならば自分は今正に高等科の教壇に立つて、課外二時間の授業最中であるべきであるが、この日は校長から、お互月末の調査《しらべ》もあるし、それに今日は妻《さい》が頭痛がヒドク弱つてるから可成早《なるべく》く生徒を帰らしたい、課外は休んで貰へまいかといふ話、といふのは、破格な次第ではあるが此校長の一家四人――妻と子供二人と――は、既に久しく学校の宿直室を自分等の家として居るので、村費で雇はれた小使が襁褓《おしめ》の洗濯まで其職務中に加へられ、牝鶏《ひんけい》常に暁を報ずるといふ内情は、自分もよく知つて居る。何んでも妻君の顔色《がんしよく》が曇つた日は、この一校の長たる人の生徒を遇する極めて酷だ、などいふ噂もある位、推して知るべしである。自分は舌の根まで込み上げて来た不快を辛くも嚙み殺して、今日は余儀なく課外を休んだ」。

この叙述は行変えなしに次に続くが、次の文章がこの作品の眼目なので、行を変えて引用する。

「一体自分は尋常科二年受持の代用教員で、月給は大枚金八円也、毎月正に難有頂戴して居る。それに受持以外に課外二時間宛《づつ》と来ては、他目《よそめ》には労力に伴はない報酬、否《いや》、報酬に伴はない労力とも見えやうが、自分は露聊《いささ》かこれに不平は抱いて居ない。何故なれば、この課外教授といふのは、自分が抑々《そもそも》生れて初めて教鞭をとつて、此校の職員室に末席《ばつせき》を瀆《けが》すやうになつての一週間目、生徒の希望を容れて、といふよりは寧ろ自分の方が生徒以上に希望して開いたので、初等の英語と外国歴史の大体とを一時間宛とは表面だけの事、実際は、自分の有《も》つて居る一切の智識（智識といつても無論貧少なものであるが、自分は、然し、自ら日本一の代用教員を以て任じて居る。）一切の不平、一切の経験、一切の思想、――つまり一切の精神が、この二時間のうちに、機を覗ひ時を待つて、吾が舌端より火箭《くわせん》となつて迸《ほとばし》る。的なきに箭《や》を放つのではない。男といはず女といはず、既に十三、十四、十五、十六、といふ年齢《とし》の五十幾人のうら若い胸、それが乃ち火を待つ許りに紅血の油を盛つた青春の火盞《ひざら》ではないか。火箭が飛ぶ、火が油に移る、嗚呼そのハツ／＼と燃え初《そ》むる人生の烽火《のろし》の煙の香ひ！　英語が話せれば世界中何処へでも行くに不便はない。たゞこの平凡な一句でも自分には百万の火箭を放つべき堅固な弦《ゆみづる》だ。昔希臘《ギリシヤ》といふ国があつた。基督《キリスト》が磔刑《はりつけ》にされた。（中略）我々はまだ年が若い。血のない人間は何処に居るか。……あゝ、一切の問題が皆火の種だ。自分も火だ。五十幾つの胸にも火事が始まる。四間に五間の教場は宛然《まるで》熱火の洪水だ。自分の骨露《あら》はに痩せた拳が礑《はた》と卓子《テイブル》を打つ。と、躍り上るものがある、手を振るものがある、万歳と叫ぶものがある。完《まつ》たく一種の暴動だ。自分の眼瞼《まぶた》から感激の涙が一滴溢れるや最後、其処にも此処にも声を挙げて泣く者、上気して顔が火と燃え、声も得出さで革命の神の石像の様に突立つ者、さながら之れ一幅生命反乱の活画図が現はれる。涙は水ではない。心の幹をしぼつた樹脂《やに》である、油である。火が愈々燃え拡がる許りだ。『千九百〇六年……此年〇月〇日、S——村尋常高等小学校内の一教場に暴動起る』と後世の世界史が、よしや記さぬまでも、この一場の恐るべき光景は、自分並びに五十幾人のジヤコビン等の胸板には、恐らく「時」の破壊の激浪も消し難き永久不磨の金字で描かれるであらう。疑ひもなく此二時間は、自分が一日二十四時間千四百四十分の内最も得意な、愉快な、幸福な時間で、大方自分が日々この学校の門を出入する意義も、全くこの課外教授がある為めであるらしい」。

「雲は天才である」は啄木が一九〇六（明治三九）年七月に執筆、同年一一月に一部書き直したと「渋民日記」に記している。「渋民日記」の「八十日間の記」には次のとおり書いている。「これは鬱勃たる革命的精神のまだ渾沌として青年の胸に渦巻いてるのを書くのだ。題も構想も恐らく破天荒なものだ。革命の大破壊を報ずる暁の鐘である。主人公は自分で、奇妙な人物許り出てくる。これを書いて居るうちに、予の精神は異様に興奮して来た」。

啄木が生徒を煽動して校長排斥のストライキをし、代用教員を免職になったのは翌年の一九〇七年の四月だが、「雲は天才である」を書いている時点で、すでに課外授業をつうじて、生徒たちに革命思想を吹きこんでいたことが「雲は天才である」のすでに引用した記述から判明する。「渋民日記」には、父一禎が「帰つて来て、宝徳寺再住の問題が起るに及んで我が一家に対する陰謀は益々盛んになつた。如何にもして我が一家を閭門の外に追ひ出さうとするのが、彼等畢生の目的であつた」と記し、六月の初め、石川家を支持していた渋民村助役の畠山が「突然辞職せざるをえなくなつた」といい、「予は狂へる如くなつた。一夕校長を捉へて、気味悪い嚇し文句を三時間も述べた」「翌日から学校の校長やこの村土着の訓導などの予に対する体度が変つた。下にも措かぬお世辞をいふ。蓋し彼等は、可成予をば怒らせぬ様にして、ダマシテ置いて、陰に追ひ出す計画をしやうとする事に会議をきめたらしい」とある。つまり、啄木は父一禎の宝徳寺就職復職の騒動に関連して、校長らと対立していた。そうした感情の高揚しているさなかに「雲は天才である」が書かれたわけである。だから、英語・歴史の課外授業を啄木はじつは生徒を煽動する機会として利用したにちがいない。

だから、生徒たちの暴動の標的は校長に向けられる。校長は「既に十幾年の間身を教育勅語の御前に捧げ、口に忠信孝悌の語を繰返す事正に一千万遍、其思想や穏健にして中正、其風采や質樸無難にして具《つぶ》さに平凡の極致に達し、平和を愛し温順を尚ぶの美徳余つて、妻君の尻の下に布かるゝをも敢て恥辱とせざる程の忍耐力あり、現に今このS——村に於ては、毎月十八円といふ村内最高額の俸給を受け給ふ——田島校長閣下の一言によつて、自分は不本意乍ら其授業を休み、間接には馬鈴薯《じやがいも》に目鼻よろしくといふマダム田島の御機嫌をとつた事になる不面目を施し、退いて職員室の一隅に、児童出席簿と睨み合をし乍ら算盤の球をさしたり減《ひ》いたり、過去一ヶ月間に於ける児童各自の出欠席から、其総数、其歩合を計算して、明日は痩犬の様な俗吏の手に渡さるべき所謂月表なるものを作らねばならぬ。それのみなら未だしも、成績の調査、欠席の事由、食料携帯の状況、学用品供給の模様など、名目は立派でも殆んど無意義な仕事が少なからずあるのである」という。

客観的にみれば、校長には格別に非難されるようなことはない、ごく通常の校長だと思われるし、「殆んど無意義」と作者がいう仕事も教師の当然の義務のように思われる。作者は感情に走って、冷静に事態をみていないのだが、それを自覚していない。

「極楽から地獄！　この永劫の宣告を下したものは誰か、抑々誰か。曰く、校長だ。自分は此日程此校長の顔に表れて居る醜悪と欠点とを精密に見極めた事はない。第一に其鼻下の八字髯《はちじぜん》が極めて光沢が無い、これは其人物に一分一厘の活気もない証拠だ。そして其髯《そのひげ》が鰻《うなぎ》のそれの如く両端遥かに頤の方向に垂下して居る」。

このような容貌についての非難で校長を責めるのは無理無体というものであり、作者自らを貶めるものというべきである。こうして主人公は校長の存在はゼロにひとしいという結論に達し、「この不法なるクーデターの顚末が、自分の口から、生徒控処の一隅で、残りなく我がジャコビン党全員の耳に達せられた時、一団の暗雲あつて忽ちに五十幾個の若々しき天真の顔を覆ふた。楽園の光明門を閉ざす鉛色の雲霧である。明らかに彼等は、自分と同じ不快、不平を一喫したのである。無論自分は、かの妻君の頭痛一件まで持ち出したのではない。が、自分の言葉の終るや否や、或者はドンと一つ床を蹴つて一喝した。『校長馬鹿ッ。』更に他の声が続いた」。

以下は省略するが、若い啄木がその情熱に任せ、生徒を煽ってこのような騒ぎにもちこんだことは間違いないし、それが父一禎の宝徳寺復職運動にかかわる騒動の私怨だということも自覚していないことが驚異である。

2

続いて「校歌」に関する校長と主人公および生徒との争いが語られている。主人公新田俊吉は「白牛」という筆名をもつ詩人のようである。生徒に歌わせるために次のような歌を作り曲をつけた。

春まだ浅く月若き
生命《いのち》の森の夜の香に
あくがれ出でて我が魂《たま》の
夢むともなく夢むれば……

「自主」の剣《つるぎ》を右手《めて》に持ち、
左手《ゆんで》に翳す「愛」の旗、
「自由」の駒に跨りて
進む理想の路すがら、
今宵生命の森の蔭

水のほとりに宿かりぬ。

これが校歌として、あるいは生徒にひろく歌わせるのにふさわしいとは思われない。これは啄木の感慨であって、生徒が歌うのには適切な歌詞ではない。この歌について校長の認可を得たかと尋ねられ、得ていないと答える。それは身勝手だと言われ、校長は「順序を踏まぬ以上は、たとへ校歌に採用して可いものでも未だ校歌とは申されない」と言い、順序とは校長が認定して、郡視学へ届け出ることだと答える。主人公は校歌として採用されなくても結構だ、自分の作った歌が生徒みなに歌われるというだけで、名誉は充分だ、と言う。そういう問答の最後にクリスチャンの女教師が「私も昨日、あれを書いたのを栄さん（生徒の名）から借りて写したんですよ。私なんぞは何も解りませんけども、大層もう結構なお作だと思ひまして、実は明日唱歌の時間にはあれを教へやうと思つてたんでしたよ」と発言した。「これは勝誇つた自分の胸に、発矢《はっし》と許り投げられた美しい光栄の花環であつた。女教師が初めて口を開いたのである」という。「此時、校長田島金蔵氏は、感極まつて殆んど落涙に及ばんとした」とある。

やがて、「春まだ浅く月若き」という歌の合唱が聞こえてくる。「あゝ此歌である。日露開戦の原因となつたは。自分は颯と電気にでも打たれた様に感じた。同時に梯子段を踏む騒騒しい響がして、声は一寸乱れる。降りて来るな、と思ふと早や姿が現はれた。一隊五人の健児、先頭に立つたのは了輔と云つて村長の長男、背こそ高くないが校内第一の腕白者、成績も亦優等で、ジヤコビン党の内でも最も急進的な、謂はば爆弾派の首領である」。勝ち誇った生徒たちが、職員室まで踏みこんで、歌が止み、「校長の顔は盛んな山火事」のようになっている。

「勝つた先生万歳」と鬨の声が聞こえる。

これがいわば、「雲は天才である」の第二章である。主人公ないし啄木の情熱がいかに生徒を煽動したか、生徒たちが主人公ないし啄木に共鳴したか。これは翌年のストライキの予行演習のようにみえるが、啄木がその不満をこのように発散させていたということは理解できても、まことに無意味な行動であり、小説中の挿話としても、私には共感できない。むしろ、校歌がないなら、校歌として作詞作曲し、堂々と校長と対決するなら筋が通るけれども、詩はまったく啄木自身の感慨、心境をうたったものであり、校歌として歌わせようという覚悟もない、中途半端な発想から生じた騒動を描いているとしか思われない。

3

この「校歌」騒動の最後に乞食が主人公を訪ねてくる挿話が「雲は天才である」の第三章である。乞食は主人公の友人、八戸の天野朱雲の紹介状を持ってきた。

その紹介状の内容は

「爾後大いに疎遠、失敬、

石本俊吉此手紙を持つて行く。君は出来る丈けの助力を此人物に与ふべし。小生生れて初めて紹介状なる物を書いた。

　六月二十五日

天野朱雲拝」

ということであり、上部の余白へ横に「(独眼竜ダヨ。) と一句」添えてあった。

そこで、主人公の新田は乞食に会う。主人公は「此時、自分は俄かに驚いて叫ばんとした。あはれ千載万載一遇の此月此日此時、自分の双眼が突如として物の用に立たなくなつたではないか。(中略) よしや骸骨であるにしても、これは又サテ〳〵見すぼらしい骸骨である哩《わい》。身長五尺の上を出る事正に零寸零分、埃と垢で縞目も見えぬ木綿の袷を着て、帯にして居るのは巾狭き牛皮の胴締、裾からは白い小倉の洋袴《ズボン》の太いのが七八寸も出て居る。足袋は無論穿いて居ない。髪は二寸も延びて、さながら丹波栗の毬を泥濘路《ぬかりみち》にころがしたやう。目は？　成程独眼竜だ」。

この青年、石本俊吉は静岡の中等の農家に生まれたが、兄は日清戦争で戦死、妹は野獣の如き男に殺され、俊吉が一五の春、土地の高等小学校を出たころは、山も畑も他人の手に移ってすこしばかりの田と家屋敷だけが残っていたが、その年の秋、東京に夜逃げした、という。流浪のあげく、八戸に着き、新聞配達、煎餅焼きの手伝いなどしながら八戸中学の五年に通い、苦学自炊していた。年齢は二二歳。最近、父が五九歳で死んだという知らせを聞いた。残っているのは母一人で、亡父のために線香を買おうと思っても、折角買った線香も雨に濡れて、買いかえる金もない。母は父と同じ年の五九歳なので、どうしても郷里に帰りたい。中学には退学届を出し、身回りの物を売り払ってもいくらにもならない。そこで、乞食をして帰る決心をした、といった話を聞く。帰国の決心をした石本は天野を訪ね、天野から「君も不幸な男だ、実に不幸な男だ。が然し、余り元気を落すな。人生の不幸の滓《おり》まで飲み干さなくては真の人間に成れるものぢやない」などと励まされる。そして、天野は「現時の社会で何物かよく破壊の斧に値せざらんやだ。全然破壊する外に、改良の余地もない今の社会だ。建設の大業は後に来る天才に譲つて、我々は先づ根柢まで破壊の斧を下さなくては不可《いかん》」と言い、さらに「僕は遠い処へ行かうと思ってる」というようなことを聞かされる。「何処へと聞いても唯遠い処と許りで、別に話して呉れませんでしたが、天野君の事《こ》ツてすから、何でも復《また》何か痛快な計画があるだらうと思ひます」。

「「それでは之でお別れです。」と立ち上りますと、少し待てと云つて、鍋の飯を握つて大きい丸飯を九つ拵《こさ》へて呉れました。僕は自分でやりますと云つたんですけれど、「そんな事を云ふな、天野朱雲が最後の友情を享けて潔《いさぎ》よく行つて呉れ。」と云ひ乍ら、涙を流して僕には背を向けて孜々《せっせ》と握るんです。僕はタマラナク成つて大声を揚げて泣きました」というような話を聞き、「人生は何処までも惨苦です。僕は天野君から其の弟の様にされて居たのが、自分一生涯の唯一度の幸福だと思ふのです」と言って、石本俊吉の言葉が終り、「語り来つて石本は、痩せた手の甲に涙を拭つて悲気《かなしげ》に自分を見た。自分もホツと息を吐いて涙を拭つた。女教師は卓子に打伏して居る」とこの作品は終っている。

ここに困窮している石本への同情が描かれていることは理解できるが、この石本の窮乏の話も、また、現時の社会は破壊しなければならない、と語りながら、遠くへ行くのだという天野が何を考えているのか、それが、主人公である新田とどういうつながりをもって物語が結びついてゆくのか、この未完の作品では分からない。あるいは天野には「鬱勃たる革命的精神のまだ渾沌として」渦巻いているのかもしれないが、渾沌も描かれているとはいえない。全体としても、また、個々の挿話をとりあげても、「雲は天才である」は失敗作としか評価のしようはない。

三、「鳥影」

1

「鳥影」は一九〇八（明治四一）年一一月一日から一二月三〇日まで「東京毎日新聞」に連載された。同年一〇月一三日に書きはじめ、おそらく一二月下旬に書きあげたものと『全集』の解題で岩城之徳は推定、この作品にはモデルがあると次のとおり記している。

「この小説にはモデルがある。すなわち、十月十四日の日記に、

夜、久振で金矢光一君が来た。実は少しハッとした。それは外ではない。今書いてゐる〝鳥影〟は、この金矢君の家をモデルにしてあるからだ。最も、人物その儘とつたのではなく、事件も空想

だが……七郎君と、光一君の母だけは、然し大分その儘書かれる。

とあることからみて、たとえば作中の昌作には金矢家の部屋住みの七郎（筆名朱絃、啄木の盛岡中学校時代の友人）の、静子には金矢ノブ（啄木の妻節子の小学校、女学校時代の級友）の、信吾には金矢光一（ノブの弟）の、といった具合に、啄木の故郷渋民村の旧家金矢家の人々をモデルにしていることが知られる」。

しかし、モデルがあることは、架空の人物、ストーリーを構想するのと比べて、想像力が貧困であった、ということはいえるかもしれないし、事実、啄木は自らの体験を回想した作品が多く、決して、想像力のゆたかな文学者であったとはいえないが、このことは作品の評価とは関係がない。

窪川鶴次郎がその『石川啄木』において「鳥影」を高く評価しているが、そもそも啄木の小説が論じられることが少ないせいか、この注目すべき窪川の評論もあまりとりあげられていないようにみえる。私は「鳥影」を窪川のように評価することは間違いであると考えている。その理由をこの章で明らかにしたい。

2

窪川は次のとおり書いている。

「「鳥影」はまさに、社会的、時代的、文学史的にも、啄木個人の人生的、思想的、生活的な立場からも、一切のものが渦まいている、その飆風のごときものであったということができる。「鳥影」の書かれた四十一年は、短い啄木の生涯にとってもっとも注目すべき、運命の岐路に立った年である。

これらの人的関係と、この人間関係そのものを通して日常的に形づくられていた視野のひろい当代一流の文学的環境と、醞醸しつつあった近代的文学思想の成熟――啄木にとってこれほどたしかな、身についたものはなかった――なくしては、啄木の文学的形成はありえなかったし、しかもその文学的環境とはまったく異質の啄木文学を生み出すこともできなかったであろう」。

窪川は、北原白秋が「鳥影」の連載の終りに近い一九〇八年一二月一一日に啄木を訪ねてきたこと、啄木はその日記に「北原白秋君。――予は今日虚心坦懐で白秋君と過去と現在とを語った。実に愉快であった。北原君の幼時、その南国的な色彩の豊かな故郷！　そして君はその初め、予を天才を以て自任してる者と思ひ、競争するつもりだつたと！　戦は境遇のために勝敗早くついた。予は敗けた」と書いたこと、その白秋をはじめ、『スバル』の関係の太田正雄（木下杢太郎）、平野万里、吉井勇らとの人的関係と文学的環境のなかで「鳥影」が書かれたことを指摘し、「そういうなかで書かれたからこそ啄木は、「鳥影」を書くことを通じて、鷗外に代表される既成の文学観とはまったく異なる文学観と、自己決算とを自覚するにいたったのではないか」とも書いている。鷗外に代表される文学観とは、この文章に先立って、窪川が「啄木自身は一年半後の四十三年八月、「時代閉塞の現状」においてまったく敏の言そのままに、自然主義の批判から「社会、道徳等の問題に触れた、所謂傾向文学」の方向を文学史的にみちびき出すにいたつた。そして、啄木はすでにこのとき鷗外とは反対に、文学を見るにそれと思想、社会など——社会主義思想と限定してはいない——との関係をみるという文学観にはつきりと立つていたのである」といっていることからみれば、「鳥影」が文学に文学と社会、思想などとの関係をみるという文学観をもつに至っていたというのであろう。一方で、窪川のいう『スバル』の人々の「後期浪漫主義、その享楽的、耽美的、頽唐的、芸術至上的な思潮を代表」していたこととどう関係するのか、私には判然としない。たとえば、北原白秋の詩集『邪宗門』は異国趣味にあふれた耽美的な作であることを考えると、これと啄木の自然主義批判からはじまり、社会、思想に対する関心に向かった事実とを結びつけることは難しい。窪川は「『邪宗門』の詩には啄木もすなおに兜をぬいだのであろう」というが、『邪宗門』の異国趣味、言語表現の華麗さに、啄木のもたない資質を白秋がもっていることに注目したとしても、『邪宗門』に兜を脱いだから、思想・社会への関心がたかまったとみることはできまい。

窪川が「鳥影」をどのように評価しているか。窪川は次のように書いている。

「「鳥影」のような作品が、二十二歳という若さで、はじめての新聞小説の試作として書かれ、しかもあのあわただしい短い時間に書かれたにもかかわらず、すこしも波綻のないまつたく見事なロマンの構成をもつた、日本の近代文学のなかで十分注目さるべき作品となつていることは、やはりおどろくべきことだと思う。その構想の大きさと、多数人物の登場と、生活的、性格的に明瞭な人間関係と、プロットの見事なロマン的発展とクライマックスと大団円との首尾を通じてはつきりと表現されたテーマとに思いおよぶとき、若年の啄木が短時日のあいだにこのような作品を書いた意義はきわめて重要である」。

私は、この作品を書いたときの啄木が若かったこと、比較的短い期間に書きあげたこと、多数の人物の間の人間関係を書き分けていること、などを除けば、窪川の意見に賛成できない。

3

「鳥影」にまず登場するのは小川信吾とその妹静子である。「小川家といへば、郡でも相応な資産家として、また、当主の信之《のぶゆき》が郡会議員になつてゐる所から、主《おも》なる有志家の一人として通つてゐる。信吾は其家《そこ》の総領で、今年大学の英文科を三年に進んだ。何と思つたか知らぬが、この暑中休暇は東京で暮す積《つもり》だと言つて来たのを、故家《うち》では、村で唯一人の大学生なる吾子の夏毎の帰省を、何よりの誇見《みえ》にて楽しみにもしてゐる、世間不知《しらず》の母が躍起になつて、自分の病気や静子の縁談を理由に、手酷く反対した。それで信吾は、格別の用があつたでもないのか、案外穏《おとな》しく帰ることになつたのだ」。

静子についての紹介の文章を引用する。

「駅員が二三人、駅夫室の入口に倚懸《よりかか》つたり、蹲んだりして、時々此方《こつち》を見ながら、何か小声に語り合つては、無遠慮に哄《どつ》と笑ふ。静子はそれを避ける様に、ズッと端の方の腰掛に腰を掛けた。銘仙矢絣《やがすり》の単衣《ひとへ》に、白茶の繻珍《しゆちん》の帯も配色《うつり》がよく、生際《はえぎわ》の美しい髪を油気なしのエス巻に結つて、幅広の鼠のリボンを生温かい風が煽る。化粧《けは》つてはゐないが、さらでだに七難隠す色白に、長い睫毛《まつげ》と格好のよい鼻、よく整つた顔容《かほだて》で、二十二といふ齢よりは、誰が目にも二つか三つは若い。それでゐて、何処か恬《か》う落着いた、と言ふよりは寧ろ、沈んだ処のある女だ」。

ついで、静子の友人、清子が紹介され、静子の縁談の悩みが描かれる。

「静子は眼を細くして、恍然《うつとり》と兄の信吾のことを考へてゐた。去年の夏は、休暇がまだ二十日も余つてる時に、信吾は急に言出して東京に発つた。それは静子の学校仲間であつた平沢清子が、医師の加藤と結婚する前日であつた。清子と信吾が、余程以前《まへ》から思ひ合つてゐた事は、静子だけがよく知つてゐる。

今度帰るまいとしたのも、或は其《その》、己に背いた清子と再び逢ふまいとしたのではなからうかと、静子は女心に考へてゐた。それにしても帰つて来るといふのは嬉しい。恬《か》う思返して呉れたのは、細々《こまごま》と訴へてやつた自分の手紙を読んだ為だ。兄は自分を援けに帰るのだと許り思つてゐる。静子は、目下《いま》持上つている縁談が、種々の事情があつて両親始め祖父《おぢいさん》までが折角勧めるけれど、自分では奈何《どう》しても嫁《ゆ》く気になれない。此心をよく諒察《くみと》つて、好《うま》くその間に斡旋してくれるのは、信吾の外にないと信じてゐるのだ」。

列車が到着し、信吾が下車し、二人は家路につき、途中、母の病気が話題となり、信吾が「若い時の応報《むくい》さ」と言うので、静子は「母のお柳《りう》は昔盛岡で名を売つた芸妓《げいしや》であつたのを、父信之が学生時代に買馴染んで、其為に退校にまでなり、家中反対するのも諾《き》かずに無理に落籍さしたのだとは、まだ女学校にゐる頃叔母から聞かされて、訳もなく泣いた事があつたが、今迄遂ぞ恁麼《こんな》言葉を兄の口から聞いた事がない。静子は、宛然《さながら》自分の秘密でも言現された様な気がした」と書かれている。

信吾は、静子から、清子が結婚した相手の加藤医師の診察を母親がうけていること、清子はまだ子を生んでいないこと、静子の縁談の相手は、松原政治という近衛の騎兵中尉で、今は乗馬学校の生徒であり、縁談は切迫しているわけではないが、信吾の帰宅している間に決めなくてはならない状況である、ことを聞かされる。

信吾の側からは松原政治がこの前に帰郷したさい「僕もモウ二十七ですからねえ」と言っていたこと、帰京のときは見送りに来てビールや水菓子を車窓から抛りこんでくれたこと、などを話し、これまでの静子と松原家の経緯が説明される。

「この松原中尉といふのは、小川家とは遠縁の親籍で、十里許りも隔つた某村の村長の次男である。兄弟三人皆軍籍に身を置いて、三男の狷介と云ふのが、静子の一歳下の弟の志郎と共に、士官候補生になつてゐる。

長男の浩一は、過る日露の役に第五聯隊に従つて、黒溝台《こくこうだい》の悪戦に壮烈な戦死を遂げた。――これが静子の悲哀《かなしみ》である。静子は、女学校を卒へた十七の秋、親の意に従つて、当時歩兵中尉であつた此《この》浩一と婚約を結んだのであつた。

それで翌年《あくるとし》の二月に開戦になると、出征前に是非盃《さかづきごと》事をしようと小川家から言出した。これは浩一が、生きて帰らぬ覚悟だと言つて堅く断つたが、静子は父信之の計ひで、二月許りも青森へ行つて、浩一と同棲した。

浩一の遺骨が来て盛んな葬式の営まれた時は、母のお柳の思惑で、静子は会葬することも許されなかつた。だから、今でも表面では小川家の令嬢に違ひないが、其実、モウ其時から未亡人になつてるのだ。

その夏休暇で帰つた信吾は、さらでだに内気な妹が、病後の如く色沢《いろつや》も失せて、力なく沈んでるのを見ては、心の底から同情せざるを得なかつた。そして慰めた。信吾も其頃は、感情の荒んだ今とは別人の様で、血の熱《あたた》かい真率《まじめ》な、二十二の若々しい青年であつたのだ」。

その後、静子は、政治から「姉さん」と呼ばれ、これからそう呼ぶ機会のないのが残念です、と言われたことがあり、しばらく政治の訪問が途絶えた後、若い少尉を連れて訪れ、静子が席を立ったとき、「怎《どう》だ、仲々美《い》いだらう?」と低い声で言ったのを襖越しに静子は聞いたこともあり、憤りを感じたこともあった。

意見を求められた信吾は「本人が厭なら」断ればよいと言い、そういう意見を聞いた静子は晴れやかな表情になり、心持か声も華やぐ。そして、二一歳という年少ではあるが、叔父にあたる昌作が、「結婚というものは恋愛によつて初めて成立するもので、他から圧制的に結びつけようとするのは間違だ」と祖母に話し、静子に同情していることを知ったことを信吾に語る。昌作は学校も中退し、南米行きを夢みている。

＊

ここで、村の小学校の女教師、日向《ひなた》智恵子が登場する。「クッキリとした、輪郭の正しい、引緊つた顔を真面《まとも》に西日が照す。切《きれ》のよい眼を眩しさうにした。紺飛白《こんがすり》の単衣に長過ぎる程の紫の袴――それが一歩毎《ひとあし》に日に燃えて、静かな四面《あたり》の景色も活きる様だ。齢は二十一二であらう。少し鳩胸の、肩に程よい円《まろ》みがあつて、歩方《あるきかた》がシッカリしてゐる。

門を出て右へ曲ると智恵子は些《ちよつ》と学校を振返つて見て、『気障《きざ》な男だ。』と心に言つた。故もない微笑《ほほゑみ》がチラリと口元に漂ふ」。

智恵子は赤子を背負った生徒に出会う。赤子の面倒をみるために生徒は欠席している。「背負《おぶ》つてでも可いからお出《いで》なさい」と言う。生徒が、「先生《しえんせえ》ア今日お菓子喰つてらけな。皆《みんな》してお茶飲んで……」と言う。智恵子は、お客様がおいでになったから、と説明する。「信吾は帰省の翌々日、村の小学校を訪問したのであつた」とある。智恵子が「気障な男」と評したのは信吾のようである。

智恵子はキリスト教徒であり、日課として五時間の授業に疲れた心がともすれば弛むのをマタイ伝第二七章、イエスがゴルゴダの丘で磔刑に処せられるまでを読み、黙禱に耽り、ふかい心持になる、といった女性である。生まれは盛岡だが、物心つかぬうちから、父親が農商務省の技手であった関係で、東京で育ち、一五歳でお茶の水の女学校に入学した。一六歳のときに父親が急逝し、岩手県庁に勤めていた兄の住む盛岡に母親とともに帰ったが、間もなく母親が、長い患いの末、死去し、兄は芸妓を落籍《ひか》せて結婚したので、兄の意思に逆らって洗礼を受け、自活の決心をし、一八歳のときに師範学校の女子部に入学して、昨年春に卒業、兄は今は青森で勤めている、という経歴である。智恵子が寄宿している家の主婦は、夫が家出して行方が知れないので、仕立て物で生計を立てているが、家計が不足がちな主婦お利代に、智恵子は遠慮がちに経済的な援助をしている。

ついで同じ小学校の同僚の女教師、神山富江が登場する。「女にしては背の低い方ではないが、信吾と並んでは肩先までしか無い。それは一つは、葡萄《えび》色《いろ》の緒の、穿き減した低い日和下駄を穿いてる為でもある。肉の緊つた青白い細面の、醜い顔ではないが、少し反歯《そつぱ》なのを隠さうとする様に薄い唇を窄《すぼ》めてゐる」。「富江には夫がある。これも盛岡で学校教師をしてゐるが、人の噂では二度目の夫だとも言ふ。それが頗る妙で、富江が此村へ来てからの三年の間、お正月を除いては、農繁の休暇《やすみ》にも暑中の休暇にも、遂ぞ盛岡に帰らうとしない」。「村の人達は、富江を淡白《きさく》な、さばけた、面白い女として心置なく待遇《あしら》つてゐる」。

静子は、松原政治との縁談を断りたいのだが、断るのをはばかる内気で沈みがちな女性である。智恵子は真面目なキリスト教徒なので、遠くから見ただけでは、ツンととりすました、愛敬のない、大理石の像のように冷たい女に見えるけれども、なめらかな美しい肌の下、晴朗として黒みがちの眼の底には暖い心を感ぜずにはいられない女性と紹介されている。富江は気さくで、さばけた性格、といった女性、それに、信吾に背いて医師の加藤と結婚している清子、というまず登場する四人の女性をめぐる物語である。男性は信吾と、信吾・静子の年下の叔父で南米行を夢みている昌作だが、昌作はほんの脇役である。村といっているが、作中、渋民村と特定されている。

＊

別に用事はないのだが、信吾は加藤医院を訪ねる。加藤との結婚が切羽つまった時期、神社の杜に信吾を呼びだした清子の眼には、「「今迄この私は貴君の所有《もの》と許り思つてました。恁《か》う思つたのは間違でせうか？」といふ、心を張つめた美しい質問が涙と共に光つてゐた」ことを信吾は思いだしながら、加藤医院に赴くと、信吾を見た清子が「呀《あ》」と「抑へた様な声を出して、膝をついて、『ようこそ。』と言ふも口の中。信吾はそれに挨拶をし乍らも、頭を下げた清子の耳の、薔薇《さうび》の如く紅きを見のがさなかつた」。「信吾は下駄を脱いだ。処女《むすめ》らしい清子の挙動《しうち》が、信吾の心に或る皮肉な好奇心を起さしめたのだ」とある。清子はまことに純情可憐である。

彼ら、彼女らは小川家で催す加留多会などをつうじて交際をふかめ、信吾は智恵子を訪ねてイプセンの翻訳に信吾が書いた「イプセン解説」の掲載されている雑誌を智恵子に貸し、智恵子からルナンの「耶蘇伝」を借りたりする。そういう状況のなかに、信吾の友人の画家、吉野満太郎が信吾を訪ねてくる。二、三日経てば暑中休暇に入る時期、午前八時ころ、信吾から借りて読み終えた本を返すために小川家を訪れた智恵子がひきとめられるまま午餐をご馳走になり、その帰途、送ってきた静子と智恵子はたまたま俥に乗っている吉野を見かける。「吉野は、中背の、色の浅黒い見るから男らしく引緊つた顔で、力ある声は底に錆を有《も》つた。すぐ目に付くのは、眉と眉の間に深く刻まれた一本の皺で、烈しい気性の輝く眼は、美術家に特有の、何か不安らしい働きをする」。

休暇に入っても帰る家のない智恵子は、学校の同窓会に出席することとし、そのため、盛岡の同窓の友人の家に一泊するため列車に乗ると、偶然、吉野と出会う。しかも、吉野も同じ家を訪ねるところであった。吉野の美術学校の同級生の妹が智恵子の友人であった。吉野は盛岡で中学の図画の教師をしている友人の才能を惜しんでいる。盛岡から戻った吉野は信吾に次のようなことを話す。

「家庭の事情なんて事が縦頭《てんで》可くない。生活問題は誰にしろ有るさ。然し芸術上の才能は然《さ》うは行かない。其奴が君、戦つても見ないで初めッから生活に降参するなンて、意気地が無いやね」。

そんな話の後に吉野は智恵子と偶然同じ家に泊りあわせたことを話す。智恵子はたまたま加藤医師の遠縁の同級生から清子に宛てた手紙を託されたため、清子を訪ねる。加藤家に吉野が来ていたので、おあがりなさい、と勧められるのだが、「智恵子は逃げる様にして戸外に出た、と、忽ち顔が火の様に熱《ほて》つて、恐ろしく動悸がしてるのに気がついた」という。

智恵子は学校に寄った後、学校の裏山の雑木林を散歩し、「故もなく胸が騒いでゐる。酔つた様な、愉しい様な、切ない様な」感情を覚えている。

「『吉野さんが町に、加藤の家《うち》に来てゐる。』智恵子に解つてるのは之だけだ。

初めて逢つたのは鵜飼橋の上だ。その時の、俥の上の男の挙動《やうす》は、今猶明かに心に残つてゐる。然し言葉を交したのでもない。友の静子は耳の根迄紅くなつてゐた。その静子は又、自分とアノ人が端なくも瀛車に乗合せて盛岡に行く時、田圃に出て紛帨《ハンケチ》を振つた。静子の底の底の心が、何故か自分に解つた様な気がする。『何故那時《あのとき》、私はアノ人の背後《うしろ》に隠れたらう？』恁う智恵子は自分に問うて見る。我知らず顔が紅くなる。

其晩、同じ久子の家に泊つた。久子兄妹とアノ人と自分と、打伴れて岩手公園に散歩した。甘き夏の夜の風を、四人はに甚麼《どんな》に嬉しんだらう！　久子の兄とアノ人との会話が、解らぬ乍らに甚麼に面白かつたらう！」。

智恵子はそんな回想に耽りながら、あるいは吉野が加藤家の帰りに自分を訪ねて来てくれはしないかと期待していたのだが、吉野は訪れない。信吾が訪ねて来たが、話ははずまないまま、「それでも、四十分許り対向《むかひあ》つてゐて、不図気が付いた様にして信吾はその家を辞し」、家を出ると『畜生奴！』恁う先づ心に叫んだ」とある。

その夜、子供たちの蛍狩りに誘われ、智恵子は出かける。「信吾の帰つた後の智恵子は、妙に落胆《がつかり》して気が沈んだ。今日一日の己《おの》が心が我ながら怪まれる」。鵜飼橋で吉野に出会い、言葉をかわしたものの接穂《つぎほ》がない。

「吉野は既《も》う顔の熱《ほて》りも忘られて、酔醒《よひざめ》の佗しさが、何がなしの心の要求《のぞみ》と戦つた。ツイ四五日前までは不見不知《みずしらず》の他人であつた若い美しい女と、恁《か》うして唯二人人目も無き橋の上に並んでゐると思ふと、平生烈しい内心の圧迫を享け乍ら、遂今迄その感情の満足を図《はか》らなかつた男だけに、言ふ許りなき不安が、『男は死ぬまで孤独《ひとりぼつち》だ！』といふ渠《かれ》の悲哀《かなしみ》と共に、胸の中に乱れた。

若しも智恵子が、渠の嘗て逢つた様な近づき易き世の常の女であつたなら、渠は直ぐに強い軽侮の念を誘ひ起して、自ら此不安から脱れたかも知れぬ。然し眼前の智恵子は、渠の目には余りに清く余りに美しく、そして、信吾の所謂近代的女性《モダーンウーマン》で無いことを知つた丈に其不安の興奮が強かつた。自制の意《こころ》が酔醒《よひざめ》の佗しさをかき乱した。豊かな洗髪を肩から背に波打たせて、昵《じつ》と川原に目を落して、これも烈しく胸を騒がせてゐる智恵子の歴然《くつきり》と白い横顔を、吉野は不思議な花でも見る様に眺めてゐた」。

こうして相思相愛の二人が互いの思いを打ち明けられないでいるところに、智恵子の寄宿先の家の新坊が溺れる。吉野がすぐに飛びこみ、溺れて呼吸もたえたらしい新坊を助け、新坊も息をふきかえす。「貴方が被来《いらつしや》らなかつたら、私奈何《どう》したで御座いませう！」と智恵子が吉野に礼をいう。彼らの間に次のような会話がかわされる。

『僕は貴方に然う言はれると、心苦しいです。誰だつて那《あ》の際那《あ》の場処に居たら、那麼《あれ》位の事をするのは普通《あたりまへ》ぢやありませんか？』

『だつて、此児の生命《いのち》を救けて下すつたのは、現在貴方ぢや御座いませんですか！』

『日向様！』と吉野は再《また》呼んだ。『モ少許真摯《すこしまじめ》に考へて見ませう……若し那《あ》の際、那処《あそこ》に居たのが貴女でなくて別の人だつたらですね、僕は同じ行動《こと》を行《や》るにしても、モット違つた心持で行《や》つたに違ひない。』

『まあ貴方は、……』

『言つて見れば一種の偽善だ！』」。

二人の会話は続くが途中を省略する。

「『日向様《さん》!』と男は足を留めた。

『お許しください!』と絶入る様。

『僕は東京へ帰りませう!』

と言ふ目は昵と暗い処を見てゐる。

『……何故《なぜ》で御座います?』

『……余《あん》り《ま》不思議です。貴女と僕の事が。』

『…………』

『帰りませう! 其方が可い。』

『遣りません!』と智恵子は烈しく言つて、男の首を強く絞める。

『あゝ――』と吉野は唸る様に言つた。

『お、お解りに、なりますまい、私のこ、心が……。』

『日向様!』と、男の声も烈しく顫へた。『其言葉を、僕は、聞きたくなかつた!』

矢庭に二つの顔が相触れた。熟した麦の香の漂ふ夜路に、熱《あたた》かい接吻《きす》の音が幽かに三度《みたび》四度《よたび》鳴つた」。

小川家では吉野の帰りを静子が待っていた。彼女は何気なく吉野の写生帳を手にとり、「第一印象」として静子の顔が描かれているのを知る。しかし、気がさして写生帳を閉じたので、その後の頁に、また、その次の頁にも智恵子の顔の描かれていることを知らなかった。吉野を「お帰り遊ばせ」と迎えた静子のうつむいた顔は仄かに紅かった。

弟の士官候補生志郎が帰宅し、同じく士官候補生の松原政治の弟狷介が政治と絶交するという話を聞く。政治は下宿先の素人娘を孕ませて大騒ぎになったという。そうした政治の不行跡を理由に小川家が静子と松原政治の縁談を断って、静子が彼から自由になることがこの小説の終りに近い箇所で語られる。

*

一方、信吾は、といえば、「かの新坊の溺死を救けて以来、吉野が一人で、或は昌作を伴れて、智恵子を訪ねることも、信吾は直ぐに感付いてゐた。二人の友人の間には何日しか大きな溝が出来た。信吾は苛々した不快な感情に支配されてゐる。

いつそ結婚を申込んでやらうか、と考へることがないでもない。が、信吾は左程までに深く智恵子を思つてるのでもないのだ。高が田舎の女教員だ！　といふ軽侮が常に頭脳《あたま》にある。確固《しつかり》した女だとも思ふ。確固した、そして美しい女だけに、信吾は智恵子をして他の男——吉野を思はしめたくない。何といふ理由なしに。自分には智恵子に思はれる権利でもある様に感じてゐる。『吉野を帰して了ふ工夫はないだらうか！』這麼《こんな》考へまでも時として信吾を悩ました」。

結局、信吾は智恵子を訪ねて、『智恵子さん！』と、情が迫つたといふ様に声を顫した」とあって、次のとおり智恵子に迫る。

「僕は貴女から何の報酬を望むのではありません。智恵子さん、唯、唯、です、僕は貴女から、僕が常に貴女の事を思つても可いと許して頂けば可いんです。それだけです。それさへ許して頂けば、僕の生涯が明るくなります……」。

「小川様《さん》！」と智恵子は「佶《きつ》と顔をあげた。其顔は眉毛一本動かなかつた」とあって、智恵子は言葉を続ける。

「私の様なもののことを然う言つて下さるのはそれや有難う御座いますけれど」

という。信吾は「ハ?!」と言うが、智恵子は

「何卒その事は二度と仰しやつて下さらない様にお願ひします」。

信吾は「貴女には僕の切ない心がお解りにならないでせう！」といったように口説き続けるが、結局、「僕は唯一つ聞かして頂きたい事があります」と言い、「僕は僕の一切を犠牲にして、友人たる貴女と吉野の幸福を祝ひます」と話し、智恵子から「有難う御座います」という返事を聞く。

「智恵子の宿から出た信吾の心は、強い屈辱と憤怒と、そして、何か知ら弱い者を虐めてやつた時の様な思ひに乱れてゐた」。

その帰途、信吾は富江と出会い、やがて帰宅したときは、彼の「心は、妙に臆《ひる》んでゐた。彼は富江

と別れて十幾町の帰路を、言ふべからざる不愉快な思ひに追はれて来た。強烈《はげし》い肉の快楽《たのしみ》を貪つた後の浅猿《あさま》しい疲労《つかれ》が、今日一日の苛立つた彼の心を愈更に苛立たせた」。

やがて、智恵子が赤痢に罹り、盛岡の隔離病棟に移ることとなり、吉野も看病のため盛岡へ去る。そうしたある日、静子は、清子から、清子と加藤との縁談について、信吾が結婚を勧めたのだと、聞く。清子が信吾を裏切ったのではなく、裏切って清子を失望させたのは信吾であった。

4

窪川鶴次郎がこの作品を評して、「すこしも波綻のないまつたく見事なロマンの構成をもつた、日本の近代文学のなかで十分注目さるべき作品となつているということは、やはりおどろくべきことだと思う。その構想の大きさと、多数人物の登場と、生活的、性格的に明瞭な人間関係と、プロットの見事なロマン的発展とクライマックスと大団円との首尾を通じてはつきりと表現されたテーマとに思いおよぶとき、若年の啄木が短時日のあいだにこのような作品を書いた意義はきわめて重要である」と言ったことはすでに述べたが、はたしてそう言えるか。

たしかに、智恵子・富江・静子といった人物を書き分けていること、登場人物の心理描写が作者の若さをまったく感じさせないほど見事であること、ことに信吾の傲慢で利己的な心情の描写が精密に描かれていること、ストーリーの運び、全体の構成が考えぬかれていることは充分に評価してよい。

しかし、智恵子という名は函館時代の同僚橘智恵子から採ったものであろうが、非の打ちどころのない、模範的女性と描かれていることはあまりに不自然であり、何故、智恵子が吉野に惹かれるのか、まったく描かれていない。吉野の画才はもちろん、経歴も資産も分からない。松原政治の不行跡のために悩んでいた静子が縁談から解放されるのは、ご都合主義としか言いようがない。この小説に社会組織、社会制度への関心を見いだすことはできない。そういう意味で「天鵞絨」と比すべくもない。渋民村の資産家の兄妹、村の知識人である小学校教師と医師夫妻らのやや高級なラブ・ストーリーにすぎない。窪川のいう「テーマ」が何か、私には明らかでないし、この結末が「大団円」といえるかも疑問に思う。

しかし、これだけの構想力をもち、多様な人間像を書き分けることができた啄木の小説家としての才能は端倪すべからざるものであった。良き編集者あるいは出版社に恵まれていたら、彼は一流の小説家として生計を立てることも可能であったろう。そういう才能を窺わせるという意味で「鳥影」は看過できない作品である。

四、「我等の一団と彼」

1

石川啄木は一九一〇（明治四三）年六月一三日付けの岩崎正宛て書簡において「先月の末からかゝつて「我等の一団と彼」といふものを書いてる。もう六十何枚書いたが、まだ三十枚位はかけさうだ。書いて了つて金にかへるまでに、若し僕にも一度これを書き直す時間が有るとすれば、これは僕が今迄に於て最も自信ある作だ」と書いている。岩城之徳が『全集』第三巻の解題でこの作品が、同年五月末から六月上旬にかけて書かれた、と記しているのは、この岩崎正宛て書簡にもとづく。この年、「伝記的年譜」によれば、この同じ一九一〇年六月五日、「諸新聞、幸徳秋水らの「陰謀事件」を報道、全国民を驚愕させる。啄木はこの事件に烈しい衝動を受け、社会主義関係書籍を愛読して社会主義への強い関心を示し、思想上の転機となる」と記しており、また、「所謂今度の事」を書いたのもこの年であったと記している。

この岩崎正宛て書簡には「「一人になりたい！」君もさう思ふか？ 然し其の希望は、我々人間の抱き得る最も深い、最も悲しい希望であると共に、又、あらゆる我々の希望の中の最も不可能な希望ではあるまいか？ 「一人に！」それは我々全人類の負うてゐる運命と、その今日までに作り来つたところの歴史とを根柢から覆へすところの希望である」と書いている。また、「然し此頃思ふには、

「運命」といふ奴は決して左程恐るべき敵ではないらしい。どうもさうらしい。此方が冷かな眼をしてゐれば、先方も冷やかな顔をしてゐるけれども、此方で先に笑つて見せさへすれば、どうやら先方でも愛想笑ひ位はしてくれさうだ。運命といふ奴も人情を持つてゐるとすれば正に斯うあるべきだが、僕には其処がまだ明瞭《はつきり》しない」とも書いている。「我等の一団と彼」を書いている間に、大逆事件を知り、衝撃をうけた啄木は、執筆の途中で「我等の一団と彼」の影響をうけたかどうか。そのことを考慮しながら「我等の一団と彼」は検討しなければならない。

2

「人が大勢集まつてゐると、おのづから其の間に色別けが出来て来る——所謂党派といふものが生れる」とこの小説ははじまる。この小説の語り手は「私」とされている。「私」の姓は亀田だが、亀田という名はほとんど出てこない。「この「我が党の士」の中に、高橋彦太郎といふ記者があつたという。この高橋が「彼」である。「彼」は「一体に自分に関した話は成るべく避けてしない風の男だつた」。

新聞社の記者たちの「我が党の士」に加わるまで「彼」はいったい何者なのか、我等の一団にとっては謎であった。全二八回からなる「我等の一団と彼」のはじめの第一回から第五回までは「彼」、高橋彦太郎が何者であるか、我等の一団はさまざまに謎解きを試みている。第二回では、「彼」は

「どんな事件でも相応に要領を書きこなしてあるが、其の代り、これといふ新しみも、奇抜なところもない。先づ誰が見ても世慣れた記者の筆だ。（中略）話をすることもあるが、話の中心になることはない」。「一口に言へば、何一つ人の目を惹くやうなところの無い、或は、為ない男だつた」。と描かれている。

第三回には、我等の一団の剣持が高橋には「二つの取柄がある。阿諛《おべつか》を使はんのが一つぢや」「そいから、我々新聞記者の通弊たる自己広告をせん事《こつ》ちや」と言い、第四回に入ると、安井が「あんな風の男には、まだ一つの種類がある」、「細君の機嫌を取る工夫をしとるのかも知れんぞ」と言う。この第四回で「社会部の出勤時間が段々遅れて、十一時乃至十二時になつたが、今後昼の勤務に当つてゐる者は、午前九時までに相違なく出社する事」と編輯長から言渡されて、誰も何も言わない。会議が終ると、「私」の他に高橋、安井、剣持の三人が会議室に残った。高橋は「窓際へ寄つて行つて、何を見るのか、ぢつと外を覗いてゐる」。そこで安井が「今日の会議は、何時もよりも些《ち》と意気地が無さ過ぎたのう？」と言うと、剣持が高橋に「何故君が黙つとつたんぢや？」と詰め寄る。高橋は言いたいことは大いにあるが、「僕みたいな者が言ひ出したつて、何が始まるかい？」と反問する。第五回に入って「朝の九時から来て、第二版の締切までゐると、彼是十時間からの勤務だ」と愚痴を言うと、高橋は「可いさ。外交に出たら、家へ寄つて緩《ゆつく》り昼寝をして来れば同じ事だ」と答える。その夜、私と高橋は一緒に酒を飲む。「例の池袋の田舎にゐる高橋には、乗つて行くべき汽車も、電車も無い時刻だ」ということになって、高橋は私の家に泊ることとなり、第六回の冒頭で「かくして高橋彦太郎は我々の一団に入つて来た」とはじまる。
ここまでの高橋は多少人嫌いな、つまり集団になじめない、孤立しがちな、しかし、必ずしも勤勉ではない勤め人のようにみえる。私はそのような人物を造型するためにこの作品を執筆したかに考えていた。啄木自身がやはり集団になじめないままに、すぐ喧嘩をしたりして、職場を転々と変えてきたからである。

3

第六回に入って、「彼は孤独を愛する男だつた。長い間不遇の境地に闘つて来た人といふ趣きが何処かにあつた」と言い、我々が議論をしていると「仰向けに臥て、聞くでもなく、聞かぬでもなく人の話を聞いてゐるのが彼の一つの癖だつた。そして、皆があらまし思ふ事を言つて了つた頃に」起きて、「それは夢だ。今からそんな事を言つてゐると、我々の時代が来るまでには可い加減飽きて了ふぞ」というようなことを言うのであった。「我々の時代のまだ〳〵来ないこと、恐らくは永久に来る時の無いことをば、我々もよく知つてゐた」という。このあたり、当時の啄木の思想を反映しているようにみえる。第七回では、高橋には「人が何か言ふと、結末《しまひ》になつて、ひよいと口を入れて、それを転覆《ひつくら》かへして了ふやうな、反対な批評をする傾向があつた。其の癖、それが必ずしも彼の本心でないやうな場合が多かつた」という。まさに啄木の自己分析をみるが如き感がある。ここで逢坂という同僚の話になり、逢坂の行動に憤慨している剣持ら我等の一団の者に、高橋は、逢坂には可愛いところがある、逢坂は無邪気なのだ、と弁護し、続いて第八回に、高橋は「我々だつて、何時でも逢坂を糞味噌に貶《けな》してゐるが、底の底を割つてみれば彼奴と同じぢやないか？　下の者には何も遠慮をする必要がない。上の者には本意、不本意に拘らず、多少の敬意を表して置く。これあ人情だ。同時に処世の常則だよ」「感情を発表するに正直だといふ点では、我々は遠く逢坂に及ばないよ。さうだらう？　若し其の逢坂が我々の唾棄すべき人間ならばだ、我々の今のやうな言動も同時に唾棄しなくつちやならんぢやないか？」と説明する。第九回に入って、「我々は何も逢坂を攻撃して快とするんぢやない。言はば座興だもの」と「私」が言うと、高橋も「座興さ、無論。それは僕だつて解つてるよ。僕が言つたんだつて矢張座興だよ」と言う。また、高橋は「僕は何時でも正直だよ。――然し、正直でも不正直でも可いぢやないか？　君は一体余り単純だから困るよ」などと言う。

第一〇回は「私」と高橋の問答である。高橋が言う。

「僕はこれで夢想家《ドリイマア》に見えるところがあるかね？」

「私」が「見えないね」「然し見えないだけに、君の見てる夢は余程《よほど》しつかりした夢に違ひない」と言うと、若干の応答の後、次のような高橋の述懐から、「私」との問答が続く。

「僕は今までそれを、つまり僕等の理解がまだ、まだ足らん所為だと思つてゐた。常に鋭い理解さへ持つてゐれば、現在の此の時代のヂレンマから脱れることが出来ると思つてゐた。然しさうぢやないね。それも大いに有るけれども、そればかりぢやないね。我々には利己的感情が余りに多量に有る」。

「然しそれは何うすることも出来ないぢやないか？　我々の罪ぢやない、時代の病気だもの」。「時代の病気を共有してゐるといふことは、あらゆる意味に於いて我々の誇りとすべき事ぢやないね。僕が今の文学者の「近代人」がるのを嫌ひなのも其処だ」。

その後、若干の応答があり、時代を超逸するというのは、高山樗牛が墓の中へ持って行った夢だ、と「私」が言うと、高橋は「さうだ。あれは悲しい夢だね。――然し僕は君のやうに全く絶望してはゐないね」と高橋は答える。ここでいう「時代のヂレンマ」とは「時代閉塞の現状」と同じ意味かもしれない。ここまでくると、高橋は、当時の啄木の思想の代弁者のようにみえる。ようやく高橋が正体を現したかの感がある。第一一回では、高橋は「利己といふ立場は実に苦しい立場だよ」と言って、その説明をする。第一二回では「大きい手」が欲しいと「私」が言うと、高橋が欲しいのは「鉄の如く冷い心」だと言う。大きな手は後天的に有つことが出来ないけれども、鉄の如く冷たい心は後天的に有つことが出来るからだ、と言う。第一三回では、高橋は「僕の細君は美人でも無いし、賢婦人でも無いよ。無くつても然し僕は構はん。要するに自分の眼中に置かん者の為に一分でも時間を潰して、剰《おま》けに不愉快な思ひをするのは下らん話だからね」と言うのだが、これを前年一〇月の節子の家出事件と結びつけるのは牽強付会であろうか。高橋は言う。「兎に角我々の時代は、もう昔のやうな、一心同体といふやうな羨ましい夫婦関係を作ることが出来ない約束になつて来てるんだよ」ということからみれば、ここに啄木が体験した心痛が反映しているとみることは不自然とは思われない。ただ、この章の主眼は高橋の次の発言にある。

「自然主義者は旧道徳を破壊したのは俺だといふやうな面をしてるが、あれは尤も本末を顚倒してる。旧道徳に裂隙《ひび》が割れたから、其の裂隙から自然主義といふ様なものも芽を出して来たんだ。何故其の裂隙が出来たかといふと、つまり祖先の建てた家が、我々の代になつて、玄関の構へだの、便所の付け処だの、色々不便なところが出来て来た様なものだ。（中略）我々の文明が過去に於て経来つた径路を全然変へて了はない以上は、漆を詰ようが、砂を詰ようが、乃至は金で以て塗りつぶさうが、裂隙は矢つ張り裂隙だ。さうして我々は、其の裂隙を何うすれば可いかといふ事に就ちや、まだまるで盲目なんだ」。

この小説を啄木が執筆していた同じ一九一〇（明治四三）年六月、森鷗外は「普請中」を『三田文学』に発表している。鷗外は当時の日本が近代社会を普請中なのだと暗示しているかにみえる。しかし、まったく同じころ、啄木は近代社会の建設に絶望していたのではないか。それが、この高橋の発言にあらわれているのではないか。

第一四回における高橋の発言は、当時の啄木の思想としてことに興味ふかい。

「兎も角、我々の夫婦といふものに就いての古い観念が現状と調和を失つてるのは事実だ。今もさうだがこれからは益々さうなる。結婚といふものの条件に或修正を加へるか、乃至は別に色々の但書を付加へなくちやあ、何時まで経つてももう一度破れた平和が還つて来ない。考へて見給へ。今に女が、私共が夫の飯を食ふのはハウスキイピングの労力に対する当然の報酬ですなんて言ふやうになつて見給へ。育児は社会全体の責任で、親の責任ぢや無いとか、何とか、まだ、まだ色々言はせると言ひさうな事が有るよ」。

啄木がほとんど一世紀先の時代を見通していることは驚くべきことではないか。ただ、この第一四回の最後で、高橋はこう言っている。

「ところが此処に都合の可いことが一つあるんだよ。ははは。それは外では無いが、日本の女の最大多数は、まだ明かに自分等の状態を意識してはゐないんだ。何《ど》れだけ其の為に我々が助かるか知れないね」。

第一五回では、高橋は「私」から、社会主義者か無政府主義者ではないか、と訊ねられ、「僕は社会主義者では無い」と答えながらも、「社会主義者で無いといふのは、必ずしも社会主義に全然反対だといふことでは無い。誰でも仔細に調べて見ると多少は社会主義的な分子を有つてるものだよ」と答え、第一六回でも「僕には実際主義なんて名づくべきものは無い」と言い、「僕の野心は、僕等が死んで、僕等の子供が死んで、僕等の孫の時代になつて、それも大分年を取つた頃に初めて実現される奴なんだよ。いくら僕等が焦心《あせ》つたつてそれより早くはなりやしない。可いかね? そして仮令《たとひ》それが実現されたところで、僕一個人に取つては何の増減も無いんだ」と言う。しかし、高橋が野心をもっている、めざす孫の代でも実現するかどうか、がどういうものか語られていない。高橋はまた、こうも語っている。「色んな事件が毎日、毎日発生するね。其の色んな事件が人間の社会では何んな事件だつて単独に発生するといふことは無い。皆何等かの意味で関聯してる。さうして其の色んな事件が、また、何等かの意味で僕の野心の実現される時代の日一日近づいてる事を証拠立ててゐるよ」。

第一七回は、高橋の「僕は極めて利己的な怠け者だよ」という発言ではじまり、「夢は一人で見るもんだよ。ねえ、さうだらう?」という言葉で実質的に終る。第一八回では、一転して、社の画工の一人、風邪をひいたといって一週間ばかり社を休んでいる松永が話題になる。高橋が「松永は死ぬぞ。今年のうちには屹度死ぬぞ」と予言する。第一九回では「何故高橋が、それから後、松永に対して彼《あ》れだけの親切を尽したか? それは今だに一つの不思議として私の胸に残つてゐる」と「私」は記しており、事実、松永は喀血する。松永を郷里に還すべきか、否かについて、高橋から、松永一家の事情を「私」は聞かされる。

この章の最後の高橋の言葉が興趣ふかい。

「僕は松永の看護をしてゐて色々貴い知識を得たが、田舎で暮らした老人を東京みたいな処へ連れて来るのは、一寸考へると幸福なやうにも思はれるが、さうぢやないね。寧ろ悲惨だね。知つてる人は無し、風俗が変つてるし、それに第一言葉が違つてる。若い者なら直ぐ直つちまふが、老人《としより》はさうは行かない。松永の御母さんなんか、もう来てから足掛四年になるんださうだが、まだ彼の通り芸州弁まる出しだらう? 一寸町へ買物に行くにまで、笑はれまいか、笑はれまいかつておどおどしてゐる。交際といふものは無くね。都会の圧迫を一人で背負つて、毎日、毎日自分等の時代と子供の時代との相違を痛切に意識してるんだね」。

これは松永の母親をダシにして、啄木は彼の母カツの苦難を語っているのである。この松永の母親の言葉に関する苦労は、節子が家出して戻ってから、カツが金田一京助に訴えたことそのままといってよい。

　第二〇回では、松永が予想外に孤独で、誰も見舞客がないことが話され、彼が画家になる夢を断念し、批評家になろうとして、将来の日本画についてまるで見当がつかない状態だという。高橋は「松永君は日本画から出て油画に行つた人だけに、つまり日本画と油画の中間に彷徨してるんだね。尤もこれは松永君ばかりぢやない、明治の文明は皆それなんだが」と言う。

　第二一回では、松永が退社のため、高橋に連れられて社を訪れる。松永のひどい衰えを見送りながら、「私」は「松永の彼の衰へ方は病気の所為《せゐ》ではなくて、高橋の残酷な親切の結果ではあるまいかといふやうな気がした」と言う。

　親切も過度になると迷惑になり、病気の看病も親切が過ぎると病気を悪化させるということがあるのであろうか。「残酷な親切」という言葉には、啄木の「親切」も程々という考えがあるようだが、実状は啄木自身は友人知己の親切なくして一日も過せなかったのだから、「残酷な親切」というような言葉を啄木の作品で聞くのは意外という他ない。

　第二二回は、囲碁を習うかどうか、ということから、剣持が高橋に「君は松永が郷里へ帰つたんで何かまた別の消閑法《ひまつぶし》を考へ出さにやならんのか？」と言うと、高橋が「戯談ぢやない。肺結核と碁と結び付けられてたまるもんか」と苦笑いした、という他愛ない挿話である。

「其の頃から彼の様子はまた少し変つた。私は彼の心に何か知ら空隙《すき》の出来たことを感じた。そして其の空隙を、彼が我々によつて満たさうとしてはゐないことをも感じてゐた」と第二三回ははじまる。

4

剣持が、「高橋の細君が美人な事。然も妙な癖のある美人な事。彼が嘗て牛込の奥に間借《まがり》をしてゐた頃、其の細君と隣室にゐた学生との間に変な様子が有つて、其の為に引越して了つた事」が、聞きこんできた「珍聞」というものであった。その後は「剣持は実際人の秘密を喋り散らして喜ぶやうな男では無かつた」といった剣持の人柄が語られている。

第二四回には、休みをとっていた高橋を安井が浅草の活動写真館で見かけたことが話題になり、第二五回では、高橋に問いつめると、高橋は平然と「社を休んだのは少し用が有つて休んだんだよ。実は四、五日休んで一つ為事しようかと思つたんだよ。それが出来なかつたから、ぶらぶら夕方から出懸けて行つたまでさ」と答える。第二六回で活動写真の功徳は「つまり批評のない場処だといふところにあるさ」と高橋は説明する。高橋によると「頭取とか、重役とか、社長とかいふ地位にゐるものは、周囲の批評に比較的無関心で有り得る境遇にゐるからなんだよ。山へ行きたいの、海へ行きたいのといふのは、畢竟僕の所謂批評の無い場所へ行きたいといふ事なんだからね」と言い、「人がよく夏休みになると、借金してまで郷里《くに》へ帰るのは、一つは矢張それだよ。さうして復東京へ戻つて来ると、屹度、「故郷は遠くから想ふべき処で、帰るべき処ぢやない。」といふのも、矢張それだよ」と言う。

室生犀星『抒情小曲集』冒頭の「小景異情」その二が次のとおりであることはひろく知られている。

ふるさとは遠きにありて思ふもの
そして悲しくうたふもの
よしや
うらぶれて異土の乞食となるとても
帰るところにあるまじや
ひとり都のゆふぐれに
ふるさとおもひ涙ぐむ
そのこころもて
遠きみやこにかへらばや
遠きみやこにかへらばや

この室生犀星の詩と「我等の一団と彼」の右記の一節との類似性は否定できない。すでにこの類似を論じた研究者が存在するということだが、「我等の一団と彼」は啄木の生前発表されることなく、一九一二（大正元）年八月二九日から九月二七日まで二八回、「読売新聞」に連載された、と『全集』の解題にある。一方、「小景異情」の初出は一九一三（大正二）年五月刊の『朱欒《ざんぼあ》』であり、右の詩は「小景異情」その六として発表された。犀星が「我等の一団と彼」を読んでいた可能性は残るといわねばならない。私個人としては偶然の一致というには似すぎていると考える。しかし、この高橋の感想から私たちは啄木の渋民に対する悲痛な望郷の念をくみとれば「我等の一団と彼」の読解としては充分であろう。

ところで、第二七回では高橋は「新聞記者の生活ほど時間の経つに早いものは無いと思つてゐたら、活動写真の方はまだ早い」といった感想を述べ、「私」は「高橋の言草では無いが我々新聞記者の生活ほど慌《あわただ》しく、急がしいものは無い。誰かも言つた事だが、我々は常に一般人より一日づつ早く年を老《と》つてゐる」「我々は只人より一日先、一日先と駆けてゐるのだ」という感想でこの回を終えている。

最終回、第二八回では、「私」、亀山は秋風のこころよさを感じていたところ、旧友に出会い、あまり好まない旧友の一人なのに、何がなし懐しく感じ、帰宅するとすべての夏の物を片付け、「新橋で別れて以来初めての手紙を、病友松永の為に書いた」とこの作品は終っている。

5

私は「我らの一団と彼」は啄木の小説中もっともすぐれた作品と考える。これは前記の紹介中でも述べたように、当時の啄木の思想を反映している。いいかえれば、彼の思想を小説の形式で語った思想小説である。しかも、高橋とはどういう人物かが進行にしたがい次第に明らかになっていく構成の妙をもっている。この思想小説の深み、この小説の展開の面白さに匹敵する作品は、わが国の小説の中でも、他に求められないのではないか、と私は考える。

第四章　「ローマ字日記」について

1

石川啄木のいわゆる「ローマ字日記」は一九〇九（明治四二）年四月七日にはじまり、同年六月一日に終る、ローマ字で記された日記と、「二十日間」と題され、「床屋の二階に移るの記」と副題され、やはりローマ字で記された記録とから成る。この僅か三カ月ほどの日記がわが国近代文学における日記文学の白眉の一とされていることは知られているとおりである。その所以を私なりに考えてみたい。その前提として、この「ローマ字日記」が書かれた当時の状況を略述しておく。

啄木は一九〇七年四月、校長排斥のストライキにより渋民村尋常高等小学校の代用教員を免職され、函館に渡り、札幌、小樽、釧路を転々、翌一九〇八年四月、家族を預け、単身上京し、翌年、一九〇九年三月、朝日新聞社校正係として採用され、ともかく定職に就くことができることとなった。これは同年二月、同郷の先輩、朝日新聞社編集長佐藤北江（真一）に履歴書等を送り、さらに佐藤を新聞社に訪ねて就職を懇請した結果である。佐藤の筆名北江は北上川による。

啄木は上京直後は、盛岡中学の一年上級生であり文学仲間であった金田一京助の世話で本郷区菊坂町八二番地の赤心館に下宿していたが、一九〇八年九月、下宿先を本郷区森川町一番地新坂三五九の蓋平館に移った。金田一と同宿であった。「ローマ字日記」は蓋平館に止宿中、執筆されたものである。一九〇九年、啄木は「伝記的年譜」によれば二四歳だが、この年齢は数え年なので、満年齢では二三歳であった。以下に引用した「ローマ字日記」の日本語表記は『全集』による。

2

はじめに啄木の経済生活の状況をみておきたい。朝日新聞社の月給は二五円であった。「ローマ字日記」の最初の日である四月七日、次の記述がある。

「昨日社から前借《ぜんしやく》した金の残り、五円紙幣が一枚さいふの中にある、午前中はそればっかり気になって、仕様がなかった。この気持は、平生金のある人が急に持たなくなった時と同じような気がかりかもしれぬ。どちらもおかしいことだ、同じようにおかしいには違いないが、その幸不幸には大した違いがある」。

三月一日から出勤しはじめて、四月六日に前借したのは、おそらく月末二五日払いの四月分の月給であろう。三月、四月の二月分の前借した金額は五〇円のはずだが、その残りが四月七日、すでに五円しかない、という状態は、その事情はその後の日記から判明するとはいえ、二カ月分の給与のほとんどを一カ月で費消しているわけだから、かなりに異常である。

一一日の記事の末尾は以下のとおりである。

「「つまらなく暮した！」そう思ったが、その後を考えるのが何となく恐ろしかった。机の上はゴチャゴチャしている。読むべき本もない。さしあたりせねばならぬ仕事は母やその他に手紙を書くことだが、予はそれも恐ろしいことのような気がする。何とでもいいからみんなの喜ぶようなことを言ってやって憐れな人たちを慰めたいとはいつも思う。予は母や妻を忘れてはいない、否、毎日考えている。そしていて予は今年になってから手紙一本と葉書一枚やったきりだ。そのことはこないだの節子の手紙にもあった。節子は、三月でやめるはずだった学校にまだ出ている。今月はまだ月初めなのに、京子の小遣いが二十銭しかないといってきた。予はそのため社から少し余計に前借した。五円だけ送ってやるつもりだったのだ。それが、手紙を書くがいやさに一日二日と過ぎて、ああ

………………！

すぐ寝た」。

四月六日に前借したのは四月分の月給の全額ではなかったのかもしれない。「少し余計に」とあることからみれば、一部だったのかもしれない。それにしても、前借までしながら、娘の京子に一円の小遣いも送ってやらなかった。

一六日の日記から引用する。

「今朝は異様なる心の疲れを抱いて十時半頃に眼を覚ました。そして宮崎君の手紙を読んだ。ああ！みんなが死んでくれるか、予が死ぬか。二つに一つだ！　実際予はそう思った。そして返事を書いた。予の生活の基礎は出来た、ただ下宿をひき払う金と、家《うち》をもつ金と、それから家族を呼び寄せる旅費！　それだけあればよい！　こう書いた。そして死にたくなった」。

啄木の母カツ、妻節子、娘京子は函館の郁雨こと宮崎大四郎の世話になっていた。同じ四月一六日、啄木は宮崎大四郎宛てに次のとおり書いた手紙を送っている。

「君、今朝の気持つたらない、尤も今朝といつた所で今十時半に起きたところだ。そして君の手紙をよんで顔を洗つて来てすぐこのペンをとつたのだ、昨夜も四時頃迄起きてゐたのだ。この三日間病気届を出して社を休んでる、それは中島孤島君が書きさへしたら金にしてくれるといふから「木馬」といふのを書くためだ、ところが思ふ様にはかどらない。

「朝日」（君は読売といつたがそれは君の思違へだ）へ入つたのは君事実だよ。但し夜勤をしてないから二十五円だ。

何といつてよいか解らぬ、皆が死んでくれるか俺が死ぬか、二つに一つな様な気がする。

母のいふ事、妻のいふ事、君の言つてくれる事、皆無理は少しもないと知つてるので苦しい悲しい。ヒヨツトすると（例へば母でも突然やつてくれれば）僕が短気を起してどんな事をするか知れぬ様に君も妻も思つて心配してくれるが、僕は悲しい。今迄も僕はよくそんな風な事を言つたり、したりして家族をおどした。おどしたのだ。母などの言ふ事に少しも無理はないと思ふけれど、三畳半にゐる所へ来られたりしてはどうする事も出来ないから、さうしておどしておくより外はないのだ。僕だつて何んでそんな事したいものか。

先月末に呼ぶ様に言つてやつたのもウソではないのだ。ところが「鳥影」は大学館にも到頭売れなかつた。察《サツ》してくれ。それから家を持つだけの金の方を貸してくれる筈だつた北原は「邪宗門」の方が意外に金がかゝつたので矢張駄目だつた。（君、アノ本は易風社から出たが、実は本屋の名前だけ借りたので自費出版なのだ。）

今迄の滞りで下宿屋がイヂメる。先月は入社早々前借して入れた。今月もあまりイヂメられるので、モウ十五円だけ前借して入れた。そして僕は毎日の電車賃を工夫して社に通つているといふ有様だ。が、二十五円といふ基本さへあれば、家族が来てもどうかかうか暮せる。

たゞ、家を持つ金、旅費、それから下宿屋に納得させる金、それだけが問題だ。それさへあれば、僕はこんな――

実状はこの通り。何の秘密もない。たゞ苦しい。花はさいたが、僕には何のことはりなしに散つてしまつた。

とにかく基本だけは出来たのだから、モ少し待つ様に母や妻へ言つてくれ玉へ。頼む。何とかいたら可いか判らぬので手紙もやらずにゐた。

何日の間やらう〳〵と思ひつゝ、手紙をかくのがおそろしさにそのまゝにしておいた、一円ある。別封、どうか母へやつてくれ玉へ。

君の健康！　あゝそれに僕はちつとも責任がないか！」。

一四日の日記に「佐藤さんに病気届をやって、今日と明日休むことにした」とあるから、ついでに一六日も休むことにしたのであろう。「木馬」を書いていたことも事実だが、書き悩み「花の朧夜」という江戸時代の好色本を、この一六日にも、書き写している。中島孤島は「木馬」を、というより、「予の原稿を売ってくれると云った」と一四日の日記にあり、「書きさへしたら金にしてくれる」というようなことを確言していたわけではない。ついでながら、節子から京子への小遣いが二〇銭しかない、と言われても、宮崎に送金した一円は母カツへ、というのが啄木の選択であった。それにしても、「鳥影」を出版できなかったことは理解できない。「鳥影」は窪川鶴次郎が評価するほどの名作ではないにしても、よくできた娯楽小説、恋愛小説である。当時の出版事情は厳しかったのであろう。

二〇日、「今朝、肩掛けを質屋に持って行って六十銭借りた。そして床屋に入って頭を五分刈りにし、手拭とシャボンを買って、すぐその店の前の湯屋に入ろうとすると、「今日は検査の日だから、十一時頃からでなくては湯がたたぬ。」と、その店の愛嬌のあるかみさんが教えてくれた」。

啄木は散髪代、風呂銭にも窮していた。

二五日、「社に行って月給を受け取った。現金七円と十八円の前借証。先月は二十五円の顔を見ただけで佐藤さんに返してしまい、結局一文も持って帰ることができなかったが……」。

一一日に前借した額は一八円であった。その前の月は佐藤真一に返却して残らなかったというから、毎月、前借で生活しているような状態である。

三〇日、「今日は社に行っても煙草代が払えぬ。前借は明日にならなくては駄目だ。家にいると晦日《みそか》だから下からの談判がこわい。どうしようかと迷った末、やはり休むことにした」。「下からの談判」とは滞っている下宿代の催促であろう。催促をうけても、出社しない、というのだから、それも病気でもないのに、前借できないからという理由を知っている読者としては、朝日新聞社とはいかに寛容な会社であるか、感をふかくする。

五月一日である。

「前借はは首尾よくいって二十五円借りた。今月はこれでもう取る所がない。先月の煙草代一円六十銭を払った。

六時半に社を出た。午前に並木君が来て例の時計の話があったので、その二十五円をどう処分すればいいか――時計を請けると宿にやるのが足らなくなり、宿に二十円やれば時計は駄目だ――この瑣《さ》末《まつ》な問題が頭一杯にはだかって容易に結末がつかない。実際この瑣末な問題は死のうか死ぬまいかということを決するよりも予の頭に困難を感じさせた。とにかくこれを決めなければ家へ帰れない」。

こうして思案のあげく、結局売春婦を買うことになり、それはそれとして興趣に富んでいるので、後に記すが、いったい、月給の全額を前借させれば、本人としてはその月は只働きをするような感じになって労働意欲をもつまい。私が経営者なら、前借には限度を設けるだろう。

翌二日、岩本という青年が訪ねてくる。渋民の役場の助役の息子であった。横浜にいる叔母さんをたよって来たのだが、二週間おいてもらった後、国までの旅費をくれて出されてしまったが、国へは帰りたくない。ぜひ東京で何か職に就くつもりで、三日前に神田のとある宿屋に着き、ようやく啄木の住所を知って訪ねてきたのであった。この岩本は清水という青年を連れてきた。「これもやはり家と喧嘩して飛び出して来たとのこと」という。

「夏の虫は火に迷って飛び込んで死ぬ。この人たちも都会というものに幻惑されて何も知らずに飛び込んで来た人たちだ。やがて焼け死ぬか、逃げ出すか、二つに一つはまぬかれまい。予は異様なる悲しみを覚えた」。

こういう同情は、啄木独得のものだろう。どこか下宿を探さなければ、ということになり、「十時半頃予は二人を連れて出かけた。そして方々探した上で、弓町二ノ八、豊嶋館という下宿をみつけ、六畳一間に二人、八円五十銭ずつの約束を決め、手付けとして予は一円だけ女将《おかみ》に渡した。それから例の天ぷら屋へ行って三人で飯を食い、予は社を休むことにして、(中略)予のさいふは空《から》になった」という。

自らの家族を宮崎に委ね、生活の再建を考えず、世間知らずの青年に恩恵を施す、というのが、啄木の生き方であった。

日記によれば、三日も、四日も、五日も、六日も休んでいる。四日の記事に、「今日は一日ペンを握っていた。『鎖門一日』を書いてやめ、『追想』を書いてやめ、『面白い男？・』を書いてやめ、『少年時の追想』を書いてやめた。それだけ予の頭が動揺していた。ついに予はペンを投げだした。そして早く寝た」とある。「天鵞絨」「鳥影」からみて、啄木には小説家として才能があった。おそらく構想を充分に立てる前に筆を執り、仕上げられなかったのであろう。それにしても、これほど、休み続けて、注意された気配もない。朝日新聞社は啄木を解雇しても当然だと思うが、啄木は社の好意に甘えている。

七日の記事に、「七時頃に起こしてもらって、九時には弓町へ行った。そして本を古本屋へ預けて八十銭を得、五分芯のランプと将棋と煙草を買った」とある。

「八日　土曜日――十三日　木曜日」

とまとめ書きしている記事が注目に値する。

「この六日間予は何をしたか？　このことはついにいくらあせっても現在をぶちこわすことのできぬを証明したに過ぎぬ。

弓町に行ったのは、前後三日である。二人の少年を相手にしながら書いてはみたが、思うようにペンがはかどらぬ。十日からは行くのをやめて家で書いた。『一握の砂』はやめてしまって『札幌』というのを書き出したが五十枚ばかりでまだまとまらぬ。

社の方は病気のことにして休んでいる。加藤氏から出るように言ってきたのにも腹が悪いという手紙をやった。そして、昨日、弓町へ行くと二人は下宿料の催促に弱っているので、岩本を使いにやって加藤氏に佐藤氏から五円借りてもらい、それを下宿へ払ってやった。北原から贈られた『邪宗門』も売ってしまった」。

途中だが、文中「加藤」は朝日新聞社校正係主任加藤四郎であり、佐藤氏は編集長佐藤真一にちがいない。加藤主任に対しては、腹が悪いから出社できないと断りながら、その加藤主任を介して佐藤真一から借金してこさせる啄木の行動は常軌を逸しているが、啄木の心境としては、そうした配慮どころではなかった。文章は、清水・岩本の二人に少しふれているが、省くこととし、次の文章を引用する。

「限りなき絶望の闇が時々予の眼を暗くした。死のうという考えだけはなるべく寄せつけぬようにした。ある晩、どうすればいいのか、急に眼の前が真っ暗になった。社に出たところで仕様がなく、社を休んでいたところでどうもならぬ。予は金田一君から借りてきてる剃刀《かみそり》で胸に傷をつけ、それを口実に社を一ヶ月も休んで、そして自分の一切をよく考えようと思った。そして左の乳の下を切ろうと思ったが、痛くて切れぬ。かすかな傷が二つか三つ付いた。金田一君は驚いて剃刀を取り上げ、無理やりに予を引っ張って、インバネスを質に入れ、例の天ぷら屋に行った。飲んだ。笑った。そして十二時頃に帰って来たが、頭は重かった。明りを消しさえすれば眼の前に恐ろしいものがいるような気がした。

母からいたましい仮名の手紙がまたきた。先月送ってやった一円の礼がいってある。京子に夏帽子をかぶせたいから都合がよかったら金を送ってくれと言ってきた。

このまま東京を逃げ出そうと思ったこともあった。田舎へ行って養蚕でもやりたいと思ったこともあった。

梅雨《つゆ》近い陰気な雨が降り続いた。気の腐る幾日を、予はついに一篇も脱稿しなかった。

友人には誰にも会わなかった。予はもう彼等に用がない。彼等もまた予の短歌号の歌を読んで怒ってるだろう」。

一七日には、「昼飯まで煙草を我慢していたが、とうとう、『あこがれ』と他二、三冊を持って郁文堂へ行き、十五銭に売った。「これは幾らなんだ?」と予は『あこがれ』を指した。「五銭——ですね。」と肺病患者らしい本屋の主人が言った」とある。

六月一日。

「午後、岩本に手紙を持たしてやって、社から今月分二十五円を前借りした。ただし五円は佐藤氏に払ったので手取り二十円。

岩本の宿に行って、清水と二人分先月の下宿料（六円だけ入れてあった。）十三円ばかり払い、それから、二人で浅草に行き、活動写真をみてから西洋料理を食った。そして小遣い一円くれて岩本に別れた」。

その後、六月一〇日、宮崎郁雨宛てに啄木は次の手紙を書いている。

「君、済まぬ、先月の初めから胃腸を害しそれに不眠症で社を休んでゐた。昨今漸くよくなつたが、まだ社に出ないでゐた処へ今朝のお手紙、

不取敢応急準備を整へる、五日間だけ猶予してくれ玉へ、そして来る十五日、盛岡出発、君も是非御一緒に上京してくれ、

万事は面談、話は山程、君の盛岡観も聞かう。

何しろ今夜は小生の頭に他の事を書くだけの余裕がない、御察しを乞ふ」。

岩本に下宿代を払ってやったり、浅草で活動写真を見せ、洋食を食べさせ、小遣いまで与えて、恩恵を施している間に、家族や宮崎が上京を決めたのであった。彼らはすでに七日に函館を出発、節子と京子は盛岡に、母カツは野辺地の石川一禎の許に立寄り、東京に向かっていた。

「二十日間」によると、

「宮崎君から送ってきた十五円で本郷弓町二丁目十八番地の新井という床屋の二階二間を借り、下宿の方は、金田一君の保証で百十九円余を十円ずつの月賦にしてもらい、十五日に発ってくるように家族に言い送った」とある。新井はふつう喜之床といわれる。

啄木の「ローマ字日記」にみる経済面からみた生活の状況がここにみたようなものであった。啄木には、家族を呼び寄せるためには、旅費、借家または借間を借りるための敷金のようなものが必要であったが、それらにもまして滞納している下宿代があった。岩本・清水の二人が六畳一間で月に一七円という相場からみると、三畳半の啄木のばあい、一二、三円だったのではないか。朝日新聞社からの月給二五円で余裕をもって生活できたはずだが、おそらく、朝日新聞社入社前、ほとんど原稿料収入のなかった時期に滞っていた分が相当の金額に達していたろうし、啄木には、朝日新聞入社の前後を問わず、浪費癖があった。岩本に対する出費などがその例であり、売春婦に対する出費などもあったにちがいない。そこで、次に「ローマ字日記」に売春婦との交渉、それと妻節子への愛情についてみることとする。

3

「ローマ字日記」の冒頭に近く、何故「ローマ字日記」を書くか、その動機を啄木は説明している。

「仕様ことなしに、ローマ字の表などを作ってみた。表の中から、時々、津軽の海の彼方《かなた》にいる母や妻《さい》のことが浮かんで予の心をかすめた。「春が来た、四月になった。春！　春！　花も咲く！　東京へ来てもう一年だ！………が、予はまだ予の家族を呼びよせて養う準備ができぬ！」近頃、日に何回となく、予の心の中をあちらへ行き、こちらへ行きしてる、問題はこれだ………

そんならなぜこの日記をローマ字で書くことにしたか？　なぜだ？　予は妻を愛してる。愛してるからこそこの日記を読ませたくないのだ、――しかしこれはうそだ！　愛してるのも事実、読ませたくないのも事実だが、この二つは必ずしも関係していない。

そんなら予は弱者か？　否、つまりこれは夫妻関係という間違った制度があるために起こるのだ。夫婦！　なんという馬鹿な制度だろう！　そんならどうすればよいか？

悲しいことだ！」。

啄木夫人節子は少女時代に外国人から英語を習っており、啄木は彼女に英語の本を送っているから、節子にローマ字が読めないはずはない。そのことを啄木が憶えていなかったはずはない。啄木は夫婦という関係によって互いに束縛されることを嫌悪している。互いが相手に秘密をもつことは束縛を破ることである。

四月一四日の日記に、

「『木馬』を三枚書いて寝た。節子が恋しかった——しかしそれは侘《わび》しい雨の音のためではない。『花の朧夜』を読んだためだ！」と記している。『花の朧夜』は前記のとおり江戸時代の好色本である。ところが、一五日には次のとおり記している。

「否！　予における節子の必要は単に性欲のためばかりか？　否！　否！

恋は醒めた。それは事実だ。当然の事実だ——悲しむべき、しかしやむを得ぬ事実だ！

しかし恋は人生のすべてではない。その一部分だ、しかもごく僅かな一部分だ。恋は遊戯だ。歌のようなものだ。人は誰でも歌いたくなる時がある。そして歌ってる時は楽しい。が、人は決して一生歌ってばかりはおられぬものである。同じ歌ばかり歌ってるといくら楽しい歌でも飽きる。またいくら歌いたくっても歌えぬ時がある。

恋は醒めた。予は楽しかった歌を歌わなくなった。しかしその歌そのものは楽しい。いつまでたっても楽しいに違いない。

予はその歌ばかりを歌ってることに飽きたことはある。しかし、その歌をいやになったのではない。節子はまことに善良な女だ。世界のどこにあんな善良な、やさしい、そしてしっかりした女があるか？　予は妻として節子よりよき女を持ち得るとはどうしても考えることができぬ。予は節子以外の女を恋しいと思ったことはある。他の女と寝てみたいと思ったこともある。現に節子と寝ていながらそう思ったこともある。そして予は寝た――他の女と寝た。しかしそれは節子と何の関係がある？　予は節子に不満足だったのではない。人の欲望が単一でないだけだ。

予の節子を愛してることは昔も今も何の変りがない。節子だけを愛したのではないが、最も愛したのはやはり節子だ。今も――ことにこの頃予はしきりに節子を思うことが多い。

人の妻として世に節子ほど可哀想な境遇にいるものがあろうか?!

現在の夫婦制度――すべての社会制度は間違いだらけだ。予はなぜ親や妻や子のために束縛されねばならぬか？　親や妻や子はなぜ予の犠牲とならねばならぬか？　しかしそれは予が親や節子や京子を愛してる事実とはおのずから別問題だ」。

結婚当時の節子への恋は醒めたのであろう。しかし、啄木は確実に結婚当時に節子に見ていたもの以上に、秘められていた、彼女の多くの美徳を発見し、愛をふかめていたにちがいない。しかし、それは性欲とは別のものだ、という。売春婦や芸妓によって性欲を満足させることは妻への裏切りでない、としながらも、夫婦であることによって、それが許されぬかのように、「束縛」と感じている。節子や京子が啄木の犠牲になっていることは間違いないのだが、啄木が節子や京子の犠牲となっているとはいえない。一方的に啄木が夫として父親としての義務を放棄しているために、節子や京子が犠牲となっているにすぎない。

そこで、啄木は「現在の夫婦制度」を「すべての社会制度」といいかえ、「予はなぜ親や妻や子のために」と「親」を問題にもちこむ。核家族が一般化した現代では、結婚した長男夫妻が両親と同居することは通常ではなくなった。しかし、啄木の時代においては、親子関係と夫婦関係とは不可分に結びついていた。啄木は若くして父一禎と母カツを扶養する義務を負い、節子も啄木と共同に義務を負った。啄木が両親の犠牲となったことは間違いないが、両親が啄木の犠牲となったことがあるか。これは啄木の異常なほどの孝養、ことに母カツへの愛情に充分応えていないという負い目によるのではないか。現在の私たちの倫理感からみると、「予はなぜ親や妻や子のために束縛されねばならぬか？　親や妻や子はなぜ予の犠牲とならねばならぬか？」という感情は過剰な義務感のようにみえる。しかし、啄木が節子をふかく愛し、信頼し、可哀想に思っていたことも間違いない。それでも愛情と性欲とを区別していた。彼の東京における独身生活はかなりに放埒であった。以下、四月一〇日の日記の記述である。

「いくらかの金のある時、予は何のためろうことなく、かの、みだらな声に満ちた、狭い、きたない町に行った。予は去年の秋から今までに、およそ十三―四回も行った。そして十人ばかりの淫売婦を買った。ミツ、マサ、キヨ、ミネ、ツユ、ハナ、アキ………名を忘れたのもある。予の求めたのは暖かい、柔らかい、真白な身体だ。身体も心もとろけるような楽しみだ。しかしそれらの女は、やや年のいったのも、まだ十六ぐらいのほんの子供なのも、どれだって何百人、何千人の男と寝たのばかりだ。顔につやがなく、肌は冷たく荒れて、男というものには慣れきっている。なんの刺激も感じない。わずかの金をとってその陰部をちょっと男に貸すだけだ。それ以外に何の意味もない。帯を解くでもなく、「サア、」と言って、そのまま寝る。なんの恥ずかしげもなく股をひろげる。隣りの部屋に人がいようといまいと少しもかもうところがない。(ここが、しかし、面白い彼等のアイロニイだ!) 何千人にかきまわされたその陰部には、もう筋肉の収縮作用がなくなっている。緩《ゆる》んでいる。ここにはただ排泄作用の行なわれるばかりだ。身体も心もとろけるような楽しみは薬にしたくもない!

強き刺激を求むるイライラした心は、その刺激を受けつつある時でも予の心を去らなかった。予は三たびか四たび泊まったことがある。十八のマサの肌は貧乏な年増女のそれかとばかり荒れてガサガサしていた。たった一坪の狭い部屋の中に灯《あか》りもなく、異様な肉の臭いがムウッとするほどこもっていた。女は間もなく眠った。予の心はたまらなくイライラして、どうしても眠れない。予は女の股に手を入れて、手荒くその陰部をかきまわした。しまいには五本の指を入れてできるだけ強く押した。女はそれでも眼を覚まさぬ。おそらくもう陰部については何の感覚もないくらい、男に慣れてしまっているのだ。何千人の男と寝た女! 予はますますイライラしてきた。そして一層強く手を入れた。ついに手は手くびまで入った。「ウ――ウ、」と言って女はその時眼を覚した。そしていきなり予に抱きついた。「ア――ア――ア、うれしい! もっと、もっと――もっと、ア――ア――ア!」十八にしてすでに普通の刺激ではなんの面白味も感じなくなっている女! 予はその手を女の顔にぬたくってやった。そして、両手なり、足なりを入れてその陰部を裂いてやりたく思った。裂いて、そして女の死骸の血だらけになって闇の中に横だわっているところ幻になりと見たいと思った! ああ、男には最も残酷な仕方によって女を殺す権利がある! 何という恐ろしい、嫌なことだろう!」。

啄木の心情はサディスティックにみえるし、憐れな売春婦たちへの同情がまるで認められない。これは、啄木自身が社会的存在として弱者であるという劣等感をもっていたからではないか。このことには別にふれることとし、もう一つの別の娼婦との交渉を引用する。

五月一日、啄木が二五円の月給を前借し、時計を請けだすべきか、下宿代に二〇円払うべきか、迷っていたことはすでに引用した。

啄木は尾張町、現在の銀座四丁目から市電に乗り、浅草、雷門で降り、牛屋《ぎゅうや》で夕飯を食い、活動写真館へ入ったが、面白くない。

「「行くな！　行くな！」と思いながら足は千束町《せんぞく》へ向かった。常陸屋《ひたち》の前をそっと過ぎて、金華亭という新しい角の家の前へ行くと白い手が格子の間から出て予の袖を捕えた。フラフラとして入った。ああ、その女は！　名は花子、年は十七。一眼見て予はすぐそう思った。

「ああ！　小奴だ！　小奴を二つ三つ若くした顔だ！」

程なくして予は、お菓子売りの薄汚い婆さんと共に、そこを出た。そして方々引っぱり廻されてのあげく、千束小学校の裏手の高い煉瓦塀の下へ出た。細い小路《こうじ》の両側は戸を閉めた裏長屋で、人通りは忘れてしまったようにない。月が照っている。

「浮世小路の奥へ来た！」と予は思った。

「ここに待ってて下さい。私は今戸を開けてくるから。」と婆さんが言った。何だかキョロキョロしている。巡査を怖れているのだ。

死んだような一棟の長屋の、とっつきの家の戸を静かに開けて、婆さんは少し戻ってきて予を月影に小手招ぎした。

婆さんは予をその気味悪い家の中へ入れると、「私はそこいらで張り番していますから。」と言って出ていった。

花子は予よりも先に来ていて、予が上がるやいなや、いきなり予に抱きついた。

狭い、汚ない家だ。よくも見なかったが、壁は黒く、畳は腐れて、屋根裏がみえた。そのみすぼらしい有様を、長火鉢の猫板の上に乗っている豆ランプがおぼつかなげに照らしていた。古い時計がものうげに鳴っている。

煤《すす》びた隔ての障子の影の、二畳ばかりの狭い部屋に入ると、床が敷いてあった——少し笑っても障子がカタカタ鳴って動く。

かすかな明りにジッと女の顔を見ると、丸い、白い、小奴そのままの顔が薄暗い中にポーッと浮かんでみえる。予は眼も細くなる程うっとりとした心地になってしまった。

「小奴に似た、実に似た！」と、幾たびか同じことばかり予の心はささやいた。

「ああ！　こんなに髪がこわれた。いやよ、そんなに私の顔ばかり見ちゃあ！」と女は言った。

若い女の肌はとろけるばかり暖かい。隣室の時計はカタッカタッと鳴っている。

「もう疲れて？」

婆さんが静かに家に入った音がして、それなり音がしない。

「婆さんはどうした？」

「台所にかがんでるわ。きっと。」

「可哀想だね。」

「かまわないわ。」

「だって、可哀想だ！」

「そりゃあ可哀想には可哀想よ。本当の独り者なんですもの。」

「お前も年をとるとああなる。」

「いや、私！」

そしてしばらく経つと、女はまた、「いやよ、そんなに私の顔ばかり見ちゃあ。」

「よく似てる。」

「どなたに？」

「俺の妹に。」

「ま、うれしい！」と言って花子は予の胸に顔を埋めた。

不思議な晩であった。予は今まで幾たびか女と寝た。しかしながら予の心はいつも何ものかに追っ立てられているようで、イライラしていた、自分で自分をあざ笑っていた。今夜のように眼も細くなるようなうっとりとした、縹渺《ひょうびょう》とした気持のしたことはない。予は何事をも考えなかった。ただうっとりとして、女の肌の暖かさに自分の身体まであったまってくるように覚えた。そしてまた、近頃はいたずらに不愉快の感を残すに過ぎぬ交接が、この晩は二度とも快くのみ過ぎた。そして予はあとまでも何の厭な気持を残さなかった。

一時間経った。夢の一時間が経った。予も女も起きて煙草を喫《す》った。

「ね、ここから出て左へ曲がって二つ目の横町の所で待ってらっしゃい!」と女はささやいた。

しんとした浮世小路の奥、月影水のごとき水道のわきに立っていると、やがて女が小路の薄暗い片側を下駄の音かろく駆けて来た。二人は並んで歩いた。時々そばへ寄って来ては、「本当にまたいらっしゃい、ね!」」。

この挿話は、警察を気にしながら客をとる若い私娼との心の交流を描いて哀愁をふくんだ愛すべき小品である。これだけをみても、啄木が小説家としても並々ならぬ才能をもっていたことを窺わせるに足りると私は考える。

4

「ローマ字日記」に描かれるのは、また、親友金田一京助と彼らが下宿している蓋平館の女中たちである。

四月八日の記事を引用する。

「京都の大学生が十何人、この下宿に来て、七番と八番、即ち予と金田一君との間の部屋に泊まったのは、今月のついたちのことだ。女中はみな大騒ぎしてその方の用にばかり気をとられていた。中にもおきよ――五人のうちでは一番美人のおきよは、ちょうど三階持ちの番だったものだから、ほとんど朝から晩――夜中までもこの若い、元気のある学生どもの中にばかりいた。みんなは「おきよさん、おきよさん」と言って騒いだ。中にはずいぶんいかがわしい言葉や、くすぐるような気配なども聞えた。予はしかし、女中どもの挙動にチラチラみえる虐待には慣れっこになっているので、従って彼等のことには多少無関心な態度をとれるようになっていたから、それに対して格別不愉快にも感じていなかった。しかし、金田一君は、その隣室の物音の聞えるたび、言うに言われぬ嫉妬の情にかられたという。

嫉妬！　何という微妙な言葉だろう！　友はそれを押えかねて、果ては自分自身を浅ましい嫉妬ぶかい男と思い、ついたちから四日までの休みを全く不愉快に送ったという」。

「金田一君が嫉妬ぶかい、弱い人のことはまた争われない。人の性格に二面あるのは疑うべからざる事実だ。友は一面にまことにおとなしい、人の好い、やさしい、思いやりの深い男だと共に、一面、嫉妬ぶかい、弱い、小さなうぬぼれのある、めめしい男だ」。

四月二五日の記事。

「頭が少し痛い。金田一君を誘って散歩に出かけた。本郷三丁目で、

「どこへ行きます？」

「そう！」

坂本行きの乗換え切符を切らせて吉原へ行った。金田一君には二度目か三度目だが、予は生まれて初めてこの不夜城に足を入れた。しかし思ったより広くもなく、たまげる程のこともなかった。廓《くるわ》の中を一巡り廻った。さすがに美しいには美しい。

角海老《かどえび》の大時計が十時を打って間もなく予等はその花のような廓を出て、車で浅草まで来た。塔下苑を歩こうかと言い出したが、二人とも興味がなくなっていたので、そして、バカに空腹を感じていたので、とある牛肉屋に上がって飯を食った。そうして十二時少し過ぎに帰ってきた。

「夜眼を覚ますと、雨だれの音が何だか隣室のさざめごとのようで、美しい人が枕もとにいるような……………縹渺たる心地になることがある。」というようなことを金田一君が言いだした。

「縹渺たる心地！」と予は言った。「私はそんな心地を忘れてから何年になるか分からない！」友はまた、「私もいつか是非、あそこへ行ってみたい。」というようなことを言った。

「大いにいい！」と予は言った。「行った方がいいですよ。そして結婚したらどうです？」

「相手さえあればいつでも。だが結婚したらあんな所へ行かなくてもいいかもしれませんね！」

「そうじゃない。僕はやっぱり行った方がいいと思う。」

「そうですねえ！」

「なんですねえ、浅草は、いわば、単に肉欲の満足を得る所だから、相手がつまりはどんな奴でもかまわないが、吉原なら僕はやはり美しい女と寝たい。あそこには歴史的連想がある。一体が美術的だ……………華美を尽くした部屋の中で、燃えたつような紅絹裏《もみうら》の、寝ると身体が沈むような布団に寝て、蘭燈影《らんとう》こまやかなるところ、縹渺たる気持からふっと眼をあくと、枕もとに美しい女が行儀よく坐っている…………いいじゃありませんか？」

「ああ、たまらなくなる！」

「吉原へ行ったら美人でなきゃあいけませんよ。浅草ならまた何でもかんでも肉体の発育のいい、オーガンの完全な奴でなくちゃあいけない。…………」

二人は一時間近くもその「縹渺たる気持」や、盛岡のある女学生で吉原にいるという久慈某《なにがし》のことを語って寝た」。

金田一はじつに純情である。啄木が金田一を揶揄している感がある。

二九日の日記には、「十二時過ぎても出かけないので金田一君が来た」とあり、「あなた、電車賃がなくってお出かけにならないのじゃありませんか？」と金が必要なのではないかと訊ね、翌三〇日の日記には「九時頃金田一君が二円五十銭借してくれた」とある。金田一はまことに親切である。

ところが、五月一五日、二葉亭四迷の訃報に接する。同日の記事に次の一節がある。

「十一時頃、金田一君の部屋に行って二葉亭氏の死について語った。友は二葉亭氏が文学を嫌い――文士と言われることを嫌いだったというのが解されないと言う。憐れなるこの友には人生の深い憧憬と苦痛とはわからないのだ。予は心に耐えられぬ淋しさを抱いてこの部屋に帰った。ついに、人はその全体を知られることは難い。要するに人と人との交際はうわべばかりだ。

互いに知り尽くしていると思う友の、ついに我が底の悩みと苦しみとを知り得ないのだと知った時のやるせなさ！　別々だ、一人一人だ！　そう思って予は言い難き悲しみを覚えた。予は二葉亭氏の死ぬ時の心を想像することができる」。

翌日、一六日の日記には「金田一君の部屋へ行って、とうとう、説き伏せた。友をして二葉亭を了解せしめた」とあるが、はたして金田一に二葉亭の死の心境を理解させることができたろうか。

金田一京助は啄木の無二の親友であった。啄木は金田一に多くを負うている。しかし、二人の間にふかく遠い溝があったことも間違いない。

5

四月一〇日の日記に次の記述がある。

「去年の暮から予の心に起こった一種の革命は、非常な勢いで進行した。予はこの百日の間を、これという敵は眼の前にいなかったにかかわらず、常に武装して過ごした。誰彼の区別なく、人はみな敵にみえた。予は、一番親しい人から順々に、知ってる限りの人を残らず殺してしまいたく思ったこともあった。親しければ親しいだけ、その人が憎かった。「すべて新しく、」それが予の一日一日を支配した「新しい」希望であった。予の「新しい世界」は、即ち、「強者——『強きもの』の世界」であった。

哲学としての自然主義は、その時「消極的」の本丸を捨てて、「積極的」の広い野原へ突貫した。

彼——「強きもの」は、あらゆる束縛と因襲の古い鎧《よろい》を脱ぎ捨てて、赤裸々で、人の力を借りることなく、勇敢に戦わねばならなかった。鉄のごとき心をもって、泣かず、笑わず、何の顧慮するところなく、ただましぐらに、おのれの欲するところに進まねばならなかった。人間の美徳といわるるあらゆるものを塵のごとく捨てて、そして、人間のなし得ない事を平気でなさねばならなかった。何のために？　それは彼にも分からない。否、彼自身が彼の目的で、そしてまた人間全体の目的であった。武装した百日は、ただ武者ぶるいをしてる間に過ぎた。予は誰に勝ったか？　予はどれだけ強くなったか？　ああ！

つまり疲れたのだ。戦わずして疲れたのだ」。

一〇〇日の間に、啄木が何を敵とし、いかに戦おうとしたか、その論理は私には理解できない。しかし、一〇〇日間の苦闘の末、彼が疲労し、挫折感を得たことは確かである。日記の引用を続ける。

「世の中を渡る道が二つある、ただ二つある。「オール　オア　ナッシング！」一つはすべてに対して戦うことだ。これは勝つ、しからずんば死ぬ。も一つは何ものに対しても戦わぬことだ。これは勝たぬ、しかし負けることがない。負けることのないものには安心がある。常に勝つものには元気がある。そしてどちらも物に恐れるということがない……………そう考えても心はちっとも晴ればれしくも元気よくもならぬ。予は悲しい。予の性格は不幸な性格だ。予は弱者だ、誰のにも劣らぬ立派な刀を持った弱者だ。戦わずにはおられぬ。しかし勝つことはできぬ。しからば死ぬほかに道はない。しかし死ぬのはいやだ。死にたくない！　しからばどうして生きる？

何も知らずに農夫のように生きたい。予はあまり賢こすぎた。発狂する人がうらやましい。予はあまりに身も心も健康だ。ああ、ああ、何もかも、すべてを忘れてしまいたい！　どうして？」。

「ローマ字日記」はこのような進退きわまったと啄木が感じた、彼の人生の底で書かれた。その真摯、率直、自己を偽らぬ、自由な筆致はこうした心境から生まれた。

五月三一日、「ローマ字日記」の終る六月一日の前日に次の記述がある。

「晦日《みそか》は来た。

黙って家にもおられぬので、午前に出かけて羽織――ただ一枚の――を質に入れて七十銭をこしらえ、午後、何のアテもなく上野から田端まで汽車に乗った。ただ汽車に乗りたかったのだ。田端で畑の中の知らぬ道をうろついて土の香を飽かず吸った。

帰って来て宿へ申しわけ。

この夜金田一君の顔の哀れに見えたったらなかった」。

あとがき

加藤周一、中村真一郎という畏敬する二先輩に誘われ、私も加えられて、三人が分担して編集し、解説を執筆した『近代の詩人』全一一巻を潮出版社が出版したさい、一九九二年四月、私はその『石川啄木』の巻を担当、詩歌を選び、啄木の生涯を四部に分けて解説した。本書の第一部はこのときの解説に徹底的に加除・訂正を加えたものである。

その後、一九九八年から二〇一四年まで日本近代文学館の理事長をつとめたが、その間、文学館収蔵の啄木資料を主として、石川啄木展を開催し、地方のいくつかの文学館にも資料を貸出し、同様の啄木展を開催していただいて、謝礼を頂戴し、文学館を維持するための経費の一部にあてることとした。こうした機会に展示については解説からキャプションの類まで作成し、目を通した。また、展観の期間中に啄木の詩歌について講演を依頼されることが多かった。潮出版社版の『石川啄木』を編集、解説したときには啄木について定見をもっているつもりであったが、いくつかの「啄木展」の開催の機会に私が抱いていた石川啄木観をかなりに修正することを余儀なくされることとなった。このため、潮出版社版の『石川啄木』の解説をほとんど全面的に書き直すようなかたちで、本書に第一部として収めることとした。

地方の文学館で開催された石川啄木展にさいして、詩歌について講演したときは必ず原稿を用意した。これも回を重ねるごとに修正した。これらの講演原稿の最終版が第二部の第一章「『あこがれ』『呼子と口笛』などについて」および第二章「『一握の砂』『悲しき玩具』などについて」である。そうなると、どうしても小説についても私の考えを論述する必要があると考え、第三章「「天鵞絨」「我等の一団と彼」などについて」を書き下ろすこととした。これらを脱稿した後、さらに「ローマ字日記」について一文を起草したいと考え、二〇一四年九月号の『ユリイカ』に発表した。

こうして、本書の原稿を書き上げたのは二〇一四年四月ころであり、同年九月から本書刊行を青土社にお願いした。しかし、いろいろ事情があって、刊行が遅れ、今日に至ったものである。

いうまでもなく、私は近代文学の研究者でもないし、まして石川啄木の研究者でもない。しかし、石川啄木の作品を多年にわたり読みこんできた事については啄木の研究者に劣らないと自負しているし、ごく若いころから読んできた者として研究者とは違った視点があり、私なりの啄木の意義を表現したのではないかと感じている。私としては本書がいくらかでも啄木論、啄木研究に資することがあれば幸いである。

なお、引用の文章については、できるだけ原典どおりとしたが、読者にとって読みにくいであろうと思われる箇所などは、適宜表記をあらためた。

最後に、本書の刊行にさいして綿密な校訂を行ってくださった染谷仁子さんに心からのお礼を申し上げ、刊行を引き受けてくださった青土社の清水一人社長のいつも変らぬご厚意、それに担当の篠原一平さんにお礼を申し上げる。

二〇一七年三月

中村　稔

石川啄木論

2017年 4 月25日　第1刷印刷
2017年 5 月 1 日　第1刷発行

著者——中村 稔

発行者——清水一人
発行所——青土社
東京都千代田区神田神保町 1−29 市瀬ビル 〒101-0051
［電話］03-3291-9831（編集） 03-3294-7829（営業）
［振替］00190-7-192955
印刷・製本——ディグ

装幀——菊地信義

ISBN978-4-7917-6977-3　Printed in Japan